ONDE *a* LUZ CAI

No crepúsculo da Revolução Francesa

ALLISON PATAKI
e OWEN PATAKI

ONDE *a* LUZ CAI

No crepúsculo da Revolução Francesa

Tradução: Cristina Antunes

GUTENBERG

Esta edição foi publicada mediante acordo com a Dial Press, selo da Random House, uma divisão da Penguin Random House LLC.

Título original: *Where the Light Falls*

EDITORA
Silvia Tocci Masini

EDITORAS ASSISTENTES
Carol Christo
Nilce Xavier

ASSISTENTE EDITORIAL
Andresa Vidal Vilchenski

PREPARAÇÃO
Nilce Xavier

REVISÃO
Andresa Vidal Vilchenski
Carla Neves

ADAPTAÇÃO DE CAPA
Diogo Droschi

DIAGRAMAÇÃO
Larissa Carvalho Mazzoni

Dados Internacionais de Catalogação na Publicação (CIP)
Câmara Brasileira do Livro, SP, Brasil

Pataki, Allison

Onde a luz cai : no crepúsculo da Revolução Francesa / Allison Pataki e Owen Pataki ; tradução Cristina Antunes. -- 1. ed. -- Belo Horizonte : Editora Gutenberg, 2018.

Título original: Where the Light Falls.

ISBN 978-85-8235-514-5

1. França - História - Revolução, 1789-1799 - Ficção 2. Ficção histórica 3. Romance norteamericano I. Pataki, Owen. II. Título.

18-15097 CDD-813

Índices para catálogo sistemático:
1. Romances históricos : Literatura norte-americana 813

Iolanda Rodrigues Biode - Bibliotecária - CRB-8/10014

A **GUTENBERG** É UMA EDITORA DO **GRUPO AUTÊNTICA**

São Paulo
Av. Paulista, 2.073,
Conjunto Nacional, Horsa I
23º andar . Conj. 2310 - 2312.
Cerqueira César . 01311-940
São Paulo . SP
Tel.: (55 11) 3034 4468

Belo Horizonte
Rua Carlos Tuner, 420
Silveira . 31140-520
Belo Horizonte . MG
Tel.: (55 31) 3465 4500

Rio de Janeiro
Rua Debret, 23, sala 401
Centro . 20030-080
Rio de Janeiro . RJ
Tel.: (55 21) 3179 1975

www.editoragutenberg.com.br

Para a nossa família – mamãe, papai, Emily e Teddy –,
por alimentarem nossa imaginação e
crença em grandes sonhos.

"Nesse dia e nesse lugar teve início
uma nova era da História do mundo."

Johann Wolfgang von Goethe,
Valmy, França, setembro de 1792

"O navio da revolução só pode chegar a salvo ao seu destino em um mar vermelho de torrentes de sangue."

Louis de Saint-Just, o "Arcanjo da Morte",
líder político e militar durante a Revolução Francesa

Prólogo

Paris, inverno de 1792

Ele os ouve antes de vê-los, uma turba de milhares, jovens e velhos, homens e mulheres, clamando do outro lado das paredes da prisão. Pareciam impacientes, gritando ruidosamente com a inebriante perspectiva de sangue fresco para molhar a lâmina da guilhotina recém-afiada.

A pele fica gelada onde as grandes tesouras enferrujadas tocam o pescoço, rangendo e gemendo enquanto cortam seus cabelos. Ele observa como as débeis mechas cinzentas flutuam até o chão, anunciando o que está por acontecer com aquela cabeça onde cresceram. Ele ficaria enjoado, mas não restava nada no estômago para ser expelido.

"Não podemos deixar que os cabelos se enrosquem na lâmina." O hálito azedo do velho guarda da prisão fede a vinho, enquanto ele executa um rápido trabalho nos cabelos dos prisioneiros, cortando a fila de rabos de cavalo numa sequência rápida e bem-ensaiada. A maioria dos cabelos, mesmo os das cabeças jovens, está mesclada de cinza. Engraçado, pensa ele, como o terror envelhece um homem muito mais rapidamente do que qualquer passagem de tempo.

"Por aqui, velho, mexa-se." O guarda sacode o queixo cheio de marcas de varíola, indicando o final do corredor, e Alexandre de Valière, agora mais tosquiado do que um cordeiro na primavera, arrasta mais uma vez os pés acorrentados pelo corredor escuro. Os presidiários cujos nomes não foram chamados espiam através das pequenas fendas nas portas, assistindo à

marcha. Agradecidos, por enquanto, por estarem do outro lado das portas. Suas minúsculas celas quadradas parecem seguras, e até confortáveis, em comparação ao pátio marrom para onde Valière caminha.

E, agora, ele espera. No pátio, em pé ao lado dos outros, segura as mãos em concha e tenta soprar um pouco de calor nas pontas dos dedos frios e doloridos.

"Deve haver milhares deles lá fora." Um homem de aparência nervosa, pelo menos trinta anos mais jovem, olha para ele com os olhos arregalados e sem piscar. Valière acena com a cabeça em resposta.

"Você acha que esse grupo é barulhento? Espere até ouvi-los reunidos do outro lado do rio", resmunga um dos prisioneiros, cuspindo no chão congelado. Este já era calvo, portanto não exigira o mesmo corte de cabelo dos demais.

A multidão tinha saído cedo naquela manhã, como vinha fazendo havia várias semanas, reunindo-se do lado de fora dos muros da prisão que um dia fora a residência dos antigos reis. Eles irão formar uma fila em todo o percurso: através da pequena ilha no meio do Sena, sobre a ponte em frente à prefeitura, demarcando a Rue Saint Honoré, até desembocarem na Place Louis XV, recentemente renomeada La Place de la Révolution, onde um rugido ensurdecedor irromperá de suas bocas reunidas diante do cadafalso. Um guarda emerge da prisão:

"Muito bem, está na hora. Subam", ordena, apontando o mosquete para a carroça que está à espera. "Não vamos deixar a Madame esperando."

Valière se lembra de uma passagem de Dante, murmurando as palavras para si mesmo:

"Seu dever sagrado é fazer a travessia das almas dos condenados pelo rio infernal."

"Ei, você! Nada de respostas insolentes!"

Um guarda mais próximo ergue a coronha do mosquete como se fosse feri-lo no rosto, e Valière percebe, com um lampejo de humor amargo, que, instintivamente, ele retrocedeu diante da ameaça. Como se uma pancada pudesse causar algum dano àquela altura.

Valière espera sua vez para subir na carroça, ajudando uma velha mulher à sua frente. Quando todos já estão lá dentro, um guarda iça o portão e o cocheiro chicoteia os cavalos. As rodas gemem quando começam a girar devagar, rígidas como ossos doloridos numa manhã fria, movendo a carroça para a frente. Valière se apoia no gradil, sorrindo timidamente para a velha que havia procurado seu ombro para recuperar o equilíbrio. Ela sorri melancolicamente para ele, com as mãos trêmulas traindo o próprio pavor. À medida que os portões da prisão rangem ao se abrir, os guardas posicionados ao longo da entrada olham, entediados, para a carga humana que segue em frente; outras carroças passaram por esse caminho ontem e outras mais passarão amanhã.

Naquele momento, o débil halo do sol atravessa a camada de nuvens e a cidade fica iluminada pela luz do dia de inverno. O velho fica momentaneamente cego. Aperta os olhos, ajustando-os para contemplar a grande multidão que veio testemunhar sua passagem final pela cidade. Há ainda mais gente do que Valière teria imaginado.

A velha ao seu lado está rezando para a Virgem, segurando um rosário de marfim que de alguma forma tinha escondido do guarda da prisão. Ela sustenta o olhar de Valière por um instante, e ele dá um breve aceno, quase imperceptível.

Um zumbido ecoa perto de suas orelhas, seguido por um baque surdo. Ele olha por cima do ombro para o prisioneiro logo atrás de si e percebe a camisa cinza do homem salpicada de suco marrom de um tomate podre. Em seguida, uma cabeça de alface ricocheteia no ombro de Valière antes de atingir a velha, lançando por sobre o gradil da carroça seu rosário, que vai parar na rua imunda.

"Meu rosário!", ela grita.

Da multidão brota um coro de vaias e risos abafados. Um dos espectadores mais entusiasmados, enfrentando a ira dos guardas, corre para a frente a fim de recolher da rua suja o rosário de marfim. A velha murmura para si mesma:

"Meu rosário. Era o rosário da minha mãe..."

"A-ha! A puta velha se preocupa com o colar até na hora do fim!"

Uma mãe segurando um recém-nascido em um dos braços usa a mão livre para lançar um punhado de repolho, que acerta um prisioneiro próximo da frente da carroça, e a multidão entra em erupção mais uma vez.

"Apodreçam no inferno, seus porcos ricos abarrotados!"

Os guardas, alguns empunhando mosquetes velhos, outros armados com lanças recém-afiadas, esforçam-se para conter a multidão vingativa.

"Abram caminho, eu já disse!", o cocheiro levanta o chicote e as pessoas se dispersam, enquanto os guardas montados que escoltam a carroça lutam para dominar seus cavalos nervosos. Quando atravessam o rio, a multidão reunida na velha ponte segue atrás, correndo em procissão em direção à La Place.

A carroça contorna a esquina e a estreita rua de paralelepípedos se abre para a grande praça abarrotada. A multidão vê a carroça que se aproxima e entra em delírio. Nenhum monarca da França, nem mesmo o próprio Rei-Sol, Luís XIV, havia entrado na Place com tal alvoroço.

O barulho é ensurdecedor quando Valière ouve as vozes urrando o novo hino da nação. Vários homens agitam triunfantes a nova bandeira tricolor com listras em vermelho, branco e azul, a marca da jovem nação. Alguns gritam impropérios, mas a maioria das vozes forma um barulho indistinto e ameaçador para os prisioneiros que sacolejam nas carruagens que seguem adiante.

A multidão reunida ao redor do cadafalso é tão numerosa que o velho não seria capaz de ver o aparato de execução se este não estivesse em cima do grande palanque de madeira. De pé, Valière medita sobre a morte celebrada.

A carroça balança até parar. Um guarda abaixa a cancela traseira e acena com a mão enluvada.

"Muito bem, podem descer. Movam-se depressa."

Por um momento, nenhum deles se mexe. Valière dá o primeiro passo e salta da carroça.

A multidão se acotovela para chegar perto deles – competindo por uma oportunidade de arranhar um pedaço de carne nobre, puxar um fio de cabelo nobre. Os guardas montados empurram a turba para trás, e um guarda a pé balança os cotovelos e brande a ponta do mosquete para escoltar a dúzia de prisioneiros em direção ao cadafalso. Valière abaixa a cabeça a tempo de escapar do ataque de uma maçã podre.

"Você primeiro!", aponta o guarda para um jovem de olhos arregalados, o que tinha comentado sobre o grande número de pessoas presente.

O homem põe a mão no peito como se perguntasse "Eu?".

O guarda acena com a cabeça e faz um sinal com a mão.

"Vamos lá, suba", ordena, enfatizando bem as palavras que disse em seguida: "Melhor não deixá-los esperando, Monsieur Duque".

O jovem, que Valière agora sabe ser um duque, fecha os olhos e começa a chorar, e o velho percebe a mancha úmida que atravessa a virilha da calça bufante do rapaz.

"Por favor, não deixe que eu me envergonhe", pensa Valière. "Deixe-me, ao menos, partir com um resquício de dignidade."

O jovem duque é praticamente carregado para subir os degraus que rangem, e seu corpo magro treme entre os guardas. Seus soluços e protestos são audíveis, mesmo com todo o furor da multidão.

"Mas por que devo ir primeiro? Por que eu? O que eu fiz?"

"Que diferença isso faz, seigneur?" O guarda está impaciente; já viu esse protesto inútil vezes o suficiente para se aborrecer com os histéricos de

última hora. Ele precisa fazer o espetáculo acontecer antes que a multidão se torne incontrolável.

Valière observa as mãos bem-cuidadas do homem sendo amarradas e ele sendo arrastado até o centro do cadafalso, e percebe uma cesta trançada que fica logo abaixo do lugar onde a lâmina vai cair. O duque é forçado a se ajoelhar e seu pescoço é imobilizado pelos dedos grossos do guarda, que posiciona o prisioneiro com o rosto virado para baixo, deslizando sua garganta para um suporte de madeira onde foi esculpido um semicírculo polido. Uma prancha de madeira complementar é colocada no topo, de modo que os dois semicírculos formem uma perfeita forca, que segura a cabeça do homem no lugar. O nobre está soluçando agora, e tenta resistir, mas seu pescoço permanece fixo no suporte. A multidão, que o testemunha se debatendo e suplicando, torna-se ainda mais frenética.

Valière para de respirar, mas não consegue desviar os olhos. Um sacerdote faz o sinal da cruz sobre o trêmulo prisioneiro, uma absolvição que o condenado não pode ver. Finalmente, quando o trinco é puxado e a lâmina voa para baixo, Valière fecha os olhos. Ele escuta um ligeiro barulho, um breve golpe, seguido de um rugido ensurdecedor. Em meio à gritaria, o som da cabeça cortada caindo na cesta é abafado.

"Encore! *Mais!*"

"Le prochain! *O próximo!*"

Depois desse primeiro respingo de sangue, a multidão se torna ainda mais voraz. O guarda chama a velha, a mulher frágil e devota que se apoiou no ombro de Valière. Ele não consegue olhar. Não deseja saber como é o semblante dela ao ser escoltada para subir os degraus em meio às zombarias e pragas da multidão. Mais uma vez, ele ouve o ruído repugnante que corta o momento de um breve e ávido silêncio, seguido dos gritos estridentes de euforia. "Encore! Encore!"

O guarda está olhando para ele agora. Apontando para ele. Valière deixa escapar um lento e longo suspiro. Então isso é o que significa encarar a morte.

Um pé depois do outro, Valière dirige-se ao cadafalso e sobe os degraus. Já não sente mais os próprios passos, nem pensa em como suas pernas conseguem levá-lo. O rugido da multidão parece retroceder, para então crescer a distância, e uma estranha sensação se apodera dele, quase como se estivesse flutuando fora de si mesmo.

Alexandre de Valière se ajoelha por conta própria, antecipando-se ao tratamento brusco do guarda. De joelhos, olha para a multidão: um mar de rostos zombadores, contorcendo-se com uma macabra expectativa. Então, seu olhar se fixa em um rosto em particular. Olhos pálidos, pele e cabelos brancos como pergaminho. Ele veio para tripudiar, até mesmo agora? Até mesmo neste momento derradeiro? Contra sua vontade, o velho começa a tremer, o rosto pálido daquele espectador inspira mais terror e fúria do que qualquer lâmina de guilhotina seria capaz. Lazare. Lázaro. O homem que Jesus ressuscitou dos mortos; e que agora envia muitos outros à morte. Valière sustenta brevemente o olhar do homem, jura que aqueles lábios pálidos se separam em um sorriso sinistro. Mas então Valière pisca, forçando-se a desviar o olhar. Não admite que aquele seja o último rosto em que seus olhos repousarão enquanto ainda estiverem nesta terra.

Volta o olhar para o aparato que está diante de si, que o convoca à morte, e sua cabeça desliza para dentro do encaixe. Lá está novamente a cesta de vime, agora embaixo dele, manchada de escarlate. A cabeça da velha está virada para baixo, de modo que tudo o que ele vê é seu cabelo fino e prateado, salpicado de vermelho e à procura do corpo do qual fora cortado. Mas ele não pode evitar os olhos arregalados e vagos do jovem nobre morto momentos antes. Eles o encaram sem piscar, sem luz, congelados de medo.

Os olhos são tão perturbadores que ele já não percebe a multidão. Já não ouve o sussurro do tam-tam-tam dos tambores. Tenta se forçar a pensar em outra coisa, algo que não seja o presente inferno. Para esquecer o cabelo pálido e o rosto incolor de seu inimigo. Para esquecer os olhos atordoados do jovem duque morto logo abaixo de si. Valière pensa no rosto de sua esposa, conjura sua imagem, seus belos traços não marcados pelo tempo ou pela preocupação. Então, sua mente voa para sua maior fonte de felicidade: dois meninos, com cachos louro-escuros, rostos felizes que o fazem recordar a alegria perdida de sua vida. Valière vê os meninos correndo um atrás do outro no jardim, dando gritinhos com sua impulsividade infantil. Com esse pensamento, sorri uma última vez.

Sua visão se escurece por completo, e ele não sente nada quando a multidão explode pela terceira vez, regozijando-se com a morte do velho nobre Alexandre de Valière.

Parte um

1

Paris

Setembro de 1792

O calor finalmente deu uma trégua, anunciando o que os parisienses chamavam de "*le répit*". O alívio. Se fosse dito em outro contexto, também poderia significar graça, embora esta não fosse abundante na cidade naquele verão. Não agora – uma vez que a nova invenção tinha sido instalada permanentemente na Place de la Révolution. As cruzes haviam sido eliminadas dos altares das igrejas, crucifixos eram arrancados do colo das mulheres e jogados nas calhas imundas que descarregavam o vermelho dentro do Sena. Em muitos lugares públicos, a imagem da cruz foi substituída pelo novo ícone sagrado da nação: a guilhotina.

Na Margem Esquerda, em uma estreita rua cheia de casas banhadas pelo sol, todas as janelas estavam entreabertas, de modo que qualquer residente podia descrever com certa precisão as idas e vindas de cada ocupante dos apartamentos ou das casas vizinhas. Nesta manhã, o casal que morava no canto leste, acima da taverna, estava batendo boca – discutindo sobre dinheiro, ou o calor, ou o pão velho que deveria ter durado dias. O casal da casa em frente, com base nos sons que ecoavam do seu dormitório, fazia as pazes após a briga da noite anterior. E um cão de rua, com costelas salientes sob a pele marrom-amarelada, tinha encontrado o prêmio de um osso cozido, que havia arrastado para fora da taverna até a rua, onde agora estava sentando para roê-lo, na esperança de obter cada pedaço de tutano de dentro dele.

"Ora, sua besta sarnenta, olha só o que você apanhou!"

Madame Grocque, esposa do taverneiro, afastou-se da porta e espantou o cachorro com a vassoura. Aproveitando-se do choque momentâneo do vira-lata, ela se abaixou e pegou o osso com seus dedos grossos e sujos. O cachorro, recuperado das pancadas, avançou sobre a mulher, cravando os dentes no banquete que ela queria lhe negar.

"Sua criatura inútil, eu vou arrancar sua pele e jogar você no guisado junto com esse osso! Isso nos faria bem, pois conseguiríamos um pouco de carne fresca."

Madame Grocque chutou o animal, mas o vira-lata se recusou a largar o primeiro bocado que havia conseguido em dias. De uma janela no andar de cima da taverna, um jovem rapaz, que não chegava nem aos 30 anos de idade, largou a pena e escutou a grotesca atividade que ocorria logo abaixo. Esfregando os olhos, suspirou:

"Algum dia, em breve, sairemos desse bairro."

"Jean-Luc?", sua mulher o chamava do outro lado da porta, e a voz dela mesclava-se com os familiares sons matinais de louça retinindo e do bebê chorando. "Você não vai tomar café da manhã antes de sair?"

"Estou indo, Marie."

O advogado se apressou a deixar a escrivaninha do canto do quarto. Levantando-se, enrolou os papéis e colocou-os dentro da pasta. Atravessou a pequena sala em dois passos, alcançando o colete e o paletó surrado que a esposa havia preparado para ele. Quando vestiu o terno cinza, verificou seu reflexo no translúcido vidro do espelho rachado. Aquilo era um fio de cabelo cinzento que estava despontando? Inclinou-se para chegar mais perto, suspirando. Depois do ano que teve, não ficaria surpreso se houvesse alguns cabelos grisalhos atravessando o rabo de cavalo escuro. Os olhos de avelã agora olhavam de volta para ele, avaliando uma fina rede de linhas de expressão desconhecidas; uma nova linha parecia surgir a cada semana.

Na outra sala, no cômodo que servia como cozinha, sala de jantar e sala de estar, tudo ao mesmo tempo, Marie segurava o bebê equilibrado em seu quadril. Sorriu quando viu Jean-Luc parado à porta.

"Você vai tomar um pouco de café?"

"Hmm?" Ele se inclinou e beijou os dois, primeiro a esposa, depois o filho.

Marie inclinou a cabeça para o lado, levantando o bule com a mão livre.

"Oh, certo. Café, sim. Por favor."

Jean-Luc sentou-se à mesa diante de um prato com pão preto, restos do pão de forma do dia anterior e um pedaço quadrado de queijo duro. Marie serviu-lhe um café diluído enquanto ele afastava os papéis que tinha deixado espalhados sobre a mesa. Ela tinha aberto todas as janelas, mas o mormaço que descia do chão do andar de cima do apartamento espalhava-se estagnado e opressivo por causa dos meses de calor intenso.

"Você esteve agitado e se revirou a noite inteira." Marie mudou a posição do bebê e sentou-se em frente ao marido à pequena mesa. "Problemas para dormir novamente?"

Ele engoliu um pedaço do pão duro, balançando a cabeça. Do lado de fora, a velha Grocque ainda gritava com o cachorro, e o animal gania em resposta a outro golpe de vassoura. Marie olhou do marido para a janela aberta e levantou-se para fechá-la.

"Não, deixe-a aberta", pegou a mão dela e a manteve na mesa.

"Na próxima vez que você decidir trabalhar no meio da noite, poderia tentar vir para cá."

"Eu sei. Eu deveria ter vindo para cá para não acordar você e Mathieu. Desculpe-me."

Bebeu o café fraco enquanto ela se sentava novamente.

"Você vai me perdoar por impor minha maldita insônia a você?"

Marie apertou os olhos e pegou um pedaço do queijo do marido, partiu-o entre as pontas dos dedos e começou a mordiscá-lo.

"Suponho que sim. Mas está piorando, você sabe."

"O quê?"

"Sua maldita insônia." Ela inclinou a cabeça para o lado.

"Eu sei", Jean-Luc respondeu. Permaneceram em frente um ao outro em silêncio, ele tomando o café da manhã, ela cuidando do bebê. Depois de vários minutos, o advogado apoiou os cotovelos na mesa e pigarreou. "Acho que vou pegar o caso da Viúva Poitier."

Acariciando a bochecha do bebê, Marie abaixou os olhos e Jean-Luc esperou a reação da esposa. Depois de uma pausa, ela disse:

"Ela não pode pagar, pode?"

Ele balançou a cabeça. Não. Marie olhou para ele, seus olhos castanhos sérios.

"Você é um bom homem, Jean-Luc St. Clair."

Ele pegou a xícara de café, escondendo o sorriso. A aprovação da esposa, hoje em dia tão difícil de conseguir, sempre lhe provocou aquele sorriso. Olhou para ela, os braços ocupados com o bebê, mas seus olhos encarando os olhos dele com firmeza.

"Então, minha amada esposa, você já me perdoou por tirá-la do seu querido sul e trazê-la para padecer neste sótão apertado?"

"Perdoar você?", seus lindos olhos se arregalaram, os cílios piscaram algumas vezes, lembrando-o da garota que o enfeitiçou. Como ela ainda é gloriosa. "Quem falou em perdoar você?" Ela deu um meio sorriso, e Jean-Luc não conseguiu resistir à vontade de se inclinar para beijá-la.

Ele a trouxera do sul da França há pouco mais de um ano, somente alguns meses após terem se casado. O pai dela exercia uma prática jurídica constante, embora não exatamente lucrativa, nos arredores de Marselha, não muito longe da aldeia onde a família de Jean-Luc possuía uma pequena porção de terra desde a época do Rei-Sol, Luís XIV.

Há séculos, a família St. Clair mantinha uma confortável casa de fazenda em uma porção de terra pequena, mas fértil. Foi somente quando seu pai assumiu a propriedade que as fortunas da família – e também as da região, e de toda a França – se deterioraram tão drasticamente. Eles foram forçados a vender a maior parte da propriedade, mantendo apenas um acre com uma vaca leiteira, um punhado de galinhas e a casa para o viúvo e seu filho, Jean-Luc. Não foi por negligência que o pai de Jean-Luc perdeu a terra da família; o velho Claude St. Clair tinha sido um administrador fiel de seus bens. Ele foi simplesmente outra vítima das secas e do cenário econômico incapacitante que assolaram o resto do país durante o governo do último rei Bourbon, herdeiro do sucessor do Rei-Sol, o homem mais insultado da França: Luís XVI. No entanto, Sua Majestade não podia ser considerado o *monarca* mais ultrajado da França; esse título pertencia a sua esposa austríaca, Maria Antonieta.

Quando chegou o momento de Jean-Luc planejar o próprio futuro, aceitou o conselho do pai e se dedicou ao estudo da lei. O que mais havia ali para ele? A terra estava exaurida; não havia mais riqueza que pudesse ser obtida pela agricultura, a menos que você fosse um nobre que desviasse os lucros dos camponeses e depois não pagasse impostos sobre esse quinhão. Sua mãe havia morrido nos primeiros dias de sua infância; seu único parente, uma irmã cinco anos mais velha, casou-se aos 16 anos e morava a um oceano de distância, na colônia de São Domingos, no Novo Mundo. Além de algumas cartas que havia recebido dela ao longo dos anos, Jean-Luc St. Clair, antes de começar seus estudos da lei em Marselha, ocupava-se principalmente em cuidar de seu pai idoso.

Jean-Luc aproveitou o tempo que passou na escola, que oferecia mais emoção e oportunidade do que ele poderia encontrar na sua casa solitária e tranquila. Tendo se destacado nos estudos na Universidade de Aix-Marselha, o jovem e ambicioso advogado procurou algo que fosse além do pequeno escritório de magistrados da sua cidade natal. Candidatou-se a um cargo de advogado iniciante em um respeitável escritório jurídico perto de Marselha. Conhecer e se apaixonar por Marie Germaine, a linda filha de seu empregador, com abundantes cachos escuros e opiniões rápidas e ousadas, foi uma inesperada, porém feliz sorte.

Jean-Luc estava empregado em seu novo escritório, e sua noiva alegremente instalada na confortável casa de campo na propriedade do pai, quando chegou a Marselha a notícia de que o rei Luís e a rainha Maria Antonieta tinham sido arrancados de seu palácio dourado em Versalhes e levados a Paris, onde foram forçados a viver entre seu povo. Jean-Luc, que tinha visto as esperanças de sua família serem praticamente extintas sob um monarca inepto, e que tinha acompanhado com grande interesse a construção de uma república nascente nas colônias americanas, queria viajar para Paris, alimentado por seu idealismo embrionário, assim como muitos de seus jovens compatriotas. Não escondeu o desejo de se juntar ao povo e sacrificar seus confortos mundanos e, se necessário, sua vida em nome da liberdade. Não seria vergonhoso, perguntou a Marie, ter nascido nessa época da História e, no entanto, recuar diante da tarefa gloriosa de um povo livre se levantando em nome da liberdade, da igualdade e da fraternidade?

Mathieu nasceu seis meses depois da sua transferência para Paris, e Jean-Luc estava grato por isso. Marie ficava menos solitária com o menininho de cabelos escuros – que compartilhava seus olhos cor de café e sua personalidade impetuosa –, e contava com ele para preencher as longas horas que Jean-Luc passava trabalhando como advogado administrativo iniciante para o novo governo. Haviam se estabelecido neste sótão de dois quartos – exposto às correntes de vento no inverno e sufocante no verão –, que era tudo o que seu modesto salário do governo podia pagar. Seu sogro, furioso com Jean-Luc por levar sua filha para o distante norte, recusou-se a apoiar a mudança. Se ele visse como ela estava vivendo agora, pensou Jean-Luc, olhando em volta para os cômodos apertados. Eles, sendo do sul, não conheciam a inclemência de um inverno do norte até o ano passado. Nenhum deles havia passado um verão sem a brisa salgada do mar e a sombra das perfumadas árvores cítricas. Havia sido um ano difícil para ambos.

Mas Marie, abençoada seja, nunca reclamou; nunca usou contra Jean-Luc o fato de ele a ter retirado da casa confortável de seu pai para trazê-la a esta cidade barulhenta e suja. Um lugar onde, em mais de uma ocasião, eles tiveram que escolher entre comida e combustível para se manterem aquecidos. Ela era forte, sim. Mas isso também acontecia porque ela, suspeitava Jean-Luc, era tão idealista quanto ele, mesmo que nunca tivesse ousado admitir isso.

"Sr. Figurão, você tem sua própria carruagem esta manhã." Marie se levantou da mesa e estava olhando pela pequena janela; Mathieu estava irritado enquanto ela tentava fazê-lo arrotar.

Jean-Luc pegou um último pedaço de pão duro e terminou seu café. "É Gavreau. Ele planeja me enviar para um dos seus casos. Sabe que não me importo, desde que eu tenha a carruagem."

"Qual é o caso?"

"Outra mansão. Essa pertence a um nobre que mora..., bem, costumava morar, na Place Royale." Jean-Luc recolheu o restante dos papéis espalhados sobre a mesa e forçou-os dentro da apertada pasta. "Os jacobinos querem usar a casa."

"Então eles enviaram a carruagem para você", Marie assentiu, arqueando uma sobrancelha. O marido era privilegiado por ter aquele emprego, mesmo que o salário fosse insuficiente. Mais da metade de Paris estava morrendo de fome, e em alguns dias ele usava uma carruagem para trabalhar.

O trabalho de Jean-Luc consistia em catalogar a propriedade enquanto ela era desapropriada das famílias ricas, uma antiga riqueza do *ancien régime*, agora tão obsoleta quanto a velha ordem em si. Inventário diário dos bens apreendidos – talvez isso não fosse tão estimulante ou significativo quanto o trabalho que ele esperava encontrar; talvez não estivesse desempenhando um papel tremendamente importante na construção da nova França; pelo menos ainda não. Mas antes que pudessem construir o novo país, alguém precisava descobrir o caminho adequado para desmantelar o antigo. Por enquanto, esse era o seu trabalho, administrar os despojos até que o Estado decidisse o que fazer com eles. Quanto aos antigos proprietários cujas riquezas ele agora catalogava, Jean-Luc raramente ouvia falar deles, e talvez não quisesse saber sobre.

"O que aconteceu com a família?"

Marie, como sempre, tinha chegado diretamente a sua mente e parecia ler seus pensamentos com um estranho discernimento. Ela o encarou com seus sérios olhos castanhos enquanto o bebê, pendurado em seu quadril, começava a chorar.

"Perdão?", Jean-Luc puxou a bainha de seu casaco.

"Você disse que estava indo para a casa de um nobre na Place Royale para catalogar os bens da família. O que aconteceu com a família?"

"Não tenho certeza." Ele mudou de posição, olhando para trás em direção aos papéis. "Eles já se foram, pelo que parece. Talvez para a prisão?"

Felizmente, em geral ele só visitava as mansões depois que os ocupantes tinham sido arrastados de seus quartos e jogados nas masmorras em Conciergerie, La Force ou Les Carmes. Tinha ouvido os rumores – relatos de colegas que haviam visitado as prisões. E suspeitava que se precisasse testemunhar as condições por si próprio, seus atuais problemas para dormir ficariam muito piores. Melhor não insistir em pensamentos negativos, disse a si mesmo. Melhor se lembrar do trabalho nobre que estavam fazendo, trazendo liberdade, igualdade e fraternidade para um povo subjugado por ineptos déspotas Bourbons e seus aristocratas insensíveis. Suspirando, colocou a pasta debaixo do braço e cruzou a sala em direção à esposa.

"Estou atrasado."

"Nós sempre podemos... voltar... Você sabe." Marie evitou o olhar do marido, balançando o bebê na tentativa de acalmá-lo. "Se está ficando difícil demais. Se não é o que você pensou que seria."

Jean-Luc congelou, olhando para a esposa com descrença; será que ela estava realmente sugerindo que deixassem Paris? Que desistissem de *da Revolução?*

"O que eu quero dizer é...", balbuciou, "...os problemas de sono. O trabalho...". Acenou com o braço livre mostrando a sala apertada. "Este lugar."

Ele deixou cair os papéis na mesa e se aproximou, colocando os braços em volta dela e do bebê.

"Marie, por favor." Ele estava muito cansado para ter essa discussão. Agora não. Suspirando, sem saber o que dizer, falou suavemente: "Eu sei que você odeia esse sótão".

"Não é somente o sótão que eu odeio."

"Eu não vou ficar nesse cargo por muito tempo."

"Isso é o que você sempre diz..." Ela arqueou uma sobrancelha.

"Mas é verdade agora. Vou falar com Gavreau em breve. Vou solicitar um trabalho mais significativo. Um em que eu possa, finalmente, oferecer uma contribuição e encontrar um propósito mais elevado." Sua voz perdeu a firmeza enquanto falava e seus olhos se voltaram para o chão. As feições de Marie se suavizaram um pouco e ela suspirou. Depois de um longo momento de silêncio, Jean-Luc inspirou profundamente e arqueou os ombros para trás, como se estivesse forçando a si mesmo. "Vamos lá, não podemos desistir tão rápido, Marie. A liberdade é uma bênção. Mas antes que possa ser aproveitada deve ser garantida, e essa batalha não é facilmente vencida."

O choro do bebê ficou mais alto, e Marie mudou seu foco para o filho. Depois de uma pausa, encolheu os ombros.

"É melhor você ir. A carruagem está esperando."

Jean-Luc se inclinou para a frente e mais uma vez abraçou a esposa e o bebê. Marie olhou para ele; ela tinha perdido o bronzeado róseo de suas bochechas, mas ainda falava com o sotaque do sul. Ainda se vestia como uma sulista, com roupas de linho branco, e também cozinhava como uma delas, mesmo que se queixasse de não conseguir encontrar uma botija de açafrão decente em toda a cidade. Ele não conseguia se imaginar enfrentado nada disso sem ela.

"Estarei em casa para o jantar", prometeu e saiu do apartamento, fechando a porta atrás de si. Do outro lado, ouviu o bebê se acalmar enquanto a esposa sussurrava amorosamente, com uma voz mais suave do que música. Jean-Luc olhou para baixo e notou que suas mãos estavam vazias.

"Eu esqueci algo", disse ao abrir a porta e correr de volta ao quarto. Ela olhou para ele, balançando o bebê enquanto limpava os pratos do café da manhã.

"Seus papéis", disse, balançando a cabeça, familiarizada com o esquecimento do marido.

"E isso também." Aproximou-se dela e plantou um beijo em seus lábios. "Sim, de maneira alguma eu poderia sair sem isso", disse, sentindo a preocupação e a tensão diminuírem quando a beijou novamente, enquanto sentia o corpo dela ficar menos rígido em seus braços. Marie deixou que ele a beijasse.

"Odeio estar atrasado, caso contrário, eu..." Suas mãos viajaram até os quadris da esposa, e Jean-Luc sentiu a maciez de sua carne sob a saia de algodão engomada. Então sentiu o tapa que ela deu em sua mão. "Vá logo, seu devasso, antes que eu entre naquela carruagem e vá embora dessa cidade fedorenta."

⌘

O cocheiro da carruagem olhou para cima quando Jean-Luc surgiu na rua ensolarada, e sua expressão continuava aborrecida enquanto examinava o passageiro de baixo nível.

"Cidadã Grocque." Jean-Luc ergueu o chapéu para a vizinha carrancuda, saudando a esposa do taverneiro com o título que, recentemente, havia se tornado compulsório por lei. A Madame Grocque estava apoiada em uma vassoura na entrada da porta. "Que adorável ter um pouco de brisa hoje, não é, cidadã?" Percebendo que não receberia resposta, Jean-Luc não parou enquanto caminhava em direção à carruagem que o esperava.

"Como estão as ruas nesta manhã?", Jean-Luc perguntou. O cocheiro, ajustando as luvas de couro, fingiu não ouvir a pergunta.

Jean-Luc observou um pedaço de papel solitário na calçada de paralelepípedos, rodopiando pela varredura irritada de Madame Grocque. Um panfleto político, pelo que parecia, um dos milhares que flutuavam ao redor da cidade; nos dias de hoje, qualquer homem alfabetizado com opiniões bem-definidas e acesso a uma prensa móvel poderia reproduzir rapidamente um discurso político. No entanto, alguns deles provaram ser leituras interessantes, até mesmo esclarecedoras, e Jean-Luc abaixou-se para pegar o folheto antes de abrir a porta da carruagem e subir o degrau. Leu atentamente o título: *Cidadãos da América se mobilizam em torno do Presidente George Washington para um segundo mandato.* O escritor continuava, pedindo a seus próprios compatriotas franceses que olhassem para aquela nova nação como um exemplo de uma república que protegia a liberdade do povo, um lugar onde, com a cédula de voto, cidadãos livres exerciam o poder, não bandidos e mercenários estrangeiros. A coluna era anônima; este escritor, evidentemente esperançoso de evitar a glória ou a notoriedade da publicação, assinou seu discurso apenas com o enigmático pseudônimo "Cidadão Perséfone". Jean-Luc levantou os olhos do panfleto e, pela janela, enquanto o cocheiro elevava o chicote para estimular os cavalos adiante, gritou:

"Vamos evitar La Place. Odeio ver... bem, as multidões... Muito tráfego." Embora fosse traição admitir, ele não tinha estômago para as multidões em um dia de execução; fazia tudo o que podia para evitar aquela área encharcada de sangue. O motorista mal acenou enquanto dirigia os cavalos para o leste, fora do bairro de Jean-Luc.

Jean-Luc sem dúvida morava entre fervorosos partidários da Revolução. Seu bairro era uma das últimas vizinhanças onde estudantes, peixeiros e prostitutas podiam pagar o aluguel. Talvez devido ao tempo que tinha passado recentemente entre os bens confiscados da velha nobreza, as crianças maltrapilhas da rua que perseguiram a carruagem naquela manhã lhe pareceram especialmente miseráveis. Olhando pela janela, Jean-Luc observou um menino pequeno de calças curtas e pés descalços se alçando ao lado da janela do veículo. A poucos centímetros dele, o menino estendeu uma minúscula palma repleta de sujeira.

"Por favor, Monsieur cidadão, dê uma moeda para minha mãe."

"Fora daí, seu rato imundo!" O cocheiro – ansioso para apressar sua entrega a fim de poder seguir caminho para a taverna antes que as multidões da execução se apresentassem – agitou o chicote e a criança desceu apressadamente. À medida que seu pequeno corpo sombrio ficava para trás da carruagem em movimento, Jean-Luc jogou uma moeda em sua direção, esperando que, ao fazer isso, o dinheiro fosse chegar até sua mãe para comprar um pão em vez de um copo de vinho diluído.

O bairro melhorava à medida que cruzaram o rio para a Margem Direita. Era uma manhã clara em Paris, a luz do sol refletindo a água que lambia as costas das duas pequenas ilhas: a Île Saint-Louis e a Île de la Cité. Uma vez na ponte, o cocheiro seguiu o cais que contornava a margem norte do rio. Estavam evitando a La Place. E, no entanto, quando a carruagem atravessou a Rue Saint-Florentin, Jean-Luc não pôde deixar de olhar para o amplo bulevar. Ali, à distância, ele os viu: vestidos de marrom, figuras sujas, homens com boinas vermelhas acenando a bandeira tricolor, mulheres com gorros vermelhos cobertas com seus tricôs, como se estivessem vendo algo tão mundano como um jogo de rua. Havia milhares deles. Mesmo depois de um ano na cidade, Jean-Luc ainda estava assustado – aterrorizado, se admitisse a plena verdade – pela sede de sangue dos parisienses.

As histórias gloriosas que chegaram de Paris à sua casa no sul haviam despertado dentro dele uma alegria e um sentimento de dever patriótico aos quais ele havia respondido – relatos que rapidamente se tornaram obscuros e macabros quando viu as execuções em praça pública. Mas as últimas semanas trouxeram rumores de eventos ainda mais sinistros, histórias que coagularam seu sangue. Verdade ou não, ouviu que dois mil prisioneiros de toda a cidade haviam sido arrastados de suas celas e cortados em pedaços no meio da noite; não tinha certeza, mas precisava acreditar que isso era apenas uma febre passageira. Um flagelo sangrento que logo acabaria, substituído pelos ideais originais de esperança e liberdade. Era como ele tinha acabado de dizer a Marie: não podiam desistir da liberdade, da nova nação. Ainda não.

O escritório de advocacia ficava a poucos quarteirões ao norte do Sena e a pouca distância da carcaça daquela infame torre de tormento, a Bastilha. Na verdade, se precisasse de um lembrete da razão pela qual estava ali, bastava Jean-Luc olhar para a Bastilha para ter uma confirmação. Por 400 anos, essa grande fortaleza de pedra serviu de prisão, a encarnação física do grande e arbitrário poder do *ancien régime* dos reis Bourbons. Com nada mais do que uma pavorosa intimação real, qualquer pessoa de nascimento comum, culpada ou não de um crime, poderia ser acusada, tirada de sua casa e trancafiada para sempre. Em um dia quente de verão três anos antes, uma multidão maciça e bem-armada marchou do bairro de Saint-Antoine e sitiou a grande fortaleza. Depois de uma luta feroz, e com a ajuda de soldados rebeldes da Guarda Nacional, os pobres homens e mulheres de Saint-Antoine acabaram conseguindo abaixar a ponte levadiça e confiscá-la. Assim, nasceu a Revolução, a partir de uma luta desesperada, consagrada no sangue de seus cidadãos cansados e famintos.

Jean-Luc trabalhava em um enorme edifício administrativo a várias ruas de distância. Seus longos corredores estavam lotados de funcionários legais, banqueiros e secretários – burocratas do novo regime, a maioria deles feliz por simplesmente ter emprego, por aceitar salários insignificantes com os quais poderiam alimentar suas famílias e se gabar de um lugar no novo governo.

Era um edifício movimentado, uma colmeia de determinação e fofoca que variava em seus graus de legitimidade. Nesta manhã, no entanto, os salões da frente estavam menos barulhentos que o habitual. Inclinando-se para uma saudação a um par de guardas – "Cidadãos, bom dia" –, Jean-Luc subiu uma ampla escadaria. No segundo andar, atravessou rapidamente o familiar corredor até chegar à câmara que servia de sala de reuniões para seu departamento.

Parou na entrada. Uma pequena multidão tinha se reunido no escritório. Vários rostos eram conhecidos por Jean-Luc, colegas que trabalhavam em escritórios adjacentes. No entanto, havia mais do que aqueles poucos rostos. Ao que parece, Gavreau, seu supervisor, havia convocado todo o edifício para essa reunião. Seja qual for o propósito do encontro, Jean-Luc estava atrasado.

"St. Clair!", Gavreau o viu chegar e acenou para que entrasse. Ele estava posicionado na frente do escritório, dirigindo-se à multidão. "Cidadão St. Clair, eu estava apenas compartilhando as notícias da manhã com seus compatriotas."

"Que notícias?", Jean-Luc se arrependeu instantaneamente da franqueza de sua reação, mas o que quer que tenha causado tal tumulto entre seus pares, ele não ouvira nada a respeito. A única coisa que observou naquela manhã foi que o calor finalmente havia diminuído e que o povo de Paris ainda parecia faminto e zangado. O supervisor, felizmente, não percebeu sua ignorância, e, em vez disso, continuou a abordar a sala cheia.

"Como vocês sabem, os últimos três meses viram o povo ascendendo e exigindo que sua voz fosse ouvida com mais potência do que nunca."

Vários homens do escritório bateram os punhos contra as mesas, grunhindo seu apoio à afirmação de Gavreau. O supervisor ignorou as interrupções e continuou.

"Toda prisão na cidade está transbordando, e aqueles duques e duquesas perfumados sabem, finalmente, o que significa sentir fome."

A multidão murmurou e assentiu em aprovação enquanto Jean-Luc estava inquieto. Ele sempre se sentia incomodado com conversas acaloradas como essa. Já tinha visto muitos discursos emocionantes começarem com entusiasmo sincero, apenas para se inflamarem repentinamente e darem vazão à fúria da multidão e a uma sede de violência. As bochechas de Gavreau ficaram vermelhas.

"Exatamente no mês passado, nossos companheiros patriotas invadiram o Palácio das Tulherias, onde Luís e Maria Antonieta..."

"Você se refere ao Cidadão Capeto e à meretriz austríaca!", um homem que Jean-Luc não reconheceu interrompeu o discurso com os apelidos que Paris havia dado aos desgraçados rei e rainha do país.

"Chame-os do que você quiser." Gavreau acenou com a mão. "O fato é que, desde o último mês, os Bourbons pararam de engordar suas panças à custa de nossa fome e sacrifício. E eles não estão mais sentados no Palácio das Tulherias, escondendo-se atrás de seus guardas suíços contratados, como se *isso* pudesse ser considerado prisão."

"Eles estão na masmorra de Le Temple com o restante dos ratos, no lugar a que pertencem", gritou uma voz. A multidão aplaudiu em resposta. Gavreau ergueu os braços, tentando reprimir o crescente fervor.

"Irmãos, meus concidadãos, hoje, pela primeira vez, uma assembleia de franceses livres, dotada de todo o poder do povo, se sentará em Paris. Eles, assim como os rebeldes na América, elaborarão uma nova constituição e darão início a uma era de liberdade, igualdade e fraternidade!"

A sala estremeceu ao som dos gritos e dos punhos batendo nas mesas de carvalho. Mesmo Jean-Luc, ao pensar em tal conquista do povo francês, sentiu-se impelido a participar das comemorações.

"*Vive la liberté*!", ele gritou.

Gavreau permitiu que eles se deleitassem em euforia por um momento, sua própria expressão indicando a satisfação profunda que o dominava. Entretanto, quando ergueu os braços, todos ficaram silenciosos mais uma vez, vorazes por mais notícias.

"Foi um bom verão para o povo, não há dúvidas. Centenas de nossos irmãos se juntaram ao nosso novo governo na Convenção Nacional. E poucos milhares daqueles nobres desgraçados não perderam a cabeça, graças ao nosso amigo, o Dr. Joseph-Ignace Guillotin."

Várias pessoas na sala riram e zombaram, mas Jean-Luc mordeu o lábio inferior. Seu trabalho lhe deu uma visão privilegiada do número exato de homens e mulheres nobres que haviam sido derrubados, e, só de pensar que uma cabeça cortada correspondia a cada um dos seus casos diários, sentiu o estômago revirar.

"E, no entanto, nossa Revolução – nossa própria nação – está em perigo." O rosto de Gavreau se tornou sombrio quando a sala ficou em silêncio. "Eu lhes disse que havia notícias hoje, e há. Parece que toda a Europa tomou conhecimento da velocidade e da força de nossa Revolução. E nossos vizinhos do leste estão assustados."

Jean-Luc inclinou-se para mais perto; não tinha ouvido essa notícia.

"Tudo pelo que lutamos pode ser perdido em breve, se não olharmos para o que está acontecendo a menos de cem milhas ao leste. O inimigo está perto", explicou Gavreau. "O duque de Brunswick reuniu uma aliança de quarenta mil prussianos, austríacos e hessianos e está marchando em direção a nossa cidade neste exato momento." Gavreau falava baixo, mas já não competia com nenhuma voz perdida; toda a sala estava silenciosa, todos os olhos fixos atentamente. "Desde que arrancamos Luís e Maria Antonieta de sua luxuosa prisão palaciana, os Habsburgos e seus amigos viram quão séria é nossa Revolução. E não gostaram da aparência dela. As coroas da Europa estão tremendo de medo, e agora decidiram trazer suas espadas contratadas através de nossas fronteiras."

Jean-Luc sentiu o peito se contrair ante o pensamento de soldados estrangeiros marchando através de suas terras, para o interior da cidade deles.

"Este duque estrangeiro... Brunswick... declarou... não, ele *prometeu*...", Gavreau pegou um par de óculos na mesa e começou a ler um pergaminho, "...pôr fim à anarquia no interior da França, verificar os ataques ao trono e ao altar, para restabelecer o poder legal e restituir ao rei a segurança e a liberdade de que hoje ele está privado e colocá-lo em uma posição para exercer uma vez mais a autoridade legítima que lhe pertence".

Com isso, a sala entrou em erupção ao som de gritos e rugidos indignados.

"Deixem os bastardos tentarem!"

"Morte aos tiranos Habsburgos e a seus mercenários estrangeiros!"

"Vamos pegar suas coroas em seguida! Vamos marchar diretamente para a sala do trono Habsburgo e mostrar a eles o que os franceses livres acham do..."

"Você é um tolo, Pierrot, se acha que será tão fácil", interveio Jean-Luc, virando-se para o homem barulhento ao seu lado, um colega impetuoso que geralmente parecia preferir falar a escutar.

"O que você acha, Cidadão St. Clair?" Gavreau acenou com a cabeça para Jean-Luc, permitindo-lhe continuar.

Jean-Luc fez uma pausa e limpou a garganta. Cruzando os braços, arriscou:

"O Cidadão Capeto e sua esposa austríaca eram ricos e têm muitos amigos poderosos. Os reinos da Europa central não ficarão de braços cruzados enquanto uma princesa Habsburgo é obrigada a sentar-se atrás das grades."

"Isso é verdade, St. Clair", concordou Gavreau.

"Então, o que está acontecendo?", Jean-Luc perguntou a seu supervisor, desejando saber se deveria voltar para casa e levar Marie e o bebê para fora de Paris.

Gavreau ergueu o queixo como se lançasse um desafio.

"Chegamos à guerra!" A sala se encheu de maldições e resmungos, vanglórias e declarações, mas o supervisor continuou falando por cima do barulho. "Cinquenta mil franceses valentes se colocam entre nós e aqueles que prometem destruir todas as liberdades que conquistamos nos últimos três anos."

Jean-Luc inspirou e soltou o ar lentamente. Muitos desses soldados, ele sabia, ingressaram nas fileiras do exército francês apenas nos últimos meses, até mesmo semanas, já que a ameaça de uma invasão comandada por uma aliança dos monarcas da Europa passou de rumor sussurrado para perigo genuíno. Faltava-lhes disciplina, treinamento e, na maioria dos casos, uniformes adequados. Jean-Luc esperava que eles pudessem, de alguma maneira, compensar tais deficiências de habilidade com fervor patriótico e zelo democrático, mas ele, como todos os outros, não tinha certeza sobre isso.

Gavreau olhou diretamente nos olhos de Jean-Luc enquanto dizia:

"Todos vocês que estão aqui são bons cidadãos. Tenho a honra de trabalhar com todos e cada um de vocês, e sei que devemos fazer a nossa parte pela República. Se por acaso ouvirmos os sinais de alerta ou os sinos, significa que o inimigo está em nossos portões. De todo homem nesta cidade... aos diabos, de todas as mulheres também... será esperado que peguem em armas e defendam nossa casa. Não devemos nos esquecer: foi um bando de patriotas, mulheres e homens, que conquistou a grande fortaleza da Bastilha. Foi um bando de mães e filhas famintas que marchou sobre Versalhes e tirou os Bourbons de seus penicos de ouro. Seremos a última linha de resistência da França. Derramaremos cada última gota de sangue em sua defesa."

Os homens ofereceram respostas ao grito de guerra de Gavreau com vários graus de entusiasmo. Jean-Luc considerou a possibilidade em silêncio.

Será que pegaria em armas se o inimigo marchasse sobre Paris? Contra essa nova força que ameaçava a segurança de sua família e da sua nação? Sim, ele supôs que sim.

Ao lado dele, Pierrot estava ruborizado e parecia desejar que o inimigo conseguisse chegar às barreiras parisienses, só para ter a oportunidade de derramar seu sangue. Ou talvez estivesse simplesmente furioso por Jean-Luc tê-lo chamado de idiota. Gavreau enfiou as mãos nos bolsos enquanto prosseguia.

"Agora nossos pensamentos vão para nossos irmãos ao leste. Nossos generais, Dumouriez e Kellermann, marcharam com seus valentes soldados ao encontro do inimigo perto das florestas de Valmy. Logo, ou talvez até mesmo hoje, a vitória ou a derrota de nossa Revolução poderá ser decidida nesses prados."

Jean-Luc deixou a notícia penetrar profundamente nas suas vísceras enquanto olhava pela janela. A leste, viu o rio. Além do Sena, as antigas torres de pedra da Catedral de Notre Dame se erguiam contra o céu. A distância, depois do perímetro demarcado pelas muralhas de Paris, onde o verde florescia no antigo campo de caça silvestre de seu desgraçado rei, seus companheiros patriotas esperavam. Jean-Luc estreitou os olhos, desejando ver além da cidade e penetrar naquela extensão verdejante. Não sabia dizer se era apenas um truque de sua imaginação, mas lá, a distância, pensou ter detectado uma fraca espiral de fumaça ondulando em direção ao céu.

2

Bosque de Valmy, França

Setembro de 1792

Os raios de sol se dispersavam através dos carvalhos centenários, lançando uma sombra tremulante sobre a madeira fria e escura. Um boato local afirmava que, neste bosque, em anos de paz e abundância, o rei Luís XVI gostava de espalhar seus cobertores para tirar uma soneca e tomar vinho enquanto seus homens perseguiam os javalis, veados e coelhos que ocupavam essas terras. Mais tarde, eles apresentariam os espólios da caçada ao seu monarca, que içaria as carcaças mortas sobre os ombros compactos enquanto voltava para o terreno do palácio, gabando-se para a esposa de que havia tido outro dia glorioso de caça.

Nesse dia, no entanto, a presa na floresta não era um javali, nem veados ou coelhos. Esses bosques já não eram o campo de caça para esporte e lazer real. Hoje, homens estavam caçando outros homens.

Era quase noite quando os soldados de cavalaria voltaram para o acampamento francês. Chegaram em uma nuvem de cavaleiros e cascos levantando poeira, os cavalos esgotados e com o pelo ensebado por uma fina camada de suor. Vários cachorros ladravam uma saudação estrondosa e espontânea enquanto os ajudantes de campo corriam para receber o destacamento que retornava.

O capitão André Valière passou a cabeça pela portinhola de sua barraca e olhou para o campo. A suave luz índigo do crepúsculo se derramava pelos prados, as últimas fogueiras acesas para cozinhar crepitavam após a refeição noturna, mas a quietude que precedia o cair da noite já havia se dissipado. Os ajudantes estavam tirando as selas dos cavalos e escoltando o grupo que retornava para o acampamento. André apurou os ouvidos para escutar enquanto os batedores murmuravam seu reconhecimento.

"Onde vocês cruzaram o rio?", um ajudante perguntou a um dos cavaleiros.

"Atravessamos na curvatura rasa para o nordeste, depois da encruzilhada em La Lune. Encontramos um dos cavalos do outro lado."

Um oficial da cavalaria visivelmente desalinhado pela exposição ao vento, com as botas pretas cobertas de poeira da estrada seca, passou as rédeas para o ajudante quando desmontou e seguiu rapidamente para uma das tendas centrais.

"Somente um cavalo, nenhum cavaleiro?" O ajudante apressou-se para acompanhar o ritmo do batedor.

"Apenas a montaria." O batedor balançou a cabeça. "Encontramos as fogueiras ainda fumegando. Eles saíram apressados."

Outro batedor estava ao lado deles, ofegante.

"Ouvimos um tiro; supomos que era um batedor prussiano. Brunswick sabe que estamos aqui; fomos avistados."

André saiu de sua tenda e os seguiu a alguns passos de distância, eriçado de interesse.

"Então eles estão avançando para Paris. Vocês trocaram tiros?" O ajudante tentava andar e rabiscar notas ao mesmo tempo.

"Não. Ouvimos os bastardos resmungarem algo em alemão, então urinamos em suas fogueiras, nos apoderamos da montaria e retornamos imediatamente para cá." O oficial que parecia estar no comando tomou um gole de seu cantil e derramou água no rosto. "Onde está o general?"

"Qual deles?"

"O comandante, seu tolo! Dumouriez." O oficial secou a face com a mão suja, piscando os olhos muitas vezes. Passou o cantil de volta para um dos seus batedores e continuou: "Ou melhor ainda, Kellermann. Pelo menos ele pode ter alguma ideia do que está acontecendo aqui".

"Ambos estão dentro da tenda de comando, aguardando o seu relatório."

O ajudante se virou e conduziu o pequeno grupo de batedores em direção a uma grande tenda com uma enorme, embora um pouco esfarrapada, bandeira tricolor, que ondulava de seu poste central. Dois sentinelas entediados guardavam a entrada. Quando os batedores se aproximaram, os soldados cruzaram seus mosquetes na diagonal para que o aço de suas baionetas ressoasse ao mesmo tempo, porém capitularam rapidamente quando o líder dos batedores gesticulou com desdém e passou bruscamente por eles, entrando na barraca. André teria que esperar até o relatório da noite para ouvir o resto.

Então suspirou, olhando na direção da qual os batedores tinham chegado. Entre os cavalos de guerra castanhos, ele viu um solitário lipizzaner branco, um animal da cavalaria prussiana, que relinchava e pisoteava o chão como se desafiasse esses novos ambientes. André examinou o restante do acampamento. Agrupados perto das fogueiras mais próximas das barracas de comando estavam homens que, assim como André, vestiam a farda branca e azul-celeste do antigo exército Bourbon; era o efetivo remanescente do exército da Monarquia, os regulares que tinham sido treinados quando havia um rei para financiar campanhas militares e pagar salários generosos o suficiente para atrair homens das fazendas mais pobres do país, bem como das famílias mais ricas. Esses homens, apesar de seus uniformes brancos e engomados ainda ostentarem a flor de lis dos Bourbons, foram bem-vindos à Revolução e compuseram bem mais da metade das forças do exército. Juraram fidelidade ao novo – embora sempre mutável – governo, e a Revolução precisava de homens com treinamento e habilidade. Foram respeitados e reverenciados, ainda que não incluídos na fraternidade casual e maltrapilha dos guardas revolucionários, que se sentavam ao redor das fogueiras a poucos passos de distância.

Este último grupo vestia qualquer traje mal-ajambrado que encontrasse em seus parcos guarda-roupas. Após o alistamento, a maioria deles usava um casaco azul-escuro com botões de bronze, mas o resto de seus uniformes parecia ser uma colcha de retalhos costurada à mão. Alguns deles não tinham nada nos pés além das solas sujas e das unhas dos dedões rachadas. Formados nas fileiras da nova Guarda Nacional apenas alguns meses antes, esses homens circulavam pela cidade em calças compridas, o que acabou dando origem ao seu novo apelido: *sans-culottes*, "homens sem calças curtas". Tinham cabelos longos e despenteados e citavam como heróis da Revolução os líderes em ascensão, plebeus como Maximilien Robespierre e Georges Danton. Haviam deixado suas vidas como artesãos, operários e fazendeiros para responder ao chamado da Revolução. Eles eram qualquer coisa, menos soldados profissionais.

Na véspera da batalha, estavam sentados ao redor das fogueiras, compartilhando esboços eróticos de garotas taverneiras e botijas de vinho diluído. Jogavam cartas e gritavam obscenidades, em vigoroso contraste com os soldados de linha mais equilibrados e compenetrados nas proximidades. Muitos desses últimos já haviam enfrentado as formidáveis linhas prussianas e austríacas e sabiam o que o nascer do sol lhes traria. Esse novo exército francês era uma aliança frágil, e no dia seguinte passaria pelo seu primeiro teste verdadeiro.

Quando André voltou da tenda de comando para a sua própria barraca, notou que um cavaleiro trotava da mesma direção da qual vieram os batedores. Observou quando o cavaleiro desmontou, com uma carta na mão. O mensageiro identificou André e foi em sua direção, deixando seu cavalo com um dos recrutas alistados.

"Capitão Valière?"

"Sim?" André olhou para o mensageiro e pegou a carta de sua mão estendida. Na verdade, ficava chocado ao receber qualquer notícia, especialmente na véspera de uma luta. "Obrigado."

"Muito bem, senhor", o cavaleiro saudou André e voltou para seu cavalo. O capitão rompeu o selo e abriu a carta, lendo a totalidade do seu conteúdo em uma rápida olhada. Dobrou-a novamente e a colocou no bolso de seu casaco branco, sorrindo ligeiramente e murmurando consigo mesmo:

"Remy está aqui."

"Boas notícias?" Um de seus homens, um cabo chamado Gustave Leroux, sentou-se diante do fogo, bem próximo de André. Leroux tinha um odre de vinho descansando precariamente em seu joelho e, a julgar pela aparência cintilante de seus olhos, já havia desfrutado o suficiente de seu conteúdo.

"Não o suficiente para despertar seu interesse, Leroux."

"Isso eu já não sei, senhor. São notícias da sua bela mãe? Isso pode despertar mais do que apenas o meu interesse." O cabo riu da própria piada.

André respirou fundo, exasperado, e coçou a barba curta que lhe crescia no pescoço, sufocando o desejo de castigar tal insubordinação. Há apenas um ano, um soldado teria sido açoitado por semelhante atrevimento. Mas esta era uma nova era – e um novo exército. Qualquer oficial visto como arrogante ou não *democrático* o suficiente poderia enfrentar um Tribunal Revolucionário, ou pior, um motim.

Ainda assim, Gustave Leroux foi quem, André descobriu, tinha lhe dado a alcunha de "O Marquês", modo como os outros se referiam a ele pelas costas. André não podia ter um de seus homens regularmente chamando a atenção para sua linhagem nobre. O título, embora André tivesse renunciado a ele, ainda constituía um inconveniente, se não um perigo definitivo nos dias de hoje. André tinha abandonado o "de" que precedia seu sobrenome, a antiga designação da linhagem nobre, na esperança de que o exército pudesse ignorar suas origens. Dada a atual crise que a nação enfrentava e a necessidade de oficiais experientes como ele, isso era, ao que parecia, uma esperança razoável – mas não com um de seus homens continuamente o chamando de O Marquês.

Se Leroux sobrevivesse à sangria do dia seguinte, André decidiu, então iria lidar com ele. Bateu de leve no bolso do casaco e respondeu:

"Se forem notícias dela, só eu saberei. O privilégio do nascimento, Leroux." E com isso, André se inclinou e tirou a botija de vinho do joelho do homem. "É melhor estar sóbrio amanhã, soldado. Se não estiver apto a desempenhar seus deveres, será dito que fingiu uma doença para se esquivar do cumprimento de uma obrigação, e será acusado de deserção. E você sabe o que acontece com desertores."

Um distante estampido de três notas de uma trombeta sinalizou a hora das instruções dos comandantes, então André esvaziou o vinho confiscado e atravessou o acampamento em direção ao quartel-general.

Enquanto se afastava, André ouviu a conversa na fogueira atrás de si, o grunhido desafiador de Leroux enquanto dizia:

"Se esse almofadinha nos levar para um massacre amanhã, se tomar meu último suspiro, eu próprio colocarei uma bala nele."

"Cale essa boca, Leroux", um dos sargentos de André, um homem obstinado chamado Digne, interveio. "Preocupe-se apenas consigo mesmo e com os seus deveres. Temos trabalho suficiente contra os bastardos da Renânia do outro lado do caminho, sem nos incomodarmos em lutar uns contra os outros. Entendido?"

⌘

O calor em Paris estava mais ameno, e os bosques de Valmy estavam mais frescos do que a cidade, mas ainda assim o ar dentro da barraca estava quente e exalava um mau cheiro. Ao entrar, André confirmou suas suspeitas: ele era um dos oficiais mais jovens na reunião. Ficou surpreso ao receber uma ordem nesta tarde expressando o pedido do general Kellermann de que estivesse presente.

"André de Valière." Outro jovem capitão chamado François LaSalle apareceu ao seu lado, um rosto familiar dos dias do antigo regime. Como André, LaSalle estava vestido com um casaco branco engomado com bordados e lapelas azul-celeste. Botões de prata traçavam uma linha elegante que descia na frente do casaco, e ele segurava o chapéu de três bicos na mão esquerda, revelando cabelos pretos que haviam sido puxados para trás em um rabo de cavalo similar ao de André.

"LaSalle, como está você?" André trocou um firme aperto de mão com o amigo. E então, inclinando-se para mais perto, sussurrou: "Atualmente, é apenas 'Valière'".

LaSalle balançou a cabeça, entendendo.

"Pois bem, *Valière*, quando você conseguiu chegar aqui?"

"Nós marchamos esta manhã", respondeu André. "E você?"

"Pouco antes do meio-dia", respondeu LaSalle, gesticulando para a frente da tenda. "Você os viu montar o acampamento?"

"Os batedores?", André concordou. "Sim. Eu também ouvi um pouco de seu relatório. Parece que localizaram os prussianos nas proximidades."

"Alguma notícia de seu irmão?", perguntou LaSalle.

"Na verdade, sim. Acabei de receber uma carta dele. Ele está aqui no acampamento, em algum lugar."

"Onde está o general Kellermann?" LaSalle olhou ao redor da tenda, e André fez o mesmo. Na frente, havia uma mesa de grandes dimensões coberta de papéis – listas de escalação de divisões, relatórios de equipamentos, ordens de Paris. Dois mapas pendiam na frente da tenda, com suas grandes superfícies marcadas a tinta. O mapa maior era do leste da França, determinando a direção do Reno, onde atualmente eles estavam acampados. O outro incluía todas as nações vizinhas e as fronteiras imperiais, que estavam destacadas em vermelho.

A multidão reunida na tenda naquela noite estava desproporcionalmente vestida de branco e azul-celeste; os poucos oficiais revolucionários da Guarda Nacional que estavam presentes permaneciam à margem das conversas, puxando seus bigodes, lançando olhares céticos para os colegas de postura rígida e ereta. Talvez depois de amanhã, André ponderou, uma vez que todos tivessem enfrentado juntos a prova de fogo do combate, os dois ramos do exército francês estariam um pouco mais confiantes uns nos outros.

Os batedores de cavalaria, vestidos com seus casacos verdes, estavam rindo uns com os outros no canto da frente, como se tivessem acabado de voltar de uma caçada bem-sucedida no Bosque de Boulogne. Sua força exploradora tinha cumprido o dever naquela tarde, e eles se sentiam animados com a realização e com o fato de terem sido os primeiros a avistarem o inimigo. Logo atrás deles estavam os membros das forças de artilharia – uma parte desproporcionalmente grande da multidão, pensou André, e ele fez uma anotação mental para procurar Remy após as diretrizes relativas à situação. No centro estavam os oficiais e os suboficiais da infantaria francesa, todos aparentando estar mais à margem do que os seus camaradas de artilharia. Este era o grupo cujos soldados ficariam cara a cara com o inimigo prussiano, austríaco e hessiano amanhã. Este era o grupo de André, e as linhas tensas em seus rostos pareciam refletir o nervoso que ele próprio sentia.

Toda a conversa cessou no momento em que a aba da tenda foi levantada e a pequena figura do general Charles Dumouriez apareceu, ladeada pelo rosto desgastado, mas bonito, do general Christophe Kellermann e por um terceiro homem, que André não reconheceu.

"Quem é esse?", André sussurrou quando os comandantes abriram um espaço na frente da tenda.

"O terceiro? É Nicolai Murat, o conde de Custine. É um brigadeiro-general", respondeu LaSalle. André concordou com a cabeça, perguntando-se de onde LaSalle sempre colhia suas fofocas e tentando puxar na memória por que o nome – Murat – lhe parecia familiar. *Murat*. Já ouvira esse nome antes?

Mas as reflexões de André foram interrompidas quando o general Kellermann se aproximou, sorrindo e batendo nos ombros dos homens que o rodeavam. Quando chegou perto de onde André estava, acenou com a cabeça e ofereceu um breve sorriso.

"Capitão, bem-vindo ao acampamento."

André ficou momentaneamente surpreso que o general o reconhecesse como um recém-chegado. Ele conseguiu falar nervosamente, "General Kellermann, senhor", antes que o comandante seguisse em frente.

"Ele é bom", observou LaSalle em voz baixa. "Deve conhecer todos os homens nesta tenda."

Enquanto Kellermann continuava sua entrada, Dumouriez caminhava na frente dele, e uma máscara impassível de calma dominava os traços de seu rosto. Ele era baixo, mas seu uniforme pesadamente engomado e o olhar alerta transmitiam um poder que sua pequena estatura física não diminuía de forma alguma.

O terceiro comandante, brigadeiro-general Murat, seguia atrás de Kellermann e Dumouriez. Seu rosto era irreconhecível, mesmo que o nome fosse vagamente familiar para André. O cabelo preto havia sido puxado para trás em um rabo de cavalo apertado, oferecendo uma visão completa de uma testa larga e um olhar decisivamente impenetrável. Seus olhos eram pequenos, dois berlindes compactos da cor da água fria do mar, mas com um brilho que ardia com uma intensidade formidável. Era alto, mais alto que Kellermann e certamente mais alto que Dumouriez, e valia-se dessa altura para medir os homens à medida que passava por eles. Quando alcançou a frente da tenda, voltou-se e surpreendeu André olhando para ele. O capitão engoliu em seco enquanto os olhos cinzentos de Murat encararam o seu próprio olhar por um momento, com um indício de um sorriso irônico repuxando o seu lábio superior.

"Soldados e cidadãos da França", Charles Dumouriez agora estava na frente da barraca diante dos dois mapas de grandes dimensões, "bem-vindos ao acampamento de Valmy". Ele ergueu o queixo com impetuosidade, fazendo com que a franja das dragonas douradas tremesse sobre os ombros. "Aqui nos encontramos, finalmente, à véspera da batalha."

Os homens ao redor de André se inquietaram; a tenda estava agitada com um palpável zumbido de nervosismo e excitação. Olhando para a direita, Dumouriez assentiu com a cabeça para seu colega.

"General Kellermann, você pode começar as instruções essenciais."

"Sim, senhor." Kellermann levantou-se imediatamente de onde estava apoiado na mesa, batendo palmas apenas uma vez. O cabelo castanho exibia os primeiros fios cinza e estava puxado para trás em um frouxo rabo de cavalo. Os olhos azuis bastante separados brilhavam em um rosto estreito marcado pela experiência e concentração, se não por uma idade particularmente avançada. Enquanto a ameaça da batalha do dia seguinte parecia cair como um pesado manto de ansiedade em tantos outros rostos ao redor da tenda, a fisionomia de Kellermann estava radiante.

"Cavalheiros", disse Kellermann, levantando os braços em um gesto de saudação quase paterna. "É bom ver todos vocês aqui conosco. Como sem dúvida já devem saber, os nossos batedores acabaram de voltar para o acampamento. Parece que encontraram o inimigo." LaSalle e André trocaram um olhar enquanto Kellermann continuava. "Como suspeitamos, não estamos sozinhos nesses bosques. O duque de Brunswick e as legiões prussianas chegaram."

Uma série de sussurros atravessou a barraca antes que Kellermann levantasse a mão e as conversas paralelas se evaporassem.

"Até agora, nossos soldados pouco demonstraram além de medo e pânico diante de nossos inimigos. Soldados destreinados e indisciplinados desmoronaram diante da mera visão da linha de batalha prussiana, muitas vezes sem sequer dispararem um tiro. Cavalheiros", Kellermann fez uma pausa, limpando a garganta, o olhar repentinamente austero, "isso acaba amanhã".

André e os demais homens ouviram atentamente enquanto Kellermann conduzia as instruções essenciais. Como André escutara anteriormente, os prussianos, de fato, estavam acampados poucas milhas a oeste; os exércitos franceses haviam sido capturados atrás dos prussianos, de modo que nada havia entre o duque de Brunswick e Paris. Os franceses avançariam no dia seguinte, esperando cercar as forças da aliança e cortar suas linhas de abastecimento e seus reforços antes que pudessem marchar sobre a capital e estrangular a Revolução.

A luta do dia seguinte começaria cedo, pouco depois do amanhecer, com uma barragem de artilharia pesada. Como André suspeitava, os comandantes franceses reuniram mais canhões e pólvora do que tinham reunido em qualquer das batalhas anteriores contra os austríacos e os prussianos. A batalha de amanhã, Kellermann confidenciou secretamente a seus oficiais reunidos, era a última chance do exército francês de impedir uma marcha inimiga sobre Paris.

"A batalha de amanhã será decisiva para a nossa Revolução", declarou Kellermann. "Se os prussianos tomarem nossa capital, não há dúvida de que vão colocar Luís de volta no trono."

Dumouriez continuou em silêncio, balançando a cabeça. Kellermann fez uma pausa antes de olhar para a frente e encarar cada um de seus homens enquanto concluía as instruções.

"Não só todos os homens nesta tenda serão presos ou enforcados, como todos os direitos e liberdades recém-conquistados para o povo desaparecerão tão rapidamente quanto surgiram. Não é nenhum exagero quando falo a vocês, homens, que não só as suas vidas, como também a própria existência da Revolução e da nação, estão em condições periclitantes."

Quando Kellermann terminou seu relatório, um silêncio tenso dominava a tenda. André olhou em volta, notando os rostos severamente meditativos dos guardas e também dos soldados de linha. Ao lado dele, LaSalle tamborilou os dedos no queixo enquanto assimilava o que havia sido dito. Na frente da tenda, Dumouriez limpou a garganta.

"Obrigado, Christophe", Dumouriez agradeceu com um aceno de cabeça, sem nenhuma expressão ou sentimento aparente em seu rosto. Então, voltando-se para o terceiro oficial, perguntou: "General Murat, deseja acrescentar algo?".

Murat, que estava acariciando distraidamente a ponta do bigode farto e escuro durante todas as instruções essenciais de Kellermann, agora descruzou os braços e se virou para os soldados de casaco azul presentes na sala. Quando falou pela primeira vez, André ouviu um barítono profundo e confiante de uma voz perfeitamente audível em toda a tenda.

"Estamos lutando contra um exército de armas, mercenários e açougueiros monarquistas. Eles podem ter um treinamento melhor, mas temos a justiça do nosso lado", Murat falava diretamente aos guardas esfarrapados, àqueles membros maltrapilhos da milícia que enfrentarão sua primeira ação amanhã. "Não tenho dúvidas de que nossos homens têm coragem."

Esses voluntários vestidos de azul agora acenavam com a cabeça, orgulhosos dessa atenção individual por parte de um general de brigada. Então Murat abriu um sorriso e falou num tom mais leve.

"Soldados com uniformes úmidos, sujeira no rosto, estômagos vazios, fogo no coração e uma excitação maior que seus mosquetes irão gozar da visão de um inimigo excessivamente confiante", a tensão reprimida dentro da tenda foi rompida com uma explosão de risadas sinceras. O general Murat levantou a mão para pedir silêncio, olhando para todo o grupo ali reunido, e então voltou sua atenção para Kellermann e Dumouriez. "Estamos prontos para cumprir nosso dever. Amanhã nossa Revolução se propagará da nação francesa e do seu exército do povo, e será ouvida em todo o mundo civilizado."

"Nós faremos nosso trabalho, Cidadão Murat!", gritou um dos guardas, cheio de confiança.

"Bom!", Murat assentiu. "E não me importo com que frequência vocês vão querer descarregar suas *outras* armas, desde que mandemos os prussianos de volta para o Reno... Todos sabem o que eles dizem sobre aquelas mulheres alemãs."

Outra explosão de gargalhadas ecoou em toda a tenda, ainda mais alta do que a primeira. André inclinou-se para LaSalle:

"Ele parece otimista."

"É tudo encenação", justificou LaSalle. "Apenas tentando levantar o moral. Ele sabe que, apesar de se vangloriarem, muitos dos novos rapazes estão tremendo em suas botas esfarrapadas."

Verdade, pensou André, e talvez um impulso de confiança para corações hesitantes não fosse ruim. O general Kellermann permitiu que o palavrório continuasse por um momento antes de levantar as mãos para silenciar a conversa paralela e o riso.

"Uma coisa de cada vez, cavalheiros. Nosso inimigo ainda não foi confrontado, muito menos derrotado. A tarefa de amanhã não será fácil."

"Simplesmente tentando aliviar os ânimos, Christophe", disse Murat, com o sorriso malicioso se dissipando. "Não duvido do compromisso dos nossos bravos voluntários nem mesmo por um segundo."

"Nem eu, general Murat", concordou Kellermann, olhando com cuidado através da assembleia para os líderes de ambos os grupos, "mas também é importante que conheçamos os riscos. Não há vergonha em sentir apreensão ou mesmo medo, mas, como líderes, devemos fazer tudo o que pudermos para dominá-lo, nunca revelando isso aos nossos homens.

Alguns deles certamente estão nervosos. Certifique-se de que durmam. E tente, o melhor que puder, mantê-los longe do vinho".

Enquanto Kellermann encerrava a reunião, André notou novamente os olhos duros como aço de Murat. O general estava sorrindo, ainda satisfeito com a própria piada libidinosa e com a confiança que alguns homens claramente tinham nele, mas, quando cruzou com o olhar de André, a alegria escapou de seu rosto. André desviou o olhar e virou-se para acompanhar os outros oficiais que saíam da tenda. Um tremor de instintivo desconforto o percorreu da cabeça aos pés, uma sombra de algum pavor inexplicável.

Lá fora, mais uma vez, André respirou o ar frio da noite. Tudo estava em silêncio, exceto por alguns murmúrios nervosos, quando os oficiais saíram. Estava se preparando para voltar para seus homens quando ouviu seu nome ser chamado.

"Valière!"

André se virou e sua postura instintivamente se endireitou quando viu o general Kellermann se aproximando.

"Senhor, general Kellermann", André saudou.

"É bom finalmente conhecê-lo, capitão."

"Digo o mesmo, senhor." Claro que André já tinha visto o general muitas vezes, tendo servido em sua legião por quase um ano. Mas nunca esperou que ele o reconhecesse e muito menos que soubesse o seu nome.

"Dumouriez me disse que você é jovem e não tem sangue nobre, mas mostrou-se promissor. Temos sorte em tê-lo entre nossos homens."

André lutou contra o rubor que ameaçava trair sua surpresa e prazer; o fato de dois generais saberem quem ele era, e ainda terem conversado sobre ele, era um pensamento lisonjeiro.

"Obrigado, senhor."

"Você serviu antes... sob o velho...", Kellermann fez uma pausa, perdendo apenas brevemente a característica expressão de compostura e confiança. "Você é um graduado da academia militar de Brienne, não é?"

"Sou, senhor." André ficou um pouco mais ereto, surpreso com o conhecimento do general sobre seus antecedentes. "Completei meu treinamento ali quatro anos atrás."

"Eu também sou um homem de Brienne. Viva o leão dourado!" Kellermann ofereceu a sugestão de um sorriso medido. "Você é do norte, não é?"

"Sim, general, minha família vem da Normandia", foi só o que André falou. Kellermann provavelmente já sabia de seu segredo preocupante: que André vinha de uma aristocracia fundiária da costa norte, cujas terras e títulos eram até mesmo anteriores à expulsão dos britânicos da Normandia. Não havia, contudo, necessidade de alardear a culpa de seu direito de nascença. E, além disso, o próprio Kellermann estava em situação semelhante, tendo renunciado às suas próprias terras e ao título de conde de Kellermann no início da Revolução.

"Soube do seu... infortúnio", Kellermann continuou, falando baixo, a voz quase inaudível. "Sabe, eu tive a honra de conhecer seu pai."

"O senhor... o senhor o conheceu?" Apesar de seus esforços para permanecer impassível, André agora estava boquiaberto.

"Também em Brienne", Kellermann confirmou. "Ele estava vários anos à minha frente, mas eu o admirava muito. Espero que não se importe com o que vou dizer, mas ele era um bom homem."

André pestanejou, lutando para se controlar enquanto a familiar inundação de dor e tristeza e de um estranho novo sentimento, talvez culpa, rasgava seu interior, cauterizando-o como um ferro cruel e quente. Ele não pôde deixar de relembrar a imagem do rosto do pai na última vez em que o contemplou. Na noite em que o pai enviou sua mãe para a Inglaterra, na noite em que ele implorou a seus filhos que permanecessem no exército e mudassem seu sobrenome, na esperança de que essas duas ações pudessem ser suficientes para salvá-los de seu próprio destino.

"Mas eu o aborreci com tais lembranças. Claro que sim. Desculpe-me", disse Kellermann, com seu tom passando a ser mais suave.

"Não há necessidade de pedir desculpas, senhor." Assumindo uma respiração lenta e calculada, André tentou acalmar a voz trêmula quando respondeu: "Obrigado, senhor."

"Ele era um bom homem", repetiu Kellermann depois de uma pausa.

"Era."

"Mas vocês eram dois, dois filhos, se não me engano...?"

"Sim", André admitiu. "Meu irmão, Remy. Acabei de ter notícias dele. Está aqui no acampamento de artilharia com o Décimo Terceiro Regimento. Na verdade, pensei que poderia ir buscá-lo antes da última chamada da corneta."

"Então vá e faça isso", Kellermann o incentivou, acenando com a cabeça, os olhos claros mostrando uma pitada de simpatia. "E saiba que estamos felizes por ter dois dos... rapazes Valière em nossa companhia. Teremos grande necessidade de seu irmão e seus companheiros de artilharia amanhã. Suas armas podem fazer toda a diferença."

André balançou a cabeça, aliviado por voltar ao tópico da batalha, incomparavelmente mais fácil.

"Então, esta é a primeira vez que você experimenta um combate, capitão Valière?" Kellermann fez um gesto para que André o seguisse, e os dois se afastaram da tenda de comando. O acampamento agora estava iluminado somente pelo fraco luar e por uma dúzia de fogueiras, e sinistramente silencioso, exceto por alguns murmúrios suaves de conversas tensas. Um cavalo relinchou na direção das tropas acampadas ao ar livre. André fez uma pausa, repentinamente embaraçado quando respondeu:

"Sim, senhor. Eu marchei e pratiquei durante anos, é claro. Mas ainda não à vista do inimigo."

"Tenho certeza de que está impecavelmente preparado, capitão Valière." Kellermann olhou para André, fazendo uma pausa. Seus olhos miravam fixos para o nada, como se ele estivesse perdido em um devaneio e, por um momento, André não tinha certeza se deveria preencher o silêncio com algum comentário. O general se mexeu repentinamente e se inclinou para a frente: "Basta lembrar, capitão, que quando sua imaginação começar a ser dominada por visões de horror e de sua própria morte iminente, o seu espírito deve prevalecer e ser o mais forte dos dois. Caso contrário, o medo se insinuará e criará raízes, e você será incapaz de agir ou de pensar. Lembre-se dos exercícios e diga a si mesmo que a vitória o espera logo à frente."

"Sim, senhor."

Com um sorriso encorajador, Kellermann apertou a mão de André e disse:

"Boa sorte. E não se sinta muito envergonhado se molhar as calças. Embora a maioria nunca o admita, muitos que enfrentam o primeiro batismo pelo fogo também enfrentam o batismo pela própria urina." Com isso, o general se virou e entrou na escuridão da noite recém-chegada, deixando André sozinho.

Lá ele ficou por alguns momentos, sua mente digerindo a conversa que tinha acabado de ter. O general tinha *procurado* por ele, sabia de seu pai e de sua família... Se ao menos Remy estivesse aqui para testemunhar; mas seu irmão mais novo nunca acreditaria que isso tinha acontecido.

"Valière, certo?", uma voz profunda surpreendeu André, tirando-o de seu devaneio. Uma figura alta com um rabo de cavalo escuro aproximou-se, saindo das sombras.

"General Murat", André juntou os calcanhares e o saudou. Fez um esforço para conter sua surpresa ao ter a oportunidade de falar pessoalmente não só com o general Kellermann, mas agora também com Murat.

O general retornou a saudação e André abrandou ligeiramente a postura.

"Eu ouvi parte de sua conversa com Kellermann. Então você é o filho do Bom Homem de Valière?"

André estremeceu involuntariamente, baixando os olhos; então esse assunto ainda não havia acabado.

"Eu era, senhor. Ele já não vive." André resistia ao desejo de mencionar que ele havia renunciado ao seu título e abraçado a causa da Revolução. Em vez disso, deixou Murat continuar.

"Kellermann falou gentilmente de seu velho pai. Mas, até aí, Kellermann fala gentilmente de todo e qualquer indivíduo. Nunca se sabe exatamente o que é verdade e o que é, bem, o encanto de seu caráter excessivamente generoso."

André mudou de posição, mas permaneceu em silêncio.

"Capitão Valière, por acaso eu ouvi que você ainda não conheceu o inimigo no combate?"

"Correto, senhor."

Murat expirou por entre os dentes, produzindo um assobio agudo.

"Tome cuidado para não permitir que as músicas e as poesias o seduzam – esses homens marcham e cantam a 'Marseillaise' com um espírito admirável e, no entanto, eu me pergunto se já viram o que uma salva de tiros pode fazer com um homem. A batalha não é glamourosa, nem bonita."

André assentiu, pressionando os lábios. Ele supunha – *esperava* – que quanto antes deixasse o general falar o que queria, mais rápido os dois poderiam se separar e ele poderia ir procurar seu irmão.

"Eu me lembro do primeiro combate em que estive. Perto de Warburg." A voz de Murat se aprofundou. Quando falou em seguida, olhou para André diretamente nos olhos, o cinza de sua íris captando um brilho de luz da lua. "Uma bala de canhão de seis quilos rasgou a barriga do meu cavalo e eu deslizei entre as duas metades de seu corpo. Eu estava coberto de tripas e merda de cavalo."

André emitiu um grunhido instintivo, e Murat olhou para ele de forma avaliadora. Debaixo de seu fino bigode, os lábios do general se curvaram em um sorriso malicioso e sem alegria. Murat continuou. "Mas ficou ainda pior. O oficial comandante do meu batalhão teve os miolos estourados e eu fui encarregado de comandar 300 homens para atacar uma bateria hanoveriana."

André engoliu em seco, tentando manter uma máscara de fria compostura. As sobrancelhas escuras de Murat se arquearam enquanto ele se aproximava de André.

"Os soldados podem ser homens simples, mas têm instinto. Conseguem sentir o medo. E nenhum homem fede mais a medo do que o jovem oficial inexperiente que nunca esteve diante do inimigo."

André empertigou os ombros, olhando para a fria água do mar dos olhos de Murat.

"Bem, senhor, vou tentar mostrar o contrário."

Murat estudou por um momento as feições de André, fazendo uma pausa antes de falar.

"Esperemos que sim", disse, finalmente, exibindo o mesmo sorriso encenado que havia mostrado durante a leitura das instruções essenciais. "Bem, descanse, capitão. Quem sabe quão difícil o amanhã poderá ser?"

"Sim, senhor", André saudou quando Murat se virou. Ao sair, o comandante fez uma pausa, olhando uma vez mais por sobre o ombro.

"Ah, capitão?"

"Senhor?"

"Não se molhe amanhã."

André acenou afirmativamente, saudando uma última vez antes de virar na direção oposta ao general. Uma vez que estava certo de que havia distância e escuridão suficientes entre eles, André chutou a sujeira que estava a seus pés. Apertando a mandíbula, respirou pelo nariz e rosnou:

"Me molhar!" André estava tão chocado com a conversa, com a hostilidade aparentemente inexplicável de seu superior, que nem percebeu a aproximação de uma figura até trombar nela.

"Olhe por onde anda, seu bastardo desajeitado!"

A escuridão ocultava o rosto do homem que lançava o insulto, mas não a voz. André enfrentou a calúnia, sentindo todo o corpo se retesar. A figura tinha virado as costas e estava se afastando, mas André não podia permitir tal insubordinação.

"Soldado!", urrou André. "Fique atento. Você percebe que acabou de insultar um oficial?" Caminhou em direção ao homem que agora havia parado. André estava perto o suficiente para que seus olhos delineassem os traços de seu ofensor. Um lampejo de reconhecimento o atingiu e André não conseguiu evitar que uma risada de surpresa lhe escapasse.

"Remy, seu bufão estúpido e insubordinado!" Ele ergueu a mão e deu uma bofetada brincalhona na bochecha do irmão. Quando se recuperou do golpe, o reconhecimento surgiu no rosto do outro homem, e Remy Valière se arremessou sobre André, puxando-o para um abraço que rapidamente se transformou em um golpe, enquanto os dois irmãos rolavam um com o outro no chão.

André escorregou dos braços do irmão mais novo; Remy pode ser o mais bonito dos dois, mas André sempre foi melhor lutador. Dentro de alguns segundos, prendeu Remy com uma chave de braço e o reteve por um momento, apertando-o o suficiente para mantê-lo preso, mas não para sufocá-lo.

"Você insultou um capitão, Remy. Sabe o que eu poderia fazer com você?"

"Não sei, senhor. Você é tão novo quanto o uniforme de capitão permite ser. O que você *poderia* fazer?"

André liberou o rapaz e Remy se levantou, sorrindo enquanto olhava para o irmão mais velho.

"Não serei tão inexperiente depois de amanhã", disse André, na defensiva, realinhando o casaco. "Amanhã, nesse momento, todos nós seremos muito mais experientes."

"E estaremos muito menos sóbrios", respondeu Remy.

"Isto é, se ainda estivermos vivos." André olhou para o irmão. Embora ligeiramente menor do que ele, Remy era uma figura bonita em seu uniforme. Sempre foi popular com as moças; até mesmo sua mãe o tinha favorecido, e há muito tempo André tinha admitido esse fato para si mesmo. Remy compartilhava a personalidade jovial e a boa aparência da mãe, enquanto André lembrava o pai, mais sério no temperamento e nos traços. Enquanto o cabelo de seu irmão era de um dourado-claro, o de André era marrom-claro. Os olhos de Remy eram azul-claros enquanto André herdara a cor de avelã dos olhos do pai.

"Remy, estou falando sério."

"Você sempre está falando sério."

"Remy, você não pode caminhar pelo acampamento falando do jeito que você acabou de fazer. Se tivesse se dirigido a qualquer outro oficial com esse modo de falar, teria recebido vinte chicotadas. Ou pior, teria sido jogado de volta em uma cela em Paris."

"Não se preocupe, irmãozão, eu sabia que era você. Quem mais andaria com uma expressão tão taciturna, mergulhado nas próprias preocupações?"

André suspirou, supondo que talvez o irmão estivesse certo. Ele vinha perdido em pensamentos depois das conversas incomuns com Kellermann e Murat.

"Você teve notícias de mamãe?", Remy mudou de assunto, o rosto agora despojado da usual expressão despreocupada.

"Não. E você?"

"Não..." Remy balançou a cabeça, suspirando. "Há vários meses. Ela ainda estava segura em Londres quando soube dela pela última vez. Por que você acha que ela parou de escrever?"

André baixou os olhos, deparando-se com um pouco de sujeira em seu uniforme branco. *Era* estranho não ter nenhuma palavra da mãe. Mesmo em momentos de sublevação como esses, acreditava que ela tentaria freneticamente escrever para seus meninos. E, no entanto, nada. Sem cartas há meses.

"É melhor para ela desse jeito", declarou André, com um calculado tom de indiferença. "Ela está segura em Londres, esperando que a situação se resolva por aqui." Melhor para ela, também, não saber que seus dois filhos marchariam para a batalha amanhã, mas não acrescentou isso.

"*Se* a situação se estabilizar por aqui. Diga, você recebeu minha carta, irmãozão?"

"Recebi, e estava indo a seu encontro. Onde você está acampado?"

"Estou com a bateria principal no outro lado do campo, a oeste da cadeia montanhosa da linha ocidental. Você deveria ir vê-la, André. Deve ser a maior reunião de canhões que este país já viu desde Joana d'Arc."

"Isso é bom. Pelo andar da carruagem, vamos precisar disso."

"Sim. O que você ouviu?", perguntou Remy, cruzando os braços.

"Eu estava justamente recebendo as instruções com o general Kellermann, Dumouriez e os outros. Os prussianos estão esperando por nós a oeste."

"A oeste? Será que não percebem que isso lhes dá um trajeto inequívoco para Paris?"

"Parece que eles querem nos enfrentar primeiro, para garantir que suas linhas de abastecimento estejam garantidas antes de marcharem sobre nossa capital."

"Olhe só para você, ficando todo importante e poderoso com os relatórios dos generais." Remy deu um sorriso maroto, golpeando divertidamente André no ombro. "Meu irmão, tomando parte de uma reunião para transmitir instruções com o próprio general Kellermann."

"A propósito", disse André, sem se importar com os socos fingidos de Remy, "você já ouviu falar de um general Murat?"

"Nicolai Murat?", disse Remy. "Claro que ouvi."

"Quem é ele?" André franziu a testa.

"Um herói!" Remy inclinou a cabeça. "Os homens o chamam de General Bigode."

"Eu posso até participar das reuniões estratégicas, mas você sempre soube como localizar as fofocas", respondeu André. "Quais são os antecedentes dele?"

"Matou muitos britânicos na América", disse Remy, encolhendo os ombros. "Ele é um conde, porém ninguém odeia mais a nobreza do que ele."

"Isso não faz sentido!"

"E alguma coisa faz sentido hoje em dia?" Remy encolheu os ombros novamente. "Estes não são exatamente dias de razão."

André absorveu a resposta de seu irmão, recordando-se da tenda, do bigode negro retinto de seu superior, dos lábios estreitos e apertados e do olhar duro e frio que ele havia lhe dirigido.

"Ele é bastante popular entre os soldados da Guarda Nacional e os revolucionários", continuou Remy. "Até certo ponto parece ser um deles. Também tem um senso de humor meio depravado, pelo que ouvi", completou Remy com um lampejo de sorriso.

"Ah, eu notei isso." André deu um sorriso ferino.

Um toque de clarim soou através do acampamento, um sinal para apagar as fogueiras e ir para a cama, e os homens começaram a se instalar em pilhas de cobertores e colchões de palha.

"É melhor voltar ao alojamento da artilharia antes que eu me perca e acabe vagabundeando no campo prussiano", disse Remy, recolocando o chapéu de três bicos na cabeça.

"De fato. Tem certeza de que vai encontrar o caminho?"

"Acho que sim", disse Remy. "Se ouvirem um tiro e alguns insultos em alemão, saberão que tropecei na direção errada."

"Estou mais preocupado com você tropeçando para ir encontrar a taverna mais próxima."

"Uma taverna? Eu?", Remy ofegou, a voz retinindo com uma indignação simulada. "Nunca sonhei em pôr o pé numa taverna na noite anterior a uma batalha."

"Que bom."

"Esta noite será apenas o bordel para mim."

André deu uma risada curta e relutante, antes de ficar sério novamente. Colocando a mão no ombro do irmão mais novo, falou em tom baixo.

"Deus esteja com você amanhã, Remy." André fez uma pausa, tentou acalmar a voz. Agora não era hora de dizer o que realmente queria dizer: *você é tudo o que me resta neste mundo.* Em vez disso, pigarreou e disse, sem modulação: "Mantenha-se a salvo".

"Aqueles duques prussianos apreciam a beleza." Remy jogou a cabeça para trás, convencidamente. "Eles nunca matariam alguém tão lindo como eu. Você, por outro lado, André, corre sérios riscos."

André riu, apesar do clima de tensão.

"Apenas me prometa que você vai se cuidar." E, então, inclinando-se para perto, sussurrou para o irmão mais novo: "E, pelo amor de Deus, mire de verdade com aquelas armas".

"Faremos isso. Nossa bateria está na frente e no centro; não temos como perder", disse Remy, batendo nas costas do irmão. "Verdade seja dita, amanhã nossas armas irão desencadear o inferno na Terra. Os pobres bastardos nem imaginam o que está por vir."

"Apenas fique a salvo, Remy."

"Você também, meu irmão."

3

Paris

Setembro de 1792

Jean-Luc St. Clair olhou para a mulher sentada diante de si, esperando que ela parasse logo de chorar.

"O senhor não entende... *Cidadão* St. Clair", balbuciou, fazendo com que a criança que estava em seu colo se mexesse. "Antes do senhor, dez advogados viraram as costas para mim e para os pequeninos. Nos rejeitaram completamente."

"Por favor, Cidadã Poitier." Jean-Luc alcançou o outro lado de sua mesa e ofereceu-lhe seu lenço.

"Obrigada, senhor." A mulher pegou o lenço das mãos dele e começou a enxugar as lágrimas que deixaram um rastro nas bochechas sujas, como um rio que atravessava um campo lamacento.

Dando-lhe um momento para se recompor, Jean-Luc fingiu um interesse repentino na organização dos papéis sobre a mesa. Depois de uma pausa, olhou para a mulher e disse:

"Cidadã Poitier, estou feliz por ser útil a você e a seus filhos. E tenho fé de que, juntos, veremos a justiça ser feita."

"Oh, monsieur..." A viúva olhou como se estivesse prestes a recomeçar a chorar.

"Se não for um incômodo, cidadã", Jean-Luc pegou a pena, mergulhou-a no tinteiro e manteve o tom de voz estritamente profissional, "você faria a gentileza de me familiarizar com os detalhes do caso?"

Quando a Viúva Poitier assoou o nariz no lenço que pertencia a ele, Jean-Luc evitou o olhar de Gavreau do outro lado da sala.

"Talvez, cidadã, eu possa começar coletando alguns fatos sobre a sua família...?"

"Tudo bem", ela concordou, descansando o queixo no topo da cabeça da criança que trazia ao colo.

"Quantos filhos você tem?"

"Seis estão vivos. Três, enterrados. Como... como o pai deles", disse levantando o lenço mais uma vez, os soluços torturando seu corpo.

"Lamento ouvir isso." Jean-Luc uma pausa no que escrevia, permitindo que a viúva esfregasse levemente os olhos. "Se você for capaz de discutir isso, cidadã, quando ocorreu a morte de seu marido?"

"Pobre Ole Jacques, ele está enterrado há três anos. Morreu enquanto eu carregava esse aqui em minha barriga, pouco antes da invasão daquela fortaleza sangrenta. Oh, eu continuo pensando, se ele pudesse ter resistido por mais alguns meses..."

E a viúva enterrou o rosto no lenço molhado, abraçando o filho bem perto do peito. Jean-Luc remexeu-se na cadeira, ainda evitando encarar o olhar do supervisor do outro lado do escritório lotado. Seguiu em frente.

"Realmente lamento que esta entrevista traga tantas lembranças terríveis, Cidadã Poitier. Mas quanto antes eu coletar os fatos, mais cedo posso começar o trabalho de tentar colocar a senhora e as crianças de volta em sua legítima casa."

"E já não esperamos por isso tempo suficiente, senhor?", disse a Cidadã Poitier, mordiscando uma unha suja enquanto olhava para o advogado. Jean-Luc esticou-se para trás e empurrou a janela vizinha a ele, permitindo que entrasse alguma brisa.

"Se for possível, cidadã, faria a gentileza de me guiar pelas circunstâncias da morte de seu marido e pela posterior remoção de você e das crianças de sua casa?"

A viúva ergueu os ombros, como se forçasse a si mesma a se lembrar desses acontecimentos odiosos. Quando falou, suas palavras foram marcadas pelo sotaque da classe trabalhadora, mas ela deu seu testemunho de maneira direta e autoritária.

"Jacques e meus dois filhos mais velhos trabalharam na terra do marquês de Montnoir. Meu Jacques era um fazendeiro arrendatário para o lorde, como fora o pai antes dele. Tínhamos uma casa de campo em nosso pedacinho de terra. Não era nada extravagante, mas era nossa. Esteve na família do meu marido por gerações e gerações."

Jean-Luc rabiscava furiosamente enquanto transcrevia a entrevista. "Continue, por favor, madame. Quero dizer, cidadã."

"Um dia, três anos atrás, meu filho mais velho chegou correndo pela porta, gritando como se tivesse visto o fantasma de São Paulo ressuscitado. Ele berrava aflito que o pai estava sendo pisoteado. Então, sem ter a menor ideia do que estava acontecendo, entreguei meus bebês a uma das minhas filhas e parti às pressas para os campos. Eu não podia correr rápido, você sabe, porque estava grávida deste aqui." A viúva gesticulou para a pequena criança que se remexia em seu colo. "Mas quando cheguei lá, encontrei meu Ole Jacques..." A mulher fez uma pausa, trazendo mais uma vez o lenço de volta aos olhos. "Lá estava ele, deitado, com as costas no chão, morto pelo coice de um cavalo no coração." A viúva parou, fazendo o sinal da cruz. Jean-Luc não achou necessário dizer-lhe que tais gestos católicos agora eram muito perigosos.

"Cidadã, sinto muito por ouvir isso." Jean-Luc suspirou, com voz calma. "Mas como isso aconteceu?"

"Foram meus meninos que viram como aconteceu, não eu. Eles estavam nos campos, os três. Era abril, então tinham acabado de começar a semeadura. Descendo da casa, apressado, vinha o marquês e alguns dos seus lacaios. O marquês sempre estava andando a cavalo, espreitando o caminho para a caçada ou para a cidade, então meu Jacques nem deu muita importância, e disse aos meninos para continuarem trabalhando. Meus garotos eram homens fortes. Mas então o marquês parou o cavalo bem diante deles e começou a perturbar o meu Jacques, cobrando o arrendamento, alegando que estávamos atrasados em nossos pagamentos. Essa era uma mentira descarada, veja bem. Meu Jacques nunca perdeu um pagamento na vida. Nós éramos pessoas honestas que pagávamos nossas dívidas, e o marquês sabia disso!"

"Compreendo." Jean-Luc acenou vagarosamente com a cabeça. "Por favor, continue; o que aconteceu depois?"

"Então, meu marido tratou de se defender diante do marquês e de seus rufiões. Ele não era homem de ser acossado por nenhum nobre imprestável que se diverte à custa dos fazendeiros arrendatários. Aí, de acordo com o que os meus filhos contaram, o marquês começou a gritar, e então meu marido começou a gritar de volta. Apenas se defendendo, veja bem. Tudo o que eles viram em seguida foi que o marquês ergueu o chicote e começou a bater em meu marido e no pobre cavalo da fazenda, que pertencia a meu marido. Meus filhos tentaram deter o senhor, mas os lacaios dele os impediram." A viúva fez uma pausa novamente, recompondo-se.

"O marquês deve ter atingido o cavalo da fazenda muitas vezes, porque em seguida eles viram o velho animal se empinando com os cascos no ar, como se tivesse acabado de avistar o próprio diabo. Aquele marquês está muito perto do diabo, se você me perguntar. Meu marido tentou acalmar a besta, antes que ela disparasse pelos campos e causasse algum problema verdadeiro para ele. Mas você sabe... quando o cavalo aterrissou..." A voz dela falhou. Jean-Luc deu-lhe um momento, mas precisava ouvir tudo, para o registro legal.

"O cavalo pisoteou seu marido, Cidadã Poitier?"

"Sim", a mulher confirmou. Sua voz estava fraca enquanto Jean-Luc registrava a conversação. Depois de uma pausa, a viúva olhou para o advogado, os olhos úmidos, mas ferozes, como se estivessem inflamados pela crescente sede de vingança.

"Mas, veja bem, todo o negócio foi inventado! As acusações de que estávamos atrasados com os pagamentos."

"Sim, a senhora mencionou que seu marido nunca atrasou os pagamentos. Por favor, poderia explicar melhor esse assunto? Por que acredita que o marquês de Montnoir teria dirigido essas falsas acusações contra o seu marido?"

"Eu sei exatamente por que ele fez isso." Ela acenou com a cabeça. "O marquês de Montnoir era um homem cruel por natureza. Sempre foi, ouvi o meu marido dizer. Mas deixando de lado essa mesquinharia, o lorde estava com raiva de nós naquela primavera. Pergunte a qualquer um naquelas terras; ele estava em cima do meu pobre marido."

"Por que o marquês de Montnoir teria visado o seu marido em particular, Cidadã Poitier?"

"Meu marido casou nossa filha mais velha, Sylvie, com o rapaz que ela amava, sem contar para o marquês. Fez isso enquanto o lorde esteve ausente no inverno anterior. Veja", ela se inclinou, ficando bem próxima, certificando-se de que nenhum dos outros funcionários da sala poderia ouvir o que tinha a dizer, "muitas vezes ouvimos rumores. Sórdidos, rumores obscenos".

"Rumores de que tipo?" O pulso de Jean-Luc se acelerou.

"Ouvimos de mais de um fazendeiro arrendatário que o marquês reivindica o *Droit de Seigneur.*" A viúva fez uma pausa, o olhar repleto de significado, e Jean-Luc percebeu naquele momento que ela não era uma mulher ignorante. Não era sofisticada, certamente. Mas essa mulher simples conhecia a vida e o mundo de uma maneira que, sem dúvida, a tornara mais acostumada à crueldade e às dificuldades do que ele, ou do que qualquer outra pessoa neste escritório. "Você sabe, Cidadão St. Clair, sobre o 'Direito do Senhor'?"

Jean-Luc abaixou os olhos, afirmando com um gesto de cabeça. Conhecia a antiga tradição do *Droit de Seigneur.* Entretanto, sempre acreditou que era uma lenda antiquada, uma história de horror contada por aqueles que desprezavam as classes nobres e buscavam justificativa para os recentes derramamentos de sangue. Nunca imaginou que ainda era praticado, e muito menos tão perto de Paris.

"Bem, meu Jacques não permitiria que o marquês de Montnoir destruísse nossa filha. O senhor era um homem libidinoso, estava sempre atormentando as filhas dos fazendeiros, e certamente não se satisfazia com aquele peixe frio que era sua esposa. Mas meu Jacques não aceitaria isso. Então ele casou Sylvie e não contou à Sua Senhoria." A Viúva Poitier pressionou o dedo indicador na mesa entre eles. "Então, você pode avaliar o quanto o *Seigneur* ficou irritado quando descobriu que lhe tinha sido negada a noite de casamento de Sylvie."

"Cidadã Poitier", Jean-Luc abaixou a pena, a boca repentinamente seca como um pano engomado, "acho que vou buscar um pouco de água para nós. Posso trazer alguma coisa para você?".

"Eu não recusaria um gole de vinho", respondeu a mulher, encolhendo os ombros. Jean-Luc assentiu e levantou-se para ir buscar as bebidas. Quando voltou, também trazia consigo as últimas listas dos registros da prisão. Oferecendo à viúva um cálice de vinho, colocou o livro entre eles e o abriu.

"Então, você acredita que o marquês de Montnoir foi recentemente removido de suas terras?"

"Foi o que eu ouvi. É claro que ele nos expulsou de nossa casa no dia em que Ole Jacques morreu. Estamos ao sabor do vento desde então, vivendo à mercê dos parentes. Mas há muitas bocas para alimentar, você sabe. Não queremos viver à custa da caridade dos outros. Meus filhos, e minhas filhas também... Nós só desejamos trabalhar para alguém que precise de nós. Para construir uma vida honesta, só isso. E tínhamos a esperança, agora que seu senhorio não está mais assombrando aquelas terras, de que pudéssemos ter a bênção do Bom Senhor para retornar ao nosso legítimo lar."

"Vejo aqui nos registros de entrada da prisão que a senhora está correta, Cidadã Poitier. O marquês de Montnoir foi transferido para a prisão de La Force. Diz aqui que sua casa e suas terras agora estão em posse da República."

"Então, o que isso significa?"

"Significa que as terras e os castelos pertencentes à família Montnoir agora são propriedade do povo francês."

"Bem, isso significa que eles nos deixarão voltar para a nossa casa?" O rosto da viúva se iluminou com uma esperança quase infantil. Jean-Luc sentiu uma onda de raiva diante da injustiça cometida contra aquela mulher e seus filhos.

"Para ser sincero, cidadã, não tenho certeza", ele respondeu, fechando o livro com força. "Mas pretendo fazer tudo o que puder para levar você para casa."

"Sabe, Cidadão St. Clair", a viúva suspirou, "a nossa Revolução permitiu que um estranho vento sacudisse as árvores, se entende o que quero dizer. Oh, se Ole Jacques pudesse imaginar isso. Um advogado dando um pontapé em um *seigneur* e em sua família nojenta para garantir os direitos de pessoas comuns como nós". A velha tomou um pequeno gole de vinho, oferecendo a Jean-Luc um tímido sorriso.

Os olhos de Jean-Luc se estreitaram quando ele olhou para a mulher à sua frente, com aquelas palavras atipicamente sensatas.

"Bem, esse é o propósito da nossa Revolução, cidadã, trazer os sagrados ideais de liberdade, igualdade e fraternidade para esta terra. E eu realmente acredito que sua família tem todo o direito de se mudar de volta para a sua casa." Fez uma pausa, entrelaçando os dedos diante de si na escrivaninha. "Mas, se você não se importar com minha pergunta, madame, quer dizer, cidadã. Como é que veio a saber de mim e procurou por meus serviços?"

"Permaneci do lado de fora deste prédio durante dias sabendo que ele estava cheio de advogados. Perguntei – implorei – a muitos homens, tipos elegantes usando perucas, que pegassem meu caso. Todos deram de ombros. Disseram: 'O único homem neste prédio que assumirá um caso por caridade é aquele Jean-Luc St. Clair'. E então eu o encontrei. Sabia que o senhor era minha única chance de justiça."

Jean-Luc aquiesceu, baixando os olhos, registrando silenciosamente que precisaria dizer aos seus colegas advogados que parassem de lhe encaminhar tais casos. E, no entanto, também se sentia estranhamente satisfeito ao ouvir que seus colegas acreditavam que ele estava disposto a lutar pelos cidadãos mais humildes. Marie ficaria orgulhosa, quando ele tivesse a oportunidade de contar isso para ela.

"Bem, aqui estamos nós", disse, olhando de volta para a nova cliente. "Confio que, quando a justiça está do nosso lado, é nosso dever lutar a batalha."

"Deus o abençoe, afável senhor, por tentar. E Deus há de querer que tenhamos êxito. Ah, eu sei, eu sei que não devemos mais rezar para Deus, que temos de esquecer as velhas superstições... Confiar apenas na razão e na lei, e em tudo isso. Mas sabe como são os velhos hábitos... Em todo caso, o senhor nos salvou. Devolveu-me a esperança neste país cruel. E quem sabe...", ela se levantou da cadeira, seu corpo robusto já dando sinais de abatimento pela idade e pelas privações, "talvez algum dia *eu possa salvá-lo*".

4

Bosque de Valmy, França

Setembro de 1792

André Valière foi sacudido do sono pelo colossal rugido de um canhão distante. O anúncio estrondoso silenciou os pássaros que tinham começado a gorjear ao redor do campo pouco antes do nascer do sol, e ele pôs a cabeça para fora da aba da tenda. Olhando para o oeste, jurou ter ouvido o barulho de alguns tiros de mosquete em resposta ao canhão.

E então um silêncio assustador se instalou no campo. André viu através da névoa do amanhecer que seus homens começavam a se mexer, surgindo de debaixo dos cobertores, com os cabelos despenteados e os rostos enrugados de sono, para se aninharem em torno das fogueiras. Ele próprio teve problemas para dormir e ficou oscilando entre um cochilo inconstante e a vigília até bem depois da meia-noite. Agora, ao ouvir esses primeiros prelúdios da batalha iminente, André sabia que permanecer na cama era inútil, então se vestiu.

O acampamento se levantou junto com o sol. Um corneteiro tocou a ordem para despertar os últimos homens adormecidos. André preparou um pequeno pedaço de pão com uma xícara de café diluído.

"Comam tudo o que tiverem", gritou para seus homens, limpando as últimas migalhas de seu café da manhã. "Não há motivo para economizar suas rações agora, rapazes. Ao anoitecer, estaremos em uma nova aldeia, onde terão carne fresca e cerveja." André parou perto de uma fogueira onde meia dúzia de homens tentava obter uma nova chama das cinzas da noite passada.

"Ou seremos alimento para os vermes", murmurou o cabo Leroux, alto o suficiente para que André o ouvisse, enquanto remexia as cinzas com um graveto.

"Não tenho intenção de morrer, nem você, nem nenhum de nós", André respondeu com um falso tom de confiança, lembrando-se do conselho encorajador de Kellermann na noite anterior.

"Capitão Valière, eles o manterão vivo pelo belo resgate que obterão por sua cabeça", disse um jovem parisiense de seu destacamento, chamado Therrien, de bochechas rosadas e cabelo impecavelmente penteado, olhando para André e sorrindo de maneira franca e amigável.

"Não, hoje não. Aqueles bastardos não levarão prisioneiros", interveio Leroux, balançando a cabeça. "Mesmo um marquês receberia o tratamento real", garantiu, passando um dedo pelo pescoço.

André ignorou o comentário enquanto seguia adiante, passando pela maioria de seus homens agrupados em torno de pequenas fogueiras na margem sul do acampamento. Aqui, vários dos colegas oficiais já tinham começado a reunir as companhias em colunas de marcha. André os cumprimentou e contemplou a paisagem banhada pelo brilho de um sol forte e determinado. À distância, campos abertos de trigo reluziam dourados naquela última manhã de verão. O tapete de orvalho que se estendia pelo solo secava rapidamente, evaporando-se em um diáfano véu de névoa.

"O dia vai ser quente hoje, senhores." Um oficial que estava próximo mantinha os soldados alinhados, quando os homens começavam a se aglomerar e se inquietar tais quais cavalos nervosos. André se virou e ficou satisfeito ao ver o competente sargento de seu destacamento, o homem chamado Digne, inspecionando as armas e munições do grupo e rosnando instruções de última hora para aqueles cujo equipamento ainda não estava nas mais perfeitas condições.

No local onde o exército havia começado a se reunir, no canto sudoeste do acampamento, uma linha de árvores marcava a entrada de uma pequena floresta. Uma grande bandeira tricolor fora desenrolada e posicionada à frente das tropas, substituindo os antigos estandartes com flores de lis da monarquia, e uma pequena companhia de instrumentistas tocava abaixo dela com seus tambores e pífaros. À direita, um sacerdote de batina preta e colarinho rezava a missa. Na maior parte do país, Deus e Cristo haviam sido renegados ao mesmo tempo em que o rei e a rainha foram presos, mas, em dias como este, alguns sacerdotes locais conseguiam convencer os generais a fazer vista grossa. Um menino com não mais de 12 anos, vestido com um sobretudo verde e uma calça azul demasiado grande, inquietava-se nervosamente enquanto olhava fixamente para seu tambor.

"Capitão Valière!" André ouviu seu nome e se virou para ver seus dois sargentos se aproximando, totalmente vestidos com a farda branca.

"Sargentos." André endireitou a postura, assumindo uma máscara facial que ele esperava dissimular adequadamente seus nervos. "Os homens estão prontos?"

"Vestidos e equipados, capitão", confirmou o primeiro deles, chamado Thibaud, com um aceno de cabeça.

"Baionetas prontas na cintura, cada homem com trinta cartuchos", acrescentou o sargento Digne. "E todos receberam a roseta tricolor para seus uniformes, conforme o regulamento, senhor."

"Obrigado, sargento Thibaud, sargento Digne." Além dos nomes, André sabia muito pouco sobre esses dois homens que serviam sob as suas ordens, uma vez que eles tinham sido arregimentados em seu destacamento apenas algumas semanas antes da marcha para esta província.

André olhou para as fileiras de homens que preenchiam a área de preparação do acampamento situada a apenas poucos metros do bosque.

"Está na hora. Vamos colocar os homens em formação agora."

"Sim, capitão."

À esquerda, uma companhia em formação compacta marchou, trajando o uniforme branco dos militares de carreira. Ao lado dela, uma milícia de uniforme azul observava, tentando imitar a mesma ordem e formação. Um cavalo sem cavaleiro relinchou alto, batendo os cascos no chão, o que fez vários homens de uniformes azuis ali perto recuarem nervosamente para trás.

"Você acha que eles ficarão bem?" Thibaud empinou o queixo em direção ao crescente agrupamento de milicianos. Um de seus comandantes tinha acabado de desdobrar uma grande faixa onde se lia "Liberdade, Igualdade, Fraternidade ou Morte".

"Logo saberemos", respondeu André, olhando para os surrados casacos azuis e para as botas furadas quase inúteis. Tirou o chapéu e enxugou a testa.

"Enfrentar a linha ofensiva austríaca será ligeiramente diferente de esbofetear um velho carcereiro parisiense", comentou Digne. "Os que sobreviverem sairão com um pouco mais de cabelo em seus testículos..."

"Quando chegarmos à linha das árvores", André interveio, redirecionando seus dois sargentos de volta para as tarefas da manhã, "a companhia marchará em fila dupla, esquadrinhando os bosques. Presumimos encontrar o inimigo a postos no outro lado desta floresta, nas pastagens abertas". Resignados, ambos os sargentos deram um sinal com a cabeça, repreendidos, enquanto André continuava: "O trigo estará alto nesta época do ano, mas seco o suficiente, devido ao tempo. O general Kellermann diz que há um moinho de vento no topo da colina. Quando o batalhão se formar em linha, assumiremos nossa posição dianteira, antes do moinho de vento".

"Cristo no céu, senhor", o sargento Digne soltou um assobio lento, "eles estão nos colocando na linha de frente? O que fizemos para irritá-los?".

"Não seremos observadores passivos hoje, isso é certo." André inclinou a cabeça para o lado, colocando o chapéu tricórnio.

Um burburinho de antecipação tomou conta de todo o acampamento quando a barragem da artilharia deu o sinal. André, com seu regimento formado em duas filas apertadas, cada uma com 45 homens, olhou para a crista da colina de onde o disparo havia se originado. Cada estrondo foi seguido por uma explosão de fumaça e uma revoada de pássaros assustados, fugindo de seus ninhos para escapar da violenta cacofonia. Por um momento, André invejou aqueles pássaros, capazes de abandonar estes bosques e campos exuberantes antes que o solo dourado se tingisse de escarlate. Mas então ele se lembrou de sua coragem; toda a sua carreira o havia preparado para este momento.

André franziu o cenho e se concentrou na crista arborizada, onde a barragem da artilharia francesa estava posicionada; em algum lugar, atrás dos carvalhos e das castanheiras majestosas, estava Remy. "Fique salvo, irmão", André falou para si mesmo, enquanto orou silenciosamente para que pudesse rever seu irmão naquela noite.

Ao redor dele, as companhias se formaram em estreitas filas de marcha com os homens de André perfeitamente fechados ao lado delas. Quando soou o corneteiro, André cerrou o maxilar com força, falando em um tom calmo:

"Muito bem, homens, vocês ouviram. Agora vamos."

O sargento Digne gritou um comando e a companhia começou a marchar. Quando atravessaram a linha do bosque, deixando para trás os prados abertos do acampamento do dia anterior, o sol abrasivo daquela manhã foi quase inteiramente bloqueado pela cobertura espessa da folhagem da copa das árvores. No interior do arvoredo, o ar era frio e úmido, cheirava à terra argilosa e aos caules repletos de seiva. Misturado àquele aroma doce e agradável, destacava-se o odor inconfundível do enxofre, que emanava da canhoneira próxima.

André deu um tapa em um mosquito pousado no seu pescoço, olhou para a palma da mão e viu o primeiro sangue a manchar sua pele naquele dia. Seu pescoço já estava coberto por uma camada tênue de suor. Bebeu um gole de água do cantil, sabendo que o dia seria quente e que o calor de um campo de batalha minava a energia do soldado tanto quanto o combate.

"Tomem um pouco se precisarem, rapazes, mas não mais do que alguns goles", disse, esperando que os homens tivessem enchido suas peles naquela manhã com água em vez de vinho.

Por fim, justamente quando parecia que a sombra e a mortalha de fumaça ao redor deles poderia impedir qualquer visão, André começou a detectar fachos de luz à frente, perfurando a cobertura das árvores. Estavam se aproximando de uma clareira. Atrás deles, o ruído da barragem de artilharia foi reduzido a um baque maçante, abafado pela distância de meio quilômetro de floresta espessa.

André guiou os homens diretamente para a clareira. Os soldados piscaram, alguns erguendo as mãos a fim de bloquear a luz solar direta que era um tanto opressiva após o bálsamo suave e úmido da floresta. À medida que a companhia passava para fora das árvores, André teve a sensação de que adentrava outro mundo; ele e seus homens de repente pareciam desconfortavelmente expostos. Seus sentidos estavam amplificados, os instintos mais apurados do que jamais estiveram.

O treinamento militar o forçou a se lembrar dos 90 homens cujas vidas estavam em suas mãos. Ele se manteve ereto, limpando a garganta quando alcançou a espada no quadril. Ao desembainhar e empunhá-la, André estava ciente de que cada um dos homens no regimento agora voltava o foco para ele, aguardando as palavras que os levariam para a frente da batalha.

5

Paris

Setembro de 1792

“Aquilo parecia a personificação da tristeza sentada à sua mesa.” Gavreau aproximou-se de Jean-Luc assim que viu a Viúva Poitier sair.

“É verdade”, Jean-Luc concordou, sentando-se novamente para lidar com a pilha de papéis. “Diga, por acaso você sabe alguma coisa sobre a família ou a propriedade de Montnoir?”

Gavreau considerou a questão.

“Não soa familiar. Onde fica?”

“Mais de vinte milhas ao sul, perto de Massy.”

“Por que você está interessado em uma propriedade perto de Massy?”

“As terras pertenciam ao estimado marquês de Montnoir, que vem a ser o algoz daquela pobre mulher que se sentou à minha mesa.”

“O marquês queria *aquela* mulher?

“Não, não, não.” Jean-Luc sacudiu a cabeça, a impertinência do chefe lhe provocando um sorriso apesar da situação. “Nada disso. Bem, na verdade, *algo* como isso. O marquês queria a filha dela. Mas também foi o responsável pela morte de seu marido e expulsou a viúva e as crianças sobreviventes da casa da família.”

“Pelo sagrado fogo do inferno!”, exclamou Gavreau, gemendo. “Pode ficar com a estimada nobreza do nosso antigo reino. Não é de admirar que ela estivesse se desmanchando em lágrimas no seu lenço.”

“Agora ele está na prisão.” Jean-Luc apoiou os cotovelos na mesa, franzindo a testa.

“O que vai ser de *Sua Senhoria*?”

"Preciso verificar. Espero que ele só deixe a cela para visitar a Place de la Révolution."

"Ora, vejam só, St. Clair pedindo que um homem seja enviado para a guilhotina? Nunca pensei que o ouviria falar assim."

"Somente porque ele é, na verdade, um criminoso atroz – um estuprador, um assassino, e Deus sabe o que mais. Seus crimes me parecem muito mais sérios do que simplesmente ter nascido em uma família nobre."

"Então, creio que esse é outro de seus casos de caridade." Gavreau arqueou as sobrancelhas. "Deixe me adivinhar: ela não pode pagar."

"Esse é o trabalho da nossa Revolução, não é?" Jean-Luc suspirou, olhando para o chefe. "Igualdade? Fraternidade? Para quem estamos lutando se não para pessoas como essa pobre viúva inocente e suas crianças miseráveis? Elas não têm direito a uma sociedade justa, a mesma que o resto de nós?"

"Você é muito inteligente para simplesmente servir de ama-seca, St. Clair." O advogado mais velho sorriu ironicamente para Jean-Luc antes de continuar. "Mas devo dizer que o seu patriotismo me deixa com fome. Permita-me pagar-lhe o jantar."

"Não, obrigado. Tenho muito trabalho a fazer." Jean-Luc olhou por cima da pilha de papéis, suspirando.

"Venha, eu insisto. Sou seu supervisor, mesmo que você nunca ouça uma palavra do que eu digo."

"Eu ouço você."

"No entanto, continua pegando esses casos de caridade. E esses trabalhos não pagarão seu aluguel, nem seu jantar. Venha, vamos logo. Além disso, recebi notícias emocionantes que quero compartilhar com você."

"Oh, está bem", concordou Jean-Luc, percebendo pela primeira vez como sentia o estômago vazio. Não havia comido nada desde a magra porção matinal de pão e queijo. "Mas desde que sejamos rápidos."

"Eis algo que só ouvi uma ou duas vezes na vida", disse Gavreau, dando risadas. Jean-Luc ignorou o comentário, levantando-se da mesa.

"Só não espere que eu compartilhe uma garrafa de vinho com você."

"Virtuoso cidadão St. Clair, que faz o trabalho de Deus, mesmo que o próprio Deus tenha sido expulso da nossa República", alfinetou Gavreau, sorrindo. "Encontre-me no andar de baixo. Preciso parar para urinar".

Do lado de fora, a noite estava clara e quente. Jean-Luc e Gavreau detectaram os sons distantes da multidão vindos da praça ali na cercania, mas caminharam na direção oposta.

"O que lhe apetece esta noite: sopa aguada de batata ou sopa rala de cenoura?" Gavreau sorriu enquanto se afastavam de seu prédio administrativo perto do Palácio da Justiça. "Oh, o que eu não daria por um pedaço de carne!"

"Algum lugar próximo", disse Jean-Luc, jogando o paletó sobre os ombros.

"Tudo bem, vamos ao La Colombe. A nova garçonete de lá deve ter as maiores tetas que eu já vi." O chefe ergueu as mãos na frente do peito para reforçar o que queria dizer.

"Então, quais são essas notícias que você queria compartilhar?" Jean-Luc mudou de assunto, ignorando o gesto obsceno.

"Notícias? Ah sim, está certo. Tenho alguém que você vai querer conhecer."

"Gavreau", Jean-Luc jogou a cabeça para trás, exasperado, "quantas vezes tenho que lhe dizer? Sou um homem muito bem casado. Não quero conhecer nenhuma das suas amigas".

"Não, não é isso." O velho solteirão riu. "Estou falando sério dessa vez. Ele chegará a Paris neste fim de semana. Até o próprio Robespierre está tentando organizar um encontro com ele."

"Qual é o nome dele?" Jean-Luc podia dizer, pela mudança de tom de seu chefe, que não era uma brincadeira.

"Ele se chama Maurice Merignac. É o secretário pessoal de Guillaume Lazare."

Jean-Luc interrompeu seu passo, olhando para o chefe em um silêncio estupefato. Depois de um momento, repetiu o nome, inseguro de tê-lo ouvido corretamente:

"Guillaume Lazare?"

Gavreau confirmou com um aceno de cabeça, um sorriso orgulhoso florescendo no rosto.

"Como você conhece o secretário pessoal de Guillaume Lazare?" Jean-Luc não conseguiu esconder o ceticismo em sua voz, e instantaneamente se arrependeu, temendo que pudesse ter ofendido o amigo.

"Ah, então você sabe quem ele é, meu jovem e virtuoso colega?"

"Claro que sei quem é Guillaume Lazare. Ele examinou mais casos para a nova República do que..."

"Ele *ganhou* mais casos para a República do que qualquer outro advogado", Gavreau o corrigiu. "Ouça o que lhe digo, o clero corrupto e a nobreza desse país têm mais medo de Guillaume Lazare do que do próprio diabo."

Jean-Luc analisou o que ouvia, lembrando-se de que, anteriormente, Guillaume Lazare tinha trabalhado para o rei. Desde o saque da Bastilha, no entanto, o lendário advogado lutou com afinco para enviar os velhos amigos da corte real para as prisões.

"St. Clair, estou lhe dizendo, você precisa se encontrar com Maurice. Você quer se tornar um grande advogado algum dia, não?! Bem, acontece que Maurice Merignac pode ser capaz de apresentá-lo a Guillaume Lazare. A mente jurídica mais brilhante em toda a França."

"E será que você conseguiria nos apresentar?" Jean-Luc não tentou mascarar sua descrença enquanto caminhavam.

"Acontece, homem de pouca fé, que sim, eu conseguiria." Gavreau pôs as mãos nos quadris e estufou o peito, na defensiva. "Ajuda ser um gregário cavaleiro citadino. Acredite ou não, eu conheço algumas pessoas."

Jean-Luc estava prestes a inquirir mais quando percebeu a multidão que se aglomerava em frente a eles. As vozes se elevavam em gritos que rivalizavam para ver qual era o mais alto, e nas janelas brotavam enxames de pessoas abelhudas olhando para baixo, tentando ouvir o que dizia a multidão.

"O que é tudo isso?" Jean-Luc parou, e Gavreau parou ao lado dele.

"Jornal! Pegue o seu jornal! Notícias direto do fronte."

"Ei, você!" Gavreau agarrou o ombro do pequeno jornaleiro, que não devia ter mais de 8 anos de idade e estava começando a abrir caminho em meio à multidão. O advogado colocou uma pequena moeda de um *sou* na mão emporcalhada do garoto e pegou um jornal.

"Que notícias?", perguntou Jean-Luc, inclinando-se sobre o ombro de Gavreau. "A batalha começou?"

"Parece que nossos soldados encontraram o inimigo nas florestas em Valmy", disse Gavreau, rastreando a página. "Os Habsburgos juntaram seu exército ao dos prussianos. Aparentemente ainda planejam marchar até Paris."

"Fomos derrotados?" Jean-Luc sentiu o pulso começar a acelerar. Se os prussianos estivessem de fato marchando até Paris, ele tinha que correr para casa, para Marie. Contudo, será que era mais perigoso seguir pela cidade ou tomar as estradas que conduziam para fora dela?

"Não tenho certeza", disse Gavreau. "Mas Kellermann está lá para conter os bastardos. Imagino que ele tenha uma boa chance, tanto quanto qualquer outro, de enviar aqueles bárbaros falantes de língua alemã de volta ao Reno."

"Suponho..." Jean-Luc fez uma pausa. "Creio que é melhor eu voltar para casa e encontrar Marie. Para avisá-la de... tudo isso."

"Sem jantar?" Gavreau franziu a testa e Jean-Luc encolheu os ombros, pedindo desculpas.

"Ela está sozinha em casa com Mathieu."

"Tudo bem, tudo bem. Corra para sua mulher. Imagino que ela deve estar assustada." Gavreau acenou para que ele fosse embora. "Mas, se tocarem os sinos, volte aqui para lutar ao meu lado. Preciso de alguém para impedir que eu me suje em cima das muralhas quando vir prussianos se aproximando."

"É claro que eu voltarei e pegarei em armas, se isso acontecer." Jean-Luc acenou com a cabeça, olhando mais uma vez para o chefe antes de se virar e sair em disparada na direção da ponte.

⌘

Um clima de tensão também pulsava nas ruas da Margem Esquerda, com pessoas se reunindo pelos cantos, ansiosas para ouvirem as últimas notícias. Jean-Luc virou em sua rua e entrou no prédio onde morava, subindo as escadas de dois em dois degraus.

"Marie?", chamou ofegante quando entrou no sótão do apartamento. Estava vazio. "Mathieu? Marie?" Não havia nenhum sinal da família. Alarmado, voltou para as escadas e desceu correndo. Talvez os vizinhos do andar de baixo soubessem deles.

A taverna de Grocque parecia uma colmeia em plena atividade, e Jean-Luc imediatamente localizou Marie do outro lado. Estava perto da lareira, falando a um pequeno grupo de mulheres que se agrupara ao redor dela, acenando com a cabeça para o que quer que ela estivesse dizendo.

"Marie?", ele chamou e a esposa se virou, parecendo distraída. Ela trazia Mathieu junto ao peito, aninhado em uma faixa de tecido amarrada habilmente em seu tronco para que suas mãos ficassem livres. Ao lado dela, Madame Grocque estava empilhando gravetos sobre uma das longas mesas da taverna. Marie acenou para ele e Jean-Luc cruzou a sala em direção a ela. Todo o estabelecimento estava repleto de mulheres do bairro, rostos que ele reconhecia da padaria e do açougue.

"O que é tudo isso?" Ele deu um beijo na bochecha da esposa quando ela dispensou a pequena multidão ao redor e voltou à tarefa a que se dedicava – rasgar longas tiras de tecido no que parecia ser uma fabricação improvisada de ataduras.

"Com o que isso se parece, meu amor?", Marie devolveu a pergunta, acalentando Mathieu com uma das mãos quando ele começou a se remexer no peito dela.

Perto dali, algumas mulheres estavam empilhando pás e rolos de macarrão sobre as longas mesas de jantar. Do outro lado da sala, várias outras se inclinavam sobre caldeirões cheios de água fervente. Uma mulher mais velha de ombros largos estava desmontando cadeiras, como se quisesse usar as pernas como armas.

"Com licença, Cidadã St. Clair?" Uma jovem se aproximou, carregando uma braçada de lenha. "Onde coloco isso?"

"Bem ali, na pilha de gravetos", instruiu Marie, parecendo confortável ao dar ordens com uma autoridade natural. "Obrigada."

Jean-Luc olhou ao redor uma vez mais, ligeiramente surpreso.

"Parece que você pretende transformar essa taverna em algum tipo de quartel-general ou hospital...", ele disse, confuso.

Marie o encarou, nem um pouco assustada, como ele imaginou que ela estaria. Estava simplesmente ocupada. Determinada.

"Nós pretendemos."

"Mas... O que vocês querem fazer?", perguntou, olhando uma vez mais em torno da sala ocupada por mulheres que trabalhavam e conversavam com um metódico propósito.

"Ora essa, nos defendermos", disse Marie, pragmática. "Se chegar a tal ponto."

Ela notou o choque no rosto do marido e sorriu.

"Isso tudo começou com mulheres que estavam fartas. Mulheres que pegaram suas facas de peixe e seus atiçadores de fogo e marcharam até Versalhes para exigir comida para suas famílias. Você acha mesmo que, se a luta chegar a Paris, vamos ficar sentadas em nossos apartamentos enquanto os homens correm para as muralhas?"

Jean-Luc estava boquiaberto. Então olhou ao redor da encorajadora sala movimentada, antes de olhar novamente para a esposa.

"Bem, Marie", disse ele, inclinando-se e colocando a mão no braço da esposa. "Eu definitivamente estou feliz por vocês estarem do nosso lado."

6

Bosque de Valmy, França

Setembro de 1792

Tudo em torno de André, subdivisões de soldados franceses e batalhões dos mais variados tamanhos, estava emergindo dos bosques. Os sargentos e os oficiais gritavam ordens para manobrá-los em colunas paralelas organizadas, com três linhas de profundidade. Um bando de gansos cinzentos estava aglomerado na clareira pastando em meio ao trigo como sempre fazia no verão.

O campo diante de André tinha um suave declive, da esquerda para a direita. À esquerda estava o cume da colina onde os soldados franceses haviam começado a se alinhar, suas silhuetas quase invisíveis contra um véu de fumaça de canhão. Um pouco mais atrás e à esquerda, o moinho solitário do qual Kellermann tinha falado trespassava o horizonte, sua roda mal girando no calor da manhã sem brisa. A colina descia para a direita de André, e os soldados começaram a encher esse espaço plano.

Os homens sentiram uma mudança, André notou, visto que alguns começavam a se inquietar e sussurrar, incapazes de suprimir o nervosismo e a tensão que se estendia ao longo da linha de frente. A morte poderia, e iria, emergir da distante linha de árvores a qualquer minuto.

E, no entanto, por mais que os franceses esperassem, não surgiram prussianos nem austríacos. Por um breve momento, André cogitou se acaso as forças da aliança teriam perdido a sede da luta. Talvez os franceses mantivessem o terreno em Valmy sem disparar um único tiro.

Mas então André perscrutou a distância, perguntando-se se sua visão lhe pregava uma peça enquanto detectava o brilho da luz solar refletindo algo não natural, uma superfície cintilante que não pertencia ao matagal da floresta oposta a ele – um rifle? Um capacete? Cinquenta metros à sua esquerda, André viu três homens a cavalo dirigindo-se para a frente da linha francesa. Todos os três usavam casacos azul-escuro com bordados escarlates e botões dourados, as plumas de seus chapéus balançando ao ritmo do trote de seus cavalos. Verificaram os animais. Eram os três comandantes franceses.

Kellermann estava no centro, espiando através de sua luneta a distante linha das árvores. À direita de Kellermann, o cavalo de Dumouriez bateu impacientemente as patas no chão, e o comandante segurou com força as rédeas do animal. Murat estava à esquerda, estudando um mapa. Kellermann fechou com força a luneta, voltando para a linha de soldados franceses.

Disse algo aos dois colegas, embora as palavras fossem inaudíveis para André àquela distância. A faixa vermelha brilhante de Dumouriez e as dragonas douradas brilhavam resplandecentes sob a luz do sol enquanto ele concordava com o que quer que fosse que Kellermann havia dito. Murat ajustou o chapéu, levantando-o ligeiramente para desobstruir sua visão da floresta.

Na extrema direita de André, estava posicionado um grupo de subdivisão da Guarda Nacional, reconhecível pelos casacos azuis esfarrapados e pelas calças de retalhos. Eles começaram a gritar num êxtase febril, incitados por seus líderes imaturos.

"Malditos moleques inexperientes", lamentou-se um dos homens de André à meia-voz, porém ele parecia mais ansioso do que irritado.

"Prestem atenção nos adultos, criançada!", Leroux gritou na direção deles, e vários homens de André começaram a rir.

"Mantenha a compostura", André o repreendeu, olhando severamente para ele. "Não se incomode com isso." Ele sabia que, antes da batalha, era comum os homens mascararem o medo com gritos e insultos, muletas para fortalecer os nervos. Mas os seus oficiais foram treinados para não esquecer a disciplina.

E então, quando várias figuras pequenas surgiram por trás da linha das árvores, André soube que sua imaginação não estava lhe pregando uma peça. Uma figura vestida de verde-esmeralda com um chapéu que trazia uma única pluma verde. E depois outra. E mais outra. Um dos inimigos distantes levantou uma luneta e sua superfície polida refletiu o brilho de um raio de luz solar.

"Lá! Vejam!" Mais ao final da linha francesa, um dos casacos azuis gritou, apontando. "Nas árvores!"

André notou, com uma pontada de satisfação, que todos os seus homens permaneceram quietos, imóveis, à primeira visão do inimigo distante.

O prussiano com a luneta não se mexeu por um momento e desapareceu novamente atrás das árvores. Kellermann, Dumouriez e Murat também devem tê-lo visto, pois agora viravam seus cavalos e trotavam de volta do centro do campo em direção à linha francesa.

Antes que seu cavalo atravessasse a linha, no entanto, Kellermann fez uma pausa, virando-se mais uma vez na direção dos prussianos. Era quase uma provocação, convidando o inimigo a se aproximar e a desafiá-lo. E então ergueu as rédeas e guiou o cavalo de volta, com um sorriso sincero no rosto conforme passava diante de todos os homens.

"Mandem-os para o inferno, rapazes!" Kellermann tirou o chapéu de plumas e o agitou no ar.

"*Vive la France!*", um soldado perto de André gritou e a voz se misturou aos gritos roucos dos outros homens. Ao redor dele, todos os soldados estavam bradando o grito de guerra que se tornara familiar durante o verão: "*La patrie est en danger*! A pátria está em perigo!".

Mas a explosão momentânea de bravura foi se dissipando à medida que os homens percebiam que agora estavam expostos a um inimigo que realmente havia chegado para a batalha. Um único prussiano permanecia junto à linha de árvores do bosque, bem fora do alcance do mosquete. Ele ergueu a mão direita, como se estivesse acenando para os franceses, e em seguida a deixou cair enquanto disparou avante pelo prado. Ainda fora de alcance, caiu de joelhos e levantou o comprido rifle. André viu um sopro de fumaça e, no intervalo de um batimento cardíaco, ouviu o som do estalo que atravessou o campo, espantando uma revoada de pássaros em direção ao céu.

Vários outros combatentes inimigos surgiram, lançando-se ao longo da borda do bosque. Eles caíram de joelhos, parcialmente escondidos pelo trigo alto. Estalidos intermitentes de tiroteio, seguidos por pequenas nuvens de fumaça, levantaram-se do trigal onde os combatentes prussianos se ajoelhavam. As balas eram esporádicas e disparadas de longe; seu propósito era atrair os franceses.

De repente, surgindo como fantasmas da floresta, figuras de branco e azul começaram a atravessar a linha francesa. André viu os atiradores franceses correndo para desafiar os prussianos. Eles avançavam agachados, ziguezagueando rapidamente para se tornarem alvos difíceis para os rifles de longo alcance do inimigo.

Enquanto o fogo prussiano se recobrava, os rifles franceses troavam em resposta. Era como assistir a uma dança frenética e ilógica, refletiu

André – os primeiros momentos deselegantes no início de um grande baile, antes da formação dos pares, quando apenas algumas almas valentes se aventuravam, convidando o outro lado a se engajar.

André lançou um olhar pela linha de seu regimento e viu os rostos absorto dos homens, um ou outro gritando um encorajamento enquanto a maioria de seus compatriotas de passo apressado se juntava à valsa dos atiradores. Nenhum deles havia sido atingido ainda, mas as explosões de fogo tornavam-se mais constantes. À esquerda, vários combatentes franceses pararam de disparar, fazendo uma pausa para recarregar seus mosquetes. Os homens mais importantes de cada lado já se aproximavam para um raio de 200 metros uns dos outros, e André sabia que agora eles se moviam ao alcance do extermínio. Um grito solitário ecoou quando uma figura de verde, fazendo uma pausa para recarregar, desabou para trás. Essa visão foi recebida com uma aclamação sanguinária da linha francesa enquanto os homens celebravam a primeira morte do dia – uma que tinha sido infligida por um deles. Mas os mosqueteiros não comemoraram, nao interromperam o trabalho diante de si.

André observou como o líder dos atiradores franceses se ajoelhou, apontou o rifle e disparou. Antes que a bala atingisse seu alvo, ele se arqueou para trás e uma mancha escarlate se espalhou em seu quadril, onde uma bala prussiana rasgou seu uniforme. Dois outros franceses estavam ao seu lado em um instante, puxando o ferido de volta para trás da linha. Vários outros prussianos foram atingidos. Um punhado de franceses sucumbiu sob o trigo alto, os corpos perpassados de balas. E, assim, tão rapidamente quanto haviam começado, ambos os conjuntos de combatentes recuaram, retrocedendo como ondas do oceano obedecendo à lua e a uma maré em retirada. O prelúdio terminara.

André se manteve altivo, sentindo cada músculo em seu corpo ficar rígido. Percebeu que enquanto os atiradores haviam preenchido o campo com fumaça e alguns cadáveres, ele ainda não tinha visto o corpo principal da infantaria prussiana e austríaca emergir do outro lado do campo. Esperava que aquelas linhas aparecessem a qualquer momento. Alguns dos homens começaram a se inquietar, praguejando em silêncio enquanto ouviam os gritos guturais e profundos do inimigo distante e invisível. Os tambores longínquos sinalizavam as ordens do inimigo para começar a se mover.

André resistiu ao impulso de se dirigir aos homens, sabendo que isso só revelaria seu próprio nervosismo. E então ele os viu: um paredão verde e dourado. Duas bandeiras anunciavam a formação, e André deduziu que eram os estandartes dos reinos prussiano e austríaco. A infantaria prussiana afastava-se da linha das árvores e marchava para a campina, batendo as pesadas botas em uma cadência uníssona que só dava mais credibilidade aos rumores de que estes eram os soldados mais disciplinados do continente.

Atrás do regimento de André, o clamor dos tambores gauleses começou a ressoar, fazendo a terra tremer sob seus pés. Era chegada a hora de os franceses também começarem a marchar. Kellermann e Dumouriez, flanqueando os soldados, acenaram positivamente um para o outro. Murat estava perto deles, estudando um mapa. Terminada a breve conferência, Kellermann esporeou seu cavalo, desembainhando a espada enquanto cavalgava em direção aos homens da frente. Todos rodeavam André agora, e os homens observavam seu líder, levantando a voz em brados e aclamações.

"Homens!" Kellermann passou diante da linha francesa, o chapéu levantado no ar em uma mão, a espada empunhada na outra. André não conseguia ouvir a voz de Kellermann por causa do barulho de seus homens frenéticos. Deixe-os se regozijarem, pensou, olhando os rostos que denunciavam ao mesmo tempo medo e alegria. Apurou os ouvidos, conseguindo distinguir por pouco as palavras de encerramento de Kellermann:

"A nação está sob ataque, mas não vamos deixá-la ser tomada. Atendemos o chamado. Estamos aqui, hoje, diante dos olhos de todo o mundo, lutando por liberdade, igualdade e fraternidade!" E, então, brandindo a espada no alto, Kellermann exclamou: "*Vive la nation!*".

André cerrou o punho e ergueu a mão, juntando-se ao coro de gritos impetuosos, seu sangue turbulento com nervosismo e orgulho.

"*Vaincre ou mourir!*", gritou, ecoando os brados dos milhares ao seu redor. "Vitória ou morte!" Essas eram as únicas duas opções, e cada francês no campo sabia disso.

Enquanto isso, a linha prussiana avançava, impassível a essa súbita excitação do espírito francês. Eles acarpetaram a campina com uma maré verde, branca e dourada à medida que seu efetivo seguia marchando firmemente em direção a André e seus homens.

Os homens estavam olhando para ele agora, e André sentiu as vísceras se contraindo quando viu as expressões ansiosas daqueles rostos. Eles aguardavam seu comando. Talvez esperassem que sua presença lhes transmitisse segurança, como um grupo de crianças travessas que, mesmo teimosas, escondem-se atrás de seus pais diante de um estranho ameaçador. Apenas Leroux olhava para frente, suas feições implacáveis, como se estivesse deliberadamente evitando o olhar de André.

"Muito bem, rapazes." André ergueu sua espada. "Companhia, apresentar armas!" Os homens de André levantaram os rifles, posicionando-os nos ombros. Ele acenou com a cabeça. "Em frente, marchem!"

Ao longo de toda a linha, seus colegas capitães estavam gritando as mesmas ordens, e os homens obedeciam. Como se fossem um só corpo, cada homem deu um passo para a frente, milhares de pés esquerdos fazendo o primeiro movimento na marcha que os carregava diretamente para o desconhecido.

Atrás dele, a barragem da artilharia começou novamente. Dessa vez, o inimigo estava ao alcance, e os canhões franceses atiravam não para desestabilizar e assustar, mas para matar. Pela primeira vez naquela manhã, a artilharia prussiana respondeu com uma saraivada de tiros, destruindo tudo do lado oposto da floresta. André se encolheu, numa resposta corporal instintiva, mas rapidamente se recompôs e resistiu ao ímpeto de buscar proteção. A bala de canhão que mais se aproximou de André e de seu destacamento caiu a pelo menos cem metros à direita, esguichando lama a três metros de altura quando atingiu a terra úmida.

À esquerda, André ouviu o alarido dos mosquetes franceses. Os homens já não se preocupavam em ser sorrateiros agora, com oficiais berrando ordens e soldados vociferando gritos de guerra. Uma nuvem de fumaça começou a se infiltrar sobre o campo, preenchendo as narinas de André. Ele tossiu uma vez e se virou para trás, para garantir que os homens estivessem em formação. Agora o inimigo estava próximo o suficiente para que fosse possível distinguir a fisionomia de cada indivíduo que formava o paredão prussiano diante de si. Notou que um dos homens à sua frente tinha um espesso bigode dourado e uma testa larga.

"Companhia, alto!" André interrompeu a marcha dos homens. Com a boca seca, esperou alguns segundos, agarrando-se ao treinamento para que sua coragem não vacilasse. "Companhia, armas!"

Enquanto os homens começavam a carregar a pólvora e as balas dentro das bocas de seus mosquetes, o oficial alemão em frente a André gritou uma ordem em palavras que ele não conseguiu entender. Com isso, os prussianos também pararam, aguardando com os mosquetes posicionados diante deles. O pavor tomou conta de André, mas ele se forçou a emitir o comando:

"Companhia, apresentar armas!" E viu suas palavras se converterem em ação com uma rapidez que o surpreendeu. Os homens estavam prontos para lutar. Engatilharam novamente os martelos de seus mosquetes. Pouco antes de o inimigo poder abrir fogo, André levantou a espada e gritou: "Fogo!".

Quarenta armas dispararam naquele momento, em um estrépito ensurdecedor enquanto as balas dos mosquetes rasgavam o campo e uma parede de fumaça envolvia a linha francesa. Segundos depois, André ouviu o som de estalo do fogo inimigo em resposta. Mas os prussianos estavam muito atrasados. A primeira salva da artilharia francesa tinha sido suficientemente efetiva para desorientar o inimigo e obscurecer sua visão, de modo que a maioria das balas prussianas voou alto ou ficou aquém dos alvos pretendidos. André ouviu um baque solitário e nauseante, como se um dos soldados agarrasse o estômago e desabasse. Mais distante da linha, vários homens gritaram e também caíram no chão.

À medida que a fumaça se dispersava, André viu que mais prussianos haviam se adiantado para preencher a linha onde os companheiros haviam sido derrubados. O breve êxtase que André sentiu ao disparar – e sobreviver – à primeira rodada de salvas das artilharias foi agora substituído pela exigência fria e inabalável de seus anos de exercícios e treinamento: precisava conseguir impor uma segunda rodada sobre o inimigo antes que os prussianos se recuperassem do choque inicial.

"Companhia, recarregar!", André gritou. Mas notou, decepcionado, que alguns de seus homens estavam se movendo de forma instável, entorpecidos e atordoados após o batismo pelo fogo inimigo. O homem à esquerda de André, cujas mãos tremiam violentamente, estava tendo problemas para deslizar a vareta da arma de fogo dentro do cano do mosquete a fim de colocar a bala e a pólvora no lugar. Eles não podiam demorar mais.

"Companhia, preparar! Fogo!" Os homens de André dispararam sua segunda salva de tiros quase ao mesmo tempo que o inimigo. Dessa vez, as balas prussianas se mostraram mais precisas e mais devastadoras. À esquerda e à direita de André, os homens caíam. Uma bala passou de raspão por sua orelha, zumbindo como um zangão irritado, e André viu através da parede de fumaça que três homens da linha de frente ficaram no chão. Atrás dele, o sargento Digne chamou os homens da segunda linha para preencherem as novas lacunas. Os prussianos não interromperiam seu ataque para mostrar simpatia pelos franceses moribundos, lembrou-se André, e eles tampouco podiam fazer o mesmo.

Atrás deles, o rugido da artilharia francesa continuou se somando ao caos. Era assim que tinha que acontecer, André sabia: precisavam continuar carregando e recarregando, matando uns aos outros até que uma das linhas exaurisse seus números ou que os homens perdessem a garra para continuar lutando. O melhor que André poderia fazer pelos seus homens era conseguir que disparassem mais tiros do que o inimigo.

André notou que os homens estavam distraídos, com a atenção voltada para o flanco direito. Lá, um agrupamento de milicianos vestidos de azul gritava como demônios. Forçaram os austríacos à frente deles a uma retirada da luta, de modo que alguns dos homens na linha inimiga estavam começando a retroceder. Um punhado mais impaciente da milícia francesa pedia aos companheiros que seguissem os austríacos, confundindo a retirada temporária com uma derrota. Os casacos azuis moveram-se em massa em direção a essa brecha, atacando em um frenesi desorganizado.

Quando avançaram cerca de uma centena de metros no território inimigo, os austríacos pararam, reagrupando-se. Com eficiência mecânica, mudaram de direção, e a fileira da frente ficou de joelhos. André viu uma repentina enxurrada cinzenta enquanto os mosquetes austríacos disparavam todos de uma só vez, alvejando sua saudação mortal sobre os desprevenidos franceses. A eficácia desse repentino contrafogo era assombrosa, e os casacos azuis caíram como talos de trigo antes da ceifa. André sentiu o estômago se revirar quando ouviu tantos de seus compatriotas gritando em agonia. Os sobreviventes, vendo a carnificina ao seu redor, se viraram e fugiram, deixando seus camaradas gritando na grama enquanto uma investida de baionetas austríacas transformava os feridos em cadáveres.

A liderança inimiga sentiu a súbita vulnerabilidade no flanco direito dos franceses, e agora reforços austríacos marchavam para esse ponto como um rio caudaloso inundando uma represa vulnerável.

André teve que se forçar para desviar o foco da carnificina e se concentrar no perigo mais imediato que os próprios homens enfrentavam. Ordenou outra rodada de fogo, limpando o suor do rosto. Ainda assim, à direita, o inimigo estava redobrando o número de homens no trecho enfraquecido da linha francesa, esforçando-se para dominar o espaço onde tantos casacos azuis haviam sucumbido ou fugido.

“Firmes, rapazes, não se importem com aquilo!”, gritou André, percebendo quantos de seus homens também estavam atentos ao que se desenrolava na linha francesa. O que tinha começado como um pequeno furo na defesa parecia estar se ampliando, enquanto uma torrente de austríacos vestidos de branco dominava a fissura.

“Companhia, recarregar!”, André gritou, notando quão fraca soou sua voz no meio da frenética exaltação do inimigo. Como, em nome de Deus, poderiam interromper esse avanço? André perguntava a si mesmo. Se os prussianos e os austríacos penetrassem maciçamente na linha de defesa, dividiriam a infantaria francesa e se espalhariam na retaguarda causando estragos e provocando um pânico que minaria qualquer esperança de uma vitória francesa.

"Companhia, fogo!", berrou André, forçando a voz rouca a se erguer mesmo quando esse desastre se avultava à sua direita.

E então ouviu três breves estrondos de cornetas ressoando atrás de si, seguidos por um rugido de saudações. André se virou e viu um esquadrão de *cuirassiers*, a cavalaria pesada francesa, correndo em direção à linha atacada, trovejando adiante ao som dos cascos dos garanhões parrudos. A formação era encabeçada pelo general Murat, cuja sólida armadura de placas sobre o peito refletia o sol, ofuscando a visão tanto de aliados quanto de inimigos. Segurava as rédeas com uma das mãos, controlando o cavalo com as pernas. Com a espada erguida acima da cabeça, era uma temível silhueta contra o céu sem nuvens. Sua figura evocou em André a imagem de um falcão descrevendo uma trajetória majestosa antes de se lançar num voo rasante sobre a presa infeliz. E então a espada de Murat estava golpeando e rasgando a linha da infantaria inimiga, cortando homens que momentos antes acreditavam ter desmantelado o flanco direito francês.

Agora, nem mesmo André podia deixar de assistir, enlevado, soltando um grito selvagem enquanto via Murat e seus cavaleiros recuperarem o impulso da batalha, expulsando a infantaria prussiana e austríaca do flanco direito, há pouco considerado perdido.

"Senhor", o sargento Thibaud agarrou o ombro de André, apontando para a linha da infantaria prussiana em frente a eles, "o inimigo está avançando, senhor! Veja!".

André virou-se para ver com os próprios olhos o que o sargento lhe dizia. Bem em frente a ele, os prussianos tinham fixado as baionetas e estavam marchando avante em uma falange de homens, madeira e aço. Os soldados de ambos os lados gritavam e berravam. O medo inicial da morte tinha diminuído e, alimentado pela sede de sangue e pelo instinto de sobrevivência, o desejo de matar o inimigo alcançou o pico. Insultos eram proferidos de ambos os lados, e André viu que era inútil tentar aliviar a raiva de seus homens. O melhor rumo era aproveitar essa energia frenética e escolher o momento exato para usá-la em seu favor.

"Companhia! Fixar baionetas!", André gritou, sua voz rouca soando tão enlouquecida quanto a do resto dos soldados. "Companhia, avançar!" André estabeleceu o ritmo, e ele e seus homens começaram a avançar de encontro ao inimigo.

Enquanto isso, à medida que se aproximavam dos franceses, os prussianos pareciam ficar mais altos. E pareciam ter duplicado em número.

Com os sentidos aguçados, André sentiu o cheiro de centenas de homens suados à sua esquerda e à sua direita. Ao seu redor, outras companhias francesas começaram a fazer os próprios avanços em direção ao inimigo, e o campo em breve estará encoberto por homens mortos e moribundos.

"Companhia, alto!" André ergueu sua espada. Por um momento, houve um silêncio desconcertante, como se ambos os lados fitassem um ao outro.

"*Vorwärts Marsch!*" E então o inimigo avançou, investindo na direção dos homens de André, à medida que gritava num volume horripilante: "*Schweine!*".

"Mantenham a posição, rapazes!", gritou André. Os homens estavam aglomerados ao redor dele agora, as faces desgostosas enquanto se preparavam para repelir a onda de gritos combatentes que se movimentava em alta velocidade em direção a eles. E então André ergueu a espada, gritando mais alto que o inimigo que se aproximava. "Fileira da frente, de joelhos!" Os homens obedeceram, e a linha da frente se ajoelhou.

E, de repente, os céus se abriram com uma fúria incandescente, uma percussão de ruídos rasgando o campo de batalha. A artilharia francesa, que ficou momentaneamente em silêncio, agora disparava uma chuva mortal de balas de canhão. A linha prussiana avançada foi assaltada por esse terrível ataque de chumbo e fogo, que abateu um grande número de homens. Nuvens de sujeira, grama e fumaça explodiam no ar, junto de membros sangrentos e pedaços de uniforme retalhados. Os prussianos gritavam em agonia e terror, enquanto os franceses entravam em erupção, soltando um poderoso rugido.

O ataque prussiano foi momentaneamente embotado, mas não parou, e os sobreviventes atordoados continuaram a avançar. André aproveitou a confusão momentânea.

"Ambas as fileiras, recarregar! Segunda linha, apresentar armas!", André chamou os homens de pé na linha secundária. "Fogo à vontade!" A explosão estridente de todos esses mosquetes franceses adicionou mais danos à dizimada linha prussiana, e André disse a seus homens para se manterem de pé e firmes. "Preparem-se para receber baionetas!"

Seus homens se posicionaram, levantando lâminas afiadas, apontadas para quebrar a onda prussiana como um dique impenetrável. André dobrou os joelhos e protegeu o queixo, enquanto irrefletidamente gritava seus pensamentos:

"Matem os bastardos!"

E então os soldados de infantaria prussianos irromperam dentro das linhas gaulesas com uma incrível ferocidade, o peso de milhares de quilos de homens, madeira e aço colidindo contra as linhas empedernidas dos franceses. André manteve a espada pronta para desviar o golpe metálico de uma baioneta que apontava para sua barriga.

À esquerda, um prussiano foi empalado quando caiu na linha francesa. André viu como outro prussiano atrás do homem morto preencheu a linha e esfaqueou o francês no rosto. O homem caiu para trás, em um emaranhado de sangue com o assassino, com quem lutou até que fosse esfaqueado uma segunda e então uma terceira vez.

André sentiu o impacto quando um homem bem grande trombou com ele e rolou por cima de seu corpo, indo de encontro à segunda fileira da infantaria francesa. Quando recuperou o equilíbrio, o capitão virou-se a tempo de ver o robusto homem agachado estocando a baioneta em sua direção. André esquivou-se do ataque e desferiu um golpe no ombro esquerdo do homem, rasgando uniforme e carne até sua lâmina atingir o osso.

A fumaça do fogo do canhão tinha se espalhado, e agora se assentava como uma nuvem de chuva, escurecendo o campo com sua sombra e seu fedor enquanto a confusão se desenrolava. À direita, André viu que Leroux tinha o mosquete preso por um prussiano com quase o dobro de seu tamanho. André saltou por cima de um cadáver e cravou a espada entre os ombros do prussiano. Leroux, sob o peso do moribundo, caiu no chão, com o cadáver desabando em cima dele. Um segundo depois, ele rolou o corpo do homem morto de cima de si e cuspiu sangue e um dente solto. Pegando a mão de André, ficou de pé, com um olhar atordoado no rosto.

"Obrigado, senhor", foi tudo o que Leroux conseguiu dizer, com as mãos vazias pela perda de seu mosquete. André abaixou-se e pegou a arma perto de um francês morto. Entregou-a a Leroux, que balançou a cabeça, limpando o rosto suado e manchado de sangue.

André limpou a testa, ofegando, enquanto se voltava para o combate. Procurando seus sargentos no meio da multidão, gritando roucamente o nome deles, André notou que dois soldados inimigos se aproximavam. Cada um deles trazia a baioneta erguida, e ele percebeu que teria de encará-los simultaneamente.

Com a espada desembainhada, André preparou-se para o ataque. O primeiro homem deu o bote pela direita, com movimentos inexperientes e indisciplinados. André se esquivou facilmente da investida e cortou a coxa do homem, que cambaleou para trás, grunhindo. Em um piscar de olhos, André desferiu um segundo golpe, agora decepando o cotovelo do agressor, que caiu no chão, muito ferido. Ele saiu se arrastando, gemendo em agonia.

O segundo prussiano, maior e mais metódico do que o primeiro, avaliou André de uma distância segura. Então, com uma rapidez surpreendente, o homem fintou para a esquerda e golpeou pela direita, e esse movimento fez André titubear e baixar a guarda. Então o homem levantou o rifle e deu uma coronhada na nuca de André, que cambaleou e caiu de joelhos, ficando com a visão embaçada. Sentiu um segundo golpe na cabeça e caiu deitado sobre a grama macia. O homem estava sobre ele, bloqueando o sol, e André viu a lâmina da baioneta erguida bem no alto, refletindo a luz do meio-dia. Ele rolou para a direita bem a tempo de ouvir o aço da baioneta do inimigo atravessar camadas de terra onde sua cabeça estava poucos segundos antes. O homem arrancou a lâmina do chão, puxando-a coberta de sujeira e grama, e lançou um segundo golpe, e mais uma vez André conseguiu se desviar por bem pouco. A arremetida, no entanto, não foi inteiramente ineficaz; a lâmina raspou a lateral da bochecha de André, logo abaixo da linha do cabelo, e ele arfou, sentindo a fisgada no local onde o aço tinha rasgado sua carne.

Com uma dor terrível e sentindo uma fadiga que doía e queimava cada músculo de seu corpo, André não seria capaz de rolar a tempo de se esquivar de um terceiro golpe. Ele sabia disso, então cerrou os dentes e se preparou para o ataque que certamente acabaria com sua vida. Pensou em Remy, esperando que ele ainda estivesse vivo, onde quer que se encontrasse naquele campo de batalha sangrento. Com os olhos levantados para cima, em direção ao seu assassino e aos céus que, ele esperava, iriam recebê-lo, a visão de André ficou turva. O sol fugiu. Será que o Pai estaria lá para recebê-lo?

Mas não era a morte que escurecia o mundo de André. Ele piscou, incerto do que via. Sobre si, uma enorme sombra apareceu, e ele ouviu a mordida afiada do aço na carne. O grande prussiano de pé sobre ele começou a gemer, dando um passo trôpego para a frente quando deixou cair a arma e tombou de joelhos, com o crânio quase partido em dois.

André olhou para seu libertador e viu um rosto familiar sobre um cavalo. O homem olhava para ele enquanto retirava a espada do crânio do morto.

"É você que está se escondendo aí, Valière?" O general Kellermann controlava as rédeas de seu garanhão, que batia os cascos na terra na tentativa de se apoiar nas pernas traseiras. Arquejando, Kellermann levantou o chapéu e abriu um sorriso selvagem para André.

"Melhor se levantar. Se persistirmos, ganhamos a batalha."

André estremeceu no chão, seus dedos tocando o lugar onde o sangue escorria do corte em sua bochecha.

"Levante-se, Valière!", Kellermann rugiu agora, oferecendo a mão para o jovem capitão, ajudando-o a se levantar. "Você não vai querer perder a visão de todos aqueles demônios em fuga, não depois de você e seus homens terem dado um duro tremendo para defender o nosso centro."

Com isso, Kellermann virou o cavalo, permitindo que ele se erguesse nas pernas traseiras. Chamando todos os soldados ao redor, com a silhueta do moinho de vento no alto do monte atrás de si, levantou a espada.

"A vitória é quase nossa. Vamos acabar logo com isso! *Vive la Révolution!*"

Kellermann esporeou o cavalo, desafiando as linhas esfarrapadas dos prussianos e austríacos que ainda lutavam. André teve a impressão de que todo o exército francês reuniu a coragem que lhe restava, ele próprio sentindo o peito se encher com as últimas reservas de energia e determinação em resposta ao grito de união de Kellermann. As pernas cansadas encontraram nova força enquanto ele se mantinha em pé. Ao redor, soldados ensanguentados e totalmente sujos seguiram o general, avançando para perseguir o inimigo vacilante. André viu, naquele momento, com os olhos ardendo de sujeira e suor, que os soldados da República – e a própria República – não seriam derrotados naquele dia.

7

Paris

Dezembro de 1792

Os rumores da noite mudaram tudo.

O baile deveria ter sido uma ocasião festiva, celebrando a dissolução da monarquia e a vitória em Valmy. A sobrevivência da Revolução nascente. Mas, à medida que o frio da noite caía sobre Paris, salpicando de neve o Sena, brilhante como uma veia de prata fundida, a fome de pão dos cidadãos foi superada apenas por sua fome de notícias, por sua necessidade de ouvir os últimos relatos que circulavam em toda a cidade: será que o rei enfrentaria a guilhotina?

Após o sangrento verão em Paris e a prisão da família real, os jacobinos cresceram em número e consolidaram seu poder dentro da Convenção Nacional. A vitória em Valmy interrompeu, por enquanto, a ameaça de invasão estrangeira, permitindo que um bando de radicais, ambiciosos e jovens advogados pegassem as rédeas do governo, prometendo sufrágio expandido, extinção de privilégios dos nobres e uma nova e radical constituição para rivalizar com qualquer documento que tivesse saído das Américas. E, nessa noite, no final de dezembro, toda a Paris estava em polvorosa com os rumores de que o próprio rei Bourbon podia enfrentar a nova justiça da França.

André acompanhou o caso do rei Luís XVI com grande interesse, profundamente consciente da semelhança com o julgamento de seu próprio pai – considerando que algum daqueles eventos pudesse realmente ser chamado de julgamento. André tinha conseguido assistir de dentro das tribunas abarrotadas aos últimos dias do processo de acusação do rei.

Lá, observou tudo com um horror silencioso: os membros hostis da audiência, todos usando as mesmas boinas vermelhas e rosetas tricolores, tinham os rostos sujos e irritados e as mentes decididas muito antes de o martelo ter batido para o início da sessão.

Foi quase insuportável assistir àquilo. As bochechas do rei – outrora gorduchas de doces e coradas de *rouge* – pendiam flácidas e abatidas ao lado dos lábios trêmulos. Com a voz titubeante, contou à assembleia o quão profundamente amava seus súditos – *ex*-súditos, se corrigiu – e como estava disposto a se comprometer com o novo governo. As zombarias da multidão raivosa eram tão avassaladoras que havia pouca esperança de montar uma verdadeira defesa. Enquanto os membros e a audiência do tribunal riam-se venenosamente e o ridicularizavam, os olhos de Luís ficaram turvos. Se alguém se importasse em olhar de perto, teria notado que aqueles olhos eram as janelas enevoadas de uma alma quebrantada. Luís, tão mimado e iludido desde o nascimento, não parecia compreender a razão de um tratamento tão bruto.

Aquilo tudo foi demais para André. Com a visão já nublada, viu a face pálida do rei ganhar os contornos do rosto inflexível de seu próprio pai, e então pediu licença e se retirou da sala do tribunal antes de ouvir o veredito.

Vários dias depois de comparecer ao julgamento, André se assustou ao receber um convite para a festa da Convenção Nacional, em comemoração ao novo governo popularmente eleito. André suspeitava que Kellermann tinha arranjado o convite. O general era, por enquanto, o homem mais celebrado na República; era aquele que tinha desafiado e repelido a ameaça prussiano-austríaca, o "Salvador da Revolução". Nesse estado de ânimo, até mesmo o jacobino mais radical poderia suportar a presença de alguns oficiais aristocráticos por uma noite.

Realizado apenas dois dias depois do Natal – ou de quando o Natal costumava ser celebrado –, o baile prometia ser uma ocasião festiva que teria a presença dos principais cidadãos de Paris. Sendo este o Ano Um da nova República Francesa, todos os feriados cristãos foram suspensos, e todas as missas, canceladas. Catedrais e igrejas foram desapropriadas para a República e renomeadas de "templos da razão". Não se tratava de uma festa para comemorar o Natal, mas de um evento para celebrar o triunfo dos ideais da liberdade, igualdade e fraternidade. E André, momentaneamente desculpado pela nobreza do falecido pai, sabia que seria imprudente recusar tal convite.

"Que sorte a minha meu irmão não ter encontrado um par e eu ter que vir como seu acompanhante!" Remy estava maliciosamente atraente em seu uniforme militar e, quando saiu da carruagem alugada, acenou para duas mulheres que passavam de braços dados perto da esquina. "Podemos perguntar a essas duas garotas se elas gostariam de se juntar a nós?"

André sorriu para as duas mulheres quando saiu da carruagem, logo atrás do irmão. Usava um casaco azul similar ao do mais novo, com o gorjal de bronze indicando sua posição como oficial. Homens em casacos azuis, a cor adotada pelo Exército Revolucionário Francês, agora sempre estavam presentes em Paris.

"Só tente não ficar bêbado nem insultar ninguém importante, Remy. Nós não somos exatamente os cidadãos que essas pessoas esperam ver."

"Sem uma mulher, de que outra maneira devo me divertir?"

"Esses jacobinos não são necessariamente a *nossa* gente, tampouco parecem ser um grupo muito amigável. Estamos aqui para demonstrar nosso respeito, e então iremos embora", disse André, irritado com os botões de sua farda, enquanto cruzavam a Place de l'Abbé-Basset.

"Vou beber o vinho deles, dançar com suas mulheres. Depois irei embora."

"Se você se restringir a apenas socializar e não fizer nada além disso, então *talvez* possamos sair daqui sem chamar atenção e seguir com nossas vidas sem esses advogados perversos pedirem nossas cabeças."

"Se suas esposas pedirem minha cabeça, então o que posso fazer, irmãozão?" Remy gargalhou.

André ignorou o último comentário, enfiando as mãos nos bolsos. O ar da noite ficava frio e seco à medida que eles se aproximavam do monumental prédio do lado oposto da praça. Depois de meses marchando e dormindo nos bosques e pântanos da zona rural francesa, André se maravilhava com o tamanho e a beleza do prédio, mesmo que o tivesse visto várias vezes antes. Apesar do frio do inverno e da brutal escassez de comida e de combustível, a cidade mantinha muito de seu charme.

O evento da noite seria realizado no Panteão, a colossal estrutura anteriormente conhecida pelos parisienses como Abadia de Sainte-Geneviève; a cruz frontal e a escultura da santa padroeira haviam sido removidas pelos *sans-culottes* e esmigalhadas na rua. Talvez algumas taças de vinho ajudassem André a esquecer o fato de que o prédio agora funcionaria como um mausoléu, o templo onde os grandes franceses da nova nação seriam enterrados. Ele notou, à medida que se aproximavam, que a imagem da Santa havia sido substituída por uma estátua de estilo grego com o imemorizável nome de *A Pátria coroando as virtudes heroicas e cívicas*.

André cumprimentou os dois guardas a postos na entrada, observando, com uma pontada de alívio, que sua farda e a de Remy lhes garantiam uma rápida e inquestionável admissão. No interior, o salão estava fresco e úmido. A alta cúpula abobadada foi projetada para banhar o lugar de luz solar natural, mas nessa noite o grande salão estava iluminado pela claridade fraca e tremulante das velas.

A decoração era modesta e ligeiramente natalina: ramos de azevinho nas paredes, candelabros polidos ao longo das compridas mesas repletas de aperitivos e doces finos, vinho e ponche. Em meio aos convidados, André vislumbrou vários uniformes militares, embora a grande maioria dos homens estivesse vestida com roupas civis. Viu óculos, rostos barbeados e ombros estreitos que nunca usaram o uniforme do exército. Ele estava, afinal, em um evento jacobino, cercado por advogados e aspirantes a estadistas da nova República.

André notou que as mulheres presentes na reunião tinham uma aparência completamente distinta das mulheres que frequentavam as festas que ele havia testemunhado na juventude. O cetim escarlate e o brocado violeta foram substituídos por tons sóbrios de bege escuro e azul-marinho. Os cabelos brancos empoados, encaracolados e armados no alto da cabeça tinham se transformado em simples coques castanhos. As bochechas fortemente coloridas e vivas, e as risadas brilhantes e joviais foram trocadas por expressões sérias, até mesmo severas, e discussões políticas criteriosas. Tudo indicava que os jacobinos tinham gosto muito diferente em relação às mulheres e aos costumes do que tinham os antigos duques e condes da França. Remy fixou os olhos no lado mais distante da festa.

"Lá está ele, o Incorruptível em carne e osso." André seguiu o olhar de Remy e imediatamente reconheceu Maximilien Robespierre, o líder do Clube Jacobino e, portanto, o verdadeiro anfitrião daquela noite. "Ele é mais baixo do que eu pensava", observou Remy.

André estudou o homem, concordando. A aparência de Robespierre era, em todos os sentidos, menos impressionante do que as ilustrações dos jornais o tinham feito acreditar. O jovem advogado possuía um rosto fino, com olhos verdes felinos e uma fronte pálida e proeminente. A pele era descorada, como se ele não gozasse de uma saúde perfeita, e, enquanto falava com a constelação de admiradores que o rodeavam, retorcia os membros em movimentos irregulares e estúpidos, como se não se sentisse confortável com o manejo de seu próprio corpo.

Robespierre era conhecido como um grande orador, André sabia, mas não inteiramente por sua habilidade em falar ao público. Seu talento, ao contrário, residia na complexidade de seus argumentos, no tamanho e no peso de seus discursos para a Convenção. André havia deduzido isso ao observá-lo durante o julgamento do rei. Quando falava, Robespierre nunca recorria a um tom de voz bombástico ou alto; seus argumentos complexos e tortuosos apontavam flechas para o cérebro de seus interlocutores, em vez de para o coração ou as entranhas. Ele falava calmamente. Tão calmamente, na verdade, que toda a audiência era forçada a ficar em silêncio e se inclinar para a frente a fim de ouvir suas palavras. As sentenças de Robespierre eram tão longas e labirínticas que a pessoa raramente se lembrava, no final de uma declaração, de qual tinha sido o seu ponto de partida. E isso tinha o efeito, André percebeu, de desconcertar a multidão a tal ponto que eles creditavam sua incompreensão ao intelecto superior de Robespierre em vez de culparem a mensagem sinuosa do orador. E, assim, ele frequentemente levava a melhor.

"Robespierre tem pressionando pela guilhotina desde o início do julgamento de Luís", André sussurrou para seu irmão, ainda examinando a figura distante. "Dizem que ele ficaria feliz em ser o primeiro a votar a favor."

"Ainda não consigo acreditar que você esteve lá e assistiu àquele circo", disse Remy, esquadrinhando o corredor em busca de uma taça de champanhe.

"Sinto muito, mas fiz isso", respondeu André, apertando o maxilar. Ele teve vários pesadelos sobre o julgamento desde aquele dia. Mas, em seus sonhos, geralmente era seu pai que se sentava para ser julgado perante o júri de membros da Convenção. E, em um dos pesadelos recentes, havia sido ele próprio.

"Quem é esse que está ao lado de Robespierre?", perguntou Remy. André voltou-se para o Incorruptível e seus servos.

"Georges Danton, pelo que me parece."

"Ah, o aliado mais próximo de Robespierre." Remy assentiu. "Ele parece ter mais sucesso com as moças do que seu pequeno amigo."

Danton era o oposto de Robespierre em aparência. Enquanto Robespierre era baixo e estreito, Danton era alto e largo, o corpo tal qual o de um lutador maciço. Tinha olhos redondos e papada carnuda, e quando abria a boca, o som da sua risada profunda reverberava por todo o ambiente.

"E lá está nosso comandante", disse Remy, reconhecendo a figura uniformizada do general Dumouriez. "Acho que preciso de uma bebida antes de oferecer meus cumprimentos." Com isso, Remy se afastou de seu irmão mais velho.

André ficou sozinho, desejando ter ido com Remy atrás daquela bebida. Olhando ao redor da sala, ficou surpreso ao ouvir seu nome ser chamado.

"Como aquela cicatriz está se curando, capitão Valière?"

André virou-se e viu o general Kellermann se aproximando, de braços dados com uma linda mulher de meia-idade. Ele, assim como André, usava a farda militar, e seus cabelos meio grisalhos estavam ordenadamente puxados para trás e presos por uma faixa.

"Você me parece um pouco mais limpo do que da última vez que eu o vi. Creio que naquela ocasião um cavalheiro prussiano estava de pé sobre você, tentando arduamente enfiar a baioneta no seu crânio." Kellermann fez uma pausa, sorrindo para André.

"Ele estava exatamente onde eu queria, senhor", brincou André, e Kellermann soltou uma risada alegre. "Mas estou muito grato mesmo assim, senhor."

"Se ali era o lugar onde você queria que ele estivesse, não acho que você pretendia ficar muito tempo nesta terra."

O rosto de André enrubesceu, enquanto ele concordava silenciosamente.

"Acredite ou não", continuou Kellermann, e seu tom se suavizou enquanto olhava para a mulher que estava ao lado dele, "eu também já fui um jovem soldado. E tolo. Lembro-me de um certo aluno da academia militar de Brienne. Ele era alguns anos mais velho do que eu e muito distinto. Eu esperava que algum dia pudesse me portar como ele".

André hesitou, inseguro sobre o que seu superior realmente queria dizer. Os olhos de Kellermann perderam o brilho jocoso, contudo permaneciam expressivos, repletos de um sincero significado. André olhou para baixo, fitando suas botas polidas.

"Na verdade...", continuou Kellermann. André olhou para ele, tentando engolir, mas percebeu a boca seca. "O único que *realmente* conhecia bem o seu pai era..." Kellermann se virou. "Falando no diabo, aparece o rabo!"

Antes que André pudesse entender o que estava acontecendo, outro homem apareceu ao seu lado, suscitando um arrepio involuntário em sua espinha. Ele se deparou com dois olhos cinzentos e inexpressivos e um rosto com um farto bigode.

"Boa noite, general Murat."

"Nicolai, que bom ver você", cumprimentou Kellermann. "O nosso jovem capitão não está galante assim, todo arrumado?" Ele deu um passo para o lado para abrir espaço para o amigo na pequena roda de conversa.

"Todo arrumado e, espero, um pouco menos nervoso", disse Murat, com os finos lábios se abrindo sob o bigode em um sorriso de desdém mal-disfarçado.

André ergueu lentamente seu queixo, num discreto gesto de desafio, e disse:

"Um baile é mais alarmante do que uma batalha. As mulheres podem ser mais perigosas do que um exército de milhares de soldados."

Kellermann riu, oferecendo aos companheiros um sorriso afável.

"Muito bem observado. E, falando no sexo mais bonito, onde estão meus bons modos? Permitam-me apresentar a minha esposa, Christianne Kellermann."

A senhora, que André agora sabia ser a esposa de Kellermann, estendeu uma elegante mão enluvada, que ele pegou e beijou. Uma ex-condessa, em outro momento da vida e do casamento. Entretanto, agora André se dirigiria a ela de outra forma:

"Cidadã Kellermann, é uma honra conhecê-la."

"Eu ouvi maravilhas a seu respeito, capitão." Christianne Kellermann tinha uma expressão gentil e falava com voz suave e gestos comedidos, quase tímidos. Bem ao contrário de seu sociável marido. "Meu marido o tem em alta consideração."

"Que certamente é exagerada", respondeu André, "quando ele próprio foi declarado 'O Salvador da Revolução'. A senhora deve estar orgulhosa, Madame Kellermann".

"Creio que você quis dizer *Cidadã* Kellermann", Murat o corrigiu, a reprimenda reforçada por uma expressão nada amistosa. André olhou para ele e gaguejou, pego de surpresa tanto pelo tom severo quanto pela carranca.

"Qualquer homem que esteve conosco em Valmy é um amigo para o resto dos meus dias", Kellermann interveio, passando o braço em torno da cintura da esposa em um gesto de confortável familiaridade. "Valière manteve a linha central firme enquanto muitos dos outros estavam se desfazendo. Nosso núcleo foi inabalável naquele dia. Não é verdade, Nicolai?"

"De fato", Murat respondeu depois de uma longa pausa, como se relutasse em concordar com o assunto.

Somente então André notou que uma bela jovem senhora havia entrado no salão. Vinha conduzida pelo braço por um homem que parecia ter o dobro de sua idade, o rosto liso emoldurado por cachos louros presos em um coque frouxo na nuca. A pele de alabastro dos ombros estava à mostra acima de um vestido de seda azul-clara, acentuado por um modesto colar de pérolas em volta da garganta.

Ao contrário das outras mulheres na multidão, essa dama não olhou ao redor do salão, nem falou com o companheiro enquanto ele a conduzia através do recinto. Os lábios dela permaneceram selados, sem saudações nem sorrisos, apenas ligeiramente puxados para baixo, em uma sugestão quase imperceptível de arrogância. E, no entanto, o rosto sóbrio e impassível tinha uma beleza quase magnética, atraindo o olhar de mais de um cavalheiro enquanto ela passava; o vestido elaborado e a aparência fina e delicada fizeram com que ela se destacasse no salão, tanto quanto um lírio se destacaria em um campo cheio de trigo.

O homem de braço dado com a jovem dama agora lhe oferecia uma taça de champanhe. Fisicamente, ele não era de modo algum semelhante a ela. Tinha uma ampla papada flácida que lhe diminuía o pescoço e uns poucos fios de cabelo de cor cinza. Fez um rápido comentário para ela seguido por uma série de gargalhadas curtas e irregulares, e André se perguntou se ele estava mais nervoso pela festa lotada ou pela companhia da bela e entediada mulher ao seu lado. André notou como o general Murat também observava a entrada daquela dama, fixando-se nela com uma expressão estranha e intensa.

"Acho que perdi seu interesse, Nicolai", Kellermann estava falando, e André percebeu que também não tinha ouvido uma só palavra.

Murat voltou-se para a conversa, relutantemente afastando os olhos da linda mulher loira do outro lado do salão. Então, num sussurro destinado apenas a Kellermann, Murat acrescentou:

"Ela acabou de chegar."

"Você não deveria cumprimentá-la?", Kellermann disse.

"Oh, sim. Em um momento." Murat parecia levemente perturbado. "Mas o que você estava dizendo?"

André observou esse diálogo com grande interesse, embora se esforçasse para manter os olhos afastados da jovem em questão, quando Kellermann limpou a garganta e continuou:

"Eu estava perguntando: o que você achou do julgamento?"

Murat se empertigou, redirecionando a atenção da adorável mulher em azul-claro para o colega. Tomou um lento gole de champanhe antes de responder.

"Eu acho que nós cumprimos nosso dever democrático. Demos um julgamento a um homem, concedendo a ele a justiça da lei. E agora vamos acabar com ele, e com todos os déspotas, de uma vez por todas."

"Então você andou lendo Danton e Robespierre", respondeu Kellermann sem alterar o tom de voz, com o braço ainda enlaçando a cintura da esposa.

"Envie-o para La Place", Murat disse, com um gesto de indiferença.

"Mas certamente você ouviu a defesa, Nicolai." Kellermann olhou para André, e então se inclinou em direção ao amigo. "A argumentação de Raymond Desèze foi brilhante no caso do rei, e muito convincente."

"Por que você continua chamando-o de 'rei', Christophe?" Murat arqueou as sobrancelhas escuras.

"Chame-o de 'Cidadão Capeto', se preferir. Velhos hábitos de um velho soldado", disse Kellermann, dando de ombros. "Mas meu ponto é que o julgamento deveria ter sido mais do que apenas um precipitado espetáculo de procedimentos legais. Como podemos mandar um homem para a morte sem um julgamento justo e honesto?"

"E foi o que ele teve, Christophe. E agora vamos ter o veredito. Levantaram apenas 33 acusações contra ele; podiam facilmente ter levantado mais 50." Kellermann inclinou a cabeça para o lado, ponderando o argumento. André também estava absorvido no debate. Murat prosseguiu: "Em quantas ocasiões ele ordenou que seus mercenários de aluguel queimassem as pessoas e derramassem o sangue de nossos compatriotas? Um soberano existe para proteger as liberdades de seu povo, não para esmagá-las." O semblante de Murat se inflamava enquanto ele falava. "Estamos em guerra, Christophe."

"Estou ciente disso, meu amigo", respondeu Kellermann, calmamente. Mas Murat continuou:

"E eu nem cheguei ao fato de que ele dilapidou todo o nosso tesouro nacional vestindo e alimentando a esposa austríaca, enquanto ela passava todo o tempo organizando orgias com metade da corte e conspirando com seu irmão de Viena para se apossar do nosso reino."

Kellermann recuou diante da acusação vulgar, olhando de soslaio para a esposa, como se fosse se desculpar. No entanto, encarou o amigo calmamente e respondeu:

"Quanto a isso, creio que os jornais criaram e espalharam muitas acusações falsas. Luís e a esposa eram gastadores perdulários, eu garanto a vocês. Sim, eles esbanjaram a riqueza da nossa terra e foram completamente cegos às necessidades de seus súditos. Mas eu acredito que Maria Antonieta exerceu bem menos influência em Versalhes do que muitos pretendiam nos fazer acreditar."

"Eu teria cuidado se fosse você, Christophe." Murat levou a taça de champanhe aos lábios finos. "Parece-me que agora o – como é mesmo que eles chamam você? – 'Salvador da Revolução' – certo? – reparte certas simpatias com a monarquia."

Kellermann soltou uma risada, minimizando o comentário. André, por sua vez, achou menos fácil rir do desdém de Murat, e sentiu-se como se fosse um espectador não convidado de uma partida cada vez mais perigosa. O que diria se ambos se voltassem para ele e pedissem sua opinião? Certamente se lembrariam de que o pai dele tinha sido membro da aristocracia. Contudo, nenhum dos dois homens parecia notar a presença de André enquanto prosseguiam com sua conversa.

"Ora vamos, Nicolai", disse Kellermann. "Que acusação absurda. Eu concordo de todo o coração que o rei Luís – ou melhor, o *Cidadão Capeto* – perdeu o direito de usar a coroa e governar a nossa terra. Eu fiz o juramento à República, exatamente o mesmo que você."

"Homem algum merece uma coroa."

"Quanto a isso, você tem minha completa concordância. Não estamos discutindo as virtudes da Monarquia, mas o fato de que um homem foi punido simplesmente por ter recebido a coroa para usar. Você deve ter em mente, Nicolai, que ele assumiu o trono quando não tinha nem 20 anos de idade e não conhecia nenhuma outra vida a não ser aquela que lhe foi mostrada dentro das paredes douradas de Versalhes."

"Oh, pobre príncipe Luís." Murat sorriu cheio de ironia.

"Não quero que sintam pena de um príncipe mimado", respondeu Kellermann. "Simplesmente quero apontar que Luí... – o Cidadão Capeto – executou a tarefa que tinha diante de si com as habilidades e experiências proporcionadas por uma vida resguardada da realidade do povo. O sistema deve acabar, sim, mas também deve acabar a vida dele?"

"Podemos questionar se ele executou bem os deveres que lhe cabiam, mas não se ele executou o próprio povo. Sabemos que ele fez isso."

"Devemos adotar a visão do Antigo Testamento sobre a justiça, Nicolai, ou a do Novo Testamento? Podemos dizer que devemos corrigir os pecados passados com nossos próprios pecados, ou podemos mostrar piedade."

"Então quer dizer que você aceita a execução dos nobres corruptos, mas nosso déspota mimado deve receber tratamento preferencial?"

"Não." Kellermann cruzou os braços diante do peito largo enquanto dizia: "Na verdade, não estou certo de que concordo com qualquer uma das execuções realizadas em nome da nossa República." Ele fez uma pausa e soltou um suspiro, o cenho franzido em uma expressão reflexiva. Mais uma vez, passou a mão em torno da cintura da esposa, puxando-a para mais perto, enquanto Murat sorvia a última gota de sua taça de champanhe.

"Talvez porque você próprio seja nobre de nascimento, Monsieur Conde."

"Assim como você, Nicolai", replicou Kellermann, com as bochechas agora revelando uma tonalidade rubra.

Os olhos de André dardejaram o oficial de cabelos escuros, impressionados por ver Kellermann escancarando a verdade sem pudores e ansiosos pela resposta de Murat. Ele balançou a mão de dedos longos como se estivesse espantando uma mosca.

"Eu renunciei ao meu título há muito tempo, antes mesmo de isso virar moda. Derramei sangue pela revolução na América."

"Em uma campanha financiada por seu desgraçado monarca, se me permite lembrar", disse Kellermann com um sorriso calculado.

"Os homens comuns deste país sabem que sou um deles." O bigode de Murat se encrespava enquanto ele falava, um tremor quase imperceptível, mas indicativo de que alguma emoção profunda espreitava debaixo de suas palavras corroídas. O que será, André se perguntou, que se escondia no âmago dos sentimentos daquele homem? Raiva? Inveja? Dor? "Eu não sou um... Do que eles te chamam? *Salvador*... Sou apenas um homem. Não melhor do que eles são", disse Murat a Kellermann, ignorando o olhar fixo de André.

"Você sabe que eu não pedi esse apelido, Nicolai. Nem nunca encorajei seu uso", Kellermann declarou.

Tão absorvido estava André nessa conversa que mal ouviu o barulho atrás de si. Mas agora todos os três homens se viravam para olhar na direção de um grito zangado.

"*Mon dieu!*", Madame Kellermann levou a mão enluvada aos lábios, horrorizada. "Christophe, alguém deve ir separá-los!"

Só então André viu dois homens empurrando um ao outro, um deles trajando o casaco azul-escuro da farda do exército, e imediatamente percebeu que era Remy. O outro era o atarracado companheiro da bonita mulher loira.

André contraiu os músculos involuntariamente quando viu Remy atirar um copo de ponche no rosto do homem chocado. E com isso, vários homens apontaram suas armas para Remy e o carregaram para a porta, enquanto o outro gritava, com as bochechas manchadas de rosa pela raiva e pelo ponche.

"*Cochon*! Porco!" Ele inclinou o rosto gorducho em direção à companheira, oferecendo um breve pedido de desculpas antes de sair pisando duro.

André sentiu a face enrubescer, desejando momentaneamente que ele também pudesse escapar pela mesma porta através da qual Remy havia acabado de ser expulso.

"Bem, parece que seu irmão bebeu mais do que devia." Murat voltou a encarar André. "Um soldado bêbado em público pode receber mais de trinta chicotadas."

"Sempre valerá a pena se o motivo for uma bela senhora." Kellermann sacudiu a cabeça, olhando para André com um sorriso astucioso. "Agora,

Christianne, Nicolai, que tal irmos encher nossas taças novamente? Toda essa conversa sobre política me deu sede. Capitão Valière, será que seu irmão precisa de auxílio?"

"Obrigado, senhor, vou ver o que é que o tolo fez", André disse. Envergonhado, afastou-se do trio e rapidamente atravessou o salão. No momento em que alcançou a porta pela qual o irmão havia sido escoltado, Remy já tinha ido embora.

Lá fora, a Place de l'Abbé-Basset estava mais uma vez vazia. Não havia nenhum sinal de seu irmão ou do homem que o escoltara da festa. Decerto, Remy havia sido jogado dentro de uma carruagem e enviado para casa, ou pior. André praguejou e soltou um suspiro, chutando o degrau de pedra. A última coisa de que ele e seu irmão precisavam era atrair a atenção – e a desaprovação – dos jacobinos.

Com a esperança de se desculpar pelo irmão e salvar o que até agora havia sido uma noite bastante desagradável, André virou-se para voltar à festa. Lá, perto da porta da frente, encontrava-se a mulher que estivera no centro da turbulência. Estava sozinha. Se antes ela parecia entediada, agora seus traços tinham um caráter tenso e agitado.

"Desculpe-me, mademoiselle." André se aproximou, notando que ela era ainda mais bonita do que pareceu ser do outro lado do grande salão. Mas os pensamentos dele ainda estavam preocupados com o irmão e com o próprio constrangimento pelo distúrbio causado por Remy. "Temo que meu irmão tenha sido inconveniente para com você e seu marido, e sinto-me impelido a oferecer minhas mais sinceras desculpas em nome dele."

A dama o encarou de baixo a cima, analisando primeiro a farda para só então encontrar o olhar dele com um semblante inexpressivo e ilegível.

"Não por isso, está tudo bem", ela disse, olhando para além dele, de volta para a festa. André se afastou, estava prestes a sair, até que ela acrescentou: "Estou grata pelo tantinho de emoção."

André fez uma pausa, olhando mais uma vez para ela, e agora não pôde deixar de rir dessa curiosa resposta.

"Bem, estou aliviado por ouvir isso. Mas tenho certeza de que seu marido não apreciou o ponche no rosto dele. Eu realmente não consigo me desculpar o suficiente pelo meu irmão..."

"Não." Ela agitou a mão. "E por favor, pare de dizer que Franck é meu marido." Ela se inclinou para perto, a pitada de aborrecimento agora evidente em seu tom. "Você não pode me dar um pouco mais de crédito?"

André foi pego de surpresa, e gaguejou:

"Oh, engano meu, mademoiselle."

E então o inesperado aconteceu: um sorriso floresceu no seu rosto e, quando ela riu, o ruído provocou calafrios na espinha de André; era um som oriundo da sua infância. O adorável e cristalino som da alegria feminina, uma melodia encantadora, vibrante como o primeiro trago de champanhe.

"Sinto muito, não quis rir à sua custa." Ela o observou com atenção e, por um momento, André involuntariamente prendeu a respiração, deslumbrado pelo olhar da jovem. Estendeu a mão.

"André Valière."

Ela estreitou os olhos até ficarem semicerrados, e André já se preparava para pedir licença e sair quando a jovem ergueu a mão enluvada e estendeu uma taça vazia.

"Terminei meu champanhe", declarou, arqueando a sobrancelha. "Você seria um cavalheiro e encheria minha taça, ou devo esperar até que meu acompanhante retorne?"

"Eu... Sim, claro." André apanhou o copo e se virou, cruzando a sala em direção às bebidas. Estava ansioso para voltar para a jovem dama antes que qualquer outro homem reunisse coragem para se aproximar dela.

"Dois para mim?" Ela sorriu quando ele reapareceu, olhando para as taças que ele segurava. "Talvez *você* seja um cavalheiro, ainda que seu irmão não seja."

"Um para mim, e um para você", disse ele, oferecendo-lhe uma taça.

"Bem, então, *santé*." Eles brindaram e tomaram um gole.

"Quanto ao meu irmão..." André abaixou a bebida, suspirando.

"Por favor, ele foi muito divertido. Na verdade, creio que essa foi a razão pela qual Franck ficou tão exasperado – era óbvio que eu estava gostando da companhia do outro homem um pouco mais do que da dele." Ela sorveu um longo gole.

"E o que provocou o desentendimento?"

A mulher esquadrinhou o salão com o olhar enquanto respondia, como se estivesse procurando por alguém. Talvez por seu acompanhante? Finalmente, como se não tivesse outra opção, voltou-se para André.

"Oh, ele insistia em me tirar para dançar. Eu respondi que não havia música e, portanto, não dançaria. Mas seu irmão não se deixou intimidar e simplesmente respondeu que, se não havia música por aqui, então talvez ele devesse me levar para algum lugar onde houvesse."

Ela tomou outro gole, seus olhos fixos nos de André. Eles eram do mesmo azul-claro que os olhos de sua mãe, e como os de Remy também. Contudo, tinham uma frieza que nenhum dos dois tinha.

"Eu estava considerando a oferta quando Franck interveio."

"Eu teria recomendado com veemência que não fizesse isso, mademoiselle".

"O quê?" Ela sorriu maliciosamente. "Sair com seu irmão?"

"Com ele? Certamente. Ou com qualquer homem que tivesse acabado de conhecer. Esses são tempos perigosos para aceitar convites de completos estranhos."

"Oh, eu não discordo de você, soldado. Mas estava simplesmente pronta para aceitar qualquer oferta para sair desta festa. É terrivelmente entediante." Ela olhou para a multidão mais uma vez, com sua maneira distraída.

"Você não gosta de seu acompanhante e desaprova a festa... Mademoiselle, então por que veio?"

"Meu tio está aqui", explicou, com um tom de repente neutro de qualquer emoção. "Hoje em dia, ele raramente me dá ordens, mas aprendi que, quando o faz, não é sensato desobedecer."

"Entendo", disse André, sendo educado, mas se perguntando o que significava aquele comentário. Com base na expressão desconfortável da jovem, considerou que seria melhor mudar de assunto. "É estranho estar em uma festa na época do Natal sem qualquer celebração natalina, não é?"

"Estes são tempos realmente estranhos", ela concordou, terminando o champanhe.

Naquele momento, a multidão que se encontrava firmemente reunida em torno das figuras de Robespierre e Danton começou a pedir silêncio. Os anfitriões desejavam falar aos presentes na festa. André prestava atenção em Robespierre, observando o homem de figura estreita enquanto ele aprumava os ombros e jogava a cabeça para trás, como se estivesse se preparando para uma performance.

"Veja, estou com um pouco de calor", a mulher se aproximou e sussurrou no ouvido de André. Seu hálito era doce como champanhe. "Será que poderia abusar de sua gentileza e me acompanhar até lá fora para tomar um pouco de ar?"

André lançou um rápido olhar para a multidão que se reunia em volta de Robespierre antes de olhar para ela.

"Se você não se importar com o frio."

"Mas eu acabei de lhe dizer que estou com calor", ela retrucou, aproximando-se dele. Surpreso, mas encantado, André ofereceu o braço e começou a conduzi-la para fora.

"Não!" Ela paralisou, os olhos de repente arregalados como se estivesse com medo. "Não vamos por esse caminho. Vamos ver se há uma saída lateral." Ela o atraiu para o meio da multidão e em direção ao fundo do corredor, e André a seguiu de bom grado.

Do lado de fora, eles se encostaram na parede do prédio, cuja fachada de pedra fria os protegia um pouco do vento que soprava na praça. A vários metros de distância, em frente à entrada principal, uma multidão de *sans-culottes* havia começado a se reunir. A notícia de que Robespierre e Danton estavam lá dentro se espalhara por todo o *arrondissement*, e as pessoas esperavam vislumbrar seus ídolos no final da noite. Com a entrada lateral isolada, André e sua adorável companhia estavam protegidos da crescente multidão, mas expostos ao frio da noite, com a respiração se condensando em névoa e os rostos iluminados apenas pelas sombras cintilantes das fogueiras que a multidão tinha acendido.

Ela reclamara do calor lá dentro do salão, mas André suspeitava que tinha sido apenas uma desculpa para evitar alguém, talvez um admirador exagerado. Com base no tremor que via agora, concluiu que ela não estava mais com calor.

"Pegue meu casaco." Ela não protestou enquanto André arrumava o casaco sobre os ombros nus e delicados.

"Obrigada." Ela sorriu para ele, enfiando as mãos nos bolsos. André olhou para o rosto dela, iluminado pelo brilho bruxuleante das lanternas das ruas próximas.

"Só agora me dei conta, eu não sei o seu nome."

"Sophie de Vincennes."

Um nome nobre. André concordou com a cabeça, estudando os traços delicados mais atentamente.

"Não estou familiarizado com esse nome. De onde vem sua família?"

"Ah, não é o nome da minha família. É do meu marido."

André sentiu o peito afundar; então ela *era* casada.

"Ou melhor, devo dizer, do meu falecido marido."

"Falecido marido?", repetiu André; ela era muito nova para ser viúva. Mas, até aí, a Revolução sem dúvida fez centenas de jovens viúvas com sobrenomes nobres.

"O Monsieur Conde de Vincennes não sobreviveu para ver essa gloriosa Revolução", Sophie confirmou, balançando-se nos saltos de seus sapatos enquanto falava, embora seu tom de voz fosse desprovido de emoção.

"Sinto muito. Não era minha intenção ser invasivo."

"Homens maus têm que morrer assim como os homens bons, não é?", disse Sophie, olhando para André com um sorriso misterioso iluminando os até então frios olhos azuis.

Uma declaração curiosa, pensou André, mas ele não queria ofendê-la investigando mais, então mudou de assunto:

"Você mora em Paris, condessa de Vincennes?"

"Por favor, me chame de Sophie. Ou então cidadã", o sarcasmo evidente em sua voz combinava com o meio-sorriso, e ela continuou: "A condessa era a esposa que existia antes de mim. Ela também já morreu".

André não fez objeções, só olhou para a multidão que não parava de crescer diante dos degraus da entrada principal. Então soprou as mãos, pois ele próprio começava a tremer sem o casaco.

"Sim, eu vivo em Paris agora", ela respondeu. "Meu tio se encarregou da minha mudança para cá após a morte de Jean-Baptiste, meu *querido* conde. Ele disse que poderia me proteger melhor dessa maneira."

"Eu também aluguei um alojamento na cidade, um pouco a leste, perto de Saint-Paul."

"Você quer dizer o Templo Paulino da Razão", Sophie o corrigiu, outro sorriso irônico ganhando seus encantadores lábios. André riu, e permaneceram um ao lado do outro em silêncio por vários momentos, observando a multidão nas proximidades. Um dos homens trouxe a bandeira tricolor e a pendurou fora da entrada. Um grupo de vários *sans-culottes* começou a cantar o hino nacional, enquanto outros gritavam insultos contra o Cidadão Capeto e começavam a dançar em um círculo grosseiramente formado. Sophie quebrou o silêncio entre eles.

"*Foi* estranho não ter Natal este ano, não foi?"

André concordou, voltando a encarar aqueles olhos claros que não piscavam.

"Eu cantei canções natalinas para mim assim mesmo. Não me importei, e ninguém também era obrigado a ouvi-las." Ela sorriu, encolhendo os ombros. Sophie parecia tão pequena usando o casaco do uniforme de André. "Mamãe costumava cantar canções natalinas para nós no trenó a caminho da missa de Natal. A minha preferida era aquela sobre os pastores que caminharam a noite inteira para ver o menino Jesus."

André conhecia a melodia de que ela falava, e começou a cantar de sua própria memória de infância:

"*Où vont les trois. magnifiques rois*"

Ela se juntou a ele, suas vozes tecendo uma só melodia:

"*Voir um enfant qui naîtra dans une chèche.*"*

Olhando um para o outro, ambos começaram a rir ao mesmo tempo.

---

* "Onde vão os três reis magníficos?" / "Ver uma criança que nascerá em uma manjedoura."

"Então você conhece essa?" Sophie piscou, inclinando a cabeça para o lado. Ela estava encantadora, mesmo com a jaqueta da farda militar.

"Claro que conheço. Remy costumava entoar canções até meu pai perder a paciência e expulsá-lo da sala."

Remy. André sentiu uma pontada de culpa – decerto deveria ir procurar o irmão e garantir que ele não se metesse em problemas em outros lugares da cidade. Ele sabia, antes de chegarem à festa, que Remy estava com disposição para brigar. No entanto, quando olhou para Sophie, para suas bochechas coradas pelo gelado ar noturno, para os olhos claros que se fixaram nos dele com um interesse repentino, André se deu conta de que ainda não estava pronto para sair. Não até que ela o obrigasse.

"Remy, pelo que entendi, é o homem que queria dançar comigo mais cedo, certo?"

"Creio que todo homem dentro daquele salão queria dançar com você."

Sophie analisou o semblante de André e, como se estivesse lendo seus pensamentos, perguntou:

"Você está preocupado com ele?"

"Todos os dias. Mas ele sempre dá um jeito de resolver as confusões em que se mete."

Um sorriso malicioso apareceu nos lábios dela, e Sophie perguntou:

"E você, oficial Valière, *quer* dançar comigo?"

André a fitou intensamente, torcendo para que ela não ouvisse o clamor de seu coração contra a caixa torácica.

"Sim, condessa", ele respondeu depois de um momento, necessário para conseguir falar com a voz calma.

"Pensei ter lhe pedido que não me chamasse de *condessa*", ela disse, desviando seu olhar.

"Ah, sim... Perdoe-me." Ele nunca tinha sido naturalmente sedutor; não, esse era Remy.

Talvez percebendo o acanhamento de André, Sophie virou-se para ele e sorriu. Sentindo-se motivado por esse olhar encorajador, André estava prestes a pegar sua mão e pedir aquela dança quando ouviu o barulho de passos se aproximando. Eles não estavam sozinhos.

"Então é para cá que você correu."

Embora estivesse muito escuro para reconhecer imediatamente a figura que se aproximava, André conhecia aquela voz.

"Tio Nico", disse Sophie, assim que o rosto sombrio do general Murat se tornou visível por um facho de luz emitido pela lanterna mais próxima.

"Que maravilha é ver você", ela tentou, e não conseguiu, mostrar um tom de alegria na voz.

"Olá, So-So." Murat se abaixou e ofereceu sua bochecha pálida para um beijo. Ela condescendeu, de repente parecendo muito pequena ao lado da figura alta e uniformizada do tio.

"Vejo que já conheceu um dos meus homens, André de Valière." Murat encarou André, com aqueles olhos que pareciam duas piscinas de tinta cinza.

Sophie virou-se para André, com o rosto confuso pelo sobrenome que ele tinha revelado apenas parcialmente.

"Eu... Sim, eu o conheci. Ele foi muito gentil ao me acompanhar até aqui fora para tomar um pouco de ar fresco. Eu estava me sentindo um pouco afogueada no salão, tio."

"Sim, me pareceu que você estava mesmo *bastante* aquecida enquanto eu me aproximava." Os olhos de Murat se demoraram no casaco de André, que cobria os ombros de Sophie. "Minha sobrinha é viúva, capitão De Valière. Eu sou o guardião dela."

"Acabei de contar a ele sobre Jean-Baptiste, tio Nico", interrompeu Sophie, ligeiramente inquieta.

"Então", Murat manteve o olhar gélido fixo em André, "parece que um irmão tentou e não conseguiu chamar sua atenção esta noite. E agora o outro está esperando..." Murat não concluiu sua frase. André cerrou os punhos com força, cravando as unhas na carne de suas palmas. Murat continuou, voltando-se para a sua sobrinha. "So-So, você saiu do salão sem ouvir o discurso do Cidadão Robespierre."

"Eu precisava de um pouco de ar fresco", ela repetiu, com a voz calma.

"Bem, suspeito que já teve o suficiente. Está ficando tarde; devo levá-la para casa."

"Tio, estou bem, realmente. Gostaria de ficar um pouco mais, se não se importa."

Murat abriu os lábios finos para protestar, mas, naquele momento, um rebanho de corpos se espalhou na praça em frente à entrada principal do Panteão. André virou-se para olhar e viu a figura de Robespierre emergir primeiro, com Danton apenas um passo atrás. Depois deles, vinham uma dúzia de outros membros da Convenção Nacional. O general Kellermann também estava saindo, e André o viu correndo em direção a uma carruagem que estava à espera.

"O que é isso?", Sophie perguntou para o tio.

"Christophe?", Murat chamou por Kellermann, que estava se retirando. André aproveitou essa breve abertura para se aproximar de Sophie e sussurrar:

"Posso ver você de novo?"

Antes que Sophie pudesse responder, no entanto, seu tio colocou-se entre eles.

"Sophie, venha." Seu maxilar se retesou, e Murat envolveu o cotovelo da sobrinha com sua grande mão, um gesto que poderia ter sido uma galanteria, se não fosse por seu olhar penetrante e pelo tom insistente: "Venha, minha sobrinha, a noite pode muito bem tornar-se perigosa. Vou levá-la em segurança para casa."

Olhando mais uma vez para André, ela hesitou por um momento e aceitou o braço estendido do tio. Com Sophie segura em seu poder, Murat gritou mais uma vez em direção ao seu colega.

"Kellermann, quais são as notícias?"

"A Convenção Nacional convocou uma sessão de emergência à meia-noite", Kellermann respondeu enquanto se dirigia rapidamente à carruagem.

Mesmo com a resposta lacônica, André entendeu perfeitamente o significado; apenas uma razão levaria os homens do partido para os salões da assembleia para uma reunião espontânea. Naquela noite, a Convenção Nacional da França votaria se deveria ou não decapitar o rei.

8

Paris

Março de 1793

Uma vez mais, os colegas de Jean-Luc St. Clair observavam e se divertiam à custa do jovem advogado, entretidos com a chorosa mulher sentada à sua escrivaninha.

"Cidadã Poitier", disse Jean-Luc em um tom quase sussurrado, esperando, com isso, exercer uma influência tranquilizadora, "foi meu prazer representá-la. Eu estou muito satisfeito porque a senhora e seus filhos poderão, pelo menos, voltar para casa".

"Você não entende, Cidadão St. Clair. Se meu Jacques estivesse aqui hoje, ele lhe daria um abraço tão forte que quase o mataria!" Ela alcançou o outro lado da mesa, segurando as mãos do advogado entre suas palmas ásperas. "Como podemos recompensá-lo?"

"Ver a justiça finalmente sendo feita para os nossos cidadãos é recompensa suficiente." Ele sorriu olhando para o rosto marcado de lágrimas, relaxando os ombros. Entretanto, verdade seja dita, uma pequena recompensa financeira não teria sido desprezada; Marie havia lhe dito ontem que eles estavam atrasados na quantia que deviam tanto ao senhorio quanto ao padeiro.

Depois de várias súplicas e mais alguns soluços, Jean-Luc finalmente conseguiu acompanhar Madame Poitier até a praça, onde ela se despediu dele com um abraço sincero e a promessa de que, caso ele precisasse de acomodações perto de Massy, sempre seria bem-vindo à casa de sua família.

"Aposto que está feliz por se livrar dessa aí." Gavreau estava apoiado na mesa de carvalho de Jean-Luc, esperando por ele quando voltou a entrar no escritório lotado. Jean-Luc suspirou, sentando-se e afastando os documentos dispersos do caso de Madame Poitier.

"Estou feliz por ela poder voltar para casa. Só espero que o funcionário do governo que se mudou para a propriedade Montnoir seja um senhorio melhor."

"Se não for, ela sempre pode voltar aqui para outra rodada de caridade. Você não consegue dizer não para eles."

Jean-Luc deu de ombros para o comentário, ainda classificando os arquivos do caso para poder armazená-los

"Está terminando?" Gavreau já havia vestido e abotoado o casaco e tinha um olhar ansioso no rosto.

"Dê-me vinte minutos." Jean-Luc olhou para o supervisor, que franziu o cenho e se afastou.

Jean-Luc nunca organizava seus papéis até que tivesse terminado de trabalhar com eles. Agora que não serviriam mais a nenhum propósito, seriam arquivados e preservados de forma precisa e lógica; apreciava o caos somente enquanto trabalhava nele. Rabiscando rapidamente um bilhete para Marie, Jean-Luc chamou um dos meninos de recado do escritório.

"Você pode levar isso para minha esposa?" Ele entregou uma moeda e o bilhete que descrevia sua vitória no caso da Viúva Poitier, lembrando Marie de que não estaria em casa para a ceia. Agarrando o casaco, levantou-se da cadeira e foi encontrar Gavreau.

"Então, para onde vamos?" Lá fora, nos últimos momentos de luz do sol antes do anoitecer, a praça estava cheia de homens e mulheres de todas as idades – *sans-culottes* bebendo vinho, vendedores comerciando frutas verdes, vários trabalhadores aproveitando um dos primeiros dias em que a próxima primavera não parecia estar longe. As luzes nas janelas e nas pensões das proximidades começavam a cintilar sobre um mar de casacos castanhos e boinas vermelhas.

"Um lugarzinho na Rue des Halles. Maurice que escolheu", Gavreau respondeu, conforme avançavam em meio à multidão.

Jean-Luc assentiu, ajustando o casaco e desejando que Marie tivesse passado seu terno a ferro antes dessa reunião. Gavreau voltou-se para o colega, com um sorriso provocador no rosto:

"Seu primeiro encontro com pessoas influentes do novo governo, hein? Não fique nervoso, St. Clair."

"Eu não estou", Jean-Luc mentiu.

⌘

O encontro foi marcado em um local apropriadamente chamado de Café Marché, do outro lado da Place des Halles, onde funciona o mercado central da cidade. Quando chegaram, o atendente informou a Gavreau que o terceiro cavalheiro já os esperava e os guiou em direção a uma mesa na parte traseira da sala escura, onde não havia outros comensais.

Sentado no canto, um homem magro e idoso trajava um terno preto liso, adornado com a roseta tricolor no bolso do lado esquerdo do peito. Maurice Merignac ficou de pé quando notou os dois homens se aproximando. Uma peruca de cachos cor de laranja presos num rabo de cavalo moldava um rosto pálido – que não parecia ver a luz solar com frequência. A cabeça por baixo da peruca brilhante, Jean-Luc arriscou, era calva.

"Cidadão Merignac, que bom ver você", disse Gavreau, apertando energicamente a mão do homem mais velho.

"Digo o mesmo, cidadão."

"Permita-me apresentar um dos meus mais brilhantes e promissores jovens associados, Jean-Luc St. Clair."

Merignac fixou os olhos pequenos e escuros em Jean-Luc enquanto lhe estendia a mão.

"Cidadão St. Clair."

"Cidadão Merignac." Jean-Luc pegou a mão estendida do homem, e sentiu como estava fria. "É uma honra conhecê-lo."

Os três homens sentaram-se ao redor da pequena mesa, e uma garrafa de vinho tinto foi prontamente colocada diante deles. O atendente os informou que o chefe havia preparado um ensopado de peixe naquela noite, e eles podiam escolher nabos ou batatas para acompanhá-lo. Todos os três pediram o cozido com batatas, e então foram deixados a sós na privacidade de seu canto.

"Então, como vai seu estimado chefe?", perguntou Gavreau. "Ele é o assunto dos jornais hoje em dia. Parece que está influenciando tudo, do preço dos grãos ao esforço da guerra, e até mesmo qual pescoço nobre deve permanecer e qual deve ser cortado, não?"

Em resposta, Merignac simplesmente concordou, com um lento e reverente movimento de cabeça. A cintilação da vela solitária na mesa brilhava em seu rosto, iluminando uma fisionomia de bochechas fundas e um par de olhos intensos e cansados.

"Merignac e eu voltamos... o que, vinte anos?" Gavreau pegou a garrafa de vinho e serviu para cada um deles um copo cheio. "Voltamos para aqueles dias em que todos nós só pensávamos em correr atrás de um rabo de saia. É claro que eu ainda só penso nisso, embora Merignac tenha se mudado para atividades muito mais elevadas." Com isso, Gavreau irrompeu em uma gargalhada ruidosa e desinibida e começou a sorver o seu vinho.

Merignac ofereceu um breve aceno em resposta, e Jean-Luc pensou com seus botões que não conseguia imaginar tal homem correndo atrás de mulheres. Merignac afastou-se cerca de uma polegada da cadeira de seu antigo conhecido, como alguém que se distancia de um cheiro nojento, e virou seu olhar para St. Clair.

"Conte-me, Cidadão St. Clair, há quanto tempo o senhor trabalha para a nova República?"

"Nós estamos na cidade há um ano e meio."

"*Nós?*", Merignac estranhou, arqueando uma sobrancelha escura na testa pálida tal qual papel.

"Minha esposa", explicou Jean-Luc. "E um menininho."

"De onde você veio?"

"Do sul, perto de Marselha."

"Bem que eu pensei ter detectado o sotaque sulista", Merignac assentiu. Jean-Luc, um pouco envergonhado, lembrou-se de que precisava reduzir a fala letárgica e arrastada do sul que, a seu ver, parecia terrivelmente pouco sofisticada em comparação à cadência rápida e curta dos parisienses.

"Eu também venho do sul", Merignac disse, inclinando-se para a frente e oferecendo seu primeiro sorriso. "Assim como o Cidadão Lazare." Imediatamente, Jean-Luc se sentiu mais à vontade.

"E que ano esse aqui teve desde que chegou do sul", interveio Gavreau, colocando a mão no ombro de Jean-Luc. "Ocupado desde o amanhecer até o crepúsculo. Eu mal consigo arrancá-lo de sua mesa para jantar comigo."

Merignac manteve o olhar fixo no jovem advogado.

"Você é um membro do clube?"

"O Clube Jacobino? Sim, sou", respondeu Jean-Luc. Sua participação era pouco mais do que meramente nominal, um requisito que ele teve de cumprir para assumir sua posição no novo governo. Mas a taxa de adesão de 24 libras francesas decerto não fora nem um pouco apreciada por Marie.

"Que bom!", Merignac exclamou, e o silêncio mais uma vez tomou conta da mesa.

Dado que estavam no final do inverno e os dias ainda eram curtos, a sala começou a escurecer quando o céu lá fora ficou preto. O garçom apareceu, reacendendo a vela no centro da mesa, que havia sido apagada por um vento forte.

"Que se faça a luz, hã?" Merignac acenou em direção ao garçom, antes de olhar novamente para Jean-Luc, com os olhos atentos. "Você já passou pela Rue Saint-Honoré?"

"Pela sede dos jacobinos?" Jean-Luc levou seu copo de vinho aos lábios, balançando a cabeça. "Não."

"Não fica longe daqui." Merignac colocou as mãos magras sobre a mesa, mas não tocou no vinho. "Eu poderia levá-lo até lá algum dia, se você quiser. O Cidadão Lazare passa a maior parte do tempo ali ultimamente. Isso quando não está envolvido com discursos na Convenção ou em julgamentos."

Jean-Luc olhou para Gavreau, cujo rosto traiu a mesma surpresa que o jovem advogado agora sentia. E então, voltando-se para Merignac, Jean-Luc disse:

"Seria uma honra. Obrigado."

E, então, como se estivesse lendo com absoluta clareza a questão que rondava a mente de Jean-Luc, Merignac acrescentou:

"Meu estimado superior está sempre disposto a encontrar um brilhante jovem empregado a serviço da República. Ele é generoso – muito generoso, de fato – com jovens talentos. Ele chama homens como você de", Merignac inclinou-se para frente, "*ses petits projets*".

Seus pequenos projetos.

Jean-Luc aceitou assim que o garçom retornou e encheu novamente o copo de vinho de Gavreau e serviu os pratos de ensopado de peixe. Merignac pegou o guardanapo de linho em seus dedos finos e colocou-o meticulosamente no colarinho do terno antes de apanhar a colher. Experimentando vagarosamente uma pequenina colherada de seu jantar, Merignac olhou mais uma vez para Jean-Luc:

"Robespierre é alguém que você também vai querer conhecer, mas creio que já sabe disso."

Ele falou como se fosse algo trivial, como se conhecer dois dos homens mais poderosos de Paris fosse tão fácil quanto ser apresentado a um vizinho ou a um transeunte na rua. Jean-Luc concordou com o homem idoso, servindo-se avidamente de uma porção do ensopado ralo e aguado. Precisava de sal e manteiga, e quase não havia peixe; Marie estava correta em se queixar dos frutos do mar parisienses. Voltando seu foco para os companheiros, ele disse:

"Acredito que um grande número de pessoas gostaria de ter uma audiência com o Cidadão Robespierre, e também com o Cidadão Lazare."

Merignac engoliu seu bocado, levantando a colher enquanto falava.

"Eles são bastante procurados nos dias de hoje."

"Amados, creio que poderíamos dizer", Jean-Luc acrescentou.

"Deveras. Robespierre é... Bem, ele é um companheiro interessante. Sua ascensão ao poder foi rápida. Muitos acreditam que é impossível detê-lo."

A sala estava completamente escura agora, iluminada apenas por uma dúzia de velas bruxuleantes. A iluminação fraca conferia ao laranja da peruca de Merignac uma peculiar aparência de fogo contra a qual sua pele pálida parecia fina como papel, quase translúcida.

"Sabe do que eles começaram a chamar Robespierre?" Merignac inclinou a cabeça. "O *Incorruptível*. Mas não tenho tanta certeza disso. Para meu empregador, a virtude de nenhum homem está acima da corrupção. É simplesmente uma questão de encontrar sua fraqueza."

Jean-Luc olhou para baixo, para seu prato, um pouco assustado com tal observação. Gavreau, talvez se sentindo desconfortável com o silêncio, engoliu seu vinho e murmurou:

"Pois eu conheço a minha muito bem." Somente o advogado riu da própria piada.

"O que Robespierre reconheceu", Merignac continuou, ignorando Gavreau, "e que o tolo do rei nunca o fez, é que a raiva é muito mais potente do que o amor. O Bourbon tentou apelar para o lado bom da natureza das pessoas. Ele disse que as amava como um pai ama seus filhos. Elas não queriam ouvir isso. Elas estão famintas e enfurecidas e queriam alguém que lhes dissesse que estão certas de se sentirem assim."

Jean-Luc permaneceu em silêncio, considerando o que ouvia.

"Nós dois somos do sul, Cidadão St. Clair", Merignac prosseguiu. "Uma região famosa por sua indústria marítima. Eu compararia a opinião pública aos ventos contrários que sopram em uma enorme vela. Robespierre foi brilhante porque aproveitou o vento da raiva e do desespero do povo e manobrou sua vela com grande agilidade e astúcia. Na verdade, se forem mal administrados, esses sentimentos podem se voltar contra aqueles que o manipulam – como no caso do nosso desgraçado monarca. Mas, se for adequadamente encabrestada, essa força pode alimentar a máquina do progresso. Como o Cidadão Lazare gosta de dizer: 'O progresso vem da mudança, e a mudança é gerada pela força'. Por que não aproveitar o poder das pessoas e gerar força a partir de todo esse esplêndido caos?"

"Ouça, ouça!", Gavreau berrou, batendo um punho na mesa. Jean-Luc virou-se para o colega e percebeu que ele já havia bebido vários copos de vinho e, dada sua aparência, começara a sentir os efeitos.

Ignorando essa interjeição, Merignac continuou em um tom baixo, olhando apenas para Jean-Luc.

"Meu estimado patrono, Cidadão Lazare, acredita que a ira do povo é a verdadeira fonte da força e do poder da nação. O falecido rei até pode ter tentado apelar para *o lado bom da natureza* das pessoas comuns, mas, na verdade, ele as temia. Luís nunca entendeu o povo, não percebe? Liberdade, igualdade, fraternidade...". O homem mais velho inclinou-se para mais perto de Jean-Luc. "É tudo muito lindo e maravilhoso, mas a verdadeira origem desse novo poder é uma coisa bastante simples: raiva pura e desenfreada. Fúria, nascida de anos de desespero. O homem que melhor entender isso... Bem..."

Jean-Luc não esperava essa reviravolta na conversa. Geralmente gostava de discutir política e as melhores formas de servir aos interesses das pessoas, mas algo nas palavras de Merignac mexeu profundamente com ele. Havia um quê de astúcia fervorosa, uma visão tão vulgar do gênero humano, que pintava seus compatriotas camponeses como terríveis, bestiais, e até maníacos. E quanto ao trabalho nobre pelo qual ele e seus colegas patriotas estavam lutando – a Declaração dos Direitos do Homem? O sufrágio universal? O pão acessível e a habitação? Jean-Luc estava prestes a dizer isso quando ouviram um alto clamor na frente do restaurante.

Dois jovens usando o casaco azul do exército, tão parecidos que certamente eram irmãos, estavam sendo escoltados para fora do restaurante. Um deles, o de cabelo mais escuro, tinha os braços ao redor do ombro do outro, e tentava acalmá-lo.

À mesa da qual acabavam de ser dispensados, um terceiro homem sentando diante de uma pilha de porcelana quebrada, também usando uniforme de oficial, gritava na direção deles com um grande sorriso no rosto enquanto bebia um copo de vinho.

"Leve esse seu traseiro bêbado para casa, Remy! E, da próxima vez, eu vou enfiar a conta *em você*.

"Você é um tolo, LaSalle. Eu te esmurraria se pudesse!", gritou o irmão que parecia mais jovem, com o cabelo desgrenhado pela comoção, lutando contra a contenção do abraço do irmão mais velho. Os atendentes do restaurante estavam insistindo para que eles saíssem enquanto o jovem de cabelo mais escuro, ainda segurando os ombros do outro, oferecia várias moedas para o hoteleiro como consolação. Ele repreendia o rapaz mais jovem:

"Remy, já basta. Estamos indo."

"Concordo, André. Não tem mais diversão nesse lugar. Leve-me para a Margem Esquerda." As palavras do rapaz saíram arrastadas, de forma indistinta e lenta. "Eu disse a Celine que iria visitá-la hoje à noite."

"Não essa noite. Vou levá-lo para casa."

O homem chamado Remy baixou a cabeça no ombro do irmão quando saíram do lugar. No rastro da saída deles, um silêncio impressionante pairou na atmosfera do lugar. Jean-Luc voltou a encarar os companheiros de jantar. À esquerda, Gavreau estava rindo, e à direita, Merignac olhava como se tivesse perdido o apetite. Colocando as mãos finas sobre a mesa, o velho secretário se apoiou nos cotovelos.

"Não deviam permitir tolos como aqueles dentro de um estabelecimento como esse. Mesmo que eles usem uniforme."

Como você soa antidemocrático, Jean-Luc pensou consigo mesmo. Mas simplesmente levantou a colher e a colocou de volta no cozido sem sabor. Pegando um imaculado guardanapo branco com o qual agora tocava levemente os cantos de sua boca, Merignac olhou para cima.

"Cidadão St. Clair, eu ouvi dizer que o senhor acaba de defender uma viúva. Uma desafortunada mulher que foi saqueada por um desprezível marquês, certo? Meu empregador acompanhou o caso, de fato, com interesse. Ele aprovou o seu trabalho."

"Cidadã Poitier", Jean-Luc confirmou com um aceno de cabeça, engolindo o ensopado enquanto um sorriso involuntário aparecia em seus lábios, surpreso por seu fatigante trabalho ter sido notado por alguém de fora do departamento. "Uma causa que valeu a pena, reinstalando-a de volta na própria casa."

"Falando em viúvas", disse Merignac, assim que Jean-Luc terminou. "Agora que o Cidadão Capeto está morto, a questão permanece: o que fazer com sua viúva austríaca? Deveria Antonieta também perder a cabeça?"

Jean-Luc também havia pensado muito sobre a questão da rainha destituída. Ficou chocado quando o rei foi enviado para a guilhotina; nunca teria imaginado, no surgimento da Revolução há quase quatro anos, que o país iria tão longe na busca pela liberdade. Mas seria traição dar voz à tal pensamento.

"Bem, cidadão... O que você acha que deve ser necessariamente feito com a mulher austríaca?", perguntou Merignac apoiando o queixo nas mãos, com a face voltada para Jean-Luc, que engoliu em seco, tocando levemente os cantos de sua boca com o guardanapo antes de responder:

"Eu não quero vê-la devolvida para a Áustria, onde seus amigos monarquistas podem criar mais problemas para nós."

"O que, então?"

Jean-Luc hesitou por um momento antes de responder. Ele se recordava do panfleto político que havia lido naquela manhã, outro capítulo publicado pelo enigmático "Cidadão Persephone", clamando por razão e clemência na condenação de Maria Antonieta. Jean-Luc concordava com aquele argumento, e respondeu:

"Acho que uma vida passada sob prisão domiciliar seria punição suficiente."

"Ora, vamos." Merignac ofereceu um sorriso morno com a cabeça inclinada para o lado. "Você é um homem esperto, Jean-Luc St. Clair. Sabe muito bem que ela se regozijaria em uma prisão domiciliar. Passaria o tempo comendo brioches e bebendo os vinhos mais finos enquanto faria sexo com os guardas", ele disse com um riso dissimulado, olhando para a tigela cheia de guisado, na qual pouco tocara. Depois de uma pausa, suspirou. "Meu patrono, Cidadão Lazare, acredita que ela deve ser submetida à lâmina, assim como foi seu marido. Enquanto a consorte austríaca viver, será um símbolo da monarquia, um brado de guerra para inspirar nossos inimigos em casa e no exterior. É uma questão de simples lógica: ou ela morre, ou nossa revolução irá perecer. Então, que ela vá para a guilhotina."

Jean-Luc limpou a garganta, baixando os olhos enquanto tomava um gole de vinho.

"Mas tenho a impressão de que a ideia da guilhotina o deixa um tanto... desconfortável, Cidadão St. Clair." Merignac o encarava de forma avaliadora, estreitando os olhos escuros.

Jean-Luc olhou para Gavreau, cujos lábios já estavam pintados de púrpura mas que, ainda assim, levantava o copo pedindo mais vinho.

"Você sabe a quem devemos agradecer pelo amplo uso da guilhotina, Cidadão St. Clair?", perguntou Marignac.

"Joseph-Ignace Guillotin", respondeu Jean-Luc, voltando-se para o companheiro de jantar enquanto este baixava o copo de vinho. "É daí que o nome é derivado."

"Precisamente. *Doutor* Joseph-Ignace Guillotin. E você sabe, Jean-Luc... Posso chamá-lo de Jean-Luc?"

"Por favor."

"Excelente. Onde eu estava? Ah, sim... Você sabe por que a guilhotina foi escolhida como nosso novo meio de execução?"

"Por oferecer uma forma mais humana de punição capital."

"Exatamente."

Jean-Luc engoliu em seco, limpando a garganta.

"Eu concordo que o aparelho em si pode ser mais... humano... do que a forca, que pode deixar um homem padecendo por mais de uma hora com uma dor inimaginável. Ou do que a decapitação por um machado, que, se não tiver um golpe certeiro, pode exigir vários cortes antes de a cabeça finalmente ser decepada. É só o..."

"Sim?" Merignac estava ouvindo atentamente agora, seus olhos escuros cintilando com a emoção da discussão. Jean-Luc continuou:

"Às vezes me pergunto sobre a *prontidão* com a qual nossos tribunais enviam homens e mulheres – até mesmo crianças – para esse dispositivo da morte."

Merignac ponderou o que ouvia, o queixo apoiado no estreito dedo indicador.

"Então você esperava por uma revolução com menos sangue?"

Jean-Luc abriu a boca para responder, mas nada saiu. Só conseguia pensar nas incontáveis horas que havia passado documentando os bens apreendidos dos inimigos da Revolução – sacerdotes, freiras, nobres, espiões acusados. Famílias arrastadas de suas casas na calada da noite. Móveis, porcelana marcada com os brasões dos antigos proprietários, camas vazias, algumas delas não maiores do que um berço. Finalmente, com um fiapo de voz, Jean-Luc respondeu:

"Creio que sim, eu gostaria que menos sangue fosse derramado. Ou, pelo menos, que fosse provado ser imprescindivelmente necessário o derramamento de tanto sangue; acredito que nossos tribunais poderiam exigir mais provas de traição antes de condenar uma pessoa à guilhotina." Jean-Luc se perguntava se o que dizia era perigoso – nunca antes havia expressado essas dúvidas importunas. Nem mesmo para Marie.

"Em qualquer revolução, deve haver sangue." Merignac o encarava fixamente enquanto respondia: "De que outra forma os pecados dos males passados podem ser limpos em expiação? O próprio Monsieur Jefferson afirma isso". Merignac aproveitou a falta de reação de Jean-Luc para continuar. "O Cidadão Lazare conhecia nosso antigo tirano muito bem, como tenho certeza de que você já ouviu falar. Convivia com ele e com aquela sua rainha na corte. Você sabe o que nosso abençoado monarca escreveu em seu diário no dia em que a Bastilha foi invadida?"

Jean-Luc sabia a resposta dessa pergunta. Todos os jornais haviam imprimido essa notícia, de modo que todos os parisienses sabiam a resposta para essa questão. Ele murmurou:

"*Rien.*"

"*Rien*", Merignac repetiu. "Nada!"

"Nada!", repetiu Gavreau, passando o dedo na borda do prato de guisado vazio.

"Ele escreveu *rien*", Merignac continuou, com um tom frio e sem emoção, ainda ignorando Gavreau, "porque não havia capturado *nada* enquanto caçava naquele dia. O que você acha que os homens e as mulheres que atacaram a Bastilha teriam escrito em seus diários, se tivessem tido a oportunidade de obter tinta e papel naquele dia?" Suas finas sobrancelhas negras se arquearam, quase tocando a borda de sua peruca laranja. "Talvez tivessem escrito uma linha sobre quão famintos estavam. Ou teriam escrito que mais um de seus filhos tinha morrido devido à imundície e à fome na cidade."

O coração de Jean-Luc batia mais rápido agora, ao perceber o fervor que espreitava por trás da voz calma e calculada do homem. Permaneceu calado, inseguro sobre como responder, em pânico, temendo ter sido um tolo ao advogar por clemência, quando, claramente, aquele homem abominava a nobreza tanto quanto qualquer cidadão ou cidadã injustiçado na Place de la Révolution. Mas, então, para total alívio de Jean-Luc, Merignac abriu um sorriso. E como o ribombar de um trovão que dispersa a umidade de uma noite pesada de verão, a tensão na mesa foi dissipada quando Merignac, de repente, começou a rir.

"Ora essa, Cidadão St. Clair." Ele estendeu a mão em direção a Jean-Luc. Ao lado deles, Gavreau também estava rindo, embora Jean-Luc não pudesse deduzir por quê. "Sabe, creio que você ama um debate impetuoso tanto quanto meu patrão", disse Merignac, tomando a mão de Jean-Luc em suas mãos; a palma estava fria. Como um pai acalmando o filho, Merignac deu leves tapinhas na mão de Jean-Luc. "Que conversa fascinante. Acho que meu patrão teria gostado muito dela! Mas está ficando tarde. O que me diz, Jean-Luc, vamos andando?" Merignac ficou subitamente tão informal e relaxado quanto um velho amigo. "Parece que esse aqui precisa de uma cama." Ele lançou um olhar de soslaio para Gavreau.

Merignac insistiu em pagar pelo jantar, e os três se levantaram da mesa.

"Onde você mora, cidadão?"

Jean-Luc sentiu-se momentaneamente envergonhado quando deu seu endereço da Margem Esquerda.

"É muito longe para voltar andando em uma noite fria como essa. Eu o levarei para casa de carruagem."

"Agradeço a oferta, mas não será necessário, asseguro-lhe."

"Vamos lá, já não discutimos o suficiente por uma noite? Eu não aceitarei sua recusa. Além disso, o Cidadão Lazare foi muito generoso e me emprestou a carruagem esta noite." E então, virando os olhos para Gavreau, Merignac disse: "Gavreau, você ficará bem a pé, não?"

"Eu vou ficar mais do que bem! Talvez até pare na taverna no meio do caminho para um drinque noturno; os cavalheiros não querem se juntar a mim?"

Os dois recusaram educadamente.

"Tudo bem então. Mas não deixarei que isso me faça desistir", respondeu Gavreau, falando arrastado. "Boa noite, senhores. Uma excelente noite."

Jean-Luc observou o amigo se afastando antes de se voltar para Merignac. Os dois estavam sozinhos agora, do lado de fora do café.

"Aqui estamos nós." Merignac apontou para uma carruagem parada no final da rua escura. Um lacaio desceu e abriu a porta para eles, e os dois entraram. A noite estava de fato fria, e Jean-Luc estava grato pela corrida coberta enquanto a carruagem acelerava através da ilha em direção ao sul sobre a Pont Neuf. Permaneceram vários minutos sem falar. Foi Merignac quem quebrou o silêncio.

"Apreciei nossa breve discussão no jantar – e acredito que o Cidadão Lazare irá descobrir em você um colega interessante."

"É muita gentileza sua dizer isso, cidadão." Jean-Luc olhou para o homem de cabelos alaranjados em frente a ele na carruagem, esperando que sua resposta soasse entusiasmada, mesmo que ele sentisse um tom de irrefutável desconforto.

"Você não acha que está destinado a coisas maiores do que contabilizar inventários para um idiota como Gavreau?"

Jean-Luc foi pego de surpresa com a franqueza da observação; pelo fato de Merignac ter falado dessa maneira sobre um velho amigo, e sobretudo para alguém que ele tinha acabado de conhecer. Talvez um pouco na defensiva, respondeu:

"Estou fazendo o trabalho que é necessário para a nova República."

A carruagem tinha virado na rua de Jean-Luc, e então os cavalos pararam. O lacaio pulou e abriu a porta. Na fenda de luz que se derramava na carruagem, Jean-Luc notou o sorriso sarcástico de Merignac.

"Até pode ser. Mas se algum dia quiser fazer bom uso de seus talentos, em vez de apenas defender viúvas pobres e se matar para pagar o aluguel de um sótão na Margem Esquerda, você sabe onde nos encontrar. Eu teria mais do que prazer em apresentá-lo a Guillaume Lazare."

⌘

Marie tinha ficado acordada e estava sentada esperando Jean-Luc. Ela pulou da cadeira e correu para recebê-lo quando ele passou pela porta.

"Recebi seu bilhete sobre o caso da Viúva Poitier. Estava fora celebrando?" Ela plantou-lhe um beijo na bochecha e tirou a pasta das mãos dele.

Jean-Luc balançou a cabeça, negando.

"Você parece exausto." Ela o examinava com os olhos castanhos cheios de preocupação, enquanto o ajudava a tirar o paletó.

No canto do sótão onde o teto era mais baixo, envolto em um cobertor e aconchegado no pequeno berço, Mathieu dormia. Jean-Luc atravessou o quarto e fez um carinho na bochecha rosada e rechonchuda do bebê que ressonava. Ali ficou imóvel por vários minutos, olhando para o filho, para o rostinho redondo ainda mais pueril no relaxamento do sono.

"Onde você estava, então?" Marie estava ao lado dele agora, sussurrando para não acordar o bebê.

"Em um jantar com o secretário pessoal de Guillaume Lazare." Jean-Luc virou-se para encará-la, sua voz retransmitindo a própria confusão diante dos eventos da noite. Os olhos dela se arregalaram de surpresa.

"Que marido eu tenho! Ganhando casos e jantando com pessoas da estirpe do secretário de Guillaume Lazare." Jean-Luc estava muito perdido em seus próprios pensamentos para notar o amplo sorriso da esposa.

"Acho que foi uma espécie de teste", ele disse, coçando o topo da cabeça enquanto se afastavam do berço de Mathieu.

"E? Você passou?"

"Para ser honesto, acredito que sim."

"Muito em breve você vai ser importante demais para Mathieu e para mim e este pequeno sótão", disse Marie inclinando a cabeça para o lado e sorrindo para o marido.

"Nunca."

"Bem, então, como foi?"

"Ah, minha querida..." Fez uma pausa, olhando para ela enquanto passava os braços ao redor de sua cintura. "Foi... inesperado. Acho que todos neste mundo ficaram um pouco loucos, exceto você."

"Fiquei louca há muito tempo", ela suspirou, mas sem deixar de sorrir. "De que outra forma poderia explicar a decisão de me casar com você e mudar para este bairro terrível?"

Jean-Luc inclinou o rosto para bem perto de Marie, seus lábios a poucos centímetros dos dela.

"Se foi um acesso de loucura que fez você me amar, será que ainda está debilitada?"

"Muito." Ela sorriu, equilibrando-se nas pontas dos pés para alcançá-lo e beijá-lo.

"Que bom", ele disse, beijando-a em resposta, com todo o corpo ansiando por ela. "Eu odiaria se você estivesse curada."

9

Paris

Verão de 1793

De volta à capital francesa, após marchar com seus homens até a cidade de Estrasburgo, André instalou-se na região de Saint-Paul, a uma curta caminhada da antiga prisão da Bastilha. A cidade ardia no calor do verão, e o fedor de tantos corpos amontoados se espalhava pelas ruas estreitas e pavimentadas. O medo dos inimigos, tanto estrangeiros quanto domésticos, pairava pesado no ar úmido, e os cidadãos franceses livres pareciam tão determinados como sempre a testemunhar o aparato assassino distribuindo sua peculiar justiça revolucionária.

E, no entanto, a verdade era que a mente de André estava bem longe da guerra e da Revolução. Ele pouco se importava com as assembleias políticas nas tavernas ou com os comícios que irrompiam nas praças. Seus pensamentos estavam completamente tomados pelo desejo persistente e secreto de reencontrar a jovem que conhecera naquela estranha noite de inverno, meio ano antes.

Quando não estava em serviço ou ocupado mantendo Remy longe de problemas, André tinha o hábito de passar o tempo perambulando pela Margem Direita, estudando todas as figuras femininas que cruzavam seu caminho. Ao passar pelos cais perto de La Place, André não podia deixar de ouvir os ruídos demoníacos das multidões reunidas ali e constatar que nunca vira tal sede de sangue em nenhum campo de batalha. Mas Sophie não estaria em nenhum lugar perto da guilhotina e das decapitações públicas, raciocinou André. Procurou-a nos mercados próximos ao Châtelet, entre as bancas dos floristas perto do que antes fora a grande catedral de Notre Dame, entre os vendedores cujas carroças se alinhavam às margens do Sena.

Maximilien Robespierre havia consolidado seu poder no governo, purificando a Convenção e matando todo e qualquer deputado ou aliado que representasse uma sombra de ameaça. "O Incorruptível" agora reinava supremo, presidindo um corpo ditatorial chamado Comitê de Salvação Pública. Exigiu um preço fixo sobre o pão e o sufrágio masculino universal – e mais cabeças nobres. Sempre, ele dizia, estava à espreita a ameaça insidiosa de inimigos da Revolução: os austríacos no exterior, que planejavam esmagar a Revolução por fora, e os contrarrevolucionários, que esperavam destruí-la por dentro. E esse medo sempre abasteceu a frenética e insaciável necessidade de alimentar a guilhotina.

André prometeu a si mesmo que, independentemente do que acontecesse no governo e na cidade, ele e Remy aguentariam firmes em seus uniformes militares. Afinal, prestar um bom serviço no exército parecia ser a única e tênue linha de defesa que os mantinham longe do exaltado pódio do executor Charles-Henri Sanson. E assim, à medida que o verão passava e André ouvia os rumores de LaSalle de que a divisão dele seria enviada sob o comando de Kellermann para lutar contra os Habsburgos nos Alpes, ele começava a perder a esperança de rever Sophie de Vincennes.

Então, em uma tarde no final de agosto, quando retornava para a pensão, André se deparou com um rosto familiar – uma visão que fez seu coração dar uma cambalhota dentro do peito. A princípio, não acreditou nos próprios olhos, lembrando-se de quantas vezes eles o enganaram antes. Mas ali, em plena luz do dia, lá estava ela.

Sophie estava no terraço de um restaurante lotado no bairro de Marais, com o mesmo homem que a acompanhara na festa no Panteão meses antes. "Franck" era como ela disse que ele se chamava. André lutou para suprimir uma onda de emoção – uma combinação de ciúmes e frustração. Então ela estava envolvida com aquele homem, apesar do que havia dito na outra noite.

E, mesmo assim, ao contemplá-la, não conseguiu ficar infeliz por muito tempo. Sophie estava vestida de forma mais casual do que estivera no baile jacobino. No calor do final do verão, usava um vestido leve de linho branco, com bordas enfeitadas de renda. Os cabelos loiros, refletindo os raios dourados da luz do sol do meio-dia, estavam puxados para trás em um coque frouxo. Mais uma vez, ela mostrava a expressão entediada e impaciente da noite do baile, semblante que só mudou depois da conversa com *ele*, pensou André, permitindo-se uma onda de esperança momentânea.

"Ei, você, venha aqui." André fez um gesto para um garoto de cabelos desgrenhados, calças curtas que deixavam à mostra os joelhos machucados e pés descalços. "Gostaria de ganhar uma moeda?"

A relutância do menino rapidamente desapareceu, e seus olhos se arregalaram quando se fixaram na moeda brilhante.

"Claro que sim, cidadão, eu adoraria um dinheirinho."

"Ótimo, então você vai entregar um bilhete para a mademoiselle sentada ali adiante. Você a vê? A que está vestida de branco?"

"Aquela moça linda bem ali?" O garoto apontou um dedo sujo, que André se apressou em abaixar.

"Não aponte, rapazinho", repreendeu gentilmente. Pegando um pedaço de papel da rua, um dos panfletos políticos sempre presentes, André escreveu um bilhete breve, que dobrou e passou ao menino. "Entregue para ela, mas não diga nada. Apenas entregue e depois volte aqui, entendeu? Ficarei ali naquela esquina com a sua moeda."

O menino acenou com a cabeça, pegando o bilhete nos dedos sujos e saindo ligeiro para cumprir sua missão. André se afastou da vista, se colocando atrás da barraca de um vendedor de vinho. Ele escreveu o bilhete na esperança de que ela ainda não o tivesse esquecido: *"Se quiser continuar a conversa que começamos nos degraus do Panteão, então ofereça suas desculpas ao monsieur e encontre-me para uma bebida em Le Pont Blanc".*

⌘

André permaneceu na frente do café, tentando se portar de modo casual e descontraído para camuflar o nervosismo que sentia. Estava prestes a pedir um cálice de vinho para si quando percebeu, com uma forte pontada de apreensão, que talvez Sophie não tivesse intenção de vir. O relógio do outro lado do salão lhe dizia que já havia esperado por mais de um quarto de hora. Com certeza, se ela se lembrasse de quem ele era ou se estivesse interessada em vê-lo novamente, já teria chegado.

Derrotado, André apoiou os cotovelos no balcão do bar e lançou um olhar de desamparo em direção à porta, ponderando aonde poderia ir para elevar seu espírito.

Inspirou profundamente e soltou uma longa e profunda expiração; iria caminhar um pouco para limpar a mente e depois seguiria para casa. Virou-se para a porta bem a tempo de notar, para sua surpresa e deleite, uma figura vestida de branco deslizando pela rua. Com as faces rosadas pela caminhada, Sophie entrou na cafeteria e olhou em volta, terminando a busca quando seus olhos encontraram os dele. Ela ficou parada por um momento. André a encarou, incapaz de conter o amplo sorriso que se espalhava por sua face.

Reconhecendo-o, Sophie seguiu em frente, com a sombrinha balançando ao lado de seu corpo. Estendeu-lhe a mão enluvada, que André tomou e levou aos lábios. Mantendo os olhos fixos nos dela, não hesitando em nenhum momento, ele disse:

"Vejo que não teve pressa, senhorita."

"Eu?" Ela sorriu, inclinando a cabeça para o lado. "*Você* que não teve. Imaginei que já o teria encontrado há muito tempo. Não *era* Saint-Paul o bairro onde você disse que morava?" Ela arqueou uma sobrancelha, os olhos azuis cintilando num brilho travesso.

"Eu estava longe", ele disse, estendendo um braço em sua direção.

"A serviço?", ela perguntou, e ele confirmou.

"Junta-se a mim para uma bebida?"

Sophie aceitou o braço que André lhe oferecia e o acompanhou até uma mesa mais reservada na parte de trás do salão.

"Como eu dizia, já tinha perdido as esperanças de que você viria."

"O que você queria que eu fizesse – que abandonasse o pobre Franck antes de terminarmos nossa refeição?"

"Talvez", respondeu André, sorrindo. E então, inclinando-se para a frente em direção a Sophie, continuou: "Pensei que você não se importasse com ele."

"E não me importo."

"Então por que frequentar restaurantes com ele? O pobre homem provavelmente está apaixonado por você."

Sophie sorriu, cobrindo a boca com os dedos enluvados. Depois de uma pausa, inclinou-se para a frente e disse:

"Franck se importa comigo tanto quanto eu me importo com ele, posso lhe assegurar." Vendo que André não estava satisfeito com a resposta, Sophie explicou: "São dos bifes e das costeletas de porco que Franck gosta, e me ter em seu braço ou à sua mesa é conveniente – não porque ele gosta de *mim*. Eu nem acho que ele aprecie minha conversa. Pelo menos, não mais do que eu aprecio a dele."

"Então", André ponderava a afirmação, "você admite que o usa?"

"Assim como ele me usa." Sophie deu de ombros, o rosto inexpressivo. "Se não fosse por Franck, eu nunca poderia sair de casa. Meu tio só me permite sair com Franck, com ninguém mais. Então, como você vê, ele é meu único bilhete para sair para o mundo."

André prestava atenção nela, permanecendo, contudo, em um silêncio taciturno.

"Vejo que não está convencido, Monsieur Valière... O que foi? Preferiria que eu saísse com *você*, em vez disso?"

"Sim", respondeu André.

“Meu tio nunca permitiria.”

“Seu tio não precisa saber.”

Ela considerou a proposição, tamborilando os dedos na mesa enquanto o fazia.

“Bem, por que você não me paga uma bebida para começar?”

André perguntou ao atendente quais bebidas eles tinham disponíveis e foi informado de que só tinham vinho das lojas locais em Vanves e Clamart, então ele pediu uma garrafa e dois cálices. Quando chegou a bebida, ergueu a taça em direção à Sophie.

“Eu estava começando a me perguntar se você realmente existia, ou se eu tinha imaginado nosso encontro naquela noite. Pode parecer tolice, mas agora que estamos aqui, espero que não se importe por eu dizer que farei todo o possível para vê-la o máximo que puder. Pelo menos, até irmos embora novamente.”

Sophie sorriu, brindando com André antes de tomar um gole. O vinho estava aguado e quente, mas pelo menos o lugar tinha bebidas para oferecer e pessoas suficientes para lhe conferir uma atmosfera suavemente alegre.

“Você voltou para a cidade com meu tio?”

“Voltei”, André assentiu, tomando o vinho. “Está feliz por tê-lo de volta?”

Ela franziu os lábios, mas não disse palavra. E essa foi toda a resposta de que André precisava.

“Eu perdi um marido, então suponho que agora meu tio acha que tem o dever de cuidar de mim. Ele sempre usa a Revolução como motivo – como se esperasse que o medo fosse me convencer.”

“Como assim?”

“*Eu sei* que meu nome me coloca em risco, mas ele me relembra isso todos os dias. Parece ser sua justificativa para me proibir de ir a qualquer lugar, ou ver quem quer que seja. *Somente eu posso protegê-la, So-So. Você não deve se expor ao perigo. Escute o tio Nico. Eu sei o que é melhor.*”

André ouvia atentamente, tomando outro gole de vinho.

“Agora você consegue entender por que, de vez em quando, eu permito que o único homem que meu tio aprova me leve para almoçar?”

“Que tal nós concordarmos em não falar sobre seu tio?”, disse André após um suspiro. “Você está aqui agora. Comigo.” Ele deixou essa última parte se acomodar por um momento, apreciando o som da palavra. “Proponho um brinde: à sua liberdade.”

“Está bem.” Sophie acenou consentindo.

“Embora ainda ache que é jovem demais para ser uma viúva.”

Sophie o encarou por um momento, ficando subitamente séria.

"Isso é porque eu era jovem demais para ser uma noiva."

"Quantos anos você tem, se me permite a pergunta?"

Ela não respondeu, e André sentiu-se um tolo por ter feito uma pergunta tão obviamente rude. Sentiu as bochechas ficarem mornas. Sophie se inclinou para a frente, apoiando os braços sobre a mesa.

"Deixe-me adivinhar. Você, Monsieur Valière, tem 25 anos?"

"Vinte e três", ele respondeu, contente por ela tê-lo visto como mais maduro do que realmente era. "E é capitão Valière, mademoiselle."

"Oh, entendi." Ela riu, balançando a cabeça. "*Capitão* Valière."

"Minha vez de adivinhar. Você tem 18 anos?"

"E você é inteligente", ela riu com gosto, "arriscando um número tão baixo. Esse é o verdadeiro caminho para o coração de uma mulher".

"Mas você não pode ter mais de 18 anos..."

"Terei 20 em alguns meses."

"Então eu errei por pouco."

Sophie olhou para ele, o sorriso desaparecendo de seu rosto.

"Eu tinha 14 anos quando me casei."

André buscou palavras, mas não encontrou nenhuma.

"Você parece tão horrorizado quanto eu me senti", disse ela, olhando para baixo.

"Desculpe, não foi minha intenção...", André balbuciou. "É só que, bem, você... você pelo menos... o amava?"

"Se eu o *amava*? Ha! Eu mal o conhecia. Eu o vi apenas uma vez antes do casamento. Ele já era viúvo e seus filhos eram mais velhos do que eu."

O garçom reapareceu, enchendo cada um dos cálices com mais vinho.

"Receio, porém, que a união estava fadada a ter vida curta", Sophie continuou, uma vez que o garçom se retirou. "O conde de Vincennes morreu apenas três meses depois de me fazer condessa. Milagrosamente, não houve filhos produzidos pelo efêmero casamento."

André sentiu a face se ruborizando, e olhou para o copo de vinho agora cheio.

"Apesar do que você possa suspeitar", Sophie continuou, atraindo o olhar dele novamente para ela, "meu marido não pereceu na guilhotina. Não", ela suspirou, "o pobre Jean-Baptiste morreu de nada mais glamouroso do que velhice após uma vida de extravagâncias. Acho que foi a gota, afinal. Pelo menos, é do que ele mais se queixava." Ela fez uma pausa, limpou a garganta e piscou várias vezes, provavelmente expulsando alguma lembrança velada antes de voltar seu foco para a conversa com André.

"Ele, no entanto, me legou um sobrenome *muito* perigoso, como meu tio me lembra com frequência."

André, reagindo à franqueza e candura de Sophie, ou ao vinho, ou a ambos, perguntou:

"Mas por que você foi forçada, ainda tão jovem, a se casar com um velho tão doentio?"

Ela o encarou no fundo dos olhos, os cílios tremulando com um olhar provocante.

"Você parece ser um homem inteligente, capitão André Valière. Eu vou lhe dar um palpite."

"Dinheiro?"

"Aí está."

André balançou a cabeça em concordância, entendendo, quando ambos ficaram em silêncio. Por fim, Sophie falou:

"Vamos lá, e quanto a você, capitão Valière?"

"O que tem eu?" André mexeu-se em seu assento.

"Quantos corações você já partiu? Uma dúzia pelo menos, eu imagino."

Ele balançou a cabeça, negando.

"Tudo bem, talvez você seja do tipo mais reservado", ela continuou, examinando-o com atenção. "Dois?"

Novamente, ele balançou a cabeça.

"Um?", perguntou ela, a surpresa se tornando aparente em sua voz. Quando ele não respondeu, Sophie se inclinou para frente. Agora era a sua vez de ficar chocada. "Nenhum? Nem mesmo *uma* dama para um bonito capitão?"

André sacudiu a cabeça, observando com uma pontada de deleite que ela o chamara de bonito. No entanto, apressou-se em se explicar contra a incredulidade dela.

"Tive a sorte de *não* me casar com uma viúva idosa, mas sim de frequentar a escola militar antes que a velha ordem desmoronasse."

Sophie soltou uma risada sem humor, mantendo o olhar fixo em André, firme e avaliador. Quando falou, sua voz era suave.

"Nada de amantes com o coração partido para um oficial jovem e bonito... Ora, ora, você é mesmo uma caixinha de surpresas, não é, André Valière?"

Ele achou essa observação curiosa, mas Sophie continuou a encará-lo. Vários momentos depois, ela suspirou e disse:

"É uma pena que você não tenha aparecido mais cedo. Parece que você tinha o título nobre que teria satisfeito meu pai empobrecido e moribundo.

E então eu poderia ter tido um marido que sobreviveria. E um de quem eu poderia realmente gostar."

As bochechas de André coraram de calor.

"Eu sei que seu tio lhe disse o meu nome completo. Nós fomos obrigados a mudar quando meu pai foi denunciado."

Sophie fez que sim, lambendo os lábios ligeiramente manchados de púrpura. Quando falou, quase não foi mais do que um sussurro:

"Mas certamente as memórias não são tão curtas. As pessoas não sabem quem você realmente é?"

"Este uniforme foi um escudo até agora", André respondeu, também em voz baixa. "Remy e eu serviremos no exército, de bom grado, até o dia em que toda essa loucura for reparada."

Sophie cruzou as mãos sobre a mesa entre eles, soltando um longo e lento suspiro.

"Por falar em soldados", continuou André. "Seu tio, o *grande general Murat*..." André apoiou os cotovelos sobre a mesa. "Como é que alguém como você pode compartilhar o mesmo sangue de alguém como ele?"

Sophie deu um meio sorriso, mas não censurou André pelo insulto contra seu tio.

"Ele é irmão da minha mãe. Você sabia que ele era um conde, o conde de Custine, antes de renunciar ao título?"

André confirmou que sabia.

"Foi assim que foi possível alguém como eu se casar com o conde de Vincennes. Minha mãe foi, a certa altura, da nobreza."

"Sua mãe era parecida com ele?"

"Não, de modo algum, nem na aparência nem no comportamento". Sophie fez uma pausa, e André deixou que ela repousasse no silêncio de sua memória. Quando prosseguiu, num fiapo de voz, ela parecia anos mais nova. "Eu não conheci bem minha mãe, já que ela morreu quando eu era pequena. Mas me lembro de pensar que ela se parecia com os anjos sobre os quais eu lia no meu catecismo."

Como você, André pensou para si mesmo.

"Eu sei ao certo com *quem* o tio Nico se parece." Sophie bebeu o resto do cálice de vinho. Relaxando os ombros, olhou para André, com os olhos azuis tristes. "Mas, como minha mãe já se foi, nunca mais poderei perguntar."

"Não sei quem ele mais assusta, seus inimigos ou seus próprios homens", André confessou.

"Ele certamente tem esse efeito nas pessoas." Ela sorriu, aceitando mais um cálice de vinho do garçom. A taverna começava a ficar mais cheia, e agora já havia ocupantes no espaço outrora vazio perto deles. André concordou com Sophie.

"Duvido que algum homem fale com o general Murat de bom grado." Perdido em pensamentos, André foi retirado de seu devaneio quando captou um par de soldados uniformizados entrando no café. Notou, com uma facada de pânico, que eram Remy e LaSalle, acompanhados por duas mulheres bonitas e jovens. Remy avistou os dois sentados juntos na parte de trás e acenou, marchando com seus companheiros em direção à mesa de André.

"Meus olhos me enganam ou meu irmão está realmente jantando na presença de uma mulher? E uma *muito* bonita, aliás." Remy fez uma reverência exagerada, levando a mão de Sophie aos lábios. "Cidadã." Ele abriu um sorriso deslumbrante para Sophie antes de se virar para André. "Olá, irmãozão."

"Olá, Remy", André disse, com a mandíbula apertada. "LaSalle."

"Então, vejo que você finalmente a encontrou..." Remy sorriu para eles, passando o braço ao redor da cintura de sua própria acompanhante. "A misteriosa beldade do baile jacobino."

"E nós estávamos prestes a jantar, Remy, então se você não se importar...", respondeu André, com impaciência e irritação evidentes em sua voz.

"Perfeitamente. Com certeza é uma boa ideia comermos antes de bebermos mais." Com isso, Remy alcançou duas cadeiras para as senhoras e sentou-se no banco junto de Sophie. LaSalle se sentou ao lado de André, que se controlava para não gemer de frustração. Porém, para seu alívio, Sophie não parecia irritada com esse desenrolar imprevisto da situação. De fato, com base na maneira como ela sorria para André do outro lado da mesa, parecia estar se divertindo.

"Não ouvi os seus nomes", disse Sophie às duas mulheres que acompanhavam LaSalle e Remy. "Eu sou Sophie."

"Por favor, desculpem meus modos terríveis, senhoras. Sophie, permita-me apresentá-la a namorada do capitão LaSalle, a bela Henriette. E esta", Remy pegou a mão da garota que estava sentada perto dele, "é Celine". Olhando outra vez para o irmão, Remy disse: "Celine é bailarina".

"Uma bailarina!", Sophie repetiu, sorrindo com satisfação.

"Sim. Eu a chamo de *Celine la ballerine*." Remy se reclinou e beijou a namorada, uma bela mulher de fartos cabelos negros e olhos cor de mel. "Ter Celine, e meu irmão, e a... amiga... do meu irmão, todos juntos. Ah, isso merece uma celebração. Raspail!", Remy chamou o garçom. "Uma garrafa de vinho para o meu irmão e sua adorável companheira."

Voltando-se para André, Remy perguntou: "Você vai me acompanhar em uma bebida, meu irmão, não vai?"

"Vejo que você pretende que isso aconteça independentemente da minha resposta", disse André, dando a Sophie um sorriso resignado. Ela parecia muito entretida.

"Um jantar vai ser formidável", anunciou Remy. "LaSalle e eu tínhamos acabado de oferecer uma terrina de mexilhões a essas duas beldades em troca de sua sedutora companhia."

"Mexilhões! Que ideia esplêndida", disse Sophie, voltando o olhar para André, que também pediu uma terrina para eles.

Quando o garçom trouxe os pedidos, já estava ficando escuro lá fora. O restaurante estava quente e ruidoso, e André foi invadido por uma sensação de calma e satisfação, sentado ali defronte de Sophie, apesar da presença não solicitada de seu irmão. Os caldos de mexilhões chegaram fumegantes, exalando o delicioso aroma de manteiga, vinho branco e alho. Observando Sophie apreciar o prato, rindo com Celine e Henriette das tolas brincadeiras de Remy e LaSalle, André não se importou de gastar todo o salário de uma semana pagando vinho e jantar para ela.

Em seis, eles rapidamente deram conta de várias garrafas de vinho. Remy anunciou que estava finalmente saciado soltando um arroto alto, que fez Sophie perder o fôlego de tanto rir, enquanto dizia:

"Remy! Você não tem nem metade dos bons modos de seu irmão."

Remy encarou André, ficando sério por um momento.

"Isso é verdade. Não há homem melhor que meu irmão."

"Ah, deixe disso." André baixou os olhos para a mesa. "Também não precisa ficar tão sério."

"Diz o homem que sempre é sério", brincou LaSalle.

"Mas é verdade", insistiu Remy. "Meu irmão é o melhor homem que você já conheceu." Talvez percebendo o desconforto do irmão mais velho diante da lisonja pouco característica, Remy se ajeitou na cadeira e mudou de assunto. "Então, LaSalle e eu planejamos levar essas duas lindas damas para dançar, mais tarde, lá em Pigalle. Não querem se juntar a nós, André? Sophie?"

Olhando para Sophie, que balançou discretamente a cabeça em negativa, André respondeu:

"Hoje não, meu irmão."

"Então, vamos obrigá-los a se juntarem a nós na próxima vez", disse LaSalle.

Inclinando-se em direção a Sophie, sentindo-se um pouco mais à vontade depois de vários copos de vinho e de uma refeição quente, André sussurrou para ela:

"Por favor, a mademoiselle me permite levá-la até sua casa?"

Sophie olhou para ele meio de lado, seus lábios rosados pelo vinho, e André disse a si mesmo que nunca vira mulher mais irresistível.

"Mas, capitão Valière, o que as pessoas dirão se eu for escoltada para casa depois de escurecer por um homem como você e sem nenhum acompanhante?"

"Você estará melhor comigo ao seu lado do que tentando atravessar essa cidade maluca sozinha. Eu prometo deixá-la sã e salva diante de sua porta, e só."

Eles se despediram de Remy e LaSalle do lado de fora do café, e seguiram para o leste ao longo do Sena. Na noite de fim de verão, a luz dos postes ao longo do cais era refletida pela superfície vítrea do rio tal qual uma miríade de diamantes. Eles caminharam lentamente, lado a lado, em silêncio. André olhou para as estrelas e suspirou, saboreando a feliz consciência de que estava na companhia de Sophie. Deixou que a suave brisa da noite potencializasse o sentimento já agradável e vertiginoso em seu peito e o rubor quente em seu rosto. Quando chegaram à antiga ponte de madeira, André fez uma pausa.

"Que tal subirmos, para contemplarmos o rio?"

"Tudo bem." Ela passou o braço em torno do dele enquanto André a guiava pela pequena faixa de pedestres.

Havia apenas uma outra pessoa na ponte a essa hora tardia, um homem. Considerando sua postura – os ombros caídos, o queixo enfiado no peito –, ele parecia estar perdido em pensamentos, ou então profundamente perturbado. Ele olhou para cima quando viu André e Sophie se aproximando. À luz fraca da paisagem urbana, parecia ser apenas alguns anos mais velho do que André, e estava vestido como profissional mais formal – talvez um professor ou advogado. Seu cabelo, castanho com apenas alguns indícios grisalhos, estava puxado para trás em um rabo de cavalo, e sua fisionomia era séria. Ele esbarrou acidentalmente no ombro de André enquanto atravessava a estreita ponte, tão absorto que estava.

"Queira me desculpar, por favor. Boa noite." E com aquela saudação, pronunciada com um sotaque que parecia ser de algum lugar fora de Paris, o homem se afastou.

"Oh, com licença", disse André, surpreendido pelo abrupto encontro. Ele viu, enquanto observava a figura que se afastava, que um pequeno cartão tinha caído do bolso do homem. André inclinou-se, apressando-se para conseguir pegá-lo e devolvê-lo ao dono. "Perdoe-me, senhor, você deixou cair seu cartão."

André ainda deu alguns passos atrás do homem, mas ou ele não o ouviu ou não se preocupou em voltar atrás. Em seguida, ele já tinha sumido, desaparecendo na rua escura onde a luz dos postes da rua não o alcançou.

"Que estranho", disse André, perguntando-se por que o cavalheiro parecia tão apressado, em um estado tão agitado, tão tarde da noite. Olhou para o cartão:

Jean-Luc S. Clair
Advogado Jurídico da República Francesa

André tamborilou os dedos na grade da ponte, colocou o cartão no bolso e afastou da mente o comportamento estranho do desconhecido. Voltou a se concentrar na adorável companheira ao seu lado. Ele e Sophie estavam sozinhos na ponte. Ao seus pés, as águas do Sena lambiam as paredes pedregosas do cais. Toda a Paris estava diante deles, a cidade coberta por uma manta de veludo noturna, salpicada pelo brilho das lâmpadas que cintilavam nas ruas e nas janelas dos apartamentos e dos restaurantes.

"É impressionante, não é?", Sophie disse, admirando a paisagem. "Ainda me lembro da primeira vez que vi essa cidade."

"Eu também", concordou André, lembrando de sua própria impressão inicial de Paris. O barulho foi o que mais o chocou: soava tão diferente daquele de suas terras rurais ao norte. A cidade tinha padecido tanto desde então: a queda da Bastilha, a pobreza e a falta de pão, os saques e os assassinatos. Ele suspirou. "Apesar de tudo, ela ainda é bonita."

Sophie deu um sorriso triste, o rosto banhado pelo reflexo da superfície translúcida do Sena, e André percebeu naquele momento que o que dissera também se aplicava a ela.

"Mas não pensemos nisso agora", ele propôs, endireitando a postura. "Podemos pelo menos *tentar* nos sentir felizes de vez em quando."

Ela concordou, apoiando as mãos na grade da ponte enquanto falava:

"Eu lembro que, assim que cheguei a Paris, não parava de me perguntar como eu conseguiria dormir à noite. Ouvia pessoas embaixo da minha janela o dia inteiro – estudantes rindo, bêbados brigando, amantes retornando de bailes. Lembro que odiava meu tio. Desejava que ele me permitisse sair, assim como todos os outros de minha idade."

"Se quiser dançar..." André tomou as mãos de Sophie nas suas e começou a balançar, uma dança lenta e lânguida combinando com o ritmo da corrente do rio abaixo deles. Ele começou a cantar. Era uma canção sobre outra ponte, uma música que sua mãe adorava cantar para ele e Remy quando eram garotos. "*Sur le pont d'Avignon, l'on y danse, l'on y danse...*"*

"A música da Ponte de Avignon." Sophie olhou para ele e sorriu, um brilho de reconhecimento nos olhos. "Eu conheço essa."

"Minha mãe sempre adorou cantar essa música", André admitiu.

"Sua mãe se... foi?"

"Sim", ele disse, percebendo que não estava exatamente mentindo. Sua mãe *foi* embora. Para a Inglaterra. Ao menos essa foi a última informação que recebera, e agora já não tinha notícias dela há mais de um ano. Mas contar a Sophie a história completa estragaria a beleza desse momento perfeito.

"Sinto muito por ouvir isso." Sophie apoiou a cabeça em seu ombro, e ele estava certo de que ela podia ouvir as batidas de seu coração.

"Sophie?"

"Sim?"

André engoliu em seco, inseguro por um momento – tentando decidir se seria muito descaramento fazer a pergunta que ele queria.

"O que é que você quer?"

Ela levantou o rosto, olhando nos olhos dele com uma expressão curiosa.

"O que você quer dizer com isso?"

"De tudo isso." André ergueu as mãos e fez um gesto sobre a cidade. "Dessa cidade, dessa nação. Dessa vida. O que é que você quer?"

Sophie inclinou a cabeça para o lado, ponderando a questão em silêncio por um momento.

"Quer saber?"

"O quê?", perguntou ele.

"Você provavelmente é a primeira pessoa que me pergunta isso. A primeira pessoa que acha que eu tenho o direito de responder a essa pergunta. O que eu quero..." Ela fez uma pausa. "Creio que eu quero o que muitos de nós queremos. Viver livre. Livre do medo. Livre da opressão de meu tio ou de qualquer outra pessoa. Creio que eu gostaria de viver em um país livre um dia. Gostaria de decidir o meu próprio destino, construir minha própria família. Se eu tiver uma filha, eu gostaria de ser capaz de amá-la e criá-la de uma maneira completamente diferente da maneira como eu

* "Na Ponte de Avignon, podemos dançar, podemos dançar..."

fui criada. Gostaria que ela nunca fosse entregue aos 14 anos de idade, vendida como mercadoria em um casamento sem amor e abusivo. Creio que vou saber que consegui ser bem-sucedida nessa vida se... algum dia... minha filha adulta puder se casar por amor."

André absorveu essas palavras, sentindo a mente girar com o peso dessas confissões. Depois de uma longa pausa, aproximando-se de Sophie, ele disse:

"Uma vida livre do medo e uma vida repleta de amor."

"Suponho que pareça bobo." Ela desviou o olhar.

"Não." André puxou delicadamente o queixo de Sophie, trazendo o olhar dela de encontro ao seu e, então, aninhou as mãos dela nas suas. "De modo algum. Se eu lhe disser que compreendo, você acreditará em mim? Acreditará que eu conheço esses anseios porque eu mesmo os compartilho?"

Ela concordou, baixando os olhos. No indistinto calor da noite, André percebeu que ela se virava, secando os olhos. Por alguns instantes, ela se manteve calada, admirando a cidade resplandecente. Por fim, quebrou o silêncio com um suspiro.

"Você já viu algo mais bonito?"

André, olhando para ela, para o rosto de perfil e sombreado, respondeu:

"É a visão mais bonita que já tive."

Ela meneou a cabeça e olhou para ele; seus olhos eram dois faróis que refletiam a luz das estrelas, ela parecia esperançosa, até mesmo sedutora. E, ainda assim, tão frágil; ele não podia conceber que alguém teria coragem de machucá-la.

"Sophie." Ele pronunciou o nome saboreando o fato de que ela estava diante dele. De que podia dizer isso *a* ela.

"Sim?" Se ela estava nervosa, seu rosto não mostrava sinais. Era uma máscara plácida de pura calma.

A necessidade de beijá-la era esmagadora, uma compulsão. André tomou o rosto dela suavemente nas mãos e ergueu o queixo em direção aos próprios lábios.

"Eu esperei oito meses por isso."

Ela deu um sorriso cintilante como o rio, seus traços perfeitos banhados pelo luar.

"Pensei que você iria me deixar sã e salva diante da minha porta, e só..."

"E eu irei. Mas eu não disse nada sobre a caminhada até sua porta."

⌘

O verão esfriou e deu lugar ao outono, os dias claros e as noites frias transformavam as castanheiras e as árvores da cidade em uma radiante variedade de alaranjados e vermelhos, amarelos e dourados. Incerto sobre quanto tempo permaneceria na capital, André estava determinado a passar tanto tempo quanto pudesse com Sophie. A ideia de uma partida iminente pesava-lhe no espírito, mas ele fazia o seu melhor para manter o astral de ambos animado.

Era uma agradável tarde dourada em meados de outubro. André estava no apartamento de Sophie em uma das ilhas do Sena, arrasando-a num jogo de échecs, xadrez. Era perigoso para André ir vê-la ali, e ambos sabiam disso – o tio a visitava com frequência, raramente dando aviso prévio – mas a aia de Sophie, uma mulher grisalha chamada Parsy, havia se oferecido para ajudá-los em seus encontros proibidos. Quando André estava de visita, Parsy postava-se à janela da sala adjacente, que dava para o pequeno pátio murado do edifício. Se visse a figura alta e uniformizada do general Murat se aproximando, tinha ordens para alertar Sophie imediatamente. Isso proporcionaria a André tempo suficiente para sair correndo pela escada de trás e chegar à rua antes que o tio terminasse de atravessar a quadra e subisse a escada da frente para chegar aos aposentos alugados onde morava a sobrinha. Eles ainda não tinham sido obrigados a executar esse plano de fuga, mas todos os três sabiam exatamente como ele devia funcionar quando chegasse a hora em que fosse necessário.

Nesta tarde, Parsy estava parada em seu posto de vigilância ao lado da janela, com o tricô na mão, enquanto os dois estavam no salão adjacente. A porta estava fechada, e André planejara ficar no apartamento de Sophie até a hora de um jantar a que tinha de comparecer mais tarde, com LaSalle e alguns dos outros oficiais.

"Estou prestes a capturar a sua rainha", ameaçou André, apoiando-se nos cotovelos enquanto examinava o tabuleiro.

"Rainha?" Sophie ofegou. "Você não deveria chamá-la de minha *cidadã da República*?"

"Chame-a como desejar. Assim que eu pegá-la, o jogo estará terminado."

"Apenas prometa-me que não a enviará para o cadafalso se você a capturar."

"Se eu prometer essa misericórdia, posso ganhar um beijo?"

"Se você quer um beijo, é melhor vir pegá-lo agora mesmo", Sophie disse, sorrindo, "já que ainda não estou brava com você por capturar minha rainha".

"Se você insiste." André se levantou de sua poltrona e sentou-se ao lado dela no sofá de seda. Acomodando-se bem junto dela, disse: "Parece que esqueci inteiramente minha jogada. Se eu *não* capturar sua rainha, então quantos beijos eu ganho por isso?".

Sophie sorriu, e ele se inclinou para a frente, com o coração exultante. Quando os lábios deles se encontraram, ela suspirou, um murmúrio quase inaudível, mas que fez André arder de desejo. Deslizando a mão pela nuca de Sophie, ele a beijou com avidez. Amava muitas coisas em Sophie, mas talvez a melhor de todas era que, quando a beijava, ela o beijava de volta. Não timidamente, não reservadamente. Ela o beijava com uma paixão que lhe dizia que também o desejava.

Com os corpos quase colados, Sophie se virou e deitou no sofá, fitando André intensamente. A expectativa em seus olhos era torturante para ele, que não resistiu e começou a abaixar seu corpo sobre o dela. Parando um momento para admirá-la, sussurrou, com a respiração lhe alcançando o ouvido:

"Você sabe o quanto é linda, não sabe?"

"Só porque você me diz isso todos os dias", ela sussurrou de volta, tocando ligeiramente com a ponta dos dedos a pele quente da bochecha de André, deslizando pela cicatriz da espada do inimigo em Valmy. "Marca de batalha?"

Ele fez que sim, levando os dedos dela aos seus lábios e beijando-os. Em seguida, colocou os lábios no ombro de Sophie e começou a beijá-la, traçando uma sensual linha de carícias que subiu pelo pescoço. Quando seus lábios encontraram os dela mais uma vez, ela abriu a boca e começou a beijá-lo com um fervor que o deixava louco.

Sentindo-se quente e desejando pressionar seu corpo ainda contra o dela, André tirou o casaco. Ela o ajudou a despi-lo, e então pegou a mão dele e a guiou até seu seio, que ele acariciou sobre as incômodas camadas de tecido do vestido.

"Sophie?" Ele fez uma pausa para olhar para ela, para se certificar de que não tinha ultrapassado os limites, de que não a deixara desconfortável. Mas ela só gemeu, frustrada por ele ter parado de beijá-la.

E então as mãos dele pareceram ter assumido a ação por conta própria enquanto começavam a vagar pela bainha da saia do vestido. Sophie o ajudou, puxando as dobras de tecido para que ele tivesse livre acesso. Impulsionado agora por uma força maior do que qualquer um deles, André começou a tocar a pele arrepiada e macia. Fechou os olhos, consumido pelo desejo por ela. E então a porta da sala se abriu abruptamente.

André colocou-se de pé num pulo, olhando para a porta, onde viu a figura ofegante de Parsy. O rosto da velha estava mortificado, boquiaberto.

"O meu tio está chegando?" Sophie também colocou-se imediatamente sentada no sofá. André pegou o casaco que havia tirado.

"Não ele", disse Parsy, com os olhos arregalados e as bochechas rubras de vergonha pela cena que havia interrompido. "Mas uma mensagem dele, senhorita."

Parsy segurava uma carta, com o nome do *Brigadeiro General Nicolai Murat* escrito na frente com a letra cursiva do homem. O nome e a carta que veio das mãos desse homem anularam completamente os últimos restos do ardor romântico que André sentira momentos antes.

"Traga-a aqui." Sophie acenou para a aia vir até ela e pegou a carta de suas mãos. Rompeu o selo de cera vermelha e leu, com o rosto ficando cada vez mais pálido. Quando terminou, a carta escorregou de suas mãos e ela começou a chorar.

"O que foi?" André foi até ela, ajoelhando-se para recuperar a carta no chão. Leu-a rapidamente. O papel estava marcado com a data daquele dia: 16 de outubro de 1793.

O bilhete era breve, sem emoção.

> *A antiga rainha, Maria Antonieta da Áustria, foi considerada culpada pela República da França. A viúva do Cidadão Capeto é acusada de conspirar ao lado dos inimigos estrangeiros da República para derrubar o governo, tentando escapar da prisão; desperdiçando as riquezas do país, que não eram suas; cometendo adultério, mantendo relações com muitos homens na Corte em Versalhes além do seu marido; e molestando o filho, o antigo delfim, que confessou ao guarda da prisão os pecados hediondos da mãe.*
>
> *Punição: decapitação dentro de 24 horas.*
>
> *Você não está segura, minha sobrinha. Nenhuma mulher nobre está. Vou buscá-la em breve, dentro de uma hora, e trazê-la de volta para minha casa, onde você permanecerá por enquanto, sob minha fiel proteção.*
>
> *Seu devotado,*
> *Tio Nico*

André absorveu as notícias, ainda segurando a carta com mãos trêmulas.

"O delfim confessou ao guarda da prisão?", André zombou. "Decerto a pobre criança foi forçada, pela lâmina de uma faca, a confirmar uma acusação tão vergonhosa!"

Sophie estava olhando fixamente para o chão em um estado de choque, e André a abraçou. Olhando para ele, com lágrimas nos olhos, ela perguntou:

"Será que o mundo inteiro ficou louco?"

André a abraçou mais forte, sem responder a pergunta. Não podia responder – ele próprio não sabia a resposta. Com o veredito de hoje, os últimos laços com a velha ordem foram cortados. Apenas alguns anos atrás, as pessoas acreditavam que a rainha era uma figura divina, o representante ungido por Deus na Terra. E agora ela seria decapitada.

Sem monarcas restantes para vilipendiar e condenar, contra quem o Comitê com seus torcedores frenéticos se voltaria depois? André apertou Sophie com mais força, tentando suprimir o estremecimento que ameaçava forçar caminho por seu corpo. Nesse mesmo dia, pela primeira vez na história, a França não teria um monarca vivo. E Sophie começaria sua própria sentença de prisão.

Parte dois

10

Paris

Dezembro de 1793

Jean-Luc sentia como se algo estivesse errado. Era estranho que Gavreau, seu supervisor e antigo mentor, não tivesse sido convidado para a Rue Saint-Honoré. Era esquisito que ele, Jean-Luc, pudesse participar desse encontro, enquanto o amigo, o homem que o havia apresentado a Merignac, não soubesse nada sobre ele. Era, de fato, estranho que Gavreau não tivesse sido incluído em nenhuma das reuniões a que Jean-Luc fora convidado recentemente.

O Cidadão Merignac tinha um ar *blasé* quando propôs as primeiras tertúlias – uma reunião em um café para desfrutar de uma taça de vinho e discutir um caso legal atual; um convite para passear pelos jardins do antigo Palácio das Tulherias após o trabalho a fim de debater uma peça de legislação recente. E então um bilhete ou uma garrafa de vinho ou, em certa ocasião, uma pequena caixa de rapé, era entregue a Jean-Luc por Merignac, mas sempre com os cumprimentos de Lazare.

Jean-Luc ficou lisonjeado com a atenção esporádica, mas diligente, que lhe era dedicada por alguém tão poderoso e estimado como Guillaume Lazare. E o chefe não precisava saber, na verdade. Gavreau tinha tão pouco interesse no debate legal ou no estudo após a jornada de trabalho que, afinal, fazia sentido ele não ter sido incluído nesses eventos ou nas correspondências.

No entanto, as reuniões se transformaram em jantares bastante regulares. Jean-Luc aceitava os convites, sempre lisonjeado por recebê-los, mas, ao mesmo tempo, um pouco desconfortável com a exclusão do chefe.

E agora Merignac pretendia cumprir sua oferta inicial – planejava apresentar Jean-Luc ao seu patrono, Guillaume Lazare.

Era uma noite fria e ventosa no final do ano. Jean-Luc estava na rua escura, preparando-se para conhecer os líderes do Comitê – um grupo poderoso de advogados jacobinos que, a portas fechadas, aprovava as leis e segurava as alavancas do poder de toda a República Francesa. Guillaume Lazare em pessoa mandara enviar um convite a Jean-Luc St. Clair para visitar a sede. O próprio Robespierre poderia estar lá.

A luz das lanternas das proximidades cintilava nos pedregulhos da Rue Saint-Honoré quando Jean-Luc se aproximou da porta. Ele estudou o prédio sombreado que tinha a aparência de um mosteiro abandonado. Gótico e imponente – como tantas outras estruturas parisienses cuja função já havia sido religiosa –, a fachada era uma vasta extensão de pedra coberta de fuligem e janelas sujas. Uma mera insinuação de iluminação dava indícios de que existia vida lá dentro. Praticamente nada indicava que lá, do outro lado daquelas vidraças chacoalhadas pela ventania, as mais poderosas – e radicais – figuras da Revolução se reuniam quase todas as noites.

A rua estava silenciosa, apenas o som abafado dos cascos de cavalos galopando ecoava de uma travessa paralela. Jean-Luc olhou para trás enquanto subia os dois degraus na frente da porta. Seguindo a orientação de Merignac, bateu três vezes, devagar. *Liberté. Égalité. Fraternité.* Permaneceu imóvel, sozinho na noite silenciosa, por vários minutos. Talvez tivesse se enganado sobre a hora ou a data. E então a maçaneta da porta girou e o amplo painel de carvalho foi aberto para dentro com um rangido.

Jean-Luc foi saudado por uma figura diminuta usando um terno preto e uma peruca branca. O homem mal prestou atenção no advogado, ficando de pé, rígido e ereto contra a parede para lhe permitir a passagem.

"Boa noite. Sou Jean-Luc, Cidadão St. Clair, aqui como convidado de Maurice Merignac."

"Espere aqui", disse o lacaio sem olhar Jean-Luc nos olhos. Então ele recuou para o interior do prédio, desaparecendo do vestíbulo. Jean-Luc, ao ficar sozinho, tentou avaliar o cômodo, mas o candelabro solitário que iluminava o espaço não lançava um halo de luz amplo o bastante, e então ele apertou as mãos atrás das costas e esperou.

"Cidadão St. Clair?" O lacaio voltou a aparecer vários minutos depois, com expressão expectante, indicando que Jean-Luc deveria segui-lo, o que ele fez. O homem pequeno, segurando uma única vela para iluminar o caminho, guiou Jean-Luc para dentro de um salão espaçoso, com pé-direito alto e uma escadaria curva, acarpetada de veludo vermelho, bem no centro. Jean-Luc seguiu o homem até uma sala lateral menor à esquerda, um tipo de gabinete. Seus passos produziam um som seco e forte em um chão de pedra nua, mas, fora isso, todo o espaço estava em silêncio. O salão tinha uma porta no lado oposto, para a qual o lacaio conduziu Jean-Luc. Sem dizer uma palavra, atravessaram a soleira, e o advogado encontrou-se em um espaçoso gabinete.

Era um quarto revestido de lambris negros com um lustre baixo, cujas velas lançavam um brilho obscuro nas paredes nuas e no chão sem carpete. No canto mais distante da sala, havia um grupo de homens sentados à uma pequena mesa retangular. As sombras mortiças do cômodo, além dos livros e papéis que os rodeavam, davam à reunião um aspecto bastante assustador; o lustre iluminava o centro da sala de forma adequada, mas eles ocupavam o canto escurecido, fora do alcance da luz, como se a evitassem.

Ou talvez a aparência sinistra fosse devida à brancura calcária de vários dos rostos; os homens estavam usando *la poudre*, o mesmo pó branco uma vez amado pelos nobres cortesãos da antiga Versalhes e do *ancien régime*, aquelas mesmas pessoas que agora eles condenavam à guilhotina.

Nenhum deles falou uma palavra sequer, nem para Jean-Luc, nem entre si, mas o grupo se virou sincronizadamente ao som da porta que se fechava atrás dele, trancando-o na sala. O lacaio se foi. Jean-Luc, sozinho, ficou parado no limiar da porta, inquietando-se sob o escrutínio de doze pares de olhos.

"Cidadão St. Clair." Merignac era um dos presentes, e foi o único a se levantar para receber o recém-chegado. "Boa noite." O homem atravessou o gabinete, alcançando Jean-Luc e estendendo a mão em saudação.

"Venha se sentar conosco, sim?" Merignac também tinha o rosto maquiado pelo pó branco, o que lhe dava uma aparência um tanto quanto diferente daquela que Jean-Luc estava acostumado. "Estamos apenas à espera do Cidadão Lazare. Ele está descansando agora, mas logo se juntará a nós." E então Merignac reabriu a porta que o lacaio tinha acabado de fechar.

Jean-Luc acompanhou o amigo até a mesa onde os membros do Comitê estavam sentados, alguns usando a boina vermelha dos revolucionários. Sobre a superfície de carvalho brilhante, um candelabro mantinha quatro velas quase expiradas, a cera pingando sobre a mesa em gotas derretidas. Uma garrafa de vinho tinto pela metade jazia desarrolhada em meio a pilhas de papéis, jornais e livros abertos. Os membros do Comitê a quem Jean-Luc foi apresentado o cumprimentaram com vozes baixas e olhares firmes, e ele não pôde deixar de sentir que os homens o avaliavam com uma curiosidade restrita, porém intensa. Merignac inclinou-se, pegou um copo de vinho vazio e o entregou a Jean-Luc.

"O Cidadão St. Clair é uma jovem mente brilhante do Direito. Ele veio de Marselha para Paris durante os primeiros dias de nossa Revolução e tem trabalhado para a nossa nova República há mais de um ano."

Vários homens assentiram com a cabeça; outros se voltaram para os seus papéis. Jean-Luc se remexeu na cadeira, perguntando-se por que Merignac estava falando tão bem de sua pessoa.

"Você é muito gentil, Maurice", disse ele. "Mas o trabalho que faço é humilde comparado aos encargos que todos vocês têm diante de si – garantindo a liberdade do povo e facilitando as muitas tarefas da República." De fato, humilde. Catalogando o mobiliário confiscado e as obras de arte de homens nobres presos, defendendo viúvas sem dinheiro. Na verdade, ele tinha pouco direito de estar naquela mesa, naquele escritório na Rue Saint-Honoré, e baixou os olhos, notando um rasgo na costura lateral de suas calças.

"Vinho, cidadão?" À sua esquerda, um homem de cabelos grisalhos que usava uma boina vermelha virou a garrafa em direção a Jean-Luc. O homem estava sentado em uma cadeira de rodas, do tipo que Jean-Luc só tinha visto em revistas ou gravuras. Ele encarou o advogado com um olhar impassível, virando uma alavanca na cadeira para se mover ligeiramente para a frente.

"Por favor", aceitou Jean-Luc, e sua voz soou brutalmente alta no escritório escuro e silencioso. O velho encheu o cálice de vinho. "À República", Jean-Luc brindou, levantando o copo e olhando para seus companheiros ao redor da mesa.

"À Revolução", vários deles ofereceram em resposta, levando os cálices aos lábios pálidos e inexpressivos. Merignac esvaziou seu copo. Naquele momento, Jean-Luc desejou ter coragem de lhes perguntar o significado da maquiagem branca – por que os membros do Comitê democrático tentavam se vestir à moda da corte dos Bourbons? Mas eles já estavam novamente concentrados nos papéis sobre a mesa, e então Jean-Luc ficou quieto, imitando o mutismo deles.

Depois de um prolongado período de silêncio, Merignac pôs-se de pé, e os demais o seguiram. Jean-Luc levantou os olhos, desconcertado pelo movimento repentino, e notou uma nova figura. Lá, a duas salas de distância e emoldurado pelas portas abertas que os separavam, um homem baixo estava de pé no topo da escadaria de tapete vermelho.

Os jacobinos em torno de Jean-Luc se viraram na direção dele, permanecendo em um silêncio pétreo enquanto o homem descia lentamente, deslizando a mão pelo corrimão.

Ele parecia mais velho que o restante deles, seu corpo tinha uma estrutura estreita e miúda, quase etérea. Não era uma figura atraente, refletiu Jean-Luc; o cabelo amarelo ralo estava puxado para trás em um rabo de cavalo, sem volume suficiente para cobrir toda a sua cabeça pálida e calva. A pele era tão descorada que se aproximava a uma absoluta ausência de cor, com uma textura que lembrava papel, e os olhos claros eram bem fundos sob a testa larga. Na mão que não segurava o corrimão, ele levava algo redondo e vermelho: uma maçã, Jean-Luc viu. O homem continuou sua lenta descida; seus olhos ainda não tinham se fixado nos doze homens além de Jean-Luc, que o observavam a dois cômodos de distância.

Os calcanhares ecoaram no chão de pedra quando ele desceu o último degrau, e então se virou para o escritório. A maçã parecia anormalmente vermelha e brilhante em sua mão, os dedos tamborilando na superfície lustrosa do fruto. Como ele havia encontrado uma maçã tão perfeita em Paris no mês de dezembro? Jean-Luc se perguntou, percebendo que não conseguia se lembrar da última vez que tivera o luxo de comer uma fruta tão chique.

Ninguém falou nada quando o homem entrou no escritório. Merignac fez uma mesura silenciosa, indicando a cadeira vazia. Parando diante da mesa e apoiando as mãos pálidas no encosto da cadeira de madeira, o velho sorriu amplamente. Jean-Luc notou que seus dentes ganhavam um aspecto deveras amarelado em contraste com a brancura de sua pele.

"Cidadãos."

"Cidadão Lazare", os homens ao redor de Jean-Luc responderam em uníssono. Os olhos claros de Lazare pousaram no visitante.

"Um novo rosto", observou, com voz suave, até sedosa. "Você deve ser o Cidadão St. Clair."

Jean-Luc chegou a tomar fôlego para responder, mas Merignac foi mais rápido:

"De fato, Cidadão Lazare. Permita-me apresentar-lhe o Cidadão Jean-Luc St. Clair, advogado a serviço de nosso governo e muito capaz..."

Laraze levantou a mão, e Merignac fez silêncio. Com os olhos ainda fixados em Jean-Luc, o velho homem disse:

"Ouvi dizer que você é do sul."

"Sou sim", Jean-Luc limpou a garganta e respondeu. "Sou de uma vila nos arredores de Marselha."

Com isso, Lazare ergueu a mão tal qual um regente conduzindo uma sinfonia e começou a cantar em voz suave, quase inaudível, o refrão de "La Marseillaise", o novo hino da Revolução Francesa.

"Você deve estar orgulhoso por sua cidade nos fornecer o brado mobilizador da nossa nação."

"Sim, Cidadão Lazare."

"Eu também venho do sul. Perto de Toulon. Mas, é claro", Lazare suspirou, "nada de importante acontece em Toulon. Se alguém quiser estar no coração da nossa Revolução, ou, na verdade, no centro de qualquer outra coisa, deve vir a Paris."

"Sim", Jean-Luc concordou, cruzando e depois descruzando as mãos na frente da cintura. Então tinham algo em comum, ele e este estimado homem. Jean-Luc suprimiu o desejo de sorrir.

"Vamos nos sentar?" Lazare olhou ao redor da mesa e, sem uma palavra, o grupo consentiu, retomando seus assentos. Ninguém mais olhava para os jornais agora. Merignac pegou outra garrafa e serviu mais vinho no cálice de todos os homens, incluindo Jean-Luc, mas Lazare não pegou nenhum copo para si. Jean-Luc olhou para o grande lustre que pendia do centro do salão, e se voltou para a mesa desordenada, que parecia vagamente iluminada por apenas algumas velas.

"Percebo sua confusão, cidadão, quanto ao motivo pelo qual não conduzimos nossos assuntos diretamente sob o lustre."

Jean-Luc sentiu-se alarmado pela observação astuta de Lazare, mas o velho homem continuou:

"Há apenas alguns dias, o Comitê de Segurança Geral mudou suas câmaras de reunião para o salão abaixo do corredor, por aquele caminho." Jean-Luc olhou para o corredor que Lazare indicava e viu apenas sombras rastejantes das janelas que davam à Rue Saint-Honoré. "O Cidadão Robespierre gosta de mantê-las sob sua mira. Assim como eu."

Lazare, ainda segurando a maçã na mão esquerda, levou a fruta até os lábios e deu uma mordida, afundando os dentes nela com uma mordida que pareceu reverberar pelas paredes nuas da sala. Ele mastigou lenta e ruidosamente. Depois do que pareceu um silêncio interminável, Lazare falou:

"Você trabalha para o nosso novo governo, Cidadão St. Clair."

"Trabalho."

"Então somos irmãos." Lazare ergueu as mãos como se abraçasse tudo o que estava na mesa.

"É verdade", Jean-Luc concordou.

"Espero que não se importe se eu pular algumas tolas amabilidades e lhe expuser meus mais sinceros pensamentos. Nosso tempo é precioso, como você vê. Está de acordo?"

"St. Clair sempre fala francamente comigo sobre política", Merignac interrompeu, mas Lazare não desviou o olhar de Jean-Luc.

"Está de acordo?", Lazare repetiu a pergunta, e Jean-Luc fez que sim.

"Que bom." Lazare sorriu, um sorriso de dentes amarelos contra a pele branca. Deu outra mordida na maçã. "Que tal um enigma?"

"Tudo... tudo bem", Jean-Luc concordou.

"Você sabe me dizer... qual é a força mais poderosa da Terra? A única força capaz de conduzir um povo, um povo sujeito a milênios de servidão e devoção, a se levantar de seu sono letárgico e matar o próprio soberano?" Lazare fez uma pausa para morder a maçã. "Que tempestade de loucura poderia levar um povo a realizar essa grande e terrível ação?"

Jean-Luc considerou a questão. Depois de um momento, arriscou: "Esperança."

"Vamos lá, cidadão." Lazare pressionou a maçã nos lábios pálidos, sorrindo atrás da forma redonda da fruta. "As infelizes multidoes de qualquer nação pouco se importam com ideais tão *elevados*. A esperança é um luxo. Estou falando de algo muito mais básico, um instinto primordial. Existe uma força que leva um homem a matar, até matar para sobreviver. Você sabe qual é?"

"Medo?", Jean-Luc respondeu com uma voz fraca, quase um sussurro.

"Está perto", Lazare confirmou. "Agora você está no caminho certo. Mas eu falo de algo ainda mais básico. A mais básica de todas as necessidades humanas. A necessidade pela qual um bebê recém nascido aprende a chorar. Qual é?"

Jean-Luc pensou em Mathieu em seus primeiros momentos de vida, em Marie amorosamente puxando o filho recém-nascido para o peito, e olhou para a mesa. Quando respondeu, sua voz era um murmúrio.

"Fome."

"Fome!" Lazare aplaudiu, e Jean-Luc se remexeu em seu assento com a súbita e vertiginosa erupção. "Aí está a resposta! É muito simples. A fome faz um homem entrar em contato com seu instinto mais básico – a vontade de sobreviver. As massas? As massas só ouvem suas barrigas, só querem saber de cuidar das próprias terras ou de garantir os meios de sua indústria – uma luta constante pela própria sobrevivência. E enquanto aquele vira-lata Capeto e a víbora de sua viúva jantavam trufas e figos trazidos para eles das distantes satrapias orientais, os pobres cidadãos do lado de fora dos portões palacianos rastejavam de volta para seus casebres dia após dia com o estômago vazio. E à medida que os dias e os anos se arrastavam, a dor se transformou em raiva, e a raiva escureceu em ódio." Lazare levou a maçã mais uma vez aos lábios incolores, dando outra mordida. "Fome – essa é a força motriz de todos nós. Eu consigo vê-la dentro de você. Assim como a vejo em mim, embora talvez seja uma fome um pouco diferente."

A sala ficou em silêncio enquanto cada homem presente refletia sobre o significado desse monológo, e Jean-Luc jurava que os outros podiam ouvir seu coração batendo dentro do peito. Foi Lazare quem novamente quebrou o silêncio dentro da sala sombreada.

"Se importaria de me contar mais sobre seu trabalho, cidadão?"

"Pois não, Cidadão Lazare." Jean-Luc inclinou-se para a frente, puxando o casaco que sentia desconfortavelmente apertado. "Sou advogado do novo governo."

"Sim, foi o que Maurice me contou, mas eu gostaria de saber o que *exatamente* você faz." A voz suave de Lazare não denunciava pista alguma de escárnio, apenas um profundo e genuíno interesse. Jean-Luc pigarreou antes de responder.

"Eu catalogo e administro o inventário de bens confiscados – as propriedades apreendidas da nobreza e do clero."

"Eu posso contestar o uso que você faz do termo *bens confiscados*, Cidadão St. Clair", disse Lazare, com um olhar que era um misto de desconfiança e desafio. "Para começo de conversa, com que direito esses nobres resfestelam-se em tapetes felpudos e com porcelana reluzente? Essas propriedades pertencem ao povo. Sempre pertenceram ao povo, e finalmente foram devolvidas a ele."

"Claro, não quis dizer que os bens foram apreendidos indevidamente, Cidadão Lazare, simplesmente queria explicar..."

"Não há necessidade, entendi perfeitamente o que quis dizer." Lazare gesticulou de modo conciliatório, voltando ao assunto. "Então você é um funcionário glorificado, ao que parece."

Jean-Luc sentiu as bochechas se ruborizando. Olhou ao redor da mesa e notou os sorrisos maliciosos nos lábios dos membros do Comitê.

"Era meu desejo servir à Revolução, Cidadão Lazare. Essa foi a oportunidade que surgiu."

"Claro que sim." Lazare também sorriu, olhando para todos os presentes à mesa enquanto segurava a maçã diante dos lábios. "E alguém deve fazer esse trabalho. Mas, diga-me, honestamente... você é um idealista?"

Jean-Luc ajeitou-se na cadeira, recostando-se no espaldar.

"Se você quer saber se eu acredito nos ideais da nossa Revolução, a resposta é sim. Ideais como liberdade e igualdade."

"Então, temos um funcionário idealista entre nós", disse Lazare. Os homens ao redor da mesa agora compartilhavam risos abafados, e Jean-Luc teve a nítida sensação de que poucos nesse grupo já tinham se entregado a risadas profundas e regozijantes. Lazare fixou o olhar em Jean-Luc novamente, um olhar direto e avaliativo. E então, exalando, disse com a voz calma:

"Eu me desculpo. Não quis ofendê-lo, Cidadão St. Clair. Foi apenas uma tentativa frustrada de humor." Lazare deu outra mordida na maçã, mastigando a fruta com uma série de dentadas afiadas. "E então, Cidadão St. Clair, suponho que, assim como todos os idealistas, você está familiarizado com as filosofias de Monsieur Rousseau, certo? Você concorda com sua a afirmação de que 'somos pecadores miseráveis, nascidos na corrupção, inclinados ao mal, incapazes de fazer o bem'?"

Jean-Luc tentou concentrar seus pensamentos errantes; essa última questão filosófica o pegou desprevenido. Mas antes que pudesse responder, Lazare continuou:

"E quanto ao pupilo de Rousseau, o Monsieur Thomas Jefferson? Tenho certeza de que você acompanhou os acontecimentos da revolução no Novo Mundo, não?"

Agora Jean-Luc afirmou com a cabeça, olhando para a taça de vinho à sua frente. Conteve-se para não tomar um gole, incerto se pelo hábito de não beber em trabalho ou se pela vaga sensação de que precisava de sua sagacidade intacta para dar conta do Cidadão Lazare. Mas então lembrou a si mesmo de que não tinha motivos para se sentir inadequado na tarefa de discutir política ou filosofia, mesmo com um homem como Guillaume Lazare.

Como Marie lhe teria dito se estivesse ali: essa era a paixão de sua vida. Empertigou-se na cadeira, sustentando o olhar do homem mais velho enquanto respondia.

"Sim, estou familiarizado com os escritos de Monsieur Jefferson. Além dos escritos de John Adams, Thomas Paine e de nosso amigo Monsieur Franklin."

"Ah." Lazare ergueu os dedos. "Alguns dos maiores discípulos do Iluminismo."

"Eu era apenas um jovem estudante na época, mas abri o coração para acompanhar os acontecimentos nas antigas colônias britânicas. A revolução desencadeada ali."

"Eu acho que os rebeldes na América são indevidamente venerados", disse Lazare, com um tom subitamente inexpressivo. "Eles prometiam muito, mas deixaram a desejar."

"Deixaram a desejar o quê?", perguntou Jean-Luc, notando, não sem um pequeno choque, que ele e Lazare eram os únicos a falar. Os demais homens simplesmente assistiam à troca, tomando vinho e observando-os tão intensamente que Jean-Luc sentiu como se estivesse falando diante de um painel de júri.

"A vitória, cidadão", respondeu Lazare.

Jean-Luc não pôde deixar de franzir o cenho, confuso diante de tal reflexão. Os rebeldes americanos não tinham conquistado a liberdade para eles e para a nação?

Lazare segurou o restante da maçã que desapareceu rapidamente em seus dedos, lambendo os lábios antes de falar.

"Creio que, se os americanos estivessem oprimidos por uma classe nobre e despótica, e tivessem sido dotados das ferramentas do Dr. Ignace Guillotin, não teriam falhado em usar o dispositivo para fazer um bom trabalho."

"Ah", disse Jean-Luc, animado pelo estímulo desse debate. "Mas a maravilha da Revolução Americana – o fato que deveria nos maravilhar a todos – é que, mesmo no momento da imprevista vitória, o principal paladino deixou a arena do governo e da política para se retirar na sua fazenda."

"George Washington", disse Lazare, quase num suspiro. "O sempre exaltado George Washington."

"Eles substituíram a tirania de um rei por uma verdadeira república", Jean-Luc acrescentou, surpreso de que o homem mais velho não compartilhasse do seu próprio entusiasmo. "Você não acha que é sábio tirar pelo menos algumas lições de seus extraordinários sucessos?"

"A graça salvadora da revolução na América", Lazare deu de ombros, fez uma pausa e deu uma mordida final na maçã, "era que eles não tinham reis estrangeiros aterrorizando suas fronteiras em todas as direções, ameaçando sua própria sobrevivência. Muito pelo contrário; nosso falecido 'rei Luís' fez metade do trabalho para eles. Pelo qual pagamos caro, é claro".

Jean-Luc ponderou a afirmação.

"Bem, eles tinham um rei estrangeiro cruzando as fronteiras e ameaçando sua revolução – o rei George. Você há de convir que o poder imperial da Grã-Bretanha representou ameaça suficiente, não?"

"O rei George, muito bem. Conto os exércitos da Prússia, Áustria, Espanha, e o maldito exército inglês entre a crescente lista dos que clamam por nos invadir e acabar com a *nossa* Revolução. Com tais inimigos batendo à nossa porta, a medida mais importante que podemos tomar é garantir a eliminação da ameaça dos inimigos internos, escondidos em nosso meio." Inclinando-se para frente, Lazare falou tão baixo que sua voz era pouco mais do que um cochicho. Em outro contexto, ele poderia estar sussurrando uma história de ninar para um grupo de crianças enlevadas. "O lobo rastejando do lado de fora da sua porta é muito menos perigoso do que aquele que dorme embaixo da sua cama."

A sala ficou em silêncio por vários momentos antes de Lazare prosseguir.

"Por essa razão, este país deve ser purificado de todos os traidores – nobres ou não. Agora que estamos em uma era de esclarecimento, não podemos permitir que alguém dessa laia siga em frente, dispostos e ansiosos como eles estão para nos empurrar de volta ao obscurantismo. É por isso que tínhamos que matar Luís e Antonieta – você sabe disso, não sabe? Enquanto vivessem, eles seriam um símbolo que inspiraria nossos inimigos, tanto dentro da nação quanto fora dela. Incitariam aquelas figuras sombrias que queriam colocar um tirano e sua espiã austríaca de volta ao trono." Lazare ergueu os dedos finos, como se estivesse espantando uma mosca. "Livrar-se deles. Matá-los todos. Somente o sangue dos traidores pode limpar os pecados de todos esses séculos de roubo, abuso e devastação – apenas seu sangue pode propiciar a colheita da era moderna. A era da razão sobre a idolatria, do progresso sobre a primogenitura, da iluminação sobre a escuridão feudal."

Vários homens bateram os nós dos dedos na superfície de madeira da mesa em apoio ao discurso de Lazare. Enquanto isso, Jean-Luc preparou sua resposta, forçando sua voz a permanecer firme.

"Você é um homem da lei, Cidadão Lazare." Jean-Luc estava passional agora, a magnitude dessa discussão acelerando seu pulso. "Estou certo de que afirmará que, antes da sentença de pena de morte, um julgamento justo e imparcial deve ser perseguido, não?"

"Talvez possamos...", Merignac interveio pela primeira vez, mas Lazare o cortou, levantando um dedo na direção do secretário repreendido.

"Não, Merignac. Estou gostando disso." E então, encarando Jean-Luc, Lazare sorriu. "Raramente qualquer um desses homens me desafia tão abertamente. Estou tão feliz de que você o faça."

Jean-Luc achou isso estranho. Esse Comitê não tinha sido nomeado pela Convenção Nacional, e seu verdadeiro propósito não era debater políticas e chegar aos compromissos que melhor se adequariam à nova nação? Lazare se aproveitou da distração momentânea de Jean-Luc e disse:

"Já lhe disse que venho do sul, Cidadão St. Clair." Lazare recostou-se na cadeira, colocando os restos da maçã comida sobre a mesa, diante de si.

"Você disse", Jean-Luc concordou.

"Toulon, como eu disse. Minha mãe era uma criada. Uma jovem tola que teve o duplo infortúnio de ser linda e impotente. A isso, adicione o infeliz fato de ter atraído a atenção de seu senhorio, um visconde."

Jean-Luc ouvia atentamente, achando curioso que um homem como Guillaume Lazare estivesse compartilhando com ele tal confissão.

"Talvez você tenha ouvido falar, Cidadão St. Clair, que eu sou um bastardo..." Os olhos lacrimejantes de Lazare não piscaram enquanto encaravam Jean-Luc através da mesa.

"Eu... Eu acredito que eu possa ter... mas não vejo por que isso deveria..."

"Não precisa enrubescer, cidadão. Não sinto vergonha de confessar e, portanto, você não deve sentir vergonha de ouvir. Não foi culpa de minha pobre mãe ser seduzida aos 15 anos e dar à luz um filho bastardo de um nobre. Assim como não foi minha culpa que meu pai, o respeitável visconde, me mandasse embora – primeiro aos cuidados de uma ama-seca contratada e depois para uma escola paroquial, recusando-se a me ver uma vez que fosse. Recusando-se a permitir que eu visse minha pobre mãe, a quem, tenho certeza, ele continuou a usar como égua reprodutora quando sua frágil esposa não o acolhia na cama. Quem sabe quantos irmãs e irmãos bastardos eu tenho povoando o sul da França?"

A chama na frente deles crepitou e expirou, a última polegada da vela pingando sobre a mesa em uma poça de cera derretida. Jean-Luc agradeceu o breve período de escuridão, pois permitiu que ele baixasse os olhos e absorvesse a pesada história que acabara de ouvir.

Merignac convocou o lacaio, que apareceu como se tivesse se materializado nas sombras, para reabastecer a vela gasta e as taças de vinho do grupo. Lazare, pegando um cálice cheio e o levantando aos lábios, ainda mantinha o olhar fixo em Jean-Luc.

"O que você acha de minha breve narrativa?"

Jean-Luc suspirou, pesando as próximas palavras que diria.

"Sinto muito pelo infortúnio de sua mãe. E pelo seu."

Lazare concordou, ainda expectante, querendo mais.

"E eu realmente acredito que a nobreza cometeu crimes contra o povo", Jean-Luc fez uma pausa, relembrando a narrativa do marquês de Montnoir no caso da Viúva Poitier, "mas acho que a nobreza, assim como a população comum, compreende um corpo amplo e variado. Há homens maus entre eles, assim como também há bons homens. E, sem dúvida, tudo o que..."

"Errado!" Lazare pousou a palma firmemente na mesa de carvalho, sua voz pela primeira vez naquela noite se elevando acima de um tom silencioso. A única reação de Jean-Luc foi se calar, permitindo que o homem mais velho continuasse.

"Os nobres deste país são consanguíneos há séculos, e agora toda a virtude e a humanidade foram drenadas de suas fileiras." Lazare fez uma pausa por um momento, piscando, recuperando a compostura, controlando o volume de sua voz. Mas seus olhos ainda queimavam com a intensidade de suas palavras. "Qualquer homem, Cidadão St. Clair, que nasceu e cresceu em um castelo cheio de criados desde a mais tenra infância... a quem disseram que nunca teria de investir um dia de trabalho honesto em toda a vida... a quem fizeram acreditar que qualquer saia que passasse diante de seu nariz empoado poderia ser levantada a seu pedido... Ora, qualquer homem em um ambiente como esse perderia a habilidade de cuidar de seu irmão comum. A verdadeira instituição de uma nobreza hereditária predispõe – não, *garante* – que a liderança de uma nação se afundará em esbanjamento, abuso e licenciosidade."

"Mas veja Lafayette, ele mesmo um marquês", retrucou Jean-Luc. "Ele se absteve da riqueza de seu berço nobre e disparou rumo à América para lutar pelos rebeldes, quase pagando com a vida nesse processo. Nós devemos a nossa estimada Declaração dos Direitos do Homem a ele e ao Monsieur Jefferson, que sacou boa parte dela de sua própria pena."

"Um vaidoso, um dândi egoísta que mostrou a verdadeira traição quando tentou salvar a vida de Luís e de Antonieta." A voz de Lazare era tão inflexível quanto a corda de um arco retesada ao máximo. "Se tivesse permanecido na França, nós também teríamos enviado Lafayette para a guilhotina. Ele estava certo em fugir, como o rato que é."

Jean-Luc engoliu em seco, percebendo que era mais sensato não falar demais em nome de um marquês denunciado, declarado um inimigo da nação. Permaneceu imóvel e não ofereceu resposta. Lazare prosseguiu:

"Você diz que esses aristocratas merecem julgamentos justos. Será que minha mãe teve um julgamento justo antes de ser condenada a uma vida vergonhosa de escravidão corporal?", Lazare perguntou, ainda olhando apenas para Jean-Luc. "Será que eu tive um julgamento justo antes de todos os espancamentos que recebi naquela horrenda escola em que meu pai, o visconde, me matriculou?" E agora, inexplicavelmente, Lazare sorriu. "Não. Um julgamento justo é um direito somente para o homem livre.

Mas esses *nobres*... eles perderam seus direitos. São criminosos, todos eles. Cúmplices e culpados, mordomos de um sistema criminal que nós, como homens livres, finalmente conseguimos invalidar." Ele tomou um gole longo e lento de vinho, o líquido berrantemente vermelho contrastando com sua pele descorada. A mesa permanecia em silêncio que, uma vez mais, foi quebrado por Lazare.

"Está ficando tarde e receio que tenha preenchido nosso tempo com assuntos um tanto pesados. Que horas são?" Lazare olhou para Merignac. Jean-Luc não poderia palpitar que horas eram; tanto uma hora quanto dez horas poderiam ter se passado desde que entrara nesse escritório estranho e mal-iluminado na presença desses homens pálidos e mudos que ele não conhecia.

"São quase dez horas, Cidadão Lazare", Merignac respondeu.

"Ah! O tempo passou tão rapidamente com nossa animada discussão!" Lazare olhou ao redor da mesa, seu tom repentinamente leve, até mesmo alegre, enquanto suas sobrancelhas conferiam expressividade ao rosto macilento. "E agora devo ir, ou Maximilien continuará a aguardar."

Era a Robespierre que Lazare se referia, Jean-Luc percebeu.

"Cidadão St. Clair." Lazare o fitou intensamente. "Espero não ter lhe sobrecarregado com essa franca discussão. Estou sempre ávido para descortinar apropriadamente o caráter de um homem, bem como seus ideais, se ele tiver algum. Foi uma prova de fogo, se assim preferir, mas você se saiu muito bem. Muito bem mesmo."

Jean-Luc balançou a cabeça em um gesto afirmativo, baixando o olhar. O que se dizia em tal circunstância?

"Eu aprecio muito um bom debate, e desfrutei o nosso imensamente."

Jean-Luc ofereceu um leve sorriso como resposta.

"Maurice e o restante de meus protegidos estão constantemente tentando me apresentar a jovens brilhantes. Tentando encontrar meu próximo *petit projet*. Eu sempre digo que o primeiro encontro depende de mim. Mas o segundo? Isso depende do próprio homem."

"Obrigado, senhor", disse Jean-Luc.

"*Senhor* não." Lazare balançou a cabeça. "*Irmão*."

"De fato", respondeu Jean-Luc, com a voz baixa e a garganta seca. Lazare abriu os lábios finos em um sorriso.

"Maurice me disse que você mora do outro lado do Sena, na Margem Esquerda."

"Moro, Cidadão Lazare."

"E como pretende voltar para casa?"

"Pretendo ir andando, cidadão."

"Não." O velho homem balançou a cabeça. "Eu vou naquela direção para encontrar o Cidadão Robespierre. Você faria o favor de compartilhar minha carruagem comigo?"

"Não quero lhe dar trabalho."

"Não é trabalho." Lazare acenou com a mão ossuda. "É o mínimo que posso fazer para um jovem funcionário idealista que contabiliza mobiliário e prataria tão diligentemente para nossa República."

Jean-Luc engoliu em seco enquanto suas bochechas coravam com sombras mais escuras que as de seu pálido companheiro.

"Se tem certeza de que não há problema, então agradeço."

Lazare levantou-se da cadeira, alisando a frente do casaco com os dedos longos e finos.

"O resto de vocês, continue com o trabalho. Não preciso lembrá-los de que os nossos soldados estão lutando, nossa gente está com fome e nossos inimigos habitam entre nós. O mundo está de olho."

⌘

Dentro da carruagem, Lazare olhava pela janela, o corpo estreito sacolejando aos trancos dos cavalos que os puxavam sobre paralelepípedos cobertos de neve. Ele não falou, então tampouco falou Jean-Luc.

Lazare fixou o olhar em seu convidado quando viraram a esquina, aproximando-se da rua de Jean-Luc. Nas sombras escuras da carruagem, Jean-Luc mal conseguia distinguir os lábios pálidos e as sobrancelhas loiras naquela face de um branco anormal. O homem mais velho quebrou o silêncio.

"Eu falei sério."

"Perdão?" Jean-Luc encontrou seu olhar.

"Que eu apreciei nosso debate animado. Nenhum deles...", Lazare balançou a mão, "nenhum deles se engaja em um debate comigo. É como se..." Ele fez uma pausa, suspirando. "Como se ficassem paralisados de medo, ou algo assim...", concluiu num fio de voz.

Jean-Luc poderia ter se engasgado em gargalhadas – visto que era bastante óbvio que eles estavam amedrontados com o líder, e era compreensível que assim fosse. Mas deixou que Lazare continuasse.

"Eu o elogio por debater comigo. Espero que possamos fazê-lo novamente. Eu gosto de um desafio." A carruagem desacelerou e parou em frente ao prédio de Jean-Luc. "Eu realmente aprecio um desafio", repetiu Lazare, virando-se novamente em direção à janela.

"Esta é a minha parada, cidadão." Jean-Luc inclinou-se para a frente, ainda dentro da carruagem, olhando para a janela de seu sótão. A luz do interior derramava-se na rua com um brilho suave, e ele pôde ver a sombra de uma mulher se movimentando lá dentro. Marie provavelmente estava perseguindo Mathieu em uma tentativa de atraí-lo para a cama.

O lacaio abriu a porta da carruagem e, para a surpresa de Jean-Luc, Lazare desceu primeiro. O mais jovem o seguiu. Ficando de pé um em frente ao outro na rua fria e coberta de neve, os dois homens permaneceram em silêncio por vários momentos. Então Lazare, com o rosto agora iluminado pelo poste próximo, sorriu.

"Espero que você tenha se beneficiado da nossa companhia esta noite, cidadão." As palavras saíram com uma névoa visível de respiração quente.

"Muito, Cidadão Lazare. Foi uma honra conhecê-lo."

"Espero que você volte, e em breve. Gostaria muito de ver seus talentos empregados na maior extensão possível. Por você, e por nossa nação. Eu poderia tomar providências para que você trabalhasse em um papel mais proeminente."

"Você é muito generoso, cidadão." Jean-Luc arregalou ligeiramente os olhos e suprimiu o sorriso que um elogio tão franco de um homem como Guillaume Lazare lhe provocou.

"Um homem é indigno de admiração até que faça por merecê-la. É preciso abraçar o caos deste mundo e moldá-lo de acordo com sua própria vontade." Lazare fez uma pausa, alheio ao floco de neve que havia pousado em seu nariz, com o cristal branco se mesclando à palidez de seu rosto. "Eu acredito que você aspira a mais do que deixou transparecer, St. Clair."

"Oh, bem", Jean-Luc balbuciou, passando o peso de um pé para o outro. "Agradeço o interesse que mostrou pelo meu futuro." Claro que ele almejava subir e sair de um departamento que o mantinha catalogando mobília. Queria tirar Marie desse bairro lúgubre. E esse homem certamente parecia ser capaz de ajudá-lo com tudo isso. A mente de Lazare, no entanto, já aparentava ter se desviado para outros pensamentos, o que era nítido no brilho de seu olhar perdido na direção da rua.

"Quanto a mim, ainda não tomei posse de minha maior conquista." Com essa declaração misteriosa, outro de seus enigmas característicos, a voz de Lazare se apagou, sua respiração saindo de suas narinas em duas minúsculas nuvens de vapor. "Sim, minha maior conquista ainda está por vir. Se conseguir isso, saberei que poderia ter crucificado o próprio Cristo."

Jean-Luc ficou involuntariamente tenso e chocado com essa estranha declaração. Que mudança repentina de assunto.

"Mas... Cidadão Lazare... você *queria* ter derrubado o Cristo?"

Lazare olhou para a frente, encontrando o olhar de Jean-Luc. Seus olhos eram frios e inexpressivos quando falou em seguida:

"Eu destruiria qualquer homem culpado de despertar uma falsa adoração no povo. Nosso último rei foi apenas o primeiro." Ele se aproximou mais de Jean-Luc e falou em voz baixa: "Há mais por vir." Seus olhos brilhavam com um ardor que Jean-Luc raramente vira em outros homens.

"Papai!", gritou Mathieu naquele momento, inclinando-se na janela do sótão. Jean-Luc e Lazare levantaram os olhos na direção do som.

"Mathieu!" Jean-Luc fez cara de bravo ao ver o rosto de seu pequeno filho na janela, banhado pelo brilho da luz quente que iluminava seus aposentos lá em cima. "Afaste-se dessa janela! E não se incline para fora novamente."

"Sim, papai!" O menino, apesar da voz severa de seu pai, permaneceu na janela aberta.

"Eu já vou subir", insistiu Jean-Luc, antes de gritar ainda mais alto: "Marie?".

"Venha aqui, meu querido." Lá dentro, a voz calma de Marie era quase inaudível. "O que eu lhe falei sobre a janela?" E o rosto do menino desapareceu de vista, deixando Jean-Luc e Lazare novamente a sós nos paralelepípedos abaixo.

"Um belo menino." O olhar de Lazare ainda mirava a janela iluminada, agora vazia da figura de Mathieu. O som da voz brincalhona de Marie, misturado ao riso alegre do garoto, quase não chegava à rua, e Jean-Luc ansiava por estar no andar de cima, naquele quarto quente com a família. "Seu filho?"

"Sim. Ele se parece com a mãe; sou grato por isso", respondeu Jean-Luc.

"Nesse caso, sua esposa deve ser uma beleza", disse Lazare, voltando os olhos para Jean-Luc. Lá, na noite fria, o mais jovem estremeceu, enfiando as mãos bem no fundo dos bolsos do sobretudo e se perguntando se o arrepio repentino que lhe percorreu a espinha era inteiramente devido ao gelado ar de dezembro.

11

Paris

Fevereiro de 1794

Remy deitou de costas, esparramando-se pela cama de André na pensão no bairro de Saint-Paul. Juntos, os dois irmãos estavam elaborando uma carta para a mãe, embora não soubessem nem remotamente se a missiva realmente poderia alcançá-la. Não ouviam falar dela há mais de um ano, um fato que provocou graves preocupações em André, embora ele fizesse o máximo possível para escondê-las do irmão mais novo.

"Não vou mencionar que estamos sendo enviados de volta ao fronte", disse André, concluindo a carta com a promessa de seu amor contínuo e sua devoção.

"É melhor não", Remy concordou.

André deixou a tinta secar antes de dobrar a carta e selá-la com cera. Ele a enviaria para Londres, para o único endereço do qual havia recebido uma carta, tantos meses antes.

"Então, você acha que vamos ver esse menino general quando chegarmos lá?", Remy perguntou, apoiando-se nos cotovelos sobre a cama.

"Bonaparte?" O quarto deles escureceu conforme a noite caía, e André acendeu uma segunda vela enquanto considerava a pergunta do irmão.

"Sim. Dizem que ele é diferente dos outros generais. É o único que derrotou os ingleses, e em nosso próprio solo. Dizem que ele é melhor do que todos os outros", disse Remy, com um tom de admiração aparente na voz. "Seria ótimo poder dar uma olhada nele."

"Tenho certeza de que o veremos em algum momento, mesmo que não estejamos acampados com ele. Para você é ainda mais provável, já que está na artilharia."

"Qual é a distância entre Saorgio e Nice?", Remy perguntou, referindo-se aos dois campos a que os irmãos seriam designados.

"Não tenho certeza", disse André. "Nice está perto da fronteira com o Piemonte, pelo que sei. Então eu não devo ficar muito longe de você."

"Como será que são as mulheres italianas?"

"Você descobrirá em breve – não tenho dúvidas."

Naquele momento, houve uma batida urgente na porta. Remy sentou-se.

"Entre." André ergueu-se da cadeira a tempo de ver uma figura envolta por um manto deslizando para a sala. "Sophie?" Ele ficou surpreso, ainda que estivesse deleitado por vê-la. E então olhou em volta, envergonhado; ela nunca estivera em seu quarto antes, e o cômodo estava longe de estar arrumado.

Mas Sophie não parecia preocupada com os arredores. Ela permaneceu imóvel por um momento, apenas olhando para ele. Uma pesada capa de lã azul-escura sobre seus ombros e um capuz em torno dos cachos loiros a protegiam do frio do inverno. As bochechas estavam coradas por causa do clima, e o rosto tinha uma expressão perturbada.

"André!", disse, enfim, com uma voz rouca e ofegante, jogando-se em seus braços.

"Qual é o problema?" Ele acariciou o rosto dela, deslizando a capa para vê-la mais claramente. Quando Sophie olhou para ele, notou que seus olhos estavam secos de lágrimas, mas cheios de medo. "Minha querida, o que é isso? Não devíamos nos encontrar até mais tarde."

"Eu tinha que lhe contar." Sua respiração estava irregular, e ficou claro que ela tinha corrido até ali. "A notícia ainda não chegou às ruas."

"O que é?", André perguntou, sentindo o próprio pulso acelerar.

"É o general Kellermann", disse Sophie. "Meu tio o denunciou à Convenção Nacional. Ele foi formalmente acusado."

"Kellermann denunciado?" Os braços de André caíram inertes ao lado do corpo, e ele quase não notou que Remy agora estava de pé ao seu lado. Remy repetiu o questionamento, incrédulo. "Mas isso é um absurdo. Ninguém jamais ousaria questionar a lealdade dele para com..."

"Ele foi preso e levado para a cadeia", Sophie continuou, balançando a cabeça de um lado para outro, tensa e agitada. "Ele está na prisão de Le Temple. O próprio Robespierre assinou as ordens."

"Sob que acusações?", perguntou André.

"Meu tio relatou os detalhes de várias conversas, cerca de um ano atrás." Sophie mordeu o lábio inferior. "Parece que Kellermann, na ocasião, se referiu ao falecido... hã... monarca... pelo seu antigo título e não pelo título correto de Cidadão Capeto."

"Por favor, Sophie, você sabe que pode confiar em nós. Não precisa vigiar suas palavras aqui." André colocou a mão no braço dela.

"Meu tio se referiu a Kellermann pelo título nobiliárquico nas acusações."

"Como um conde", disse Remy. "Culpado por ser nobre de nascimento."

"Mas seu tio também é nobre. Que hipócrita!" André sufocou outros insultos ao tio de Sophie e, em vez disso, murmurou: "Isso é loucura".

"Ele elaborou uma lista completa de acusações", Sophie continuou, concordando com André. "Ao que tudo indica, Kellermann criticou alguns membros do Comitê por suas decisões sobre os planos de batalha na Renânia. Acusou um membro de interferir no exército e disse que ele era um estúpido aprendiz de jacobino."

"Tenho certeza de que ele disse isso no calor da batalha, quando as vidas de seus homens estavam sendo sacrificadas por tolos incompetentes e intrometidos." André andava de um lado para o outro no quarto, passando as mãos pelos cabelos. "Qualquer general deve ter autonomia de afirmar sua própria experiência militar ao fazer planos de batalha, em vez de seguir as ordens de meia dúzia de advogados hipócritas que se sentam em segurança em Paris, cercados por livros."

"Os advogados são a pior escória que já conheci", ruminou Remy. "E agora eles dirigem este país."

"Não são apenas os erros militares do Comitê", respondeu Sophie. "Pelo visto, em várias ocasiões, Kellermann expressou desaprovação diante de outras decisões."

"Tais como?", perguntou Remy.

Sophie fez uma pausa, como se tivesse medo de repetir as palavras condenatórias. Quando falou, sua voz era tão baixa que André teve de apurar os ouvidos para escutá-la.

"Ele não concordou com a decisão de decapitar o rei e a rainha. E expressou sua opinião ao meu tio."

"Em uma conversa com um amigo de confiança."

"Mas que agora repetiu tudo para o Comitê", emendou Sophie, balançando a cabeça.

"Mas isso é um absurdo!" André cerrou os punhos, sentindo ganas de estrangular Murat se pudesse encontrá-lo. "Mesmo se Kellermann realmente tiver dito isso, Murat não pode provar."

"Que prova é necessária hoje em dia?", Sophie suspirou. "Você viu ao que a Lei dos Suspeitos levou. Acha mesmo que cada homem e mulher que desfila rumo à guilhotina foi condenado mediante a apresentação de uma prova?"

"Mas está nítido que tudo isso foi completamente forjado. Kellermann vai conseguir limpar seu nome."

Sophie, no entanto, não parecia compartilhar do otimismo de André, e pousou a mão sobre o ombro dele.

"Sinto muito. Eu sei como você o admira."

"Ele encontrará um advogado e estará de volta com seus homens antes que a campanha da primavera seja retomada", disse André, com mais convicção do que realmente sentia.

"É isso." Sophie aproximou-se mais de André. "Vim correndo para contar a você. Temo que Kellermann talvez não consiga articular uma defesa."

"Por que não?", André quis saber.

"Porque meu tio organizou a melhor equipe jurídica de Paris para condenar Kellermann."

"Quem? Quem poderia construir um caso contra o general Kellermann? Ele é um herói, pelo amor de Deus!", exclamou André.

O rosto de Sophie era uma máscara de desgosto, e seus olhos ficaram sem esperança ao pronunciar o nome:

"Guillaume Lazare."

André absorveu a notícia, os ombros ficando mais tensos à medida que o peso da compreensão o penetrava. Guillaume Lazare. O homem que julgou e condenou seu pai, o marquês de Valière. E o rei. Lazare era o estadista mais temido da França. Após sua recente consolidação no Comitê, ninguém ousava enfrentá-lo; nem mesmo Danton ou o próprio Robespierre poderiam desafiá-lo naquele momento.

⌘

O jantar de aniversário de André era para ser uma ocasião festiva, uma última noite com Sophie antes que ele, LaSalle e Remy fossem enviados para a frente italiana. Ela saiu às escondidas depois que Parsy se retirou para dormir. LaSalle convidou Henriette, por quem se declarou apaixonado, e Remy convidou Celine, a bailarina que parecia manter seu interesse por mais tempo do que qualquer amante anterior. O grupo pegou uma mesa na frente do Le Pont Blanc, o mesmo café onde André tinha jantado com Sophie. Mas a notícia da prisão de Kellermann havia baqueado os espíritos, e nenhum deles se sentia bem para celebrar aquela noite.

Remy fez seu melhor para mostrar-se alegre durante o jantar, pedindo para o irmão o que o taverneiro jurou ser champanhe.

"Um brinde a você, meu irmãozão. Anime-se; não há como um tribunal condenar o general Kellermann, o herói de Valmy."

André encolheu os ombros, engolindo o líquido. Se isso de fato era champanhe, tinha sido tão diluído que parecia ser um parente distante da bebida.

"A multidão atacaria a Bastilha de novo, dessa vez pegando em armas contra a própria Convenção, se o Comitê condenasse o nosso homem", previu Remy, seu discurso ficando mais arrastado após várias garrafas de vinho.

Todavia, os relatos do jornal e as fofocas de rua dos últimos dias mostravam uma inclinação clara e eloquente para a facção de Murat e Lazare. Estava preocupantemente claro para André, ao ler os inúmeros artigos que acusavam o Conde de Kellermann de "traidor da Revolução", que o sentimento público havia mudado. O velho herói, o valente oficial com modos gregários e integridade irrefutável, não era mais o queridinho do povo. Paris, nesses dias, venerava um tipo diferente de homem. A multidão furiosa procurava homens que ofereciam julgamento decisivo e punição rápida para os inimigos do povo. Homens que acusavam seus semelhantes de intenções escusas e traiçoeiras, homens que entendiam a fome das pessoas – não apenas de pão, mas também de sangue.

Em toda parte, os chamados inimigos da República estavam sendo farejados e denunciados sumariamente. Paris era muito rápida – até mesmo ansiosa – para ver o mal em qualquer lugar que fosse sugerido. Provas, como Sophie havia apontado, não tinham muito peso no temido Tribunal Revolucionário.

O grupo se separou logo após o jantar. André, que tinha bebido muito vinho como um tônico contra o desânimo, desequilibrou-se ao levantar e se oferecer para acompanhar Sophie até em casa.

"Pelo visto, acho que sou *eu* quem precisará levar *você* para casa em segurança esta noite", observou Sophie. Acabavam de se despedir de Remy e LaSalle.

"Talvez eu tenha sido um pouco generoso demais com o vinho", André admitiu, tentando espantar a sonolência opressiva ao pararem diante das águas brilhantes do Sena, cuja superfície tremulava tal qual os friorentos transeuntes. "Mas não esqueci minha honra, e ainda vou levá-la em segurança para casa, Madame Vincennes. Vamos?"

"Não", Sophie respondeu, agarrando os braços dele. "Não, eu não quero ir para casa hoje." Ela fitou André ansiosamente, com expectativa.

"Bem, aonde você quer ir?", André perguntou, com a boca seca de repente, a mente inebriada tentando manter o foco; será que ela quis dizer o que ele esperava que ela quisesse dizer?

"Leve-me para sua casa", Sophie declarou, devorando-o com o olhar.

"Você... você tem certeza?", André balbuciou. Sophie assentiu, em uma resposta sem palavras.

Com o coração disparado, André os guiou na direção de Marais e da pensão. Depois de alguns minutos, sentindo-se, de repente, leve e brincalhão caminhando ao lado dela, ele gracejou:

"O que a velha e pobre Parsy fará se descobrir que você não está na cama?"

Sophie riu, aconchegando-se em André à procura de calor contra o vento gelado do final de fevereiro.

"Talvez a doce e velha Parsy não seja tão inocente quanto parece. Afinal, ela também foi jovem um dia."

Quando chegaram ao seus aposentos, André fechou a porta e a trancou. Ele notou, com uma nova pitada de constrangimento, que não tinha arrumado nada, pois não esperava que Sophie visitasse seu quarto novamente. Mas agora não havia nada a ser feito sobre isso. Apressou-se em acender a pequena lareira e duas velas. Quando o quarto se aqueceu, Sophie despiu-se do manto, jogando-o sobre o encosto de uma cadeira junto à mesa. Ele gostava disso; ver os objetos dela entre os seus. Parecia inegavelmente correto.

"Aqui estamos", disse ela.

"Aqui estamos", repetiu André. "Eu queria ter algum vinho para lhe oferecer."

"Acho que nós dois já bebemos vinho o suficiente esta noite."

"Talvez você esteja certa."

Sophie aproximou-se e entrelaçou seus dedos nos dele. André levou a mão delicada aos lábios e deu um beijo suave na sua superfície macia. E então beijou o topo de sua cabeça, sentindo o cheiro da doce fragrância de seus cabelos. Fechou os olhos, dominado pela presença de Sophie. Pelo fato de estar aqui, em seu quarto, com ela.

"Então, o que você gostaria de ganhar no seu aniversário?", ela perguntou, olhando no fundo dos olhos dele.

André riu, colocando as mãos na parte inferior das costas dela. Fingindo com exagero que estava considerando a pergunta, baixou os olhos para ela.

"Eu tenho uma ideia."

"Oh? Não me diga..." Ela inclinou o rosto para ele com uma expressão que André achou apaixonante.

Perdendo-se nos olhos dela, ele teve a sensação de que jamais se cansaria daquele azul claro e límpido. Quando ele se inclinou para frente,

Sophie recebeu o beijo com avidez. Os lábios se pressionaram um contra o outro, e os corpos seguiram a mesma cadência. Com as mãos muito mais seguras do que as dele, Sophie despiu-o do casaco e começou a lhe desabotoar a camisa. André pensou que enlouqueceria quando sentiu as mãos sedosas dela em sua pele nua, e então a puxou para ainda mais perto de si, ansiando desesperado pela proximidade com cada centímetro de seu corpo. Ela o puxou para a cama, e André se forçou a parar por um momento.

"Espere", ele disse, a voz rouca entrecortando a respiração ofegante. "Você sabe que eu me casaria com você, Sophie, se você quisesse. Eu me casaria com você amanhã. Eu teria me casado com você ontem."

"Eu sei que você teria", ela disse, desviando o olhar, e ficou imóvel, silenciosa. Por fim, suspirou. "Mas nós não podemos. Pelo menos não enquanto meu tio estiver por perto."

"Sophie." André pousou os dedos no queixo dela e o levantou para que seus olhos se reencontrassem. Queria que ela entendesse o quão verdadeiro ele estava sendo no que diria a seguir: "Saiba que eu sou totalmente devotado a você, tão devotado quanto um marido pode ser".

"Eu sei." Ela o encarou através de um fino véu de lágrimas. "Eu já fui casada antes, você sabe. Eu sei o quanto isso pode significar." Ela pegou a mão dele e limpou as lágrimas.

"Por que você está chorando, meu amor?", perguntou André.

"Eu finalmente sei", ela suspirou, pressionando o rosto no ombro de André, umedecendo-o com suas lágrimas. "Eu finalmente sei como deveria ter me sentido na minha noite de núpcias."

12

Paris

Abril de 1794

As notícias pulsavam por toda a cidade naquele dia como o rufar dos tambores de execução.

Você não ouviu?

Mas isso é mesmo verdade?

Como isso pôde acontecer?

Christophe Kellermann encontrou um advogado de defesa.

Os periódicos imprimiram a história na primeira página, dedicando parágrafos à especulação sobre quem poderia ter sido o homem tolo o suficiente para enfrentar Guillaume Lazare. Quem quer que fosse, aceitara o trabalho voluntariamente, os jornais sabiam, e era óbvio que não se tratava de um homem com bom discernimento, pois, como escreviam os periódicos, os eventos já estavam progredindo de mal a pior para o general.

Embora a maioria dos jornais parecesse apoiar firmemente Lazare e Murat, a cidade em si parecia mais dividida. Metade de Paris ainda se lembrava de que Kellermann salvara a cidade e a própria Revolução nos primeiros dias, quando os prussianos estavam acampados a poucas milhas da capital. Kellermann tinha sido o homem a lutar pelos valores da liberdade, da igualdade e da fraternidade quando esse ideais ainda eram só palavras, um nascente grito mobilizador da Revolução.

E assim, enquanto a opinião pública se dividia em relação à culpa de Kellermann, toda Paris se unia na mesma confusão, fixando-se em uma questão singular: quem era o homem que se predispusera a argumentar contra Guillaume Lazare?

⌘

"Você ficou completamente louco?" Gavreau postou-se diante da mesa de Jean-Luc, com o rosto vermelho e as veias do pescoço saltadas. Soltou um grunhido alto quando jogou na mesa a primeira página do *Le Vieux Cordelier*, o popular jornal escrito por Camille Desmoulins. "Defender o homem contra Guillaume Lazare? Você quer deixar Marie viúva e Mathieu órfão?"

Jean-Luc afastou-se da mesa, recostando-se na cadeira enquanto cruzava as mãos no colo. Uma posição de perfeita serenidade. Depois de uma pausa, ele respondeu à pergunta com outra pergunta: "A que você se refere, cidadão?"

"Não finja demência, St. Clair, eu sei que é você. Quem mais seria louco o bastante para apostar a própria reputação profissional – aos diabos, a própria vida – indo contra a vontade de Lazare? Eu só queria saber se você está tentando afundar todo o nosso maldito departamento com você."

Jean-Luc conferiu o jornal que o chefe havia jogado na sua frente. Na primeira página, as últimas notícias indicavam que o advogado que aceitara o caso de Kellermann era um homem jovem – um homem que nunca havia falado diante da Convenção Nacional ou do Tribunal Revolucionário. Um amador desconhecido, cuja única experiência até agora consistia em ser um funcionário de nível mediano enterrado em um dos muitos edifícios administrativos superlotados da Margem Direita.

"Eu sei que é você", disse Gavreau, apontando o dedo para o rosto de Jean-Luc. "Eu posso cobrar alguns favores. Posso tirar você dessa. Mas não temos muito tempo."

Jean-Luc suspirou, examinando o resto do artigo.

"Não tenho a intenção de aceitar essa oferta, por mais generosa que ela seja."

"Então você admite! É você?"

Jean-Luc olhou para o chefe, inclinando a cabeça para o lado, o que bastou para admitir sua culpa.

"Eu sempre soube que você era um idiota incorrigível."

"Por que é tão terrível que o general Kellermann tenha alguém para defendê-lo?", perguntou Jean-Luc, sem alterar o tom de voz.

"Ele terá alguém para defendê-lo. Só não quero que seja você."

"Por que não? Você tem tão pouca fé assim em minhas habilidades?"

"Fé? Rá! Eu poderia ter toda fé do céu e da terra em suas habilidades, mas fé não significa porcaria nenhuma. Especialmente em tempos como esse, ou com pessoas dessa laia. O que eu *sei* é que você está prestes a fazer um inimigo muito poderoso."

⌘

"É claro que eu acredito na Revolução e na justiça. Só não entendo por que você precisa se colocar em uma posição tão perigosa." Marie estava colérica naquela noite. Embora relutante, ela tinha dado a Jean-Luc sua aprovação – se não sua bênção – dias antes, quando ele havia lhe confessado o desejo de representar Kellermann. No entanto, tendo em vista a explosão com que as notícias irromperam pela cidade, e após ler os copiosos artigos e panfletos enumerando as muitas razões pelas quais esse jovem advogado não teria a menor chance no tribunal, sua opinião mudou drasticamente.

"Fico aterrorizada só de pensar que eles podem te rotular como inimigo da Revolução. Você sabe como é fácil denunciar alguém hoje em dia. E sabe que a multidão não hesita em acreditar nas denúncias. Basta alguém olhar torto para você e é o suficiente para te mandarem para a guilhotina."

Eles estavam sentados à mesa. O jantar já tinha esfriado; nenhum dos dois, no entanto, havia tocado na comida. Mathieu, pelo menos uma vez, dava-lhes um pouco de paz para discutir o assunto em particular, enquanto se divertia no canto da sala, felizmente entretido com um novo brinquedinho de madeira.

"Guillaume Lazare respeita os homens que o desafiam. Ele mesmo me disse isso quando nos conhecemos."

"Que seja." Marie deu de ombros. "Mesmo que ele o respeite por pegar o caso, o que me diz das centenas de outros jacobinos raivosos que agora vão se virar contra você por ser o homem que defendeu um monarquista?" Os olhos escuros de Marie flamejavam. "Você sabe melhor do que ninguém, Jean, como é perigoso chamar a atenção para si mesmo, especialmente como o defensor de um acusado de traição."

Jean-Luc descansou a cabeça entre as mãos, a mente cansada e as convicções sendo atacadas como o mastro de um navio diante de um forte vento contrário.

"Não é tarde demais, Jean. Ainda não deram entrada no processo. Você pode se retirar."

Jean-Luc suspirou, um suspiro desamparado e derrotado. Ambos olharam para o garotinho de cabelos escuros e lábios rosados que brincava no canto, dando ordens de marcha para seu minúsculo soldado de madeira. Jean-Luc voltou-se para sua esposa.

"Marie, alguém precisa defendê-lo. Caso contrário, de que serviria tudo isso? Toda a nossa Revolução seria uma farsa."

"Alguém, tudo bem, mas por que você?"

"Porque ninguém mais vai fazer isso. Você não vê?"

Ela piscou, pressionando os lábios em uma linha reta e inflexível.

"Marie, aguardei dias, semanas, esperando e rezando para que alguém se apresentasse. Alguém com mais experiência e influência do que eu." Jean-Luc encolheu os ombros. "Mas ninguém se manifestou."

"E você sabe muito bem, Jean, que há uma razão para isso. Por que você tem que ser o único tolo o bastante para assumir esse caso?"

"Eu tenho que fazer isso, Marie!" Jean-Luc bateu o punho sobre a mesa, instantaneamente lamentando a força de seu gesto. Mathieu olhou assustado para os pais. Marie não conseguiu mais suportar e caiu em lágrimas.

"Desculpe-me." Ele estendeu o braço sobre a mesa, pegou a mão da esposa e deu um beijo. "De que serve tudo isso?", perguntou, olhando ao redor – para o pequeno apartamento naquele bairro miserável, para a reles mesa de jantar que raramente tinha carne. "Por que estamos aqui? Pelo que estamos lutando, se não pela justiça? Eu tenho que acreditar que nossa nova nação é um lugar onde um homem inocente recebe um julgamento justo. Onde os direitos de um homem são confirmados pela lei. Onde o medo e o ódio ainda não são mais potentes do que a justiça e a verdade."

Ele queria continuar. Para implorar seu perdão. Para prometer a ela que faria tudo o que pudesse para mantê-los seguros. Mas foi vencido, e as palavras ficaram presas em sua garganta antes que pudesse pronunciá-las. Abaixou a cabeça e escondeu o rosto nas mãos em concha. Marie soltou um ruído baixo e gutural, e agora foi ela quem estendeu os braços sobre a mesa e segurou as mãos do marido entre as suas.

"Jean-Luc St. Clair, por que você sempre tem que ser tão detestavelmente decente?"

Ele encontrou os olhos dela e os fitou por um momento antes de responder:

"Eu tenho que ser."

"Mas por quê?" Ela deu um sorriso triste e resignado.

"Para ser digno de você."

Ela suspirou, um som sem alegria, enquanto olhava para as mãos entrelaçadas.

"Mas talvez você tenha razão, Marie. É tolice colocar nossa família inteira em perigo. Talvez seja melhor você e Mathieu irem visitar seu pai.

Passarem algum tempo em Marselha. Somente enquanto o julgamento estiver correndo, só até o caos ter passado. Será melhor se você estiver longe o suficiente caso..."

"Oh-oh, pode parar aí mesmo." Ela levantou a mão.

"Seria prudente."

"Não diga mais nenhuma palavra, Jean-Luc St. Clair", ela ordenou num tom repentinamente severo e autoritário. "Se você acha que vai nos despachar para longe, se acha que nós o deixaremos para trás em um momento como esse, então você não é tão inteligente quanto pensa."

"Papai?" Mathieu estava ao lado de Jean-Luc agora, puxando o paletó do terno desgastado do pai. "Papai?"

Jean-Luc se recompôs com uma longa inspiração e olhou para o filho.

"Sim, meu filho?" Ele acariciou os cachinhos macios e morenos da criança.

"Papai, não fique triste."

"Eu não estou triste, meu menino querido", mentiu Jean-Luc.

"Aqui, papai, você pode ficar com meu brinquedo novo." Mathieu estendeu a mão gordinha em direção ao pai, oferecendo lhe o soldadinho de madeira. Jean-Luc o pegou.

"Este brinquedo é muito legal, Mathieu." Então, olhando para a esposa, sussurrou: "Como nós pagamos por isso?".

"Eu não comprei isso", disse Marie, levantando-se e retirando os dois pratos frios da mesa. "Pensei que você havia comprado."

"Eu não. Como ele conseguiu isso?" Jean-Luc estava confuso e analisou o brinquedo – a tinta brilhante e a escultura refinada indicavam que eram produto de arte experiente, e cara.

Marie estava lavando os pratos, de costas para eles. Jean-Luc virou-se o filho. Será que seu pequenino tinha roubado o soldadinho de algum lugar?

"Mathieu, onde você conseguiu isso?"

Mathieu pegou o soldadinho de volta, abraçando-o forte junto ao peito, como se temesse ter que se desfazer dele. "O homem bom me deu."

As palavras, mesmo ditas do modo vago e pouco articulado de uma criança que há pouco aprendera a falar, provocaram um calafrio em Jean-Luc, que arrepiou até seu último fio de cabelo.

"Que homem bom? Quem é o homem bom?"

Mathieu encolheu os ombros, entediado com tantas perguntas. Marie deixou os pratos de lado, ouvindo agora com grande interesse. Jean-Luc colocou as mãos nos ombros do filho, olhando para o rosto preocupado da esposa e de volta para o garoto.

"Mathieu, onde você viu esse homem bom?"

"Lá embaixo." Mathieu apontou na direção da rua, da taverna de Madame Grocque, do bairro miserável.

"Você quer dizer o Monsieur Grocque, o taverneiro?"

"Não, papai." Mathieu balançou a cabeça. "Ele vem de carruagem às vezes."

"Você sabe o nome dele?"

Mathieu balançou a cabeça, dizendo que não.

"Mas ele disse que voltaria. Ele me prometeu."

"Como ele é, Mathieu?" Marie estava do lado deles agora, inclinando-se para falar com o filho.

O menino considerou a pergunta, franzindo a pequena testa e mergulhando em pensamentos.

"Eu não sei, papai. Velho. Um rosto muito branco."

Jean-Luc trocou um olhar torturado com a esposa antes de puxar o filho para junto de si, com o coração apertado como se estivesse preso por um laço. Ele se agarrou a Mathieu, assaltado por uma necessidade urgente de envolver a criança em um abraço seguro e protetor. Lá no fundo de seu âmago, um sentimento nocivo lhe dizia que era tolice crer que poderia proteger algo ou alguém. Não neste mundo. Marie falou novamente, abraçando o marido e o filho.

"Mathieu, ouça o papai e a mamãe. Esse homem da carruagem – você nunca mais deve falar com ele novamente, a menos que esteja comigo ou com o papai, entendeu?"

"Não se preocupe, mamãe", Mathieu concordou, balançando a cabecinha, suas feições doces e suaves impermeáveis ao medo que enervava seus pais. "Se você não gosta dele, vou falar para ele desaparecer."

"O que você quer dizer com isso, meu querido?", Marie perguntou, olhando para Jean-Luc.

"Porque, mamãe", explicou Mathieu, "ele me disse que pode fazer as pessoas desaparecerem".

⌘

Jean-Luc tinha se habituado a ficar até mais tarde no escritório; sempre houve mais trabalho a ser feito do que horas para fazê-lo, e o tempo geralmente era mais produtivo depois que o restante de seus colegas iam embora. Além disso, era mais fácil chegar em casa depois que Marie já tivesse ido dormir. Conviver com seus nervos à flor da pele e lidar com os comentários monossilábicos e desinteressados estava cada vez mais difícil.

Odiava estar em desacordo com ela, odiava vê-la tão infeliz. Especialmente quando sabia que suas próprias ações eram a causa do estado angustiado e evasivo da esposa e o motivo pelo qual ela lhe dava as costas quando tentava abraçá-la. Era melhor, Jean-Luc decidiu, que eles se vissem o mínimo possível até que o caso de Kellermann tivesse sido decidido.

Lá fora, o gelo se despedira das ruas e a primavera florescia em Paris. As árvores que margeavam o Sena ostentavam galhos repletos de flores de castanha, e os dias se alongavam por tantas horas que o sol só se lembrava de deitar-se no poente pouco tempo antes da meia-noite. Era uma provocação cruel por parte da Mãe Natureza ter a cidade tão madura de beleza e promessa, tão cheia de vida, enquanto as ruas pulsavam num caldeirão de morte e destruição.

Numa noite no início do verão, Jean-Luc estava à sua mesa diante de uma pilha de papéis e de uma vela quase apagando. Horas já tinham se passado desde que seu último colega fora embora. Os dias estavam no auge de sua duração, e aquela era a hora mais complicada, quando Paris cedia ao lusco-fusco e sol e lua pairavam no céu simultaneamente, enviando um brilho fraco e leitoso que passava pela janela e deixava as pálpebras de Jean-Luc pesadas. Ele suspirou. Tinha a impressão de que estava repisando o mesmo terreno árido, hora após hora, noite após noite, procurando desesperadamente por algum lote fértil no qual pudesse semear alguma semente de esperança para seu cliente, Kellermann.

O julgamento se aproximava e, ainda assim, ele não tinha encontrado nada. Sem ideia de que provas a equipe de acusação poderia produzir, Jean-Luc ainda não havia desenvolvido um plano de defesa. Desde que a Lei dos Suspeitos fora decretada, em setembro anterior, um mero rumor sobre tendências monarquistas ou apoio ao clero antirrepublicano era substancial o suficiente para enviar um homem em cavalgada para a guilhotina. E as sabatinas de Jean-Luc na cela úmida do velho general apenas o desencorajaram ainda mais; Kellermann mostrava-se destemido, inclinado a dizer a verdade completa, como se o ato de preservar a própria vida não significasse nada para ele.

“Sim, questionei a necessidade de decapitar Luís e Antonieta. Desde quando se tornou um crime fazer uma pergunta em voz alta?”

Jean-Luc não sabia como responder a seu cliente. Especialmente quando ele próprio lutava com os mesmos questionamentos de Kellermann. Mas a Razão e suas irmãs, Misericórdia e Integridade, eram pilares frágeis para construir uma defesa nos dias de hoje. Possuir qualquer um desses traços de caráter poderia lhe garantir uma sentença de morte; Kellermann exibia todos os três. *Era* um crime questionar, pelo menos agora. O Comitê decidiu que qualquer questionamento das ações tomadas pelo governo revolucionário era insurreição punível com a morte.

Uma batida na porta interrompeu as reflexões sombrias de Jean-Luc, trazendo sua atenção de volta ao escritório escuro, onde a vela quase havia expirado.

"Entre", disse olhando para porta, sem imaginar quem poderia ser. O rosto do garoto mensageiro do escritório apareceu à soleira.

"Duas cartas para o senhor, Cidadão St. Clair."

Jean-Luc gesticulou para o menino entrar e pegou as cartas de suas mãos. "Obrigado. Que horas são?"

"Faltam duas horas para a meia-noite, cidadão."

Jean-Luc suspirou, notando pela primeira vez que o mundo fora de sua janela já estava totalmente envolvido pelo breu da noite.

"É melhor ir para casa, menino."

"Tem certeza, cidadão? As ordens de Monsieur Gavreau são para permanecer até você... até que o último funcionário tenha deixado o escritório."

"Tenho certeza", Jean-Luc consentiu com um aceno de cabeça, dispensando o menino. "Vá para casa."

Novamente sozinho, Jean-Luc abriu a primeira das duas cartas, deparando-se com uma caligrafia que não reconheceu. Segurando-a ao lado da chama cintilante da luz da vela, ele leu:

> *Cidadão,*
>
> *Por favor, permita-me apresentar-me. Meu nome é capitão André Valière, atualmente acampado com o Exército da Itália.*
>
> *O motivo de minha carta é informar que já servi anteriormente ao general Christophe Kellermann. Não acho que estou cometendo um exagero quando afirmo que não existe nenhum homem ou oficial mais admirável no Exército da República. Pela presente, ofereço-me como testemunha de caráter voluntário, se precisar de alguma, no iminente julgamento da vida dele.*
>
> *O senhor, sem dúvida, tem lidado com os riscos que assumiu ao aceitar defender o general. Eu, também; lutei com a questão de me apresentar e, ao fazê-lo, expor-me aos seus críticos, os quais parece haver um grande número.*
>
> *Confesso que por um certo período não me senti inclinado a escrever para o senhor e me acomodei no curso da inação.*

No entanto, ao relembrar, noite após noite sem dormir, como o general salvou minha vida e a vida da nossa República na Batalha de Valmy, e refletindo sobre o caráter irrepreensível e a integridade do homem que dedicou toda a vida ao serviço de nosso povo, não posso aceitar o curso da inação. Todas as virtudes dele se destacam como uma censura contra a minha própria hesitação e desejo de autopreservação.

Ele não deve morrer. Não agora, não pelas mãos dos cidadãos da França. Devemos impedir a República de cometer esse crime, um crime que certamente voltaria para assombrá-la. Enquanto houver homens que ainda estão dispostos a defender o que é certo e bom, não posso assistir aos eventos de forma ociosa.

Aguardo uma resposta sua. E lhe rendo meus mais sinceros agradecimentos por sua disposição de atuar como defensor do general Christophe Kellermann.

De seu humilde servo e
colega patriota,
Capitão André Valière

Jean-Luc leu a carta duas vezes, a segunda mostrando-se mais difícil, pois uma lágrima solitária obscureceu sua visão e se esparramou sobre as palavras desse capitão, esse tal de Valière.

Ao final da segunda leitura, Jean-Luc não aguentou mais e desabou sobre a mesa. Finalmente alguém entendia seus próprios sentimentos. Alguém que, em vez de desencorajá-lo e censurá-lo, decidiu arcar com as consequências de suas crenças e chegou à mesma conclusão: a vergonha da inação supera o risco de ação. Tais palavras foram para Jean-Luc como uma corda estendida a um náufrago perdido em alto-mar momentos antes de uma corrente final tragá-lo para o abismo das águas. Elas o preencheram com uma renovada vontade de lutar, a vontade de lutar contra forças poderosas em defesa de um homem inocente.

Passou vários outros minutos lendo e relendo aquelas palavras. O homem se ofereceu para ser testemunha de caráter. Que vantagem uma única testemunha de caráter poderia lhe angariar, Jean-Luc não sabia, ainda mais quando a acusação certamente forneceria tantas testemunhas quantas fossem necessárias para alegar terem ouvido comentários depreciadores e antipatrióticos provenientes do general.

Podia não ser muito, mas era alguma coisa.

Jean-Luc pegou a segunda carta. A caligrafia lhe parecia vagamente familiar, mas não a reconheceu de imediato. Rompeu o selo de cera e leu. Era curta, muito mais curta do que a missiva de André Valière. Seu coração foi parar na garganta à medida que distinguia a caligrafia.

Vejo que finalmente decidiu tentar a glória. Estou ansioso pela competição. Bonne chance – *boa sorte.*

Não havia assinatura, mas nenhuma assinatura era necessária. Jean-Luc sabia instintivamente, pelo sangue que latejava em seus ouvidos, quem escrevera esse bilhete. Ele virou o papel para baixo na mesa, empurrou-o para longe, como se representasse alguma ameaça para seu trabalho, para o seu bem-estar.

Lazare não fez contato desde que Jean-Luc aceitou o caso, e os dois homens não trocaram nenhuma correspondência. Agora, tudo o que Jean-Luc mais queria era nunca ter aberto a carta.

No pé da página havia um curioso *postscriptum*, também na caligrafia de Lazare. Jean-Luc levantou a folha mais uma vez e leu:

Lembre-se do que eu lhe disse uma vez: eu destruiria qualquer homem culpado de despertar falsa adoração no povo. Fique de olho nos jornais nas próximas semanas. Creio que vai se deparar com algumas notícias inesperadas que podem ser surpreendentes. Até loucamente divertidas. Um conselho: eu evitaria qualquer contato com o Clube Jacobino se fosse você.

Jean-Luc achou essa última afirmação bizarra, incompreensível. E, no entanto, não conseguiu parar de pensar nela nos dias vindouros. Todas as manhãs, quando chegava ao escritório e folheava os jornais, Jean-Luc procurava alguma notícia que poderia dar sentido à profecia velada e estranha de Lazare.

Apenas semanas depois, na manhã do dia 28 de julho, Jean-Luc finalmente descobriu o que Lazare queria dizer. Lá, na primeira página, as palavras saltaram diante de seus olhos. Palavras ilógicas. Palavras impossíveis. Suas pernas cambalearam e ele caiu sentado na cadeira antes que pudesse dominá-las.

Maximilien Robespierre, líder do Clube Jacobino, culpado de traição e traidor da revolução, será guilhotinado hoje!

13

Paris

Verão de 1794

André retornou para a capital na noite anterior ao julgamento de Christophe Kellermann. Os guardas da barreira do sul tinham sido intratáveis, relutantemente concordando em sair da guarita para falar com André, que era açoitado pela chuva há horas. Um deles ergueu um lampião, inspecionando os papéis da licença, medindo o capitão Valière de cima a baixo. O outro, segurando uma grande lança com o braço, mastigava um pedaço de pão ensopado. André duvidava que qualquer um deles soubesse ler.

Com um grunhido e uma saudação indiferente, o guarda com o lampião liberou a passagem, e André atravessou os portões da cidade espirrando lama com o trote de seu cavalo. Torcendo para que não estivesse atrasado demais, dirigiu-se imediatamente ao grande prédio da Margem Direita perto do Palácio da Justiça, onde Jean-Luc havia lhe dito que trabalhava, preparando o caso para o dia seguinte.

"Não tenho palavras para descrever o alívio por finalmente conhecê-lo, capitão Valière." Os cabelos escuros de Jean-Luc estavam desgrenhados, os olhos afundados de fadiga, mas André teve a impressão de que já vira seu rosto antes. Piscou, tentando descobrir no véu diáfano da memória de onde o conhecia. E então recordou: um ano antes, na noite em que beijou Sophie pela primeira vez sobre a ponte do Sena. Todavia, antes que pudesse dizê-lo, Jean-Luc estava falando:

"Eu já o vi antes, capitão Valière."

"Por favor, me chame de André."

"Foi no Café Marché. Meses atrás. Anos, talvez. Você estava escoltando um homem bêbado para fora."

André riu. Sabia exatamente a quem o advogado se referia. Contudo, uma série de ocasiões poderia ser descrita daquela forma.

"Meu irmão Remy."

"Ah... Bem, lembro-me apenas porque foi a noite em que conheci Maurice Merignac – um colaborador de trabalho, por assim dizer. Seu irmão estava bastante... obstinado." Jean-Luc sorriu. Seu rosto era franco e singelo, não denotava nenhum vislumbre de intriga ou segundas intenções, e, no entanto, era nítido que o homem possuía uma mente sagaz. "Por favor, entre, André."

Com isso, André tirou o casaco de equitação e pendurou-o em um gancho na porta do escritório. Pôs o seu chapéu de três bicos por cima do casaco e deu uma boa olhada no ambiente. O escritório de Jean-Luc estava abarrotado de papéis e livros abertos, mal-iluminados por uma vela solitária sobre a mesa.

"Posso oferecer-lhe algo para beber?"

"Apenas um pouco de café, se tiver", disse André, úmido e dolorido dos pés à cabeça após a longa cavalgada desde seu alojamento ao sul.

"Claro."

Com uma caneca de café em mãos, ambos os homens se sentaram à grande mesa, cuja superfície era um campo de batalha de papéis, tinteiros usados, penas, envelopes e vários copos cheios em diferentes níveis.

"Eu trabalho em meio ao caos", explicou Jean-Luc, pegando uma pena e mergulhando-a no tinteiro.

Quanto a isso não havia dúvida, refletiu André, notando a expressão séria e determinada no rosto do advogado. Simpatizou imediatamente com ele.

Juntos, os dois discutiram a declaração que o capitão Valière daria no dia seguinte. André não devia, sob nenhuma circunstância, entrar em um debate político com os advogados adversários. Principalmente, Jean-Luc ressaltou, pelo fato de ele próprio ter sangue nobre.

"Não há nada que possamos fazer se o fato for mencionado", disse Jean-Luc com um suspiro.

"Acredite, eu sei", André concordou, compartilhando a história do destino de seu pai. A ameaça de sua linhagem nobre era como ter uma corda ao redor do pescoço todos os dias. Inerte por enquanto, mas André seria um idiota se não se perguntasse se e quando ela seria puxada. Particularmente enquanto ele enfrentava uma equipe legal liderada pelo mesmo advogado que condenou seu pai.

Jean-Luc ouviu a história de André, com os olhos sérios e atentos. Em uma breve pausa ao final da narrativa do capitão, o advogado suspirou.

"Devemos presumir, já que se trata de Lazare, que sua linhagem nobre virá à tona. Ele atacará com tudo o que puder reunir."

André esfregou a testa e concordou lentamente.

"Apenas lembre-se de que você estava presente em Valmy; que testemunhou o que o general Kellermann fez por este país. Você expôs seu próprio nascimento nobre e enfrentou os inimigos da República e, com o general, salvou nossa pátria. Eu não diria que ele está acima de reprovação, não nos dias de hoje, mas se algum homem puder demonstrar o quanto o general se sacrificou e se arriscou pela República, então eu gostaria de ouvi-lo. Concentre-se nestes pontos: Valmy. Prussianos. Derrota iminente. Herói do exército."

André concordava em silêncio, tentando absorver cada um dos conselhos do advogado. Depois de uma longa pausa, em que ambos aparentemente estavam perdidos em pensamentos, Jean-Luc levantou os olhos.

"Você vai ser excelente!" O advogado o encarou com uma intensidade que o jovem capitão achou um pouco inquietante, mas André sentiu-se confiante mesmo assim. Estava diante de um homem competente, um homem apaixonado e idealista. Mesmo que todos os caprichos do destino e da sorte estivessem conspirando contra ele.

"Tudo o que posso lhe recomendar agora, senhor, é que tenha uma boa noite de sono. Use sua farda e, ah!, se me permite sugerir, prenda uma roseta tricolor que se destaque em seu casaco."

"Sim." André balançou a cabeça. Estimou que o advogado era apenas alguns anos mais velho do que ele, mas havia uma aura de astúcia e sagacidade em torno dele que André respeitava. Talvez este fosse um homem que levasse tudo um pouco a sério demais; porém estes não eram mesmo tempos para os irreverentes. E, sem dúvida, era encorajador que Jean-Luc parecesse ter uma chama ardorosa dentro de si. André esperava que ela se incendiasse durante o julgamento de amanhã.

"Muito bem." Jean-Luc já havia se levantado e estava folheando uma pilha de papéis sobre a mesa. Percebendo a urgente necessidade do advogado de retomar o trabalho, André levantou-se da cadeira.

"Eu lhe diria, St. Clair, para ter uma boa noite de sono também, mas duvido que seguirá meu conselho", disse André, oferecendo um sorriso irônico.

"Dormirei depois de amanhã, quando, se Deus quiser, a justiça terá sido feita e um bom homem estará em liberdade." Jean-Luc estendeu o braço e colocou a palma da mão no ombro de André. "Capitão Valière." O advogado fez uma pausa, olhando no fundo dos olhos de André. "Obrigado.

Sinceramente, muito obrigado. Em nome do general Kellermann, e de todos aqueles que ainda mantêm a esperança em uma nação esfarrapada. Que Deus o abençoe."

André engoliu em seco, esperando que a voz trêmula não traísse a verdadeira profundidade de sua emoção enquanto respondia:

"Ele salvou minha vida."

Jean-Luc balançou a cabeça, concordando com cansaço.

"E quem sabe, amanhã, você salvará a dele."

⌘

A escuridão pairava sobre as ruas estreitas quando André alcançou o apartamento de Sophie. Era sua primeira vez na capital desde a morte de Robespierre, e a cidade agora estava sob o controle da nova legislatura. Em uma violenta reação contra a gangue do antigo líder, que agora caíra em desgraça, os jacobinos estavam sendo caçados ou expulsos da cidade. A participação do clube foi banida, sob pena de morte, e uma agourenta atmosfera de calma instalara-se sobre Paris.

O pão ainda era inacessível a muitos, e as guerras estrangeiras haviam drenado ainda mais os cofres públicos. Com os monarcas mortos, a nobreza dizimada ou exilada e metade do partido político que liderava massacrado, restava saber quem seria o próximo a pagar com o próprio sangue pelas queixas das massas. Ninguém na cidade, André percebeu, poderia dar o amanhecer do dia seguinte como garantido.

Sophie estava junto à janela, aguardando a chegada dele, quando Parsy anunciou o nome de André.

"André!" Sophie correu até ele, atirando-se em seus braços em um abraço prolongado.

"Minha querida." Ele ergueu o queixo dela para lhe dar um beijo. Não a via desde a partida para o fronte, em fevereiro. Apesar do humor sombrio, seu coração disparou ao recordar sua última noite juntos, tantos meses antes – na noite em que comemoraram seu aniversário e depois retornaram, os dois, para o quarto dele na casa de pensão. A lembrança – aliada à esperança de que estariam juntos de novo em breve – foi o que o sustentara durante toda a longa separação, quando André dormiu ao relento, no frio, noites tão geladas que ele até perdia a sensibilidade em seus membros. Manhãs em que acordava sob fogo do mosquete de um inimigo invisível. Cada dia parecia uma semana, e os meses pareciam anos. Agora que estava ali, de volta, era quase impossível crer que olhava novamente nos olhos de Sophie.

Ela se agarrou ainda mais a ele. Tanto tempo tinha se passado, mas ela parecia ainda mais adorável do que ele guardara na memória. Os cabelos soltos emolduravam-lhe o rosto e ela usava um simples vestido de seda lilás.

"Por que demorou tanto? Estava começando a me preocupar."

"Eu tinha que resolver algo antes. Não precisa se preocupar, minha querida." Ele a beijou novamente, mas sentiu a hesitação de seu abraço. Sophie inclinou o olhar, indicando a aia no canto da sala, de cuja presença André tinha se esquecido completamente.

"Obrigada, Parsy. Pode nos deixar", ela disse. Contrafeita, a aia lhes deu as costas e saiu. Quando Parsy fechou a porta, Sophie voltou-se para André, com os olhos de repente sedutores e cheios de desejo. "Temos muito tempo para compensar."

⌘

Mais tarde, deitados na cama, eles ficaram ouvindo os sons da noite parisiense que se erguiam do lado de fora da janela do quarto de Sophie. Um café do outro lado da rua estava lotado, e os clientes se espalhavam pela calçada em vários estados de embriaguez. Um tocador de flauta alternava entre oferecer suas melodias aos passantes e implorar às pessoas que jogassem um trocado em seu chapéu rasgado. De um beco nas proximidades, um cachorro latia.

Com os corpos entrelaçados e a lareira acesa, André e Sophie fizeram o melhor que podiam para não pensar no dia de amanhã. Preencheram as horas contando um ao outro sobre os últimos seis meses. Sophie disse a André que seu tio tinha ficado na cidade, atormentando-a com visitas-surpresa e um toque de recolher severo. André contou a Sophie sobre a campanha nos arredores de Saorgio e a constante expectativa de que fossem ordenados a cruzar os Alpes rumo à Itália. Também contou sobre a reunião, horas antes, com Jean-Luc St. Clair e as impressões positivas sobre o jovem e passional advogado.

"Ele é um bom homem. E, embora sua aparência externa não denuncie, acho que ele tem um arraigado espírito de luta dentro de si."

"Sem dúvida é valente, se vai enfrentar Lazare e seu comitê", Sophie comentou.

André desceu a mão pelas costas de Sophie, traçando uma linha erótica, arranhando sensualmente a pele macia e sedosa. Ficaram em silêncio por vários momentos até Sophie mudar de posição, apoiando-se nos cotovelos. Ela acariciou a bochecha de André, explorando a cicatriz com a ponta do dedo.

"Você nunca me disse."

"O quê?", perguntou André.

"Como conseguiu esta cicatriz?"

André suspirou, pegando a mão dela e aninhando seus dedos suavemente em sua própria palma. Depois de uma pausa, respondeu:

"Uma recordação de Valmy."

"Um austríaco?"

"Ou prussiano. Quem quer que fosse, conseguiu acertar meu rosto com a ponta da baioneta. Ele teria me matado, na verdade. Se não fosse por...", ele se interrompeu.

"Se não fosse por?"

"Se não fosse por Kellermann. O general salvou minha vida." André piscou, sentindo a visão subitamente embaçada quando se lembrou daquele dia em Valmy.

Sophie, notando o quanto aquilo era difícil para André, falou antes que ele precisasse.

"E agora você está aqui. E, se tudo der certo, fará o mesmo por ele."

André fez que sim e emendou:

"Sabia que Remy também está de volta a Paris para o julgamento?"

"Hmm?" Ela parecia estar distraída agora, aninhada com a cabeça apoiada no peito de André.

"Remy está aqui. Ele também veio para o julgamento de amanhã."

"Ah, como está o querido Remy?", Sophie perguntou, apoiando-se novamente nos cotovelos.

"O mesmo de sempre. Frustrado pela falta de ação na Itália, porém mais do que disposto a compensar o tempo perdido agora que está de volta a Paris. Ele me disse que planeja fazer o pedido a Celine."

"Celine, a bailarina?", Sophie perguntou.

"Celine, a bailarina. Acho que ela conseguiu o impossível: domar o coração indômito do meu irmão."

Mudando para um tom mais sério, André continuou:

"Eu estive pensando", ele começou. Sophie olhou atentamente para ele, alguns cachos rebeldes caindo para a frente e emoldurando-lhe rosto. Ele tirou uma mecha de cabelo loiro da frente do rosto dela, segurando-a carinhosamente entre os dedos. "Sophie, e se você e eu nos casássemos?"

Ela inclinou a cabeça para o lado como se dissesse: *isso novamente*?

"Não, eu falo sério. Escute-me."

"André, eu já lhe disse..."

"Apenas ouça."

"Meu tio o mataria primeiro."

"E se ele não soubesse?"

Isso silenciou os protestos de Sophie. Ela considerou o que André tinha dito, o cenho franzido em pensamentos. Por fim, disse:

"Você quer dizer um casamento secreto?"

"Exatamente. Podemos nos casar antes da minha partida de volta para o fronte. Remy poderia ser nossa testemunha."

As palavras ficaram suspensas entre eles por algum tempo. Os olhos de Sophie estavam perdidos e distantes enquanto ela considerava a proposta. Quando olhou para ele, um sorriso largo tomou conta dos lábios cor-de-rosa, estendendo-os de canto a canto de seu rosto.

"Você quer se casar comigo?"

André fez que sim, puxando-a para bem junto de si.

"Não há nada que eu queira mais neste mundo inteiro do que me casar com você."

Ela deslizou para cima dele, pressionando seu corpo contra o dele. A cama estava quente e as bochechas dela estavam rosadas. Certamente sentiu o quanto André a desejava. Sophie baixou a cabeça e começou a beijá-lo no pescoço.

"Diga-me que sim", ele pediu, fechando os olhos e desfrutando do contato dos lábios dela em sua pele.

"Mas será que eu quero mesmo me casar com você, André Valière?"

"Sim, você quer", ele disse, puxando o rosto dela de encontro ao seu, para beijá-la. "Independentemente do que aconteça amanhã, seja qual for o veredito, eu vou me casar com você antes de sair da cidade."

"Hum... Acho que preciso de um pouco mais de tempo para decidir", ela provocou.

"*Nonsense*. Está decidido. Agora fique quieta e deixe-me fazer amor com a minha noiva."

14

Paris

Verão de 1794

André achou que estava adiantado, mas a sala de audiência a que foi conduzido já estava cheia além da capacidade quando ele chegou. Deu seu nome ao meirinho mais próximo. O oficial, averiguando a farda militar de André e a declaração de que ele seria testemunha, direcionou-o a um banco situado uma fileira atrás de onde o defensor iria se sentar. Já havia uma pessoa lá.

"Madame Kellermann." André acenou com a cabeça para a mulher elegante que conhecera no baile de Natal. Estava prestes a se reapresentar quando ela falou.

"Capitão Valière, que bom ver você." Christianne Kellermann, para a surpresa de André, o reconheceu. Ela estendeu a mão enluvada. "Graças a Deus, você veio." Seus cabelos continham mais alguns fios cinzentos do que da última vez que se encontraram, e as feições traziam as marcas de noites não dormidas e de constante ansiedade. Mesmo assim, ela tentou sorrir. "Por favor, não quer se sentar ao meu lado?"

"Seria uma honra, madame." André tomou seu assento e esquadrinhou a sala, cada centímetro dela tomada pelo burburinho e por centenas de olhos indiscretos. A galeria superior estava especialmente lotada, onde, fila após fila, espectadores curiosos disputavam assentos. Era um enxame de rostos sujos, boinas vermelhas e rosetas tricolores. Muitas mulheres presentes aguardavam tricotando enquanto os homens trocavam as últimas notícias, e as crianças puxavam os cabelos umas das outras, esquivavam-se das bofetadas de suas mães, riam e se inclinavam sobre a galeria. Misturados a esse grupo também havia muitos soldados. André reconheceu alguns dos homens alistados, espremidos contra as vigas. Viu o rosto redondo de Leroux e de vários companheiros, o que deixou André orgulhoso: esses homens estavam aqui, assim como ele, para apoiar o general que os levara à vitória em Valmy.

Também na galeria lotada havia inúmeros homens com o rosto esbranquiçado pelo pó de arroz: burocratas de vários comitês legislativos, supôs André. Esses homens, tal qual Lazare, haviam manipulado habilmente a crescente onda de insatisfação, direcionando-a de partido governante para partido governante, sobrevivendo enquanto tantos de seus colegas haviam sido condenados à guilhotina. Agora lá estavam eles, sentados em silêncio na galeria do tribunal lotado, empertigados e mantendo distância das hordas, embora não houvesse espaço suficiente nos bancos para que se distanciassem muito. Em contraste com aqueles que os rodeavam, esses homens severos não trocavam fofocas entre si, nem mesmo falavam uns com os outros.

Na parte de baixo, vários soldados e oficiais uniformizados estavam sentados do lado destinado aos apoiadores de Kellermann. LaSalle estava algumas fileiras atrás de André, e, ao lado dele, Remy. André os cumprimentou com um sinal de cabeça. Outro grupo de soldados da Guarda Nacional estava posicionado na parte da frente, encostados na parede e segurando mosquetes, olhando feio para os homens de farda. Embora tivessem lutado sob a mesma bandeira, o ódio mútuo que sentiam era palpável na sala. Um dos soldados da Guarda abaixou o mosquete, olhou para Remy e lançou uma cusparada marrom no chão de madeira. LaSalle passou o braço sobre o peito de Remy e balançou a cabeça, fazendo um "não", enquanto Remy murmurava um xingamento entredentes.

Na parte de trás da corte, pendia uma enorme bandeira tricolor, símbolo da nova República. Ao longo da parede, uma grande bandeira branca exibia as palavras "Liberdade, Igualdade, Fraternidade", rabiscadas em tinta vermelho-sangue. O corredor principal atravessava o meio do tribunal, o que lhe conferia um aspecto não muito diferente de uma igreja ou catedral. Na verdade, para muitos, esses tribunais assumiam uma função solene, até mesmo religiosa, na nova República.

Sophie sentou-se ao longo do corredor do lado da acusação; André a fez prometer que faria isso, quando ela insistiu em participar dos eventos daquela manhã. Ao ver André entrar, seus olhos se fixaram nele por um momento, com um lampejo de reconhecimento e apoio, antes de se concentrarem na frente da sala. Ao redor dela, estavam sentados os adeptos de Lazare e Murat: advogados jacobinos sobreviventes, meia dúzia de membros do Comitê, advogados ambiciosos que tencionavam fazer o próprio nome no novo governo. Um homem com uma peruca anormalmente laranja sentou-se atrás da mesa onde os advogados do processo tomariam assento.

Na parte da frente do corredor jazia uma longa mesa coberta por um tecido vermelho, a superfície vazia, salvo por um punhado de papéis, uma pena com tinteiro e um arranjo improvisado para as gotejantes velas brancas. Cinco juízes estavam sentados a essa mesa, de frente para todos os presentes na sala e para a acusação e a defesa. Eles usavam as tradicionais togas pretas, dois deles com gorros vermelhos sobre as cabeças. O juiz no centro, que aparentava ser superior em idade e autoridade, usava um grande chapéu preto com uma pluma vermelha sobressalente. Mas, na realidade, havia apenas uma verdadeira autoridade nesse processo: as pessoas que serviriam como árbitros, influenciando os juízes a escolherem entre a vida ou a morte.

Uma porta na lateral da sala se abriu e por ela entrou Jean-Luc St. Clair, com a cabeça erguida e os braços cheios de papéis. Um forte murmúrio percorreu o corredor quando ele entrou. O juiz central, que estava escrevendo com sua pena, mal se dignou a olhar para o advogado do réu. Os outros juízes se recostaram nas cadeiras, seguindo com os olhos o jovem advogado.

Poucos momentos depois, os cochichos da multidão ficaram mais altos quando o advogado da acusação, Guillaume Lazare, e sua principal testemunha, Nicolai Murat, entraram do outro lado da sala. O coração de André martelava dentro do peito. Ele observou que Lazare tinha dois discípulos consigo, seguindo o velho advogado até o tribunal. Murat, com a farda de general engomada e imaculada, sentou-se com uma expiração ruidosa, encarando a mesa da defesa. André cerrou os punhos e não pôde deixar de lançar um olhar de soslaio para Sophie, que respondeu com um aceno de cabeça praticamente imperceptível.

Vários minutos depois, a porta ao lado da ala da defesa foi aberta e o general Kellermann apareceu, escoltado por dois guardas encorpados vestindo uniformes do exército. Parecia mais magro do que da última vez em que André o vira, mas sua atitude de maneira geral continuava forte e altiva. Ele também estava usando farda. Quando Kellermann entrou no tribunal, os sussurros e murmúrios aumentaram, transformando-se em vivas e em insultos a plenos pulmões à medida que a multidão, que um minuto antes vibrava com o rumorejo das fofocas, deixava de lado qualquer resquício de compostura. Todos os cinco juízes olharam para a galeria superior, onde os soldados se puseram de pé, batendo os punhos e aplaudindo. Ao lado dos soldados, a multidão raivosa de revolucionários de boinas vermelhas zombava cada vez mais alto, assobiando e vaiando enquanto várias crianças começavam a chorar. Somente os membros do Comitê permaneceram em silêncio, com as feições pálidas e imutáveis.

"Ordem! Ordem!", o juiz central gritou enquanto os guardas na galeria apartavam uma meia dúzia de soldados e civis que pareciam prestes a brigar.

André afundou em seu assento, voltando-se novamente para a frente da sala a fim de ver Kellermann acomodando-se na cadeira. Ao seu lado, a esposa do general apertou o lenço nas mãos, retorcendo-o entre os dedos. André ofereceu-lhe um olhar de apoio, um aceno de encorajamento, mas os olhos dela estavam fixos adiante, nas costas amplas e uniformizadas do marido.

Kellermann, por sua vez, mostrava-se impassível, calmo até, diante do alvoroço. Quando ele olhou para trás, André percebeu nas feições do general um toque de desafio. Contemplou o rosto da esposa por alguns minutos antes de se virar brevemente para André e depois para o restante dos homens e das mulheres que ali estavam para apoiá-lo. André cerrou os dentes, encorajado pela demonstração de compostura de Kellermann – fosse ela genuína ou não. Não deveria ter se surpreendido, André se deu conta. Um homem com a experiência do general Kellermann, que passou anos lutando nos sangrentos campos de batalha da Europa, certamente não seria intimidado por essa turba inflamada de revolucionários e pelos gritos de ameaças.

O juiz central tocou o sino cada vez mais alto e continuou a exigir que a multidão respeitasse a ordem. Os guardas escoltaram várias pessoas mais explosivas da audiência para fora da galeria e, após várias tentativas, o juiz conseguiu impor ao salão lotado um silêncio razoável.

"Este Tribunal da Corte é convocado no mês de Termidor,* no Ano Dois da República da França."

André calculou a data em sua cabeça: julho de 1794. Ele ainda não tinha se acostumado a essa nova e, em sua opinião, estranha maneira de nomear os meses e os anos.

"Será julgado Christophe de Kellermann, conhecido como conde de Kellermann ou general Kellermann." Uma mistura de aclamações e zombarias se seguiu à menção dos títulos, e o juiz lançou um olhar severo para a galeria antes de continuar.

---

* Termidor é o décimo primeiro mês do Calendário da França Republicana, que corresponde ao período entre os dias 19 ou 20 de julho e 17 ou 18 de agosto (dependendo do ano). (N.T.)

"O réu é acusado de simpatizar com monarquistas e de adotar ações para minar o Exército da França em suas operações no Reno. As acusações foram apresentadas pelo general Nicolai Murat."

Aclamações soaram ao anúncio desse nome. O velho juiz fez uma pausa para limpar a garganta, sem demonstrar qualquer emoção enquanto lia os fatos que não passavam de detalhes administrativos para um homem que se acostumara a condenar homens e mulheres – e até crianças – à morte.

"Chamo o advogado de defesa, Jean-Luc St. Clair, para se levantar e responder a essas acusações."

Algumas pessoas na galeria acima vaiaram quando Jean-Luc se levantou, alisando o colete para suavizar as rugas. A plateia pareceu inclinar-se para a frente e esticar o pescoço ao mesmo tempo, e os bancos rangeram sob o peso da súbita movimentação do público. André inspirou profunda e silenciosamente, tão curioso quanto qualquer outra alma naquela sala desejosa de descobrir como o jovem advogado responderia às acusações. O silêncio prolongado encheu o recinto já arrebatado com uma tensão palpável. Quando Jean-Luc falou, o fez com uma voz clara e confiante.

"Eu vos agradeço, Meritíssimos." Jean-Luc fez uma reverência para os cinco homens paramentados diante de si. "Cidadãos e cidadãs de Paris." O advogado se virou, o olhar e as mãos em um gesto que abrangia toda a galeria. Era aí que a competição seria perdida ou vencida, André sabia. Essa era a multidão que devia ser influenciada, uma vez que suas vozes ressoariam mais alto, dizendo aos juízes como votar.

"Meu cliente, o herói da Batalha de Valmy, o general Christophe Kellermann, foi acusado de simpatizar com o deposto e decapitado tirano, o Cidadão Capeto. E de minar os esforços do exército francês nas campanhas no Reno. Acusações que nós, no dia de hoje, vamos examinar à luz infalível da evidência, da razão e da justiça. Acusações que vocês, o bom e honesto povo da República da França, irão avaliar e observar por si próprios. E acusações que vocês, o bom e honesto povo da República da França, considerarão tão absurdas quanto falsas antes que este tribunal entre em recesso."

Ouvindo esse calmo e convincente argumento de abertura, André sentiu um ligeiro relaxamento na tensão de seus músculos; o jovem advogado estava plenamente confiante, suas palavras inequivocamente adequadas. Mais até do que adequadas. Boas. Os maneirismos dele eram seguros e vigorosos sem se renderem a qualquer complacência. A linguagem era clara e direta. Ele não gaguejou em uma palavra sequer enquanto apresentava o caso de seu cliente.

Era a história de um jovem que, considerando sua origem nobre, evitou o privilégio que os de sua classe social lhe diziam possuir por direito. Um jovem que, depois de desprezar o lazer e as riquezas que lhe poderiam ter sido garantidas por nascimento, decidiu construir uma carreira militar, rejeitando uma vida de inatividade e libertinagem. Um jovem que serviu com competência e dedicação e, como resultado, galgou as fileiras do exército, tornando-se um oficial confiável e um experiente general. Um líder de homens que se alinhou e ajudou o povo quando ele se levantou contra um sistema de tirania e privilégio indevido. E um paladino que não hesitou em defender a República nascente quando um inimigo estrangeiro atravessou as fronteiras da França, pronto para invadir e destruir a nova Revolução.

"Estes dois homens", Jean-Luc estava caminhando na frente do tribunal, com os dois braços abertos, indicando Murat e Kellermann, "ambos heróis. Ambos generais. Estes dois homens que tiveram uma amizade mais longa do que a vida de muitos dos presentes nesta sala. Estes dois homens, que lutaram um ao lado do outro pela França... Vocês devem se perguntar: um homem como Nicolai Murat, que colocou a própria vida nas mãos deste homem e vice-versa – teria ele feito isso se não confiasse no general Kellermann? Se não o considerasse um cidadão honesto, digno e patriótico?" Jean-Luc fez uma pausa, e André teve a impressão de que era mais por um efeito do que por necessidade. O jovem advogado se forçou a fazer uma interrupção momentânea, André notou, mesmo quando estava pronto para seguir em frente na excelente construção de seu argumento. Ele tomou um gole de água e continuou.

"Nessa mesma época, há menos de dois anos", Jean-Luc falava com calma, embora com autoridade, usando o tom de um professor que explica uma série de fatos complicados para uma sala cheia de alunos, "a cidade inteira, toda a nação, erguia este homem, o general Kellermann, o herói de Valmy, em seus ombros. Este homem arriscou a própria vida para preservar a promessa de nossa nação livre. Suas palavras, seu brado de '*Vive la nation*', conduziram nossos valentes soldados a repelir a invasão prussiana em Valmy.

"Agora, os apelos pela cabeça do general Kellermann são tão altos e onipresentes quanto eram aqueles primeiros gritos de louvor. O que aconteceu? O que mudou?" Jean-Luc encolheu os ombros quando se permitiu passear os olhos pelos rostos da galeria.

"Talvez seja", ele levantou o indicador, erguendo o queixo, "porque *nós* mudamos? Ficamos tão inflamados pelo nosso desejo bom e justo de dirigir esta Revolução adiante, tão sobrecarregados pela árdua tarefa de descobrir nossos verdadeiros e reais inimigos, que nos tornamos temporariamente fanáticos por condenar?"

Jean-Luc não olhou para Murat, mas manteve o olhar no público da galeria.

"Paris, confiem em seus instintos, em seus *verdadeiros* instintos. Vocês conhecem este homem, o general Christophe Kellermann. Vocês o conhecem como um defensor do povo. Ele não mudou." Então, Jean-Luc aumentou gradualmente o volume da voz enquanto levantava os braços, como se estivesse conclamando as pessoas da galeria para se juntarem a ele. "Não se deixem influenciar pelas farpas oriundas de uma discussão de natureza pessoal, entre velhos amigos que alcançaram postos tão elevados que, quando entraram em desacordo, um deles teve o poder de colocar o governo inteiro contra o outro."

A multidão na galeria começou a murmurar, sons de tênue consentimento e concordância. Jean-Luc permitiu que o ruído paralelo corresse antes de falar novamente, com a voz calma.

"Os últimos dois anos viram muitos homens culpados ganharem seus passeios de carroça até a guilhotina. Alguns aqui agora dizem que o general Kellermann merece tal destino. Mediante qual prova? Qual é o crime dele? Se unir-se aos soldados e ao povo da França e liderá-los bravamente contra nossos *verdadeiros* inimigos é um crime, então, sim, o general Kellermann é culpado. Se derrotar as tropas estrangeiras, expulsando-as de volta às suas próprias fronteiras, é um crime, então, sim, ele é culpado.

"Mas preciso perguntar a vocês: tais ações soam condizentes com a conduta de um homem que *simpatiza* com um tirano morto e deposto?"

A multidão agora se manifestava em alto e bom som, com respostas claramente a favor do jovem advogado. Alguém na galeria, um revolucionário de boina vermelha que chegara ansioso para condenar o general acusado, agora gritou: "*Viva* Kellermann! Vida longa a Kellermann!", e toda a galeria irrompeu em aplausos.

Abaixo, André olhou para Sophie e não pôde deixar de sorrir. Os soldados ao seu redor também estavam se remexendo em seus assentos, mais confiantes diante da onda de simpatia que o advogado da defesa conseguiu despertar na multidão.

Do lado oposto do corredor, Lazare trocou um significativo olhar com Murat. Que expressão era aquela? Aborrecimento? Reconhecimento da derrota? André sentiu a centelha da esperança nascer em seu peito, e supôs que, ao seu lado, Madame Kellermann sentia o mesmo.

Jean-Luc levantou os braços e o volume de sua voz, aproveitando a onda de entusiasmo da multidão para prosseguir com seu argumento.

"Meus amigos, vocês conhecem Christophe Kellermann. Vocês são os mesmos patriotas que o saudaram e o carregaram sobre seus ombros! Que o declararam, com razão, o Salvador da nossa Revolução! E então eu lhes digo: se, e somente se, lutar e derramar sangue em defesa da República é um crime, então meu cliente é culpado!"

Agora a multidão explodiu em aplausos. Murat levantou-se, trovejante:

"Bonitas palavras de um jovem advogado que acabou de sair da escola. Quanto sangue *você* derramou pela França?"

Ao ouvir esse insulto, a multidão explodiu em gargalhadas, momentaneamente distraída da emocionante retórica da defesa. André olhou para os juízes, temendo que todo o ímpeto construído até agora pudesse ser perdido se a ordem não fosse restaurada rapidamente.

"Ordem no tribunal!", exigiu o juiz central, tocando o sino enquanto a multidão continuava a rir e retomava as conversas paralelas. "Este tribunal ficará em ordem agora, ou será dispensado."

A sala ficou imediatamente quieta.

"Muito bem", disse o juiz idoso, encarando os presentes com um olhar fulminante, o chapéu de pluma desalinhado e o rosto enrubescido. "Acho que já ouvimos o suficiente da defesa. O senhor tem algo a acrescentar?"

"Isso é tudo, Meritíssimo." Jean-Luc fez uma reverência. Virando-se nos calcanhares, o advogado marchou em direção à mesa e tomou o assento ao lado de seu cliente.

"Bom..." O juiz inchou as bochechas, dando uma baforada. "A defesa concluiu. Passemos, então, a palavra à acusação. Cidadão Lazare?"

Lazare levantou-se lentamente, limpando a garganta. Seu cabelo pálido, quase tão incolor quanto o rosto cheio de pó, estava puxado para trás em um rabo de cavalo apertado, e ele usava uma roseta tricolor na lapela.

"Meritíssimo, quem irá expor nosso caso será um dos meus representantes legais, o advogado Guy Mouchetard."

"Muito bem. Cidadão Mouchetard?"

Com isso, um dos discípulos de Lazare, um homem com queixo protuberante e olhos claros, afastou-se da mesa e se levantou. Outro bom sinal, André pensou; com certeza, o próprio Lazare estaria falando se o caso valesse a pena ou fosse realmente significativo para ele. A defesa tinha uma oportunidade muito melhor contra esse substituto, e Lazare com certeza sabia disso – e ainda assim tinha permitido que isso acontecesse.

O homem, que devia ter aproximadamente a mesma idade de Jean-Luc, mas era várias polegadas mais baixo, caminhou lentamente até o centro da sala, seus passos ecoando no chão de madeira. Parou, virou-se e olhou para a multidão. Pegou um par de óculos de um bolso dianteiro e deslizou-o pelo nariz, fazendo uma pausa antes de se dirigir à audiência que esperava. Quando falou, sua voz era alta, embora bastante estridente em comparação à de Jean-Luc.

"No início desta nova e nobre República, prendemos um tirano e sua esposa lasciva. O tirano foi levado à justiça por este mesmo tribunal, estas mesmas pessoas. O povo de Paris. O povo da França." Os maneirismos do advogado eram convulsivos, sua cadência, irregular. "Séculos marcados por crimes, dívidas, terror e usurpação foram expostos. Quando o manto de arminho foi removido da pessoa real do Capeto, nós o vimos pelo que realmente era: um pirralho mimado e incompetente, que explorava o povo francês. Engordando à custa da miséria daqueles que jurou amar."

A multidão assobiou, agitada pela lembrança do antigo rei. O advogado continuou, com a voz se elevando.

"*Esse* foi o momento que nos uniu como um povo. A resistência heroica dos cidadãos franceses contra a tirania da Monarquia e de seus cachorrinhos de estimação da aristocracia. Quando nós, a nova República, levamos um tirano a julgamento e exigimos o fim das mentiras e do abuso! Foi preciso uma coragem extraordinária e um sacrifício sangrento por parte desta cidade para fazer o que nunca antes havia sido feito na história." O advogado parecia estar ganhando confiança, e deslizou os óculos mais para cima do nariz, balançando a cabeça para Lazare antes de continuar.

"Quando exigimos justiça e enviamos esses dois pescoços para a guilhotina, tivemos o momento de glória da nossa Revolução!" Agora, a multidão foi chicoteada em um frenesi, lembrando-se orgulhosa de seu regicídio. André assistia, alarmado, enquanto sentia o ímpeto do público migrar para o lado oposto.

"Hoje estamos olhando para um homem que, sem dúvida, serviu a este país. Ninguém questionaria a habilidade do conde de Kellermann como guerreiro. Muitos até o chamaram de salvador." Mouchetard não olhou para o homem sobre quem falava; em vez disso, manteve os olhos fixos na galeria enquanto cruzava os braços.

"Nós, na maioria, somos apenas pessoas comuns. De nada nos adianta a alta retórica e as ideias grandiloquentes, muitas vezes convocadas nas declarações legais da defesa. Ainda menos nos serve aqueles que nos pregam como se estivéssemos assistindo a um sermão." Um riso enfático ecoou da galeria. "Como muitos de vocês, sou um homem humilde; alguns anos atrás, comecei como podador de árvores frutíferas. E, como tal, se há algo que eu sei muito bem, é como cuidar adequadamente de um jardim. Posso compartilhar com vocês um dos princípios básicos desse ofício? É o seguinte: quando uma erva cresce muito alta, à custa de todas as outras vidas à sua volta, deve ser podada e cortada antes de ameaçar o bem-estar daquelas que definham sob sua sombra." Ele fez um gesto cortante com o braço e, quando o fez, a multidão entrou em erupção com rugidos e golpes de punho.

"Protesto!" Jean-Luc se levantou. "Por que devemos ouvir essa lição de horticultura? De que relevância é essa analogia?"

"Ordem no tribunal! Aguarde a sua vez, defesa!", o juiz intercedeu, tocando o sino, irritado.

"Meritíssimo, não tenho certeza do que a lição de jardinagem tem a ver com a acusação do general Kellermann", disse Jean-Luc, com a mandíbula cerrada enquanto mantinha o tom controlado. "De minha parte, sempre ouvi dizer que em geral os jardins crescem férteis se forem regados com água, em vez de sangue."

"Ordem! Defesa, você já teve a sua vez. A acusação detém a tribuna." O juiz voltou-se para a mesa da acusação. Mouchetard balbuciou momentaneamente, tentando retomar o raciocínio. A multidão, percebendo a hesitação, começou a cochichar.

"E então?" O juiz arqueou a sobrancelha para o orador.

"Bem, eu estava chamando a atenção para... er..." O advogado ficou confuso, procurando as palavras, mas perdeu o fio da meada. Aqueles que estavam na galeria começaram a ficar cada vez mais inquietos, percebendo a fraqueza do advogado, perdendo o interesse em sua analogia abortada. André sentiu as fracas brasas de esperança se agitando uma vez mais. Se ao menos Jean-Luc conseguisse recuperar a energia da multidão. E então Guillaume Lazare se levantou. Erguendo a mão, ele perguntou:

"Posso, Meritíssimo?"

O juiz concordou, e a sala ficou totalmente quieta. Enquanto o jovem advogado voltava para sua cadeira, o mais velho deslizou através da sala do tribunal. Colocando a mão ao redor de sua boca, lançou um olhar para a defesa, com a alusão de um sorriso aparecendo em sua face. Finalmente, depois do que pareceram vários minutos, ele se virou e encarou a multidão. Quando finalmente começou, Lazare falou muito serenamente, de modo que todos os que estavam na galeria foram obrigados a se inclinar para frente a fim de ouvi-lo.

"Eu faço ao Cidadão St. Clair, e a todos os presentes nesta assembleia, uma pergunta: como os antigos monarcas se apoderaram do governo desta terra, se não pela violência e pela força, até mesmo com derramamento de sangue?"

Um silêncio de reflexão tomou conta do salão até Lazare continuar:

"Como os príncipes e lordes dos anos passados chegaram aos seus nobres assentos de poder? Ou melhor ainda, como o Rei George III, tirano inglês, foi expulso das colônias do Novo Mundo? Como um povo se livra do manto da tirania, se não pela força justa?" Lazare fez uma pausa, tamborilando os dedos finos na cintura estreita.

"Vocês acham que eles esperaram pacientemente? Orando? Filosofando?" Lazare sorriu. "*Torcendo* para que um dia o déspota despertasse e decidisse negociar seu cetro por uma constituição? O que significa a paciência contra os capangas reais e as baionetas de aço frio de um tirano? Quando o ministro do rei disse ao nosso povo para comer grama, deveríamos ser gratos por sua observação desdenhosa?"

A multidão começou a vaiar, respondendo às perguntas de Guillaume Lazare com sua aprovação. André queria que Jean-Luc se levantasse e gritasse as suas objeções novamente; o que essa lição de história tinha a ver com Kellermann? Mas o advogado da defesa simplesmente permaneceu em seu assento, ouvindo educadamente. O juiz central prestava atenção em Lazare, e o velho advogado continuava.

"A história nos mostra um grande número de tiranos que mataram para conquistar o poder, mas muito poucos que voluntariamente abriram mão desse mesmo poder. Quando ele já beneficiou um soberano a dar passagem a um usurpador? Será que um tirano não lutaria contra seu povo, nem *sacrificaria* seu povo, para manter sua autoridade?"

Jean-Luc passou a mão pelo cabelo, procurando uma abertura, mas a multidão ouvia com uma atenção extasiada ao solilóquio de Lazare.

"Essa é a ameaça que enfrentamos todos os dias na nossa nova Revolução", disse Lazare. Então ele se virou para Jean-Luc. "Um jovem idealista e bem-intencionado não pode ser de todo criticado por seu *otimismo*." A palavra foi pronunciada com condescendência. "Mas, meus amigos, a ingenuidade não nos protegerá! Nesse instante, tiranos estrangeiros estão aprumados em nossas fronteiras, buscando um meio de invadir e esmagar a nossa jovem República. Nossa recente liberdade é frágil – mais frágil do que gostaríamos de acreditar. Tudo o que é preciso é *um* homem, um dos nossos, para nos trair e abrir as comportas para esses mercenários estrangeiros. Um homem que tenha decidido que seus objetivos não se alinham mais aos nossos, simples assim!" Lazare imitou, com os dedos longos, uma bolha sendo estourada. "Fim da Revolução. A tirania de um rei novamente imposta. Todos nós – todas as nossas liberdades – dissolvidos."

Nesse ponto, Jean Luc se levantou.

"Meritíssimo, gostaria de pedir sua permissão para que esses vagos e teóricos solilóquios sejam desconsiderados de modo que a corte possa dar prosseguimento ao assunto em questão, que é estabelecer a verdade por meio de fatos e testemunhos."

"Concedido", respondeu o juiz. "Cidadão Lazare, por favor, sente-se."

O velho advogado fez uma reverência, encrespando os lábios em um sorriso obrigatório.

"Cidadão St. Clair?", o juiz continuou.

"Meritíssimo, a defesa gostaria de chamar sua primeira testemunha."

"Muito bem", concordou o juiz.

"Meritíssimo, eu chamo o capitão André Valière."

André ouviu seu nome e se levantou, sentindo o foco súbito de centenas de olhos sobre sua pessoa. Foi para a frente, tomando o assento que lhe foi oferecido diante da mesa do juiz. Seus olhos pousaram um momento sobre Kellermann, e ele pensou: que estranho que o general acene com a cabeça, dando-me um olhar de fortalecimento, quando sou eu quem deveria fortalecer seu espírito. Jean-Luc deixou André se instalar em seu assento antes de se aproximar.

"Cidadão, por favor declare seu nome completo e seu posto."

"André Martin-Laurent Valière, capitão do Exército da República Francesa."

"E como você está familiarizado com o réu?"

"Eu servi sob o comando do general Kellermann na Batalha de Valmy e na campanha do Reno no verão e no outono de 1792. Quero dizer, no primeiro ano da nossa República."

Com a ajuda de André, Jean-Luc apresentou os fatos e as circunstâncias da Batalha de Valmy, inteiramente para elucidar a multidão. A ameaça dos prussianos, a rota clara para a aliança dos Habsburgos chegar a Paris. A decisão do general Kellermann de perseverar e lutar nesse campo em Valmy quando o resultado da campanha, e a própria sobrevivência da nação, ainda estava pendurada na balança.

Pedindo que André narrasse sua versão dos fatos daquele dia, Jean-Luc ouviu, assim como a multidão. As centenas de pessoas ficaram caladas enquanto André alcançava o clímax de sua história, o momento em que um prussiano robusto ficou sobre ele, tentando cravar a ponta de uma baioneta em seu crânio. E Kellermann apareceu de repente, abatendo o homem que, segundos depois, teria tirado a vida de André.

Quando André concluiu, Jean-Luc soltou um suspiro audível. Um suspiro destinado a ser ouvido e sentido pela audiência na galeria.

"E, então, capitão Valière, você diria, inequivocamente, que o general Kellermann salvou sua vida naquele dia?"

"Eu diria."

"E você diria que o general Kellermann reuniu o exército naquele dia, liderando o ataque decisivo que finalmente quebrou as linhas do inimigo e garantiu a vitória para a França?"

"Eu diria."

"E ele, alguma vez, desde que você o conhece, falou alguma palavra falsa contra a República?"

"Ele nunca fez isso."

Murat se mexeu em sua cadeira, sussurrando algo na orelha de Lazare. Lazare concordou.

"E você reconhece que, ao vir aqui hoje para falar em nome de um acusado, você coloca sua própria vida em risco, capitão Valière? E, no entanto, veio por vontade própria, porque sua honra como soldado e cidadão o obriga a dizer a verdade à população da França?"

André percebeu, pela primeira vez, enquanto tentava engolir, que sua boca estava seca. Abriu os lábios e, em voz alta, respondeu:

"Eu compreendo, e aceito de bom grado as consequências. O general Kellermann faria o mesmo por qualquer outro francês leal."

Agora os membros da audiência estavam concordando, balançando a cabeça. Um homem na galeria assobiou seu apoio à testemunha da defesa.

"Obrigado, capitão Valière." Jean-Luc deu uma piscadela quase imperceptível para sua testemunha. Voltando-se para o juiz, o advogado disse: "Meritíssimo, não tenho mais perguntas para a testemunha".

Lazare ergueu um dedo, e o juiz, vendo isso, assentiu com a cabeça.

"Cidadão Lazare?"

"Posso me aproximar da testemunha, Meritíssimo?"

"Pode", respondeu o juiz, e Lazare se levantou. André sentiu o corpo inteiro ficar rígido quando a imagem do pai em julgamento explodiu em sua mente. Piscou, forçando-se a manter o domínio de suas emoções tumultuosas enquanto Lazare caminhava lentamente em direção a ele.

"Capitão Valière, não é?"

"Sim", André assentiu, num esforço quase sobre-humano para manter a voz calma enquanto respondia.

Lazare fez uma expressão interrogativa, tocando o queixo com o polegar.

"O que você fez com o antecedente da nobreza – o 'de' que precedia seu nome no nascimento?"

A multidão começou a sussurrar, e André afundou em sua cadeira, sentindo-a ranger sob os movimentos.

"Renunciei ao título nobre e às terras anos atrás. Fiz um juramento à República."

Lazare balançou a cabeça em concordância, andando em círculos na frente da testemunha, mas não olhando diretamente para ela.

"E seu pai, antes de você? Ele também renunciou ao título?"

André sentiu o impulso irresistível de se levantar e voar no pescoço do algoz de seu pai, mas apertou os lados da cadeira, mantendo-se exatamente onde estava.

"Meu pai... ele... bem..."

Lazare esperou, agora encarando André com os olhos e as feições plácidas.

"Meu pai já não vive", disse André, finalmente, com a boca seca enquanto pronunciava as palavras. O coração martelava em seu peito.

"Que pena." Lazare inclinou a cabeça. "Se não se importar com a minha pergunta, como seu pai morreu?"

"Ele foi morto."

"Na guilhotina, se não me engano?"

André confirmou com a cabeça.

"Guilhotinado? Por favor, responda 'sim' ou 'não', capitão De Valière. Nós devemos registrar esses fatos para o tribunal", disse Lazare, cruzando os braços.

"Isso é correto", respondeu André, resistindo ao desejo de olhar para Sophie.

"Sob que acusação foi condenado o falecido marquês de Valière?"

"Simpatias monarquistas."

"Eu não consigo te ouvir." Lazare colocou um dedo fino na orelha. "Importa-se de falar mais alto, capitão De Valière?"

"Simpatias monarquistas", repetiu André, mais alto dessa vez. Mesmo que o sangue latejasse em seus ouvidos, André ouviu mais uma vez o zumbido da galeria, e sabia que Lazare estava conseguindo seu objetivo, que era desacreditá-lo como testemunha.

Lazare assentiu, recomeçando sua marcha.

"Capitão, você serviu bravamente. Todos nós agradecemos o seu serviço para esta República."

André engoliu em seco, mas não respondeu ao elogio, certo de que viria um golpe a seguir.

"Capitão De Valière, você já ouviu o conde de Kellermann defender o tirano falecido conhecido como Cidadão Capeto?"

"Nunca."

"Certo... Você serviu em Valmy sob o comando do conde de Kellermann. Você o viu desde o dia da batalha?"

"É claro que eu vi o *general* Kellermann desde então", André respondeu.

"E foi sempre em um ambiente informal? Alguma ocasião em que você não estava sob ordens diretas de seu comando?"

André pensou a respeito.

"Não creio que tenha me ligado a ele como um cidadão privado, não."

"Nunca?", perguntou Lazare. "Nem mesmo uma vez, aqui em Paris?"

André fez uma pausa; parecia que Lazare queria chegar a algum lugar específico. E então se lembrou de uma ocasião.

"Suponho que houve uma ocasião."

"Ah, sim, você supõe que houve uma ocasião." Lazare olhou para galeria para se certificar de que eles gravaram a mudança no depoimento da testemunha. "E quais foram as circunstâncias dessa única vez?"

André respirou fundo, não se permitindo ficar nervoso, mesmo que o interrogatório parecesse estar saindo de controle.

"Foi aqui em Paris. Houve um baile dado pelos jacobinos logo depois de Valmy. Era inverno, pouco depois do Natal."

"*Natal*?", Lazare repetiu, e André fez uma careta ao perceber o seu erro – certamente resultado de seu nervosismo.

"Ano Novo... Eu quis dizer o Ano Novo. Pouco antes do novo ano", André apressou-se em se corrigir.

Lazare acenou com a cabeça, permitindo que o erro de André se prolongasse na silenciosa sala do tribunal por um momento antes de continuar.

"Capitão De Valière, você pode, por favor, nos descrever as circunstâncias daquela noite? Quem mais estava lá? O que foi discutido?"

André desviou o olhar, fitando pela primeira vez os olhos cinzentos de Murat.

"O general Murat estava lá conosco, assim como a Madame... a Cidadã Kellermann."

"E foi naquela noite que as pessoas decidiram a execução do Cidadão Capeto, não foi?"

André recordou aquela noite. O que estava mais vívido em sua memória era ter conhecido Sophie. Estar com ela lá fora do Panteão, no frio da noite. O desejo que sentiu, na ocasião, de vê-la novamente. Mas, sim, foi também a noite em que votaram a favor da morte do rei, e por isso Murat tinha despachado Sophie tão de repente.

"Sim, acredito que foi a mesma noite."

"Você acredita que foi", Lazare assentiu, ainda andando em círculos, enquanto descansava o queixo em seu polegar. "E, naquela noite, vocês três – o general Murat, o conde de Kellermann e você – não discutiram essa notícia?"

"Pode ter sido comentada brevemente."

"Você está sob juramento, capitão, então pense bem antes de falar." A voz do advogado era fria, sem emoção. "Eu odiaria que você mentisse para os franceses e, ao fazê-lo, perdesse a própria liberdade."

André se ajeitou em seu assento, descruzando as pernas.

Lazare tirou um papel do bolso, e desdobrou-o com gestos amplos e dramáticos. Limpou a garganta, fazendo da leitura um ato quase teatral.

"O conde de Kellermann foi acusado, pelo general Nicolai Murat, de fazer a seguinte declaração ao discutir a punição apropriada para o Cidadão Capeto: *Não estou certo de que concordo com qualquer uma das execuções realizadas em nome da nossa República*."

A multidão explodiu em choque e indignação enquanto Lazare rapidamente travava seu olhar no de André, que foi invadido por um sentimento de medo e se virou para Jean-Luc; ele, de fato, se lembrava de Kellermann dizendo isso.

"Capitão, você se lembra do conde de Kellermann falando assim?", perguntou Lazare, alto o suficiente para ser ouvido sobre o burburinho da multidão. Mas antes que André pudesse responder, o advogado apelou para o papel em suas mãos. "E mais uma declaração, capitão De Valière, agora sobre aquela adúltera austríaca, a princesa Habsburgo que enviamos para o túmulo. O general Murat lembra-se do conde de Kellermann dizendo: *Creio que os jornais criaram e espalharam muitas acusações falsas... Eu acredito que Maria Antonieta exerceu bem menos influência em Versalhes do que muitos pretendiam nos fazer acreditar. E decerto ela era uma esposa devotada. Veja só quantas crianças ela deu ao rei*."

Agora o público estava em plena revolta. Dizer palavras de apoio a Luís já era bastante condenável, mas pronunciar uma palavra que fosse em apoio à antiga rainha, Maria Antonieta... Nada era mais certeiro para ganhar um passeio até o cadafalso.

O juiz tocou o sino furiosamente, tentando silenciar a multidão.

"Ordem! Ordem! Eu disse *ordem*!"

Guardas se dispersaram por toda a galeria, empunhando mosquetes. Depois que as vaias e as zombarias se acalmaram, uma vez que as mulheres haviam retomado seu tricô e as crianças foram retiradas da balaustrada, Lazare prosseguiu com sua marcha.

"Capitão, agora que eu refresquei sua memória, talvez você me permita repetir a minha pergunta original: você já ouviu o conde de Kellermann falar a favor do Cidadão Capeto?" Ele mirava André com seu olhar de aço, certo de que teria a resposta que queria.

"Foi há muito tempo. Não me lembro das palavras exatas. Simplesmente me recordo dos generais Kellermann e Murat discutindo a Revolução e suas consequências..." A multidão explodiu em zombarias e insultos, mas André, aguilhoado por esse assalto à sua integridade, falou mais alto que eles. "Se você se refere à noite do Baile Jacobino, lembro que o general Kellermann disse que a monarquia devia ser dissolvida e o rei colocado na prisão. Mas já que você tocou no assunto, também lembro que o general Murat disse que a maioria das pessoas comuns eram tolas se não tinham condições de assumir as rédeas do governo."

A multidão caiu em silêncio, mas apenas por um momento. E, então, não sabendo ao certo de quem deviam ficar com raiva, começaram a gritar. Uma briga estourou, desencadeando outra rodada furiosa do sino tocando na mesa do juiz.

Lazare esperou que os agitadores fossem levados para fora e que a ordem fosse restaurada antes de falar. Ele já tinha terminado com André e se virou para enfrentar a galeria.

"Cidadãos e cidadãs da França, não há dúvida de que ambos os generais realizaram grandes atos a serviço desta terra. Como qualquer soldado valoroso, Kellermann não teve medo de derramar o próprio sangue. Mas não estamos aqui hoje para colocar sua bravura em julgamento. Estamos aqui para determinar a sua culpa em relação à lealdade à nossa Revolução, e se ele nutre ou não simpatias para com nosso tirano morto – simpatias que seriam contrárias ao progresso da nossa Revolução. Vocês ouvem agora as verdadeiras declarações que ele fez. Declarações que o general Murat jurou ter ouvido, e que André, filho do marquês de Valière, confirmou. Vocês sabem o que deve ser feito agora."

Com isso, ele se virou para Jean-Luc e ofereceu uma reverência, depois retornou ao seu assento. O tribunal seria suspenso para um recesso de trinta minutos.

⌘

Depois do intervalo, Jean-Luc tornou a entrar na sala do tribunal, os cabelos desalinhados e se soltando da fita que os mantivera no lugar. Sua fisionomia parecia cansada enquanto debatia com seu cliente. Do outro lado do corredor, Lazare e Murat tomaram seus assentos, mudos.

Em seu lugar atrás da bancada da defesa, André tinha a sensação de que seu estômago estava cheio de pedras. Em vez de ajudar Kellermann, temia que tivesse ajudado a acusação. Enquanto admitia isso para si mesmo, sentiu o desespero se apoderando dele, uma completa e absoluta falta de esperança. Era um sentimento que sentira apenas em um outro momento de sua vida: no dia em que seu pai fora executado.

E hoje foi *sua* culpa. A incapacidade de responder rapidamente, de desviar as acusações feitas por Murat, permitiu que a dúvida se entranhasse na mente do povo.

Os juízes retornaram; o juiz central bateu o martelo e pediu que todos os presentes se acomodassem para a apresentação dos argumentos de encerramento.

"Vamos ouvir primeiro a defesa. Cidadão St. Clair?" O juiz inclinou a cabeça em direção ao lado de Kellermann.

Jean-Luc afastou-se da mesa, limpando a garganta enquanto colocava-se de pé. Caminhou até o centro da sala, voltando-se para olhar para a galeria.

"Para encerrar esta defesa, eu chamo o próprio réu, o general Christophe Kellermann."

A multidão perdeu o fôlego e imediatamente começou a murmurar, e mesmo André não pôde deixar de apertar a lateral da cadeira quando viu Kellermann se levantando. Embora fosse o assunto do dia, o general só estivera observando até então. Quieto. Quase esquecido.

Agora toda a atenção se concentrava na figura silenciosa, musculosa e serena, quando ele caminhou lentamente para a frente da corte. Olhou ao redor até deparar-se com o rosto da esposa, então sorriu brevemente. Em seguida, olhou para seus homens, primeiro para André antes de se voltar para os demais – LaSalle, Remy e todos os soldados que ali estavam o dia todo, discretos, apoiando-o. Ofereceu um aceno de cabeça, um gesto humilde, em direção a eles. Em seguida, começou:

"Cidadãos." Kellermann olhou para o balcão dos homens alistados, os fervorosos revolucionários que queriam vê-lo morto, os membros do Comitê que poderiam propor cem razões legais pelas quais sua cabeça já não mais lhe pertencia legitimamente.

"Durante grande parte da minha vida, servi ao rei Luís XVI." Sussurros se levantaram em resposta ao nome pronunciado em voz alta, mas Kellermann continuou, destemido. "Eu me via como soldado. Não era meu papel questionar as ordens ou aos comandos; eu segui as determinações do meu rei, assim como jurei que faria no dia em que tive o privilégio de vestir o uniforme francês pela primeira vez." Kellermann fez uma pausa, a voz ainda ecoando sob o peso de suas palavras. Limpou a garganta e levantou o queixo, continuando.

"Mas quando o povo da França determinou que o cidadão que morava em Versalhes já não era o verdadeiro e legítimo líder desta nação, foi com o coração livre que me juntei à sua luta. Estava honrado de fazer parte dos esforços para conquistar a liberdade para o povo da França.

"Ninguém valoriza as liberdades e os direitos que ganhamos nesses últimos anos mais do que eu. Eu sei o quão perigosa foi a luta, quão estreita foi a margem pela qual ganhamos nossa liberdade." Kellermann fez uma pausa, seu tom inflamado de emoção enquanto olhava para a galeria. "Eu serviria qualquer líder determinado pela lei para proteger essas liberdades, ainda que para isso tivesse que dar a minha vida. Se este tribunal e estes juízes", Kellermann, sem olhar, gesticulou em direção aos juízes, "me considerarem culpado, então essa é a lei desta terra".

"Mas ouçam-me. Se esta Revolução continuar a seguir este caminho de irmão denunciando irmão, vizinho atacando vizinho, então receio que chegará o dia em que nos lançaremos num abismo. Não só haverá fome, derramamento de sangue e guerra, como até nossas almas estarão perdidas."

André inquietou-se em seu assento, desejoso de que as pessoas na galeria acima ouvissem a voz da razão. Que prestassem atenção a esse aviso. Kellermann seguiu adiante, caminhando até a frente do corredor.

"Este terror vai durar para sempre? Rezo para que não. Mas como vai acabar? Se nos entregarmos à desconfiança, ao caos e às denúncias, como voltaremos a ser pessoas? Como voltaremos a ser uma nação?" Kellermann fez outra pausa e, dessa vez, André percebeu, ele evitou o olhar da esposa, por mais que o pranto dela ecoasse suavemente do banco em que estava sentada na parte da frente do tribunal.

"Hoje fui acusado de minar a Revolução. Devo confessar que acho essa acusação falsa." E então Kellermann olhou para Murat. "Poucos me conheciam mais ou lutaram ao meu lado em mais campos de batalha do que o general Murat. Houve um momento em que nos consideramos não só amigos íntimos, mas irmãos. Eu daria de bom grado minha vida por ele, como o faria por todos os meus colegas soldados." Kellermann fez uma pausa mas manteve os olhos no antigo amigo, que o encarava de volta com uma firmeza inabalável.

"Não consigo entender", continuou Kellermann. "E talvez nunca entenda... por que meu querido amigo levantou essas acusações contra mim. Não, não posso compreendê-lo. Mas posso perdoá-lo."

Kellermann continuou a encará-lo até que Murat, incapaz de sustentar o olhar dele, baixou os olhos para o chão.

"Seja qual for o resultado hoje, independentemente do que pensem de mim, eu gostaria que todos soubessem: Nicolai, eu te perdoo. E para o povo da França, que as bênçãos da liberdade sejam concedidas a todos os homens, tenham eles nascido ricos ou pobres, para sempre."

Em seguida, Kellermann se sentou e seus ombros pareceram desabar; como se a força exigida para dizer essas palavras e conceder a graça do perdão tivesse minado as suas últimas energias. Encurvado para a frente, ele certamente ouviu os suspiros e os soluços da esposa enquanto ela chorava com o rosto enfiado no lenço, mas não se virou. E, então, André notou que os soldados no tribunal, desafiando a ordem da assembleia, começaram a ficar de pé. Como se regidos por um sinal, alguém ergueu a mão e vários mais seguiram o gesto. Então, dezenas mais. André se levantou e fez o mesmo, e agora cada soldado e oficial presente na sala estava de pé, com as mãos estendidas ao alto em uma saudação ao general que amavam. Kellermann, ao levantar a cabeça, viu a homenagem. André podia jurar que havia uma lágrima solitária nos olhos do velho comandante.

Lazare, aparentemente surpreendido pela inesperada e não autorizada demonstração de solidariedade, aguardou um instante. A sala permaneceu quieta, como se os juízes e os ex-jacobinos na multidão de algum modo pressentissem que não deviam interferir nesse ato de reverência. O jovem advogado ao lado de Lazare, aquele que abriu a sessão acusatória, sussurrou algo na orelha do seu superior, e o mais velho balançou a cabeça.

E então o juiz falou, a voz inexpressiva cortando a carga de emoções na sala.

"E a acusação?"

Mouchetard, o advogado mais novo, levantou-se e foi até o centro da sala. Esfregando as palmas das mãos, como para se aquecer, começou:

"Falou muito bem, general Kellermann. Mas este tribunal não deve ser desarmado por emoções. Emoções e sentimentalismo nos mantiveram na escuridão, sob o jugo de um tirano, por muito tempo. Agora estamos esclarecidos. Agora que somos pessoas livres, essas emoções diversivas não devem evitar que cumpramos nosso dever, que é o trabalho da Revolução. Se for para falar de combates e campos de batalha, bem, meus concidadãos, essa *corte* é o primeiro campo de batalha da nossa luta, e aqui, hoje, nós devemos cumprir nosso dever de erradicar e expor os inimigos da Revolução."

A multidão, ainda comovida pelo discurso de Kellermann, começou a vaiar Mouchetard. Uma mulher jogou um carretel de linha lá da galeria e atingiu o advogado na cabeça, arrancando seus óculos e provocando uma rajada de risadas, tanto da galeria quanto dos soldados abaixo. Então, Lazare se levantou.

A esse sinal de seu superior, o jovem advogado vacilou, retirando-se para a mesa como um cão escorraçado. Lazare caminhou até o centro do tribunal, e a multidão se calou. André estava certo de que, ao seu lado, Madame Kellermann tremia. Não podia culpá-la. Com a placidez que lhe era característica, Lazare começou:

"Vocês já ouviram a testemunha. Já ouviram a defesa. Este homem, o general Kellermann, acha que vocês estavam errados quando condenaram o tirano e sua esposa estrangeira perante este mesmo tribunal. Ele acha que vocês estavam errados ao mandá-los para a guilhotina." Lazare cruzou as mãos na frente da estreita cintura. "Preciso lembrar que, desde que essa Revolução começou, enfrentamos inimigos dentro dessa cidade e fora de nossas fronteiras? Vamos começar pela última. Mercenários armados que teriam eliminado nossa Revolução e colocado aquele tirano de volta no trono. Sim, esses inimigos são fáceis de identificar. Eles usam uniformes e carregam os estandartes de reis estrangeiros enquanto marcham em nossas terras.

"Mas e os outros? O inimigo dentro de nossas fronteiras? Esse é um inimigo muito mais pérfido. Muito mais perigoso, porque é mil vezes mais difícil de ser identificado. E esse inimigo é a metade patriota indecisa. O homem que, em seu coração, questiona nossa Revolução. O homem que finge celebrar a nossa liberdade, que se declara leal à República, mas no fundo de sua mente, ele se pergunta. Ele questiona os vereditos que fazemos, a constituição que elaboramos, as ações que devemos tomar contra nossos inimigos.

"Esses são os inimigos que verdadeiramente me fazem temer pela nossa República. Esses são os adversários que habitam entre nós, mascarados como nossos amigos. Os prussianos e os austríacos se foram, mas o inimigo mais perigoso – aquele que vive conosco e nos observa e, ainda assim, nos despreza – permanece em nosso meio. Eles ainda estão dentro de nossas fronteiras."

Lazare fez uma pausa, e André notou, tomado por uma nova onda de desespero, que o tribunal permanecia no mais absoluto silêncio.

"Sem dúvida, o réu repeliu aqueles invasores estrangeiros em Valmy. Nós o agradecemos por esse serviço, salvando a Revolução ainda em seu princípio." Lazare então se virou, balançando a cabeça num gesto de agradecimento para Kellermann, antes de se voltar para a galeria.

"Mas esse homem abriga dúvidas sobre a nossa Revolução. Ele questionou os meios que usamos, as medidas que tomamos por necessidade para que nossa Revolução pudesse progredir. Vocês ouviram as declarações dele hoje. Ele duvida que devíamos ter executado o Cidadão Capeto. Duvida que a adúltera austríaca fosse o que sabíamos que ela realmente era. Duvida até mesmo que a guilhotina precisa ser usada!" Lazare fez uma pausa antes de continuar, com o tom de voz mais uma vez diminuindo ameaçadoramente.

"Cidadãos e cidadãs, não é hora de duvidar. Não é hora de compadecer patriotas hesitantes e que não creem de todo coração. Não é hora de confiar naqueles que questionam nossos esforços, nosso trabalho sagrado. Há muito em jogo. Aqueles que não apoiam a Revolução são inimigos do povo; é claro assim. O que *não está* claro é como devemos encontrar e erradicar esses inimigos. Essa é a difícil tarefa que cabe a cada patriota. E ainda mais difícil é olhar nos olhos dos traidores e dizer-lhes que devem morrer. Mas quando o povo francês já ficou intimidado pelo trabalho árduo que deve ser feito? Vocês não são um povo que se esquiva dos deveres. Nunca foram. Não quando vocês conheceram a repressão por tanto tempo, e quando sabem que muitos ainda vagam livres e os devolverão àquela escuridão na primeira oportunidade.

"Não, meu bom, iluminado povo da França, vocês conhecem seu dever e devem executá-lo. Pela ordem deste tribunal, a lâmina deve cair. Para o conde de Kellermann, e para todos os que questionam nossa Revolução. Devemos ser rápidos e decisivos. Somos nós ou eles. A misericórdia para eles hoje significa a escravização para nós, amanhã. Sabemos disso. Não devemos, não permitiremos que esse destino recaia sobre o povo francês. A nação inteira olha para nós. Hoje nós cumprimos o nosso dever. Hoje, e todos os dias, escolhemos a liberdade."

Quando Lazare terminou, ninguém se animou. Ninguém aplaudiu. Ninguém nem mesmo sussurrou. André olhou para o alto e viu como as mulheres na galeria tinham abandonado o tricô e agora agarravam os filhos mais perto do peito. Os maridos passaram os braços protetores sobre os ombros de suas esposas.

Não se tratava mais de Kellermann. Nem de Valmy ou Murat ou qualquer baile onde um oficial poderia ter feito afirmações políticas vagas. Tratava-se de um sentimento não visto, mas sempre presente, compartilhado por todos. Uma sombra profunda no peito de cada homem e mulher. Lazare tinha lembrado a todos o que haviam esquecido temporariamente: que qualquer um deles poderia morrer nesta cidade, a qualquer dia. Defender a pessoa errada faria disso uma certeza. Dizer a coisa errada poderia levar à guilhotina. Eles não odiavam Kellermann; não queriam matá-lo. Eles simplesmente desejavam se salvar. E valer-se disso, André pensou consigo, era a genialidade de Lazare.

Quando os juízes se retiraram para o recesso, as pessoas ficaram, mas o falatório na galeria, o clima circense de antes, não existia mais, nem mesmo entre as crianças. O frio sopro do medo invadiu o tribunal, lançando uma geada sobre corações que, alguns minutos antes, pendiam para a compaixão e a fraternidade.

Os juízes ficaram fora da sala somente uns poucos minutos. Quando regressaram, a audiência estava de pé, tensa e aglomerada.

O juiz do meio leu um pergaminho. Leu como falou o dia todo: rapidamente e sem emoção. André, sentindo os joelhos enfraquecerem, escutou a sentença ser anunciada.

“O tribunal do povo da França declara o general Christophe Kellermann culpado de conspiração contra o Estado e o povo da França. Por essa razão, ele é condenado à morte pela guilhotina no prazo de 24 horas.”

15

La Place de la Révolution, Paris

Julho de 1794

Jean-Luc não sabia por onde andava; só sabia que, naquela noite morna e escura, a imobilidade não era uma opção. Marie decerto já tinha ouvido as notícias. Provavelmente estava acordada, esperando, preocupada com ele e ansiosa para consolá-lo após seu retorno. Mas as horas passavam e, mesmo assim, a culpa, diferente de qualquer sentimento que ele já conhecera, o atormentava e o obrigava a vagar sem rumo pelas ruas escuras de Paris. Seus pensamentos também vagavam em um turbilhão, um estado de quase sonho. Ele não merecia o conforto dos braços de uma esposa amorosa, a alegria de ver o filho aninhado debaixo das cobertas, com o rosto adormecido livre de quaisquer preocupações. Jean-Luc sabia que não poderia ir para casa, não quando Kellermann, o homem que depositou sua fé nele, passaria sua última noite em uma prisão úmida com nada além do cadafalso para cumprimentá-lo ao amanhecer.

E, então, Jean-Luc se embrenhou na noite. Nenhuma vivalma assombrava as ruas, seus únicos companheiros eram as grandes tílias que farfalhavam ao vento. O Sena brilhava à esquerda, mas, exceto por alguma barcaça que o atravessava de tempos em tempos transportando cargas para o oeste sobre a água negra, não havia barulho na noite parisiense.

De repente, Jean-Luc ouviu vozes. Recobrou a atenção, emergindo do devaneio atormentado, e percebeu que desconhecia totalmente o entorno.

"Deslize-a para dentro assim, fácil, fácil. Do mesmo jeito que Sanson vai fazer mais tarde."

"A única diferença é que não vai ser um lote de melões. Ouvi dizer que o antigo general não-sei-do-quê está na lista."

"É uma pena desperdiçar um melão tão bom." Um riso áspero ecoou pela rua silenciosa.

Sanson. Jean-Luc repetiu o nome e sentiu um aperto na garganta. Parou, congelado em seus passos; Sanson era o nome do executor oficial de Paris. Também conhecido como o Cavalheiro de Paris, mestre de cerimônias e funcionário da guilhotina. Jean-Luc percebeu, ao se dar conta do cansaço nas pernas, que tinha andado até a Place de la Révolution. Ali, na luz fraca do amanhecer, vislumbrou as formas das fachadas maciças de pedra calcária que cercavam a praça, grandes edifícios construídos para os governos de Luís XIV e seu herdeiro, Luís XV, cujas silhuetas se levantavam contra o céu acinzentado. E ainda mais perto de Jean-Luc estava a famigerada plataforma e o contorno lustroso do dispositivo assassino, a lâmina capturando os primeiros reflexos da luz da manhã.

Jean-Luc não deu um passo para chegar mais perto, nem se virou para ir embora. Os trabalhadores, aparentemente, estavam preparando o aparelho para a grande atração do dia, um espetáculo que prometia ser um dos mais assistidos desde a morte dos monarcas da Casa de Bourbon.

Ainda estava escuro o bastante para que Jean-Luc, permanecendo a uma distância segura, não fosse detectado. Os trabalhadores exerciam seu ofício com diligência – esfregando a plataforma, varrendo os degraus, verificando os pregos e as cordas que seguravam o dispositivo na posição vertical. Um dos homens lutava para manter o equilíbrio sob o peso de um grande cesto de vime trançado, cheio do que parecia ser uma carga redonda. Sua respiração dificultosa era audível, mesmo do ponto onde Jean-Luc se encontrava, enquanto o homem, agachado, subia a cesta pelos degraus em direção ao lugar do executor. Ele alcançou a parte de cima da plataforma e Jean-Luc sentiu o coração disparar, preparando-o para o que estava prestes a ver. O homem tirou um dos objetos da cesta que, para o alívio de Jean-Luc, parecia ser um melão. Com maos experientes que se moviam rapidamente, o homem aninhou o melão no sulco central do aparelho. Já devia ter feito isso muitas vezes.

Os trabalhadores saíram correndo, saltando da plataforma e se aglomerando em uma fileira, como espectadores ansiosos. Apenas o homem agachado permaneceu lá no alto.

"Pronto, fiquem em posição!", gritou um dos trabalhadores na parte de baixo, e outro homem tomou seu lugar na plataforma atrás da lâmina suspensa. Colocou a mão na alavanca estendida.

"Pronto, firme, deixe-a voar!"

Jean-Luc observou enquanto o homem que agarrava a alavanca puxou-a com força e destreza. Esse movimento liberou a lâmina, anteriormente presa no alto da armação por uma corda. Ao descer, ela caiu com uma força poderosa e brutal; qualquer coisa em seu caminho devia ser potente o bastante para parar sua queda, ou então seria cortada em dois.

Um zunido metálico atravessou a praça, chegou aos ouvidos de Jean-Luc e o fez tremer de medo. Então, um segundo depois, o zunido se transformou em um rangido. Os trabalhadores aplaudiram, pulando de volta para a plataforma para ver o resultado da demonstração.

"Ela fez um corte limpo e preciso!"

"A menina nunca falha."

Jean-Luc cambaleou e soltou um gemido abafado. Naquele momento, os homens se viraram e deram uma olhada na rua escura.

"Ei, você, o que está fazendo aqui? Nada de espectadores até a hora marcada!"

"Talvez ele só queira experimentar em si mesmo."

"Pode vir então, suba aqui e dê uma olhada. Cuidado com a cabeça!"

Gargalhadas ecoaram na praça, porém Jean-Luc não respondeu. Sentiu-se fraco e ouviu apenas o som do vômito que expeliu a bílis de seu estômago ali no meio da rua. Enxugou a boca e olhou de volta para a praça, que em poucas horas seria tingida de vermelho.

⌘

O dia da execução de Kellermann amanheceu claro e frio. A multidão foi cedo para as ruas, as mulheres guardando os lugares na frente diante da plataforma, onde desenrolavam seus tricôs e aguardavam as carroças que trariam os infelizes passageiros pelo rio até a Place de la Révolution.

À medida que a hora se aproximava, André se sentia atraído para a praça por influência de alguma força invisível, como se devesse ao general Kellermann testemunhar a partida de um grande homem deste mundo ingrato.

André notou a abundância de carrinhos de mão e comerciantes, sempre presentes em dias como este, vendendo maçãs, ameixas, barris de vinho e cerveja e até linho para vestidos. O calor do verão, de qualquer maneira, já trazia mais pessoas ao ar livre, mas, nos dias de execução, as multidões se reuniam em números excepcionais, e uma aglomeração significava mais clientes, mais negócios. André não podia culpar um homem por tentar prover o sustento de sua família, mas o simples fato de se tornar costumeiro lucrar com o mecanismo da morte era uma visão que ele nunca aceitara. Uma menina, que não tinha mais do que 5 anos, aproximou-se dele com a mão estendida. Ela usava um vestido marrom excessivamente grande, e tinha os braços e as pernas manchados de um tom mais claro de marrom. Seus olhos eram opacos e ela se recusou a encontrar o olhar dele enquanto implorava por sua caridade. Profundamente condoído, André se ajoelhou e entregou-lhe uma moeda, perguntando-se o que um número maior de execuções faria para melhorar de fato a vida daquela garotinha e a de inúmeras outras crianças miseráveis abandonadas à própria sorte e mendigando nas ruas.

"André!"

Ao ouvir uma voz lhe chamando, ele se virou e viu Sophie emergir da multidão. Ela estava com os olhos marejados de lágrimas, e vê-la nesse estado foi como levar uma facada no peito..

"Oh, André."

Ele caminhou até ela, e os dois se abraçaram.

"O que está fazendo aqui? Você não deveria ter vindo. Não precisa ver isso."

"Eu sei. Preferia estar em qualquer lugar, menos aqui, mas também sei o quanto você o ama. Quanto vocês todos o amam. Não podemos fazer nada por ele agora, mas podemos pelo menos dizer adeus." André abraçou-a bem junto ao peito; caso contrário, ela teria visto as lágrimas que brotavam nos olhos dele.

Ambos se viraram e abriram caminho para se juntar à multidão reunida no centro da praça, conseguindo avançar adiante, onde os guardas com baionetas se esforçavam para controlar as hordas. A visão da guilhotina foi parcialmente obscurecida por alguém que balançava uma grande bandeira tricolor. Um ruído atrás de si chamou a atenção de André, e ele olhou por sobre os ombros; lá, sobre o mar de punhos e mãos, uma carroça repleta de passageiros de faces pálidas se aproximava da praça pontualmente às três horas, sua chegada sendo recebida com animação e gritos efusivos.

Quando a carroça parou diante da plataforma, os cavalos relincharam em resposta ao barulho da multidão. O cavalo da frente cabeceava, agitado, tentando se levantar antes que o cocheiro lhe desse uma bofetada. Mesmo esses animais, tão experientes em sua tarefa diária de levar as carroças ao mar da loucura, ficavam mais nervosos do que o habitual. Talvez, pensou André, sentissem a energia mais intensa da multidão reunida em La Place hoje.

André e Sophie observaram enquanto o portão da carroça era abaixado. Conseguiam ver os condenados mais claramente agora – seis deles, a carga do dia. Kellermann estava na parte de trás da carroça, o passageiro mais alto. Ele vestia um saco cinzento comum aos prisioneiros. Seus cabelos haviam sido cortados, o familiar rabo de cavalo grisalho desaparecera. A multidão também o tinha visto e, embora houvesse cinco pessoas na frente dele, alguns começaram a entoar seu nome.

Um homem de meia-idade foi o primeiro a ser conduzido para a plataforma. Seus escoltadores se transformaram em carregadores quando os joelhos do homem se dobraram no meio dos degraus e ele se prostrou no chão, com as mãos apertadas em súplica. Quando foi empurrado para a máquina, a multidão rugiu, cada vez mais alto. Ele ainda gritou, implorando por libertação.

"Você a terá, em breve", falou André, enquanto a cabeça do homem era encaixada no sulco liso de madeira. André juntou-se à multidão em um suspiro coletivo, perdendo o fôlego quando a corda foi solta do aparelho. A lâmina zuniu para baixo e a turba explodiu em euforia em torno de André e Sophie quando a cabeça do homem se separou do corpo e caiu dentro do cesto.

Duas mulheres foram trazidas em seguida – irmãs, a julgar pela aparência –, se agarraram uma a outra, os braços anormalmente finos entrelaçados como carretéis de fio trançado. Os guardas as separaram e a primeira delas foi levada pelas escadas, o rosto atormentado de terror enquanto olhava para trás em direção à companheira.

"Amélie!", gritou a garota que tinha sido mantida lá atrás, estendendo as mãos pálidas em direção à plataforma. Seus cabelos, do mesmo tom loiro-avermelhado que os da irmã, tinham sido cortados bem curtos. Algum guarda faria uma bela fortuna com o cabelo dessas duas cabeças.

A irmã na plataforma estava sendo rudemente tratada, encaixada à força na guilhotina, apesar dos protestos. O suporte do pescoço ficara manchado com o sangue do outro homem. Ela lançou um último olhar para a irmã, que estava gritando e chamando por ela.

"Amélie!"

A menina na plataforma moveu os lábios rapidamente, numa oração inaudível. Sanson agarrou a cabeça dela e a posicionou no lugar exato para ser ceifada pela lâmina. A multidão se animou cada vez mais quando a cabeça rolou para o cesto, juntando-se à do homem de meia-idade.

O corpo sem vida foi jogado atrás da plataforma enquanto a outra irmã era levada para cima. André olhou em volta, ainda mais horrorizado.

"Você vai se juntar a ela agora, querida!", zombou um velho desdentado à direita de André e Sophie, removendo suas dentaduras enquanto falava. André segurou o braço dela e a conduziu para longe do homem. Queria tanto que Sophie não tivesse vindo, temia que ela passasse mal. Ele tinha visto morte suficiente nos campos de batalha para endurecer o espírito, mas isso era completamente diferente. Fechou os olhos e agarrou a mão de Sophie com um aperto suave, porém firme.

Os soluços da jovem foram silenciados pela lâmina, e sua cabeça se juntou à de sua irmã. André viu a próxima vítima. Era um jovenzinho, de pele clara e estatura pequena. André calculou que ele não poderia ter mais que 12 anos, a julgar por suas bochechas rosadas que ainda não haviam produzido nem mesmo um indício de barba. Um inocente, sem dúvida, cujo único crime foi nascer em uma família condenada.

O menino estava olhando para seu companheiro de prisão enquanto os guardas chamavam seu nome. Kellermann sustentava seu olhar, e André percebeu que o general tocou de leve no ombro do garoto e lhe disse algo, cujo som e significado imediatamente se perdeu em meio aos uivos da multidão. Porém, o menino ouviu e respondeu com um aceno de cabeça.

"Basta... Ande logo com isso!" O mesmo homem desdentado perto de André estava cada vez mais impaciente, ecoando os sentimentos da multidão ao seu redor. O guarda respondeu ao aumento do nervosismo dando um empurrão no menino ao lado de Kellermann. A criança parecia prestes a chorar, mas não o fez. Quando chegou ao topo do palanque, olhou mais uma vez para Kellermann, que fez um sinal de cabeça quase imperceptível.

Faltavam apenas dois deles agora. Kellermann seria o último, André suspeitou, e o outro prisioneiro remanescente foi puxado para a frente: um homem de cabelos brancos, muito mais velho que os demais. E inquieto. No entanto, ao contrário dos outros, que haviam exibido o medo abertamente, o velho parecia estranhamente à vontade, até mesmo alegre. Tagarelou com os guardas da prisão, gesticulando com as mãos atadas como se lhes pedisse que as desatassem. Quando os guardas não soltaram as amarras, o homem riu, olhando para a multidão, e continuou balbuciando como se estivesse no meio de uma conversa fascinante. Falava consigo mesmo, voltando-se para os guardas com um sorriso incoerente, sem luz de entendimento nos olhos.

"Meu Deus", André balbuciou, virando-se para Sophie. O homem ficou louco. Teria sido a prisão? Ou havia chegado à prisão já ensandecido? Seja qual for o caso, ele ainda conversava consigo mesmo quando foi amarrado no suporte. Os guardas, que haviam reagido e respondido com truculência ao comportamento das vítimas anteriores, estavam pasmos e sem palavras diante desse homem. Olhavam um para o outro, trocando olhares que, André imaginava – e esperava –, traíam uma vergonha não dita.

O homem estava rindo enquanto sua cabeça era presa no dispositivo mortal. Ele cacarejou, alheio à realidade, um segundo antes de a lâmina talhar seu pescoço.

Agora era a vez de Kellermann. A multidão, talvez impactada pela execução anterior, estava ligeiramente menos febril. Pareciam mais intrigados do que excitados quando Kellermann foi chamado para a frente. Com dois guardas de cada lado, o general subiu os degraus.

Em cima da plataforma, um dos carrascos pegou rudemente o braço da vítima, como tinha feito com todos os cinco antes dele. Mas, ao fazê-lo, o general se virou para ele com um olhar de tal força que o executor imediatamente retirou a mão, como se o corpo de Kellermann estivesse quente ao toque.

A multidão ficou ainda mais silenciosa, o bastante para que André e Sophie pudessem ouvir Sanson falar, com um aceno de cabeça e um tom mais suplicante do que autoritário:

“Tudo bem, então. Por aqui, general Kellermann.”

Kellermann deu alguns passos para a frente e encarou a multidão. André viu seu rosto uma última vez – a testa larga, os cabelos grisalhos, os amplos olhos azuis. Olhos que não mostravam nenhum vestígio de medo. Tampouco raiva. Nem angústia. Mostravam, André percebeu, absolutamente nada. Seria resignação?

A massa silenciosa parecia fascinada agora, centenas de olhos fixados no rosto de um homem condenado. Sem se mover, o general olhou por cima da multidão, contemplando o horizonte distante. Talvez tenha vislumbrado um lugar além deste mundo, um lugar no qual esperava ser bem-vindo.

E então olhou de volta para seu entorno. A plataforma manchada de vermelho. O encarregado da execução, com o rosto inexpressivo, tal qual ao de um trabalhador braçal exercendo seu ofício. André viu Kellermann fazer o sinal da cruz.

A multidão estava tão quieta agora que André podia ouvir o gemido das vigas de madeira e o clique das tiras de couro enquanto o corpo do general era preso no lugar.

Todos ficaram quietos enquanto Sanson erguia o braço e puxava a alavanca. E permaneceram em silêncio quando a lâmina da guilhotina caiu sobre o general Christophe Kellermann, marcando com o assombro coletivo o que Guillaume Lazare havia declarado ser “o sacrifício necessário e a glória de nossa ilustre Revolução”.

16

Île de la Cité, Paris

Verão de 1794

André não saiu dos aposentos de Sophie no dia seguinte, para não correr o risco de encontrar alguém com um espírito revolucionário. Se ele testemunhasse alguém celebrando a morte de Christophe Kellermann, sabia que não seria capaz de responder pelos próprios atos.

Sophie, tendo recebido uma convocação de seu tio, achou melhor respondê-la o quanto antes em vez de arriscar uma visita de Murat a seu apartamento para buscá-la.

"Vou retornar o mais rápido que puder." Sophie colocou sua capa, com os olhos ainda fixos em André. "Tem *certeza* de que vai ficar bem?"

"Sim", André mentiu. "Mas quanto antes você voltar, mais cedo vou me sentir muito melhor."

Sophie o beijou e em seguida pediu a Parsy que chamasse a carruagem para levá-la através do Sena. Seu tio enviara um bilhete vago perguntando sobre a saúde da sobrinha, mas André e Sophie se perguntaram o que Murat realmente queria.

Ele esperou nos aposentos enquanto o relógio se aproximava das três horas. O movimento na ilha foi se dispersando, já que a maioria das pessoas atravessava o Sena, em direção à Margem Direita e à Place de la Révolution. O plano era que, assim que Sophie voltasse, ela e André aproveitariam a distração e se apressariam para o Palácio da Justiça para se casarem.

André sentiu-se assaltado por emoções conflitantes enquanto esperava Sophie naquela tarde sufocante. Antes de mais nada, estava com raiva, mas não só isso. A raiva era o sentimento primordial – uma raiva que lhe consumia o espírito, ardendo em seu interior. Ao reprisar em sua mente as cenas do julgamento, sentia o desejo irresistível de esganar Murat, Lazare e todos os outros que tinham usado Kellermann para concretizar seus sinistros projetos.

Sua raiva rivalizava em intensidade somente com uma tristeza pesada: um sofrimento insondável e profundo pela perda de um mentor – e um amigo – como Kellermann; pelo exército francês, perdendo tal líder; pela nação francesa, perdendo um homem dessa envergadura. Mas, enquanto elaborava essa dor, encontrou algo mais – uma sensação inescapável e ainda mais enervante: culpa. Culpa pelo papel que ele mesmo desempenhou, embora sem querer, na condenação do homem. Não conseguiu salvar seu herói, assim como não conseguira salvar o próprio pai. E, contudo, ele ainda estava aqui, vivo. Por que *ele* tinha a chance de seguir em frente?

"Você vai ficar louco. Tem que parar com isso, André." Jean-Luc, com a própria alma exaurida após o veredito do tribunal, tinha puxado André de lado para lhe dizer que não se culpasse.

"Mas foi meu testemunho..."

"A sentença dele já havia sido determinada antes mesmo de você falar uma palavra. Você fez o seu melhor."

André fitou o advogado, sabendo que o homem certamente não seguiria o próprio conselho; Jean-Luc se culparia, por mais que *ele*, sim, tivesse feito tudo o que podia. E quase teve êxito. Não, André pensou que o único culpado ali era ele próprio. Ele, que tinha sido incapaz de impedir a execução do próprio pai, agora teve que assistir inutilmente a um herói sendo enviado para a morte. E, dessa vez, ele estava em posição, por menor que fosse, de evitar isso. Mas ele estragou até aquela oportunidade.

Ficou sozinho no apartamento vazio de Sophie, passando a mão pelos cabelos já desgrenhados, o estômago em um emaranhado de tristeza e angústia.

E, no entanto, apesar de tudo, uma parte de André não estava completamente entregue ao desespero; ainda restava dentro de si um recôndito profundo onde espreitava a fraca, embora inextinguível, brasa da alegria. Hoje seria, afinal, o dia em que ele se casaria com Sophie de Vincennes. Em qualquer outro conjunto de circunstâncias, tal evento certamente suplantaria qualquer outra emoção, uma parte dele agora se agarrava a essa felicidade, à esperança do que Sophie significava para ele. Foi ela, afinal, que insistiu que hoje fosse o dia em que eles seguiriam seu plano de partilhar a vida juntos.

Mas agora já eram quase três horas, a mesma hora da execução, e Sophie ainda não havia retornado. E então outra emoção invadiu seu estado de espírito: inquietação. Por que estava demorando tanto? André começou a andar rapidamente pelo quarto, sua sensação de medo aumentando a cada minuto que passava.

"Parsy?", André chamou a aia. Ele esperou e, quando não teve resposta, abriu a porta e olhou para o corredor, mas não havia sinal da mulher.

Vários minutos depois, uma enxurrada de passos apressados ecoou do corredor fora do apartamento e, um segundo depois, Sophie irrompeu porta adentro, com um olhar selvagem e a respiração dificultosa e entrecortada. Ela ainda usava a capa, que não tirou enquanto corria para ele, mas tinha perdido uma luva.

"André!"

"O que foi?" Ele se levantou, alarmado com a entrada intempestiva e o tom agudo de sua voz.

"Ele sabe! Ele sabe de nós!", Sophie ofegou tão violentamente que André não tinha certeza de tê-la ouvido corretamente.

"Quem sabe? Seu tio?"

"Ele sabe que você está aqui", Sophie concordou. "Que estamos planejando nos casar hoje. Tudo."

"Mas como?"

Sophie olhou ao redor da sala como que para garantir que estavam sozinhos.

"Parsy", ela sussurrou.

"Parsy?", André repetiu o nome, incrédulo. Ele mal ouviu a mulher falar cinco palavras em todas as suas visitas ao apartamento de Sophie.

"Temos que sair imediatamente! Ele está chegando!" Sophie se afastou dele e correu até um baú no canto do quarto, onde começou a jogar vestidos, estolas e sapatos com uma pressa impulsiva.

"Onde ele está agora?" André se aproximou dela.

"Nas execuções. Mas ele vai ficar sabendo que eu corri para cá para te avisar. Não podemos perder tempo; devemos ir embora já."

"Sophie." André colocou a mão em seu braço.

"O quê? Por que você ainda está parado aí? Traga suas coisas; precisamos ir!" Sentindo algo de anormal na imobilidade dele, ela parou de fazer as malas e se virou para ele. "O que foi?"

"Sophie, *você* precisa ir."

"E você também."

"Não."

"Mas o que você está falando? Pegue suas coisas; precisamos sair imediatamente."

"Ele espera que eu fuja." André balançou a cabeça. "Ele *quer* que eu corra. Ele espera me caçar."

Ela parou, o cenho franzido alterando suas feições.

"O quê?"

"É claro que ele sabe que você viria me avisar. Ele espera que nós fujamos juntos. Não vou permitir que ele saia no nosso encalço, como se fôssemos animais a serem caçados por esporte."

"Mas não podemos ficar aqui. Não podemos simplesmente desistir."

"Sou *eu* quem ele quer, Sophie. Eu devo ficar para trás. Isso lhe dará tempo para escapar."

"Isso é loucura. É claro que não vou partir sem..."

"Sophie, eu quero que você vá."

"Mas eu não vou sem você."

"Eu a encontrarei", disse André.

Mas ela olhava para ele, descrente.

"Eu não poderia ir mesmo se quisesse. Não tenho documentos para cruzar as barreiras."

André teve uma ideia.

"Remy pode te levar. Num trem de carga militar. Ou algo assim. Encontraremos um jeito de te esconder para que você consiga passar pelas muralhas."

"Por que *você* não pode me levar?" Sophie se agarrou a ele, com suas mãos tremendo nas dele.

"Se eu te levar, seu tio nos caçará. Ele me acusará de deserção e terá razão ao fazer isso. Não, nossa melhor chance é você ir embora enquanto ainda pode."

Eles atravessaram ruas caóticas e repletas de gente. Embora tivesse sido morto há um dia, o fantasma de Kellermann pairava sobre Paris, e os homens e as mulheres fervilhavam de raiva, enquanto várias facções começavam a se enfrentar em praça pública. Cruzando a ponte apressados, André e Sophie chegaram ao quarto de Remy na Margem Esquerda e encontraram-no sentado lá dentro sozinho. Seu cabelo estava desgrenhado e seus olhos vermelhos pela falta de sono, ou por lágrimas. Provavelmente ambos.

"O que aconteceu com sua mão?", perguntou André, quando abraçou o irmão e notou o hematoma. Mas então viu o buraco na parede do quarto. "Deixa pra lá", emendou. "Remy, graças a Deus, você está aqui."

"Por quê? O que aconteceu? Vocês dois parecem ter saído do inferno."

O peito de André ardia por causa da corrida pela cidade.

"Remy, você consegue cruzar a barreira hoje à noite?"

"Esta noite?", Remy pensou, franzindo o cenho. "Bem, eu não tenho os papéis para fazer isso sozinho. Mas suponho que eu poderia inventar alguma razão, tentar a sorte, se precisar. Por quê?"

"Você precisa tirar Sophie da cidade." A voz de André não deixou espaço para o humor típico de Remy. O irmão mais novo olhou de André para Sophie.

"Por quê?" Remy ficou rígido, a fisionomia severa. "O que aconteceu?"

Eles atualizaram Remy dos acontecimentos da última hora, e da decisão de que André ficaria para dar a Sophie a chance de se livrar do tio.

"Você consegue escondê-la em um dos vagões da artilharia?"

"Já ouvi falar que fizeram isso antes, com certeza", disse Remy, cruzando os braços. "Mas nunca tentei..." Estalando os dedos, ele olhou para eles, um brilho de determinação iluminando seus traços. "Mas, sabe, agora que você tocou no assunto, creio que as unidades da Guarda Nacional guarnecidas em Versalhes estão precisando de um reabastecimento de pólvora. Minha divisão é responsável por lhes fornecer suprimentos aqui da cidade. Vou precisar carregar um dos nossos carrinhos de transporte e levá-lo esta noite para o trem. Você é um capitão..." O rosto de Remy se abriu em um sorriso irônico. "Escreverei as ordens; você pode assinar."

"LaSalle assinará; dentro de algumas horas, Murat terá meu nome em uma lista para a prisão. Estou encrencado", disse André, colocando a mão no ombro do irmão.

Remy notou o olhar suplicante de seu irmão e de Sophie, finalmente entendendo a verdadeira urgência que os guiou até ali.

"Por Deus, meu irmão, o que você fez?" Remy olhou para Sophie, depois voltou em direção a André. "Não importa. Vamos agora mesmo."

André concordou.

"Onde ficam esses carrinhos?"

"Eles são carregados nas lojas da fábrica de Montgolfier e retirados pelo portão oeste."

"É melhor eu voltar ao apartamento", disse André. "Quando ele chegar, eu devo estar lá. Caso contrário, ele vai pensar que nós dois fugimos juntos, e vai correr atrás de você na barreira."

Os olhos de Sophie estavam arregalados de terror, mas secos de lágrimas. Com uma profunda expiração, ela concordou, resignada.

"Obrigado, meu irmão." André puxou Remy para um abraço, sussurrando em sua orelha. "Nós deveríamos nos casar hoje. Era para eu vir aqui e pedir que você fosse nossa testemunha."

Remy deu um passo para trás, olhando para o rosto de seu irmão, o azul-claro dos seus próprios olhos brilhando com as notícias de André.

"Se eu soubesse que carregaria o anel, teria cuidado melhor da minha mão."

Eles compartilharam uma risada breve e triste, e os três ficaram ali, em pé, em silêncio por um momento. Remy sussurrou no ouvido do irmão:

"Vou dar notícias assim que encontrarmos um lugar para ela se esconder. Prometo que vou fazer o meu melhor."

"Você é um bom homem."

"Nem metade do homem que você é, André. Acho que foi ela quem me disse isso uma vez." Voltando-se para Sophie, Remy tentou interpor alguma leveza em seu tom. "Estou me lembrando bem?"

"Não foi exatamente isso o que eu disse", Sophie suspirou, dando um passo à frente em direção a André. Remy virou-se e ocupou-se arrumando uma pequena bolsa enquanto Sophie e André se abraçavam, agarrados um ao outro. Depois do abraço, que sentiram ser muito curto para a vida inteira, eles se separaram.

"O que acontecerá com você?", ela perguntou.

"Eu vou ficar bem."

"Não, de verdade. Se esta for a última chance de nos falarmos por algum tempo, eu quero a verdade."

"Eu vou ser preso", respondeu André. "Mas creio que devo ter um julgamento. Sou um oficial no Exército da República, afinal. Eles me concederão isso."

"E qual é a vantagem em ter um julgamento?" Sophie perguntou, com a voz cheia de desesperança; ela sabia a que um julgamento provavelmente levaria.

"Sophie, meu amor, eu não fiz nada de errado. Em que acusações eles podem me condenar?"

"Mas quem os fará ver isso? Se você for denunciado pelo meu tio, quem estaria disposto a defendê-lo em um julgamento?"

André fez uma pausa, tentando pensar em alguma coisa para tranquilizá-la, e algo lhe ocorreu:

"Jean-Luc St. Clair. Pedirei que ele me represente."

Sophie concordou, baixando os olhos.

"Sophie?" André pousou os dedos sob o queixo dela e levantou seu rosto em direção ao dele. "Eu ainda pretendo me casar com você, você sabe."

"Acho bom", ela respondeu. Seus olhos azuis se iluminaram com um fogo intenso, mas ela piscou os cílios, mantendo as lágrimas sob controle. "Não me deixe esperando por muito tempo."

⌘

O sol se pôs sobre a cidade, e Remy abriu caminho pela barreira oeste, com Sophie escondida sob quatro sacos de pólvora meio vazios. Na cidade, o general Nicolai Murat e um punhado de guardas marchavam pelo pátio de Sophie. Suas botas ecoaram alto quando eles subiram os degraus para o segundo andar. Dois deles traziam tochas. Ninguém abriu a porta quando eles bateram, então Murat ordenou que arrombassem a fechadura. Encontraram André vestido com seu uniforme, a pistola guardada no coldre e descarregada. Parsy entrou com eles na sala de estar, seus olhos inchados e arrependidos quando André a encarou.

"Lá está ele!" Murat ordenou que os homens prendessem André com os grilhões, e ele não protestou. "Você está preso, André de Valière." Murat o encarou, sibilando as palavras em seus lábios finos como uma serpente vingativa.

"Sob quais acusações?" André tentou não estremecer quando os homens arranharam e apertaram a pele de seus pulsos nas algemas.

"Eu o denuncio como um inimigo da República. Você não tem o direito de me fazer nenhuma pergunta."

Murat atravessou a sala em dois passos largos, o sabre de cavalaria levantado, e André pensou, com um breve lampejo de incredulidade, que o homem faria a sua própria justiça ali mesmo. Mas então o cabo da espada balançou e desceu rapidamente pelo lado da cabeça de André, e sua visão ficou obscura.

17

Paris

Outono de 1794

Jean-Luc St. Clair ficou no escritório da Margem Direita até tarde da noite, preparando sua declaração de abertura para o caso de André Valière, quando uma batida na porta o fez desviar seu foco do trabalho.

"Sim?"

O garoto de recados do escritório apareceu à porta.

"Desculpe interromper, senhor. Os jornais noturnos."

"Traga-os aqui." Jean-Luc acenou para o menino entrar. "Eu preciso mesmo de uma pausa desse julgamento. Embora, é claro, ler notícias não seja o remédio para levantar o ânimo de ninguém nos dias de hoje."

O garoto de recados concordou simpaticamente, embora Jean-Luc suspeitasse de que ele não tinha nem ideia do que havia sido dito.

"Obrigado, rapazinho. Agora, vá para casa, para sua família. E tenha cuidado nas ruas – nada de cortar caminho pelos becos, entendeu?" Jean-Luc jogou uma moeda para o menino e começou a ler os jornais, examinando a variedade de manchetes funestas.

Paris estava em chamas; a cidade se transformara em um verdadeiro fronte de guerra. Com Robespierre morto e a Convenção agora instaurando um novo terror sobre uma população já devastada, milhares de parisienses furiosos e famintos saíam às ruas possessos, sem ninguém ao leme para aproveitar as velas do descontentamento e direcionar o navio da vingança para um sólido porto. O inverno estava chegando com a promessa de mais fome e falta de combustível. O herói deles, Kellermann, havia morrido para expiar a miséria e o medo da população. E, no entanto, eles ainda continuam sofrendo. Quem, então, pagaria pelo sofrimento em massa?

Percebendo o vácuo na liderança e o ódio volátil do povo, milhares de monarquistas da Velha Guarda rebelaram-se abertamente contra o governo republicano. Os monarquistas se declararam em guerra contra a Convenção Nacional e planejavam retomar o Palácio das Tulherias.

Os rumores voaram por toda a cidade com um efeito mais poderoso do que as esporádicas saraivadas de fogo dos mosquetes. Assim, a Convenção decidiu sufocar a oposição antes que ela ganhasse mais força. Convocaram o exército para acabar com a insurreição; agora a cidade de Paris esperava, perguntando-se se o exército responderia à convocação.

Jean-Luc suspirou, afastando os papéis e voltando-se para o único panfleto político em sua mesa. *Não deixem que haja mais mortes distribuídas ou recebidas entre os franceses*, afirmava o escritor; sua voz era uma dose rara e bem-vinda de racionalidade e clemência. Esse teórico, esse Cidadão Perséfone, aconselhava os membros do governo a se reunirem em um encontro pacífico com os líderes da facção monarquista, argumentando que qualquer governo composto por franceses livres seria preferível a invasores estrangeiros.

Finalmente um filósofo com quem ele podia concordar, Jean-Luc pensou, desejando conhecer a identidade desse homem misterioso e razoável.

Mas seus pensamentos foram interrompidos pelo repentino barulho de tiros nas ruas, seguido de gritos raivosos e correria do lado de fora. Batalhas noturnas como esta tornaram-se comuns, e Jean-Luc considerava passar a noite em seu escritório em vez de se arriscar cruzando a pé a ponte para a Margem Esquerda, ligeiramente mais pacífica.

A data do julgamento de André Valière já havia sido mudada uma vez, por conta dos conflitos internos que assolavam o governo. Jean-Luc não sabia quando seria a nova data, mas quanto mais ele ficava sentado à mesa naquela noite, permitindo-se distrair pelos ruídos abaixo, mais certeza tinha de que seus argumentos iriam falhar, qualquer que fosse o dia.

Tinha visitado o prisioneiro várias vezes na cela sombria e úmida em Le Temple. Aquelas entrevistas tinham provocado em Jean-Luc uma tristeza e melancolia tão pesadas que ele sentiu a escuridão do desespero penetrando até o tutano de seus ossos. Um único fato consolava o advogado: André estava sendo mantido em Le Temple e não na Conciergerie, o que significava que ele poderia, de fato, ter o julgamento que lhe havia sido prometido. A Conciergerie, todos sabiam, costumava abrigar homens por apenas uma noite – sempre sua última.

E, ainda assim, tudo na prisão, ao que parece, fora projetado para quebrar o espírito de um homem: o pedaço de pão preto, duro como pedra, enfiado através de uma fenda aberta na porta; o corredor sem sol, que mais parecia um túnel, e que ecoava os gritos dos outros prisioneiros e dava vislumbres das barbas ásperas e das mentes em diferentes estados de decadência; a solidão do lugar, onde nada além das sombras e dos ratos fazia companhia aos homens. Jean-Luc detestava as visitas a Le Temple, mas então se lembrava de que seus deveres o mantinham lá por apenas uma ou duas horas, enquanto seu cliente tinha de permanecer ali indefinidamente.

Pelas conversas com o prisioneiro, Jean-Luc soube da execução do pai de André, bem como do exílio da mãe no exterior. E então veio a entender o que a perda do general Kellermann significou para o capitão. Como este homem manteve viva a esperança enquanto tudo desmoronava ao seu redor? Jean-Luc estava perplexo, e ao mesmo tempo cheio de uma profunda admiração. Se André ainda se permitia ter esperança, era dever de Jean-Luc exigir o mesmo de si.

Naquele momento, de repente, Jean-Luc percebeu um pequeno envelope no meio da pilha de papéis entregues pelo menino de recados. Abriu e leu o bilhete:

Cidadão St. Clair,

Escrevo a você como noiva de André Valière. Peço-lhe que lhe diga que estou a salvo, graças ao irmão dele. Não vou dizer onde, uma vez que isso seria muito perigoso. Temo escrever diretamente para André, porque suspeito que meu tio evitaria que minha carta lhe fosse entregue. Sim, foi meu tio, Nicolai Murat, quem primeiro fez as acusações.

E preciso ainda escrever e implorar que você diga a André que eu estou bem, e que o amo.

Espero que, algum dia, André e eu possamos reembolsá-lo por sua bondade e coragem.

Sua fiel admiradora
e serva
Sophie Vincennes

Estranho, Jean-Luc pensou, lendo a carta uma segunda vez. Ela não estava endereçada, não continha nenhuma pista de como Jean-Luc poderia responder a Sophie Vincennes. Mas, por outro lado, ponderou o advogado, a intenção dela era justamente não ser encontrada.

Esta pobre mulher, tão esperançosa quanto o homem que ela ama. Tolos, os dois, Jean-Luc pensou para si mesmo. E quando desabou a cabeça entre as mãos, sentiu o desejo irresistível de abraçar Marie. Não era um desejo; era uma necessidade. Uma necessidade urgente e implacável. Esta vida era muito louca, muito trágica, e tudo podia mudar muito rapidamente; ele não podia permitir que o estranhamento recente que tinha se endurecido entre eles persistisse. Afastou sua cadeira da mesa e se levantou, determinado a ir para casa e tomar sua esposa nos braços.

Do lado de fora, o caos que cercava as Tulherias se espalhara, de modo que uma improvisada assembleia de pessoas estava em frente ao prédio. Havia várias dúzias de indivíduos, uma série deles segurando mosquetes, um punhado de outros carregando lanças, serras e atiçadores.

"Cidadão, em que pé estão as coisas?", Jean-Luc perguntou a um homem de bigode que estava a vários metros de distância dos homens que empunhavam mosquetes. Esse espectador, que estava com os braços cruzados casualmente na frente do peito, pareceu menos perigoso do que seus companheiros.

O homem olhou para Jean-Luc e, apontando com o queixo, indicou que ele devia prestar atenção aos seus companheiros. Jean-Luc não pôde deixar de reparar no bigode do homem, que tinha um aspecto elaborado e artificial. O sujeito o percebeu encarando, e Jean-Luc desviou o rosto, olhando para trás em direção à multidão.

Em cima de um banco, um dos aparentes líderes da aglomeração segurava seu mosquete para o alto e gritava. Ele, também, Jean-Luc notou, tinha o mesmo bigode escuro e artificial. Todos tinham, o advogado percebeu, conforme prestava mais atenção aos rostos no meio da multidão que agora o cercava. Até as mulheres, ele constatou, subitamente boquiaberto.

"Nós mostramos àquela condessa o que pensávamos de *seu* tesouro nacional, não foi?", o líder que estava em cima do banco gritou com uma voz áspera. As pessoas responderam num êxtase de aclamações e zombarias, com os bigodes falsos balançando sobre os lábios. Várias delas começaram a dançar, uma dança macabra que parecia mais adequada a uma fogueira selvagem do que a uma rua de Paris cheia de cidadãos livres.

Meu Deus do céu, pensou Jean-Luc, que eles não tenham dito o que eu acho que eles quiseram dizer. Tinha ouvido falar das revoltas em algumas outras cidades – levantes em que foram cometidos atos de vingança indescritíveis contra a nobreza. Crianças sendo defenestradas de castelos e mulheres sendo defloradas e difamadas, seus pelos pubianos sendo transformados em objeto de escárnio e divertimento para a turba enraivecida. Mas esses relatos não podiam ser realmente verdadeiros, não é?

"Esses monarquistas achavam que poderiam ter *nossa* cidade de volta!", o líder que empunhava o mosquete rugiu de seu banco.

"Cidadão?" O homem com quem Jean-Luc falou pela primeira vez, que estava de braços cruzados, se encontrava agora bem ao lado dele e se inclinou para frente. Jean-Luc então viu através do brilho da lua cheia que uma excitação vertiginosa e febril coloriu o rosto sujo do homem. O advogado não conseguia tirar os olhos daquele bigode horrível.

"Parece que você está precisando se animar, cidadão. Quer um cheirinho da querida Comtesse de Beaumonde?" Debaixo do vil bigode, os lábios do homem se abriram em um amplo sorriso desdentado, e Jean-Luc se afastou dele, andando o mais rápido que pôde em direção ao rio.

Na metade sul da Pont Neuf, outra assembleia improvisada estava se reunindo, e Jean-Luc gemeu, parando. De que vilanias detestáveis *essas* pessoas eram capazes? Essa reunião, no entanto, parecia ser de natureza mais moderada. Eles eram talvez duas dúzias em número, com várias crianças pequenas se agarrando às saias das mães e às mãos dos pais.

"Cidadãos, o que está acontecendo?" Jean-Luc aproximou-se deles lentamente, com cautela.

"Estamos esperando por *ele*", disse uma das mães, passando os dedos pelos cabelos de uma criança, como se fosse melhorar sua aparência esfarrapada, enquanto se virava e observava Jean-Luc se aproximar.

"Por quem?", o advogado perguntou, parando bem perto do grupo.

"*Ele!*" Outro membro do grupo apontou para a direção sul do rio, como se isso pudesse elucidar a confusão de Jean-Luc.

"Perdoe-me, mas por quem esperamos?", Jean-Luc repetiu a pergunta, estreitando os olhos para contemplar melhor a paisagem noturna de Paris. Ele começou a ouvir o lento retumbar de muitos cavalos se aproximando.

"Bonaparte", a primeira mulher respondeu, com a voz pesada de reverência. "Ele está vindo!" O grupo agora estava se alinhando, formando uma única fila ao longo da ponte para abrir passagem para os cavaleiros que se aproximavam. Jean-Luc teve a impressão de que um esquadrão inteiro de cavalaria estava chegando.

"General Napoleão Bonaparte!", gritou um dos pais do grupo, levantando o filho em cima de seus ombros. O menino começou a balançar a bandeira tricolor.

As tochas foram as primeiras a aparecer, e Jean-Luc recuou junto dos demais para abrir espaço à medida que os cavaleiros se tornavam visíveis, aproximando-se num trote constante. Na parte da frente da coluna, cavalgava uma figura tacanha, uma tocha próxima lançando luz suficiente sobre seu rosto para mostrar um cabelo escuro e brilhante e traços delicados, com olhos negros fixados atentamente adiante. Ele usava um casaco azul-escuro com dragonas douradas nos ombros e um chapéu de dois bicos na cabeça.

Enquanto o cavalo avançava na ponte encabeçando a coluna, Bonaparte levantou a espada e gritou:

"Para as Tulherias! Pela França!"

Como um borrão, os cavalos se aproximaram e passaram, correndo em direção à Margem Direita e ao cerco. O grupo que rodeava Jean-Luc urrou em resposta, seguindo atrás do general Bonaparte, com a bandeira tricolor ondulando como um estandarte que os levava para a batalha.

Jean-Luc aproveitou a emoção momentânea para se desvencilhar despercebido da multidão e tomar a direção oposta. E então uma ideia, tão repentina e abrupta quanto a dança frenética da multidão, surgiu-lhe na mente. Correu para casa, pensando que, talvez, finalmente tinha chegado à linha de argumentação que poderia de fato salvar André Valière. E não queria esperar para contar a Marie.

⌘

Em casa, o sótão estava escuro e silencioso. Marie não esperava que ele voltasse para casa tão tarde, não quando já tinha passado tantas noites no escritório. Ele encontrou a esposa e o filho abraçados na pequena cama de Mathieu no canto da sala, embalados pela maravilhosa tranquilidade do sono. Jean-Luc tirou os sapatos e foi até eles na ponta dos pés. Admirou os rostos serenos por vários minutos, sentindo lágrimas ardendo nos cantos dos olhos. Mathieu estava roncando baixinho, seu corpo pequenino e rechonchudo envolto nos braços da mãe.

Jean-Luc se abaixou e deitou ao lado deles na cama. Marie se mexeu, suspirando enquanto dormia, mas voltando-se para os braços que o marido agora passava em torno dela.

"Eu te amo, Marie", Jean-Luc sussurrou em seu ouvido. "Eu amo vocês dois." Não sabia se a esposa estava adormecida ou acordada, mas ela sorriu, e ele beijou sua bochecha macia. O calor de seus corpos relaxou o corpo de Jean-Luc, e a fadiga finalmente o venceu; esta noite ele poderia realmente dormir bem, a primeira em muitas que conseguia se lembrar.

Porém, naquele momento, os olhos de Jean-Luc avistaram algo ao lado da cama, a poucos centímetros da cabeça de seu filho. Ali estava a estatueta brilhante e refinada que Mathieu tinha ganhado do misterioso "homem bom". O presente que deixou Marie e Jean-Luc tão desconfortáveis; o brinquedo se tornara uma presença indesejada no apartamento desde que Mathieu o exibira pela primeira vez.

Mas não foi aquela miniatura que fez o coração de Jean-Luc disparar nesta noite. O que fez seu coração acelerar foi exatamente aquilo que estava ao lado da estatueta, cuja pintura brilhante reluzia à luz da lua: um novo brinquedo, e um que certamente não tinha sido dado ao menino por sua mãe – uma guilhotina em miniatura.

18

Prisão de Le Temple, Paris

Primavera de 1795

Jean-Luc tinha contrabandeado duas cartas de Sophie no ano passado, e elas eram a única notícia que André tivera de sua noiva. A primeira tinha sido um bilhete curto rabiscado para dizer que estava escondida em segurança no interior do país; Remy tinha feito um bom trabalho retirando-a da cidade e levando-a para fora do alcance de seu tio. Como ainda não tinha recebido nenhuma outra notícia, André dizia a si mesmo que Sophie permanecia segura. Escondida. O silêncio por parte dela nos últimos meses lhe permitiu um pouco de paz para se concentrar e se preparar para o julgamento.

Até esta manhã. No dia do tão esperado e tão adiado julgamento de André, Jean-Luc chegou à prisão trazendo outra carta. Tinha chegado cedo. André estava deitado em posição fetal no canto da cela, sobre a palha úmida e com os olhos fechados enquanto tentava não considerar os potenciais resultados do dia, quando seu advogado apareceu, trazendo a carta de Sophie.

"Eu não tinha certeza se devia lhe entregar a carta ou se devia esperar o fim do julgamento", admitiu Jean-Luc, exibindo na testa uma nova linha de preocupação que André nunca havia notado antes. "Mas decidi que não podia, conscientemente, manter isso longe de você. Espero que as palavras de Sophie lhe deem forças hoje."

André pegou a carta com dedos sujos e trêmulos, perguntando se não seria mesmo melhor Jean-Luc esperar para entregá-la; talvez *ele* devesse esperar até depois do julgamento para lê-la. Manter a mente clara, ou tão clara quanto possível, para a provação do dia. Porém, ele raciocinou, se fosse considerado culpado, a oportunidade de ler a carta poderia ser perdida para sempre.

Rompeu o selo de cera e desdobrou o papel, sentindo o peito se contrair como se estivesse espremido por uma corda quando viu a caligrafia familiar de Sophie.

Meu amor,

Saí do castelo onde Remy me instalou. Fui forçada a sair, na verdade. Meu tio me encontrou.

André baixou o papel, as mãos tremendo ainda mais. Mas se forçou a continuar.

A única resposta a que posso chegar é a de que um dos homens de meu tio seguiu Remy até o local, uma vez que seu irmão vinha com certa regularidade para conferir se eu estava bem e me trazer notícias sobre o seu bem-estar. Sempre eram as mesmas – que você estava vivo, embora aprisionado e aguardando julgamento. Remy me disse que você o proibiu de visitá-lo na prisão, pela necessidade de mantê-lo a uma distância segura e livre de qualquer suspeita, e, por isso, ele não podia entregar minhas cartas. Foi uma agonia para mim, mas não desejo me concentrar em meu sofrimento quando você atualmente carrega nos ombros um fardo tão pesado que, à luz da comparação, faz minhas próprias dores parecerem leves.

Mas o meu motivo para escrever agora, como você provavelmente adivinhou, é devido a uma mudança urgente na minha situação. Como disse, fui forçada a fugir do meu esconderijo. Meu tio apareceu no castelo duas noites atrás. Remy acabava de chegar com novos suprimentos de comida e lenha. Não vimos o destacamento do meu tio até que fosse quase tarde demais. Remy foi o primeiro a ouvir o som de cascos a uma certa distância. Pensamos que era nossa imaginação até que vimos as tochas iluminando sua aproximação. Aquela visão enviou um arrepio pelo meu corpo.

Remy, sempre um bravo soldado, manteve o sangue frio e me apressou para uma porta traseira que dava para os estábulos, onde encontramos o único cavalo restante da propriedade. Seu irmão me colocou na sela e me enviou para os pomares. De lá, pude seguir escondida para a floresta e desaparecer mata adentro antes que o destacamento do meu tio me achasse. Como restava apenas um cavalo nos estábulos, e aquela criatura velha e faminta teria sido sobrecarregada por nós dois, Remy me mandou embora naquela montaria e me assegurou de que correria para a frente do castelo, onde seu próprio cavalo estava amarrado. André, não sei o que aconteceu com o seu irmão. Não ouvi mais falar dele desde aquela despedida precipitada no estábulo escuro.

A última visão que tive, enquanto meu cavalo ofegava exausto pomar adentro me levando para a floresta, foi um grande clarão, já que o castelo foi incendiado. Minha alma me dizia para voltar e ajudar Remy, cujas ações altruístas o levaram a me proteger e a colocar sua própria vida em perigo. Mas não sei se teria oferecido ajuda ou mais prejuízo. Eu me lembrei de que ele me fez jurar que eu continuaria galopando até encontrar um local seguro.

Oh, André, sinto muito por não ter voltado. Meu coração está rasgado de arrependimento. Coloquei você e seu irmão no caminho do perigo e esse fato inevitável me deixa mal.

Vou escrever a você de novo quando tiver uma visão mais regular e permanente da situação. Enquanto isso, saiba que estou viva e bem, porém muito ansiosa por notícias que, espero, me digam que seu irmão está são e salvo. Ele é a única razão pela qual eu posso escrever para você hoje.

E, é claro, ainda mais importante do que a minha própria felicidade – procuro em todos os lugares notícias do seu julgamento. Quando ele acontecerá e qual será o resultado. Ah, em que tempos terríveis nós vivemos!

Meu coração permanece seu,
e até o fim de meus dias
serei sua amorosa e fiel
Sophie

André abaixou a carta, adivinhando pela letra apressada e desordenada que Sophie estava tão angustiada enquanto escrevia aquele relato quanto ele estava agora com sua leitura. Sophie, caçada de seu esconderijo como um animal. Remy perdido, ou pior. André se sentou, ou melhor, deixou-se cair no chão. Por um momento, sua visão ficou embaçada e escura.

Ele fechou os olhos e foi assaltado por visões de seu pai, seu general, seu irmão, seu amor... Um pesadelo real estava se desenrolando diante dele.

⌘

"André de Valière?" Um guarda robusto, com as bochechas coradas após uma manhã regada a cartas e vinho, estava na porta da cela. André abriu os olhos e piscou, olhando ao redor como se, por algum milagre, pudesse acordar e ver que estava em qualquer outro lugar do mundo, menos ali. Notou a carta que estava sobre a palha úmida a seus pés e lembrou-se das palavras conturbadas de Sophie. Apesar da sensação de impotência, apressou-se a pegar a carta e segurou-a perto de si, como se protegesse a luz de uma vela de se apagar.

"Está na hora", disse o guarda, enfiando uma chave enferrujada na fechadura e puxando para abrir a porta da cela que gemia.

"Hora?", André balbuciou, lembrando-se do julgamento. "Oh, sim..." Ele colocou-se de pé meio vacilante. "Só me dê um momento. Vou trocar rapidamente de roupa." Olhou ao redor de sua cela. "Minha farda... Minha farda do exército. Estava bem ali – onde foi parar?"

O guarda deu de ombros, inútil e desinteressado.

"Você será julgado com a roupa de saco, como milhares antes de você."

André sentiu seu ânimo afundar de vez.

"Mas eu queria estar com minha farda..."

"Você vai estar com uma nova mancha roxa nesse seu focinho aristocrático se não se apressar agora!" O guarda ergueu a coronha do mosquete de forma ameaçadora. "Agora, saia, ou eu posso perder a paciência."

Um dos outros prisioneiros olhou para fora de sua cela, examinando André com olhos escuros sérios.

"Que Deus esteja com você, irmão. Que Deus esteja com você."

Deus já não está comigo há algum tempo, pensou André, enquanto arrastava os pés diante da porta da cela. Suas pernas estavam instáveis, mal sendo capazes de cumprir a tarefa de levar seu corpo rumo à condenação. Enquanto caminhava, não conseguia parar de pensar na carta de Sophie, na notícia que acabara de ler na sua cela. Estava agoniado, uma pergunta o assombrando mais até do que o medo de julgamento iminente e da sentença: onde estava Remy?

⌘

André saiu do vagão, com as mãos e os tornozelos algemados, e percorreu um pequeno caminho em direção ao tribunal. O sol derramava uma luz ofuscante que ele não via há meses, forçando-o a levantar as mãos para proteger os olhos semicerrados.

Jean-Luc estava do lado de fora do tribunal, visivelmente espantado ao ver seu cliente.

"André, você não está vestido com a farda do exército."

André olhou para seu corpo coberto pelo saco cinzento e esfarrapado. Podia ler o desapontamento nos suaves olhos cor de avelã de seu advogado.

"Eu sinto muito. Ela desapareceu. Foi retirada da minha cela por um dos guardas."

"Murat, sem dúvida", Jean-Luc resmungou baixinho, seu rosto perdendo momentaneamente a constante compostura. Ele suspirou. "Muito bem. Continuaremos independentemente disso."

Ele forçou um sorriso encorajador, dando um tapinha nas costas de André, captando a emagrecida forma física do seu cliente. Nesse momento, um oficial de justiça anunciou o próximo caso, e Jean-Luc e André foram conduzidos para o interior do tribunal.

"Os Cidadãos e o Povo da República Francesa contra André de Valière, herdeiro do ex-marquês de Valière."

A esse anúncio, a multidão entulhada e espremida no tribunal começou a assobiar e a bater os pés. A fila dos jurados, todos com rosetas tricolores e boinas vermelhas, sussurrava com os olhos ansiosamente fixos na porta por onde André e seu advogado entravam. Jean-Luc inclinou-se para sussurrar:

"Não se importe com isso. Apenas lembre-se de que você esteve na Batalha de Valmy, lutou na frente italiana e arriscou sua vida pela Revolução. Você renunciou voluntariamente ao seu título, suas terras e suas reivindicações de nobreza, e simplesmente deseja continuar a servir a República." Colocando a mão no ombro de André, Jean-Luc inspirou profundamente antes de dizer: "Certo, então vamos".

André manteve o olhar altivo, embora, na verdade, estivesse se sentindo alheio e anestesiado. Fez um gesto de cabeça afirmativo para Jean-Luc e avançou adiante ao lado dele. O advogado pisou firme para permanecer calmo ao lado de seu cliente.

Conforme adentravam a corte, a multidão se virava para observar melhor os dois homens. Desde a queda de Robespierre e dos jacobinos, os tribunais tinham mudado bastante. A mais visível entre essas mudanças era a condução mais mecânica dos processos, que, para alguns, era um tanto maçante em comparação aos julgamentos acalorados de antes. A emoção e a raiva tempestuosa da galeria foram substituídas por uma rigidez burocrática que, Jean-Luc esperava fervorosamente, poderia lhe dar uma abertura para defender razoavelmente o caso de André. Mas não havia certeza; boa parte do povo ainda permanecia hostil à nobreza e temerosa de um levante monarquista. As cicatrizes da Revolução não desapareceriam tão facilmente.

O magistrado principal tocou o sino, o ruído agudo diminuindo o barulho na corte, mas não restabelecendo a ordem efetivamente.

André sentou-se, rodeado de todos os lados por bancos de espectadores. A câmara era menos suntuosa do que a sala em que Kellermann fora julgado, posto que este era um caso de menor importância. Mesmo assim, o corredor transbordava com a massa usual de rostos e espectadores ansiosos.

André piscou, tentando superar a sensação paralisante de dormência e desapego que se apoderava de seu ser. Ele olhava para a sala e tudo o que via era um borrão – os espectadores e seus sorrisos ferinos e os cabelos sujos e oleosos se misturando em uma imagem turva de hostilidade concentrada. Apenas um rosto se destacou, um conjunto familiar de características: olhos cinza, um rabo de cavalo preto, um bigode proeminente. Nicolai Murat estava sentado no centro da sala, com o olhar singularmente fixo no prisioneiro.

Quando André viu seu acusador – o caçador de Sophie, o algoz de Remy –, sentiu uma onda de emoção repentina mais forte do que qualquer sensação que havia experimentado nos últimos meses. Seu entorpecimento deu lugar à raiva e à dor. Dor pela lembrança de Kellermann e sua morte injusta. Pelo medo e pela infelicidade que assolavam Sophie. Pelo pobre Remy, de quem não tinha notícias. André sentiu-se tão dominado pelas emoções que lutou com todas as suas forças para reter as lágrimas.

Guillaume Lazare, o mesmo advogado que assombrou os entes mais queridos de André nos últimos anos, foi alistado para condená-lo. Contratado por Murat, sem dúvida. Isso, André pressupôs, tornava ainda mais provável que ele fosse julgado rapidamente e condenado à morte. Jean-Luc St. Clair, em sua jovem carreira, levantara-se como advogado de defesa em um julgamento apenas em outro momento; e o resultado daquele caso, como todos em Paris sabiam, foi um homem bom sendo enviado para a guilhotina.

Consciente desse sombrio precedente, e percebendo o ódio que os acusadores tinham contra ele, André achou impossível nutrir qualquer esperança. O tribunal hostil, aliado à notícia que recebera de Sophie pela manhã, finalmente conseguiu o que todos esses meses em Le Temple falharam em lograr: André ficou desesperado, certo de que era um homem condenado.

Mas, então, uma poderosa onda de resignação o percorreu de repente, superando todos os outros sentimentos. Os ruídos da multidão, o estridente toque do sino do magistrado pedindo silêncio, a batida no chão de centenas de pés – tudo desapareceu. Com essa rendição veio, surpreendentemente, uma sensação de súbita leveza. Alívio. Ele poderia finalmente desistir de lutar. Sentia a sombra rastejante da morte, mas já não tinha medo de sua aproximação, pois a morte seria o fim de seu sofrimento.

Tão esgotado estava André por essa súbita compreensão de sua própria derrota, pelo reconhecimento de que, para ele, o tormento tinha acabado, que ficou momentaneamente cego aos acontecimentos que se desenrolaram diante dele no tribunal.

André não percebeu como Jean-Luc St. Clair – rescaldado de sua tentativa anterior e fracassada de conquistar um tribunal e superar o magistral Guillaume Lazare – fazia uma narrativa da Batalha de Valmy para influenciar os imperturbáveis jurados e espectadores. A maneira como o advogado falava de um jovem homem que renunciou a um nome nobre que nunca havia escolhido para si, que vestia o casaco azul de um soldado antes mesmo que a nação tivesse ido para a guerra. Se estivesse ouvindo, André poderia pensar que o advogado descrevia Christophe Kellermann; mas não, Jean-Luc estava descrevendo André Valière. E lutava por esse caso como se sua própria vida dependesse. A morte de André seria seu fim, ele sabia. Assim como a libertação do capitão seria sua própria salvação.

Expondo seus argumentos com segurança e clareza, Jean-Luc St. Clair falou então de mais um dos recentemente descobertos heróis da República: o general Napoleão Bonaparte. Jean-Luc descreveu, de forma vívida, a noite das revoltas em Paris, quando os monarquistas tinham dominado as Tulherias e quase retomado a capital. Como ele, Jean-Luc St. Clair, estava na ponte quando o próprio Bonaparte passou a galope para salvar Paris desses inimigos da Revolução. Após uma pausa, feita tanto para construir um suspense quanto para limpar o suor de sua testa, Jean-Luc descreveu como Bonaparte tinha levantado a sua espada e gritado: "Pela França!".

As pessoas no corredor começaram a murmurar, até mesmo a concordar, quando o advogado contou como o jovem general da Córsega tinha reunido o povo diante dessa ameaça, e quando Jean-Luc ressaltou que Bonaparte agora bradaria aquele grito de guerra no exterior para punir os inimigos que ameaçaram anular a nobre Revolução, alguns começaram a dar vivas.

Este painel de jurados é tão patriótico quanto os mais fervorosos cidadãos desta terra, afirmou Jean-Luc. Eles sabem que o chamado do general Bonaparte aos homens deve ser respondido. Como, então, sendo patriotas, eles poderiam enviar um homem, um soldado e um herói como André Valière para a guilhotina? Como poderiam tirar de Bonaparte, e da nação francesa, tão experiente combatente?

A disposição no tribunal estava mudando para com André, mas ele não percebeu nada disso. Tão absorto estava em suas próprias reflexões sobre a morte – e sobre o veredito que já aceitara –, que não notou a bela rede de lógica e emoção que seu jovem e passional advogado estava tecendo em volta dele. Uma rede protetora de argumentos perfeitamente afiados, projetada para atacar os acordes de clemência e patriotismo no seio de seus presumíveis executores.

"Cidadãos." O rosto de Jean-Luc estava corado, o rabo de cavalo se soltando enquanto ele se movimentava pelo tribunal, tecendo os argumentos finais da defesa de André Valière. "Este homem diante de vocês, André Valière, nasceu em um castelo. Quando era apenas um bebê desamparado em um berço, recebeu uma riqueza mais abundante do que qualquer homem merece. Por isso, ele deve pagar um preço, por mais que tenha renunciado a tudo e provado que daria seu próprio sangue para salvar nossa República. Ele ainda deve a essa nação. Nesse ponto, estou perfeitamente de acordo. Mas vocês não compartilham minha opinião de que esse preço deveria beneficiar diretamente a mesma nação? Nossa amada República francesa?

"Se matarmos André Valière hoje, sua cabeça rolará e o sangue que já foi nobre será derramado. Mas o que isso nos proporciona? Isso nos dá um espetáculo. Alguns minutos de... entretenimento." Jean-Luc deu de ombros, pressionando as palmas das mãos juntas. "Mas e se nós pegarmos o seu corpo e o colocarmos a serviço da nossa Revolução – o que *isso* nos traz? André Valière torna-se um servo de nosso povo e de nossos princípios. Um guerreiro para o nosso general Bonaparte. E não um guerreiro qualquer – André Valière é comprovadamente bem treinado e endurecido pelas batalhas. Podemos nos dar o luxo de desperdiçar um homem como este, apenas porque algumas pessoas vingativas desejam ver um fugaz espetáculo de sangue?"

A multidão gritou neste momento, à medida que os membros do júri se remexiam em seus assentos, lançando olhares de soslaio um para o outro, observando o humor do corredor.

"Eu, por exemplo, não me daria esse luxo", Jean-Luc fez uma pausa, quase sem fôlego, agora com a voz rouca, mas encarando todos os olhares na sala. "Eu digo: façam André Valière lutar por este país. Coloquem-no para trabalhar. Enviem-no para Bonaparte. Lá, seu sangue pode ser derramado, mas não sem primeiro servir à nossa República." Jean-Luc bateu o punho na palma da mão para concluir cada frase com ênfase, e cada gesto foi recebido com calorosas aclamações da audiência.

"Dessa maneira, a fortuna da família de André Valière – por tanto tempo desperdiçada por causa de um título indevido – pode, finalmente, ser devolvida para todos nós. Cidadãos da França, eu afirmo que este homem deve a nós lutar pela nossa Revolução."

André mal ouviu as palavras inflamadas do argumento final de seu advogado. Apenas olhou para cima enquanto o júri deliberava. Mal ouviu a voz do oficial de justiça que, em questão de minutos, anunciou que haviam chegado a um veredito, e saudou a leitura da sentença com um imperceptível dar de ombros.

"André de Valière é considerado culpado."

Mas então sentiu uma sensação estranha, como se sua mente e seu corpo tivessem sido forçosamente jogados de volta ao momento presente, quando a segunda metade do veredito foi lida. Ele estava esperando por aquela temida palavra, esperando ouvir *guilhotina*. Em vez disso, o juiz declarou com voz inexpressiva:

"A sentença será o exílio permanente da República da França e serviço obrigatório na marinha do general Bonaparte."

André olhou para Jean-Luc, o rosto do advogado se acendendo com a mesma descrença que o dele. Conseguiram! Tinham tocado em alguns pequenos sentimentos de misericórdia das pessoas. André não enfrentaria a guilhotina, afinal. Ele seria forçado a viver.

⌘

Mais tarde, do lado de fora do tribunal, André foi cercado pela multidão, e um punhado de guardas teve de formar um anel protetor em torno dele e de Jean-Luc.

"Você consegue acreditar, André?" O advogado alternava entre o riso e a seriedade, como se ele não tivesse assimilado completamente a notícia de sua própria vitória. "Ah! Deus abençoe! A sua vida é sua, meu amigo."

André concordou, ainda se esforçando para compreender o resultado.

"Eu não tenho palavras... Obrigado."

"*Eu* que agradeço, por você não ceder àqueles que tentaram destruí-lo", respondeu o advogado, num tom baixo e sério em meio aos gritos da multidão circundante. "Sabe, sua força revigorou meu espírito e, ouso dizer, possibilitou a construção do caso."

Embora André tivesse sido libertado dos grilhões de tornozelo, os pulsos ainda estavam presos, e mesmo assim ele e Jean-Luc apertaram as mãos.

"Parece, André, filho do antigo marquês", Jean-Luc disse a última parte bem baixinho, "que sua história não devia terminar hoje".

As pessoas começaram a se dispersar. Alguns retardatários ainda demoravam, procurando dar uma olhada mais atenta no homem que havia sido arrancado das garras da morte. Mas à medida que a aglomeração diminuía, André percebeu que não estavam sozinhos.

Esperando ao lado da carruagem que transportaria André Valière de volta à prisão para reunir seus pertences estava Nicolai Murat. A atitude do homem fora inteiramente alterada em relação ao que havia mostrado no tribunal, onde parecia animado. Agora o rosto estava insípido, e os olhos cinzentos, sem emoção.

"Capitão de Valière." Murat encostou-se na carruagem, os braços cruzados diante do peito. Ao ouvir o próprio nome proferido pelos lábios daquele homem, o corpo inteiro de André se enrijeceu; ele não sabia que era possível odiar tão veementemente.

"André?" Jean-Luc aproximou-se ainda mais de seu cliente e pousou a mão sobre o ombro dele. "Você acabou de ser poupado, não..." Jean-Luc lançou um olhar implacável em direção a Murat. "Por favor, André, entre na carruagem."

"Não." André levantou uma mão, parando de andar. "Está tudo bem." Virando para Jean-Luc, perguntou: "Você nos daria um momento?".

Jean-Luc hesitou, encarando Murat e André alternadamente. O advogado se aproximou, quase sussurrando:

"Por favor, cuidado com as palavras."

"Dê-me apenas um momento, por favor", André concordou.

Jean-Luc suspirou, apertando as mãos na frente da cintura.

"Estarei na carruagem quando estiver pronto para ir." Com isso, o advogado se afastou.

Sozinho com Murat, rodeado de perto por oficiais que pareciam ferozes cães de guarda, André permaneceu imóvel e olhou para o inimigo.

"General Murat." Mas não houve deferência quando o jovem pronunciou o título de seu superior. Depois de uma pausa, o general falou:

"Suponho que deveria lhe dar os parabéns", disse Murat, alisando o bigode com a ponta de dois dedos. "Nunca pensei que o advogadozinho seria capaz. Devo admitir, estou impressionado."

André contraiu o maxilar, tentando dominar os nervos e o temperamento antes de dizer qualquer coisa. Não daria a Murat a satisfação de ver que suas palavras o abalaram.

"O que não significa que você escapou da morte", continuou Murat. "Sem dúvida será enviado direto para a boca do canhão, talvez para enfrentar Nelson e seus temidos navios ingleses."

André não ofereceu nenhuma resposta.

"Mas o jovem advogado lutou bastante, não foi?" Fazendo uma pausa, Murat sorriu. "O que é mais do que posso dizer do seu irmão."

Com isso, o peito de André entrou em colapso.

"O que você disse?"

Os lábios de Murat se retorceram sob o bigode.

"Eu o encontrei espreitando um castelo abandonado nos campos perto de Le Mans, onde ele mantinha minha sobrinha escondida como um rato. Como você se atreve?" Os olhos do general se estreitaram. Ele sibilou a próxima pergunta: "Onde ela está?".

André não respondeu. Sua visão estava nublada, e ele tentou entender o que poderia ter acontecido com Remy. Após uma longa pausa, Murat, com a voz calma mais uma vez, continuou:

"Não importa. Eu a encontrarei. Ela não pode ter ido muito longe. Seu irmão pode ter tentado o seu melhor, mas não foi o suficiente."

André preparou-se para avançar, mas sabia que, se estrangulasse o homem, perderia a chance de descobrir algo sobre o destino do irmão.

"Diga-me o que aconteceu com o meu irmão."

Murat riu, fazendo uma careta cruel e irônica, os olhos cinzentos faiscantes como uma tempestade se armando.

"Quando eu encontrar minha sobrinha, talvez lhe diga onde poderá encontrar o corpo do seu irmão."

19

Paris

Verão de 1795

"Imagino que deve estar muito orgulhoso de si mesmo agora."

Jean-Luc olhou para Gavreau, postado diante de sua mesa. O homem ficou circulando ali, como um cão faminto, por um quarto de hora até finalmente decidir que não era necessário um convite para interromper o trabalho de Jean-Luc.

"Desculpe-me?" Jean-Luc suspirou, baixando a pena.

Gavreau lhe atirou os jornais com as notícias do dia, aumentando a pilha de papéis que cobria a mesa de Jean-Luc.

"Primeira página dos jornais. Este panfleto aqui diz que você é o 'advogado mais promissor de Paris'. Então, como eu disse: imagino que deve estar muito orgulhoso de si mesmo agora."

Jean-Luc lançou um olhar superficial ao panfleto no topo da pilha, espiando a primeira frase antes de notar, com um tremor de orgulho, que fora redigido por seu escritor favorito, o Cidadão Perséfone. Encarou o chefe, disfarçando o desejo de sorrir.

"Marie nunca me permitiria ficar tão orgulhoso de mim mesmo. Creio que seja seu dever sagrado me lembrar diariamente o quão longe eu estou da perfeição." Jean-Luc encolheu os ombros e o supervisor começou a rir.

"Então ela não é tão ruim assim, mesmo que sempre o impeça de me acompanhar aos cafés à noite."

"Quanto a isso", disse Jean-Luc, inclinando a cabeça para o lado, "não posso culpar a minha esposa".

"Por que ela estava no julgamento de Valière?"

"Hein?" Jean-Luc olhou para o chefe, confuso.

"Sua mulher", disse Gavreau. "Eu a vi lá, escondida na parte de trás. Parecia que estava tomando notas, ou registrando algo para si mesma. Pensei que talvez ela estivesse trabalhando como uma de suas auxiliares, agora que você é um homem muito ocupado."

"Marie, no julgamento de André Valière?", Jean-Luc repetiu a declaração. "Você deve estar enganado. Ela não estava lá." Marie nunca manifestou a menor intenção de ir ao julgamento. Ele teria insistido para que ela ficasse longe.

"Ela estava lá, garanto a você. Nunca deixo de notar uma linda morena."

"Não." Jean-Luc balançou a cabeça, convencido de que o supervisor estava enganado. "Você tomou muito vinho no almoço e viu alguém que se parecia com ela. Mas, falando em Marie, tenho essa pilha aqui para examinar e prometi que estaria em casa para o jantar."

Ultimamente, a carga de trabalho de Jean-Luc parecia não ter fim, devido ao atraso acumulado nos meses e nas semanas em que se preparou para o julgamento de André.

"Diga... Quem você acha que é esse escritor, o Cidadão Perséfone?", Jean-Luc perguntou ao chefe.

"Não tenho certeza. Alguma referência ao mito grego", Gavreau respondeu, olhando o panfleto. "O que eu sei é que ele, na verdade, era *ela*, a filha de Zeus."

"Como?" Jean-Luc olhou do panfleto para Gavreau.

"Ora, vamos... Será que eu sei algo que o estimado Jean-Luc St. Clair não sabe?", Gavreau regozijou-se, com rosto corado e provocativo. "Não se lembra de seus clássicos? Perséfone, a pobre moça arrastada para o mundo subterrâneo por Hades, que estava apaixonado por ela. Ela ressurge a cada primavera, trazendo vida, mas depois desce novamente a cada inverno, deixando morte e decadência. O último símbolo da vida e da morte. Esperança e desespero, a luz e a escuridão. O equilíbrio frágil deste mundo arruinado em que vivemos."

Jean-Luc concordou. Lembrava-se vagamente das lições da infância. "Bem, Gavreau, tenho que admitir: estou impressionado."

"Não sou completamente inútil, afinal. Mas venha cá, St. Clair. É uma hora da tarde." Gavreau, em vez de mostrar sinais de se afastar da mesa do empregado, agora sentou-se em sua borda. "Você comeu alguma coisa hoje?"

"Não, na verdade não...", Jean-Luc respondeu, percebendo pela primeira vez o quão faminto estava.

"Vou te pagar o almoço. É o mínimo que posso fazer para o... Do que estão te chamando agora? Ah, sim, 'o advogado mais promissor de Paris'."

⌘

O dia estava agradável, a luz dourada do sol banhava a praça com um calor gentil. Caminharam para o oeste ao longo do rio até a vizinhança de Saint-Jacques e escolheram uma mesa no terraço do Café du Progrés para almoçarem.

Gavreau pediu dois guisados ralos, uma baguete com algo anunciado como patê de fígado e uma jarra de vinho diluído.

"E então, você já tem notícias sobre o pobre coitado?"

"De qual coitado estamos falando?", Jean-Luc perguntou.

"O capitão Valière, ou De Valière, seja qual for o nome dele."

"Não desde que ele partiu para a costa. Mas eu o vi há algumas semanas."

Gavreau recostou-se quando o garçom trouxe a cesta de pão, com uma crosta escura de um marrom duvidoso.

"Como ele estava se sentindo com tudo o que aconteceu? Verdade seja dita, o exílio não é a morte, mas ainda assim é exílio."

"Não tenho certeza", Jean-Luc ponderou. "Ele parecia muito distraído sempre que nos falávamos. Talvez um pouco nervoso. Esta guerra..." Jean-Luc fez uma pausa, avaliou os arredores e decidiu não prosseguir. No fundo, ele não sabia como expressar exatamente seus próprios pensamentos contraditórios sobre a Revolução e o que ela se tornara.

"Por que ele está nervoso? Ele tem que manter a cabeça no lugar." Gavreau enfiou o guardanapo de linho no colarinho do mesmo jeito que Marie arrumava o babador de Mathieu e se serviu de uma porção generosa de patê. "E considerando o que ouvi falar sobre a família dele, tenho certeza de que seus parentes têm um tesouro acumulado escondido em algum lugar."

"Não está nervoso por causa de sua situação. Está nervoso porque o irmão *e* a noiva estão desaparecidos."

Gavreau arregalou os olhos, interrompendo no ar o movimento da faca cheia de patê.

"Eles estão mortos?"

"Eu não sei", disse Jean-Luc, perdido em pensamentos. Pegou a faca e cortou para si uma fina fatia de pão. "O tio dela é o general Murat. Aquele que levantou as acusações contra André."

"Ah... Bem, então talvez ele esteja mais encrencado do que eu pensei."

Jean-Luc concordou. Gavreau, após devorar metade do patê, serviu-se de mais uma porção.

"Agora o destino do jovem não está mais em suas mãos, meu amigo. Então você deve parar de se preocupar. Nunca vi um homem se meter em tantos problemas e miséria judicial como você."

Jean-Luc refletiu a respeito, percebendo que, pelo menos uma vez, concordava com seu superior.

"Ele está vivo", Jean-Luc disse enfim. "Pelo menos é alguma coisa. Acho que eu preferiria arriscar a sorte entre os italianos ou os austríacos a..." Ele se interrompeu e examinou seus arredores mais uma vez. Convencido de que ninguém ao alcance estava ouvindo, continuou: "Eu preferiria enfrentar a guerra com essas pessoas a ficar diante desse tribunal abandonado por Deus. Depois de enfrentar Murat, Lazare e a ira do Comitê, acho que Valière vai se sentir grato com a visão de uma terra estrangeira."

Gavreau secou os lábios com as costas da mão.

"Você está decepcionado com nossa Revolução?"

Jean-Luc inclinou a cabeça para o lado, olhando para a praça lotada. Suspirou.

"Acho que é mais com a natureza humana que estou decepcionado."

"As pessoas são como as maçãs que você encontra em um alqueire de colheita." Gavreau encolheu os ombros. "Algumas estão maduras e boas, e outras estão podres."

Jean-Luc estreitou os olhos, surpreso com a rara exibição de sabedoria do colega.

"E algumas são como eu", continuou Gavreau. "Você come apenas ao redor das partes podres."

"Ou a deixa para os vermes." Jean-Luc sorriu para o chefe.

"Diga, você teve alguma notícia do advogado mandachuva?"

"Guillaume Lazare?", Jean-Luc perguntou, sentindo o coração começando a acelerar.

Gavreau fez que sim.

"Não desde o julgamento de André." Jean-Luc empurrou o guisado, subitamente perdendo o apetite. "Eu lhe escrevi um bilhete em seguida, tentando ser cordial. Mas ele não respondeu."

"Ele provavelmente está zangado porque Valière escapou de suas garras. Não é algo com que está acostumado, pelo que se ouve dizer."

⌘

Após a refeição vespertina, Jean-Luc atravessou o Sena rumo à Margem Esquerda. Seguia a passos vagarosos sobre a ponte de pedra enquanto apreciava a luz suave da tarde sobre a superfície do rio, os raios cintilantes que ondulavam ao sabor da corrente das águas.

Ainda estava claro quando ele entrou na sua rua. Caminhou devagar, sentindo, pela primeira vez em muito tempo, uma sensação de leveza. Estaria em casa antes de o filho ir para a cama. Chegaria a tempo de jantar com Marie e ouvi-la falar sobre seu dia.

Através da janela aberta do piso térreo, viu Madame Grocque varrendo o salão da frente de sua taverna.

"Cidadã Grocque." Jean-Luc tirou o chapéu para cumprimentar a mulher robusta. Ela não respondeu, mas olhou desconfiada em direção a uma carruagem que estava estacionada na esquina ali perto.

O pavor se apoderou de Jean-Luc, uma rajada fria de gelo derretendo o calor gostoso que acalentava seu peito um momento antes. Como se estivesse esperando sua chegada, a porta da carruagem se abriu e dela saiu a figura delgada de Guillaume Lazare.

"Cidadão St. Clair." Os cabelos amarelos do homem estavam puxados para trás, em um rabo de cavalo apertado, a pele exibindo aquela alvura calcária nada natural. Apenas os lábios estavam vermelhos, um vermelho artificial, e eles agora exibiam um sorriso pouco convincente.

"Cidadão Lazare." Jean-Luc permaneceu onde estava parado. Lançou um rápido olhar em direção ao sótão e imediatamente se arrependeu. Os olhos do velho o seguiram.

"Está surpreso por me ver, cidadão?"

"Um pouco, sim", Jean-Luc admitiu.

"Eu o surpreendi em um momento ruim?"

"Não, não, é só... Como posso ajudá-lo?"

"Oh, eu não preciso de sua *ajuda*, cidadão." Lazare trançou os longos e finos dedos juntos na frente da cintura. "Simplesmente vim felicitá-lo por sua recente vitória."

"Obrigado, Cidadão Lazare. Isso é muito gentil de sua parte." Jean-Luc forçou um sorriso, mas estava certo de que o velho percebera a rigidez do gesto.

"Eu sempre digo que aprecio um desafio." O velho estreitou os olhos, estudando Jean-Luc como se o jovem estivesse com dificuldade para entender um texto cujo significado não era imediatamente claro. Depois de vários momentos, Lazare suspirou. "Bem, creio que devo deixá-lo ir. Estou certo de que sua esposa está ansiosa para ter você de volta, agora que os trâmites desse julgamento infeliz acabaram."

"De fato." Jean-Luc avançou até a entrada, sentindo que essa conversa já tinha se prolongado tempo demais. "Agradeço novamente sua gentileza." Ele aceitou a mão estendida de Lazare – tão frágil quanto uma folha de papel – e percebeu que a pele do velho estava fria.

"Por favor, transmita meus melhores votos à sua família."

Com isso, Lazare olhou mais uma vez para cima, em direção ao apartamento de Jean-Luc, antes de voltar para a carruagem. O lacaio abriu a porta, mas Lazare se deteve.

"Ah, a propósito, achei interessante que *ela* estivesse o visitando. Nunca percebi que você era tão amigo do capitão Valière. Talvez tenha sido ingenuidade de minha parte pensar que você estivesse atuando simplesmente como advogado dele. Suponho que todos possuímos nossos segredos, hum?" Lazare fez uma pausa, os olhos deslizando na direção da janela do sótão, que Marie deve ter aberto, pois agora o som distante do riso de Mathieu chegava até a rua. Lazare voltou-se para Jean-Luc.

"Eu o tomei por um homem honesto, St. Clair. Imagine minha decepção se constatar que fui enganado."

"Cidadão", Jean-Luc, visivelmente abalado pela última observação, tentou oferecer alguma resposta. "Eu lhe asseguro, não tenho ideia do que você está falando."

"Paz! Está tudo bem, meu amigo. Eu sou apenas um homem da lei; os assuntos pessoais dos outros não são da minha conta." Com isso, Lazare colocou o chapéu e entrou na carruagem. O chicote do cocheiro estalou e a carruagem começou a seguir adiante. Ao se retirar, Lazare falou pela sua janela. "Mas é claro que não posso falar pelo tio dela, o general Murat. Boa noite para você e sua família, cidadão!"

⌘

Jean-Luc entrou no apartamento com o coração disparado. E imediatamente entendeu. Entendeu exatamente a quem Lazare estava se referindo.

"O que você está fazendo aqui?", Jean-Luc perguntou, olhando para o belo rosto de uma jovem loira que ele deduziu ser Sophie Vincennes.

"Jean-Luc St. Clair." Marie deu um passo à frente, colocando as mãos nos quadris. "Esses são modos de falar com uma visita?"

"Papai!" Mathieu correu em direção ao pai, tropeçando nos próprios pés, de modo que caiu antes de alcançar Jean-Luc. O advogado se abaixou e pegou o filho no colo, indo em direção às duas mulheres.

"Peço desculpas. Não pretendia ser rude. Apenas fiquei surpreso por vê-la. Você deve ser Sophie, certo?"

A mulher fez que sim.

"O que faz aqui?", Jean-Luc repetiu a pergunta anterior.

"O que deu em você?" Marie contornou a mesa onde estava colocando os pratos para o jantar e se aproximou do marido. "Onde estão seus modos?"

Mas Jean-Luc manteve o foco firmemente fixado na convidada. Sophie levantou os olhos, com uma tensa expressão que aparentava medo, mas também esperança.

"Eu não tinha nenhum outro lugar aonde ir. André me disse que você era um dos poucos em quem podíamos confiar."

"Papai! Mademoiselle Sophie vai desenhar um balão que voa para mim!" Mathieu bateu com os punhos sobre os ombros do pai com excitação. "Mademoiselle Sophie, por favor, desenhe um balão voador!"

"Agora não, Mathieu." Marie tirou o filho do colo de Jean-Luc e o colocou no chão diante dos brinquedos. "Primeiro a mademoiselle Sophie vai jantar com a mamãe e o papai." E então, fixando os olhos escuros no marido, com uma expressão que lhe dizia que era melhor concordar, perguntou: "Não é, Jean-Luc?".

"Sim, é claro", ele suspirou, concordando.

O jantar foi tenso. Marie fez o que pôde para envolver Sophie em assuntos amenos, tais como a recusa de Mathieu em comer certos alimentos e a disputa permanente de madame Grocque com todos os cachorros da vizinhança. Mas as risadas de Sophie, embora polidas, eram forçadas. Jean-Luc falou muito pouco.

"Você teve notícias de André?", ele perguntou quando tiraram a mesa depois do jantar, mas Sophie negou.

"Há meses ele não tem nem ideia de onde eu estou."

"Exatamente onde você esteve?", perguntou Jean-Luc, enquanto Marie ouvia, amontoando a pilha de louça suja para lavar.

"No início", Sophie disse baixinho, evidentemente receosa de que alguém pudesse ouvi-la, mesmo ali, "Remy encontrou um lugar para mim num velho castelo situado a três dias de viagem ao sul da cidade, fora de Le Mans. A família havia partido na primeira onda de imigrantes e suponho que aqueles que escolheram ficar tenham sido... presos... então o castelo estava vazio, exceto por um caseiro e sua mulher cega. O casal me acolheu, permitindo que eu pagasse por um quarto. Não fizeram nenhuma pergunta."

Um antigo castelo perto de Le Mans – teria sido uma das propriedades que ele tinha inventariado? Jean-Luc se perguntou. Não se lembrava de um castelo fora de Le Mans. Sua memória não guardava os rostos de nenhum fantasma relacionado àquele lugar.

"E o que aconteceu com você, uma vez que se instalou no castelo abandonado?" A pergunta de Marie puxou Jean-Luc de volta à sala, à mesa de jantar.

"Remy me deixou lá, depois voltou para seu regimento nos arredores de Versalhes. Ele me visitava quase toda semana, trazendo rações ou recursos extras mendigados no acampamento que já estava faminto. E então um dia..." A voz de Sophie falhou, e ela contemplou o horizonte, para além dos dois ouvintes ansiosos e da parede do sótão apertado.

"Sim?"

"*Ele* me encontrou lá. Ou, pelo menos, chegou perto de me encontrar." Nesse ponto de sua história, Sophie se calou e escondeu o rosto nas mãos. Marie e Jean-Luc trocaram um olhar, permitindo que a jovem suspendesse a narrativa, mas ela acabou por retomá-la.

"Remy me ajudou a fugir. Aquela foi a pior noite da minha vida", Sophie sussurrou, e seus olhos azuis se voltaram para Mathieu, como se não quisesse que o menino ouvisse. "Eu cavalguei pelo bosque durante toda a noite. Não parei nenhuma vez. Pouco depois do amanhecer, fui parar em uma clareira. Foi o momento em que o cavalo parou e se deitou; suas pernas simplesmente se dobraram. Ele não se levantaria mais, pobre criatura. Se eu tivesse uma pistola, teria disparado um tiro mortal para poupá-lo da miséria."

Marie parou de lavar o prato que tinha nas mãos, permitindo que um lento fluxo de espuma escorresse até pingar no chão de madeira enquanto escutava o relato com o rosto repleto de simpatia.

"Você sabe... o que aconteceu com Remy?", perguntou Jean-Luc.

Sophie simplesmente balançou a cabeça, o corpo inteiro afundando na cadeira enquanto os olhos claros ficaram úmidos.

"Não", ela disse, tentando conter as lágrimas. "Eu não o vi mais desde aquela noite."

Marie fez o sinal da cruz enquanto Jean-Luc suspirou. Sabendo o que sabia sobre Murat, teve que presumir o pior. Depois de um longo silêncio, dirigiu-se novamente a Sophie.

"Então, como você seguiu adiante sem um cavalo?"

"Eu sabia que tinha que sair da estrada. Eu não tinha ideia de quão perto meu tio e seus homens estavam àquela altura. Mas como eu não tinha dinheiro, não podia ficar numa estalagem. Além disso, não queria que se espalhassem rumores sobre uma mulher desgrenhada andando por aí sozinha, então passei o dia inteiro caminhando lentamente dentro da floresta, mas seguindo a estrada.

"Naquela noite, encontrei uma fazenda. Parecia um lugar remoto o suficiente e eu vi que não estava habitada, então entrei no celeiro. Eu estava morrendo de fome, porém, ainda mais do que isso, estava cansada.

Tinha cavalgado a noite toda e andado durante todo o dia. Não sei se alguma vez já havia me sentido tão cansada. Encontrei uma baia vazia nos fundos, me deitei lá e cai em um sono profundo. Foi nesse lugar que passei a segunda noite."

Jean-Luc olhou para Sophie, impressionado. Ela pode ter tido uma boa educação – até mesmo com requintes de sofisticação –, mas possuía uma força que ele não esperava.

"Eu acordei na manhã seguinte com os sussurros confusos de um homem velho. O fazendeiro. Ele tinha um ancinho erguido, mas vi em seu rosto que não era uma pessoa perversa. Coloquei minhas mãos juntas, clamando por misericórdia, e ele baixou o ancinho imediatamente. Ele me levou para a fazenda, onde conheci sua esposa e sua filha, que gentilmente insistiram que eu tomasse café da manhã."

"Graças a Deus eles eram amigos." Marie suspirou.

"'Amigos' não é o suficiente para descrevê-los", disse Sophie, com a voz um tanto embargada, mesmo quando se forçou a continuar. "Foram verdadeiros anjos. Foi lá onde eu estive desde aquele dia em que escrevi para André. Ou para *você*, melhor dizendo."

"Ele recebeu sua carta no dia do julgamento", Jean-Luc contou, balançando a cabeça. Ele se lembrou vividamente de como André estava abalado quando apareceu no tribunal. Tinha presumido que era resultado do nervosismo por enfrentar a corte e possivelmente a guilhotina, e não percebeu até mais tarde que aquela era uma reação ao conteúdo da carta de Sophie.

"Eles não desconfiaram de você?", perguntou Marie. "Esses fazendeiros?"

"Eles perguntaram de onde eu vim", disse Sophie, balançando a cabeça. "Eu disse que era de Paris, e então eles não perguntaram mais nada. Só disseram que todos os habitantes de Paris estavam vivendo tempos difíceis e que não tinham necessidade de ouvir uma história triste. Eles me trataram como se eu fosse de seu próprio sangue. Eu trabalhei, também, claro, oferecendo qualquer ajuda que pudesse dar. Ajudei na cozinha e com as crianças, e às vezes na horta. Eu estava muito agradecida apenas por estar segura e alimentada."

"Até agora. O que aconteceu?", perguntou Jean-Luc.

"Até uma semana atrás, na verdade", Sophie respondeu. "Eles devem ter ficado mais nervosos do que deixaram transparecer, porque exatamente na semana passada me chamaram para conversar e pediram que eu partisse."

"Que razão eles deram?" Marie passou os dedos distraidamente pelo cabelo castanho, afastando-o do rosto.

"Eu mencionei a vocês que eles tinham uma filha mais velha. Uma doce garota", disse Sophie, com um triste sorriso nos lábios. "Ela tinha um pretendente, um jovem de uma aldeia vizinha que queria se casar com ela. Mas ele não podia fazer o pedido enquanto houvesse um estranho morando na casa. Acho que eles temiam que eu pudesse ser notada e que as pessoas suspeitassem de toda a família." Sophie fez uma pausa. "Com os novos decretos aprovados, qualquer um que suspeitasse deles poderia denunciar toda a família por abrigar 'traidores', e sabemos o que aconteceria a seguir." Sophie parecia doente. Por um momento, Jean-Luc temeu que ela pudesse estar mal, e se inclinou para frente com a intenção de ampará-la. Mas a sombra que tomara seu rosto passou, e lentamente ela se recompôs. "Eu não podia culpá-los, e foi o que lhes disse."

Todos os três ficaram em silêncio depois que Sophie terminou seu relato. Apenas a voz de Mathieu se infiltrava no círculo sombrio enquanto o garoto brincava com seus poucos brinquedos.

Enfim, Sophie olhou para cima.

"Eu não tinha dinheiro. Nem comida. Não tinha para onde ir. Meus pais estão mortos. Remy está desaparecido. Eu sabia que André tinha estado em Paris. Além dele, não tenho ninguém."

"Mas...", Jean-Luc balbuciou, "como você passou pelas barreiras?".

"É bastante fácil entrar na cidade", Sophie riu, um riso sem graça. "Sair dela é a parte mais difícil."

⌘

Mais tarde, naquela noite, depois de Mathieu ter adormecido e de Sophie ter recebido cobertores e um pequeno travesseiro para dormir, Jean-Luc e Marie foram para o quarto com a criança. Não tinha sido a noite de comemoração da reconciliação familiar que ele esperava.

Eles se despiram em silêncio, colocando Mathieu em sua pequena cama no canto antes de se vestirem com as roupas noturnas. Pela primeira vez em um longo período, Marie estava acordada enquanto Jean-Luc se acomodava na cama. Ela se aninhou e o encarou, com o rosto a poucos centímetros do dele no travesseiro já gasto.

"Não há outra maneira? Nada que possamos fazer?"

"Não é seguro", Jean-Luc sussurrou, suspirando. Ele havia dito a Marie que achava que não poderiam acolher Sophie em casa. Que ela teria de ir para outro lugar.

"Você a ouviu, Jean, ela não tem para onde ir. Não tem dinheiro para alugar um quarto. E nem um amigo com quem falar."

Jean-Luc gemeu, esfregando os olhos cansados com os punhos.

"Eu me sinto mal sobre isso, acredite em mim. Continuo vendo o rosto de André em minha mente e me sinto subjugado pelo desejo de dizer a ela que sim, pode ficar conosco. Mas preciso pensar em você e Mathieu. É muito arriscado."

Marie olhou para a porta, na direção do cômodo onde Sophie dormia – ou tentava dormir – do outro lado. Ela se voltou para o marido e sussurrou:

"Você mesmo disse que o tio dela saiu de Paris, que voltou ao fronte com o exército. Sei que esta cidade virou de cabeça para baixo e está uma loucura, mas como alguém saberia quem ela é? Talvez possamos fingir que ela é nossa empregada...?"

"Aquela mulher, *nossa* empregada?" Jean-Luc deu um breve sorriso triste. "Mesmo que pudéssemos arcar com isso, o que claramente não podemos, ninguém acreditaria nessa história."

Jean-Luc segurou a mão de Marie na sua, fazendo uma pausa, deliberando se devia ou não contar a ela. Mas estava cansado da distância que havia crescido entre eles; precisava dela, como sua parceira integral.

"Ele a viu."

"Quem a viu?", Marie perguntou, os grandes olhos castanhos se estreitando, encarando os dele na luz fraca.

"Guillaume Lazare. Ele viu Sophie chegar."

"O advogado? Qual é o perigo disso?"

Jean-Luc não respondeu de imediato. Estava procurando as palavras certas.

"Há algo nesse homem que me deixa desconfortável. Não confio nele, pelo menos não quando se trata da segurança daqueles que amo. Além disso, ele conhece Murat. Eu acho – não, eu tenho certeza – que vai contar para ele."

Marie concordou, seus olhos castanhos refletindo o brilho do luar que se derramava no quarto, dando-lhe um ardor de outro mundo. Quando falou, sua voz estava determinada.

"André Valière apareceu na sua frente quando você mais precisava dele. Ele defendeu Christophe Kellermann, e isso quase lhe custou a vida."

Jean-Luc assentiu, abraçando-a, puxando-a para mais perto e acolhendo-a em seus braços enquanto Marie prosseguia:

"E então você defendeu André Valière. E salvou a vida dele. Não sei dizer por que, nem como, mas, seja como for, você e ele estão juntos em tudo isso", Marie suspirou. "Essa mulher é o amor da vida dele, e seu único crime foi se apaixonar por um homem que o tio dela odeia. Acho que se este Guillaume Lazare representa uma ameaça para Sophie, essa é só mais uma razão para cuidarmos dela."

Jean-Luc ouviu a resolução na voz da esposa e não teve escolha a não ser responder no mesmo tom, para que ela também pudesse compreender seu ponto de vista.

"Marie, não se trata somente do tio dela ou de Lazare. Se alguém suspeitar que estamos escondendo um fora da lei, informará às autoridades. Ela não pode ficar aqui..."

"Jean-Luc, não vou ouvir isso. Você arriscou a segurança da nossa família quando se envolveu nesses dois julgamentos. Considere a minha vez de apostar em uma causa digna. Sophie Vincennes é uma amiga em apuros, desesperada por ajuda, e nós não lhe daremos as costas. Se não vai permitir que ela fique em nossa casa, você irá pelo menos procurar um lugar onde ela *possa* ficar. Você deve conhecer alguém, talvez um colega ou aquele seu chefe tolo. Mas isto eu lhe digo: não vamos fazer essa mulher sofrer mais do que já sofreu."

"Marie...", Jean-Luc olhou para a esposa, sentindo a própria vontade se dissipando contra a parede de sua determinação.

"Meu amado marido, encontre um lugar onde ela possa ficar, ou eu vou encontrar um para você", ela disse, colocando um pé gelado entre os tornozelos dele.

"Oh, está bem...", Jean-Luc suspirou. "Acho que consigo encontrar algum lugar." Ele deslizou o corpo para mais perto do dela embaixo dos lençóis. "Não vejo você tão apaixonada assim há algum tempo..." Ele beijou seu pescoço, passando o braço em torno da cintura dela enquanto a puxava para bem junto dele. "Tenho que dizer que gostei."

"Que bom!" Ela sorriu para ele enquanto tirava uma mecha de cabelo do rosto do marido. Eles se beijaram por vários minutos até Marie se afastar, sorrindo. "Creio que acabei de superar o homem que derrotou o *grande* Guillaume Lazare."

"Não diga esse nome." Jean-Luc deslizou a mão por baixo da bainha da camisola dela. "A simples menção me tira o sono." Ela concordou e permitiu que ele a beijasse.

No entanto, algo lhe veio à memória e, após um momento, Jean-Luc interrompeu as carícias e perguntou:

"Isso me lembra..., Marie, Gavreau me disse que te viu no julgamento. Você estava lá?"

Ele sentiu o corpo da esposa ficar tenso em seus braços.

"Eu..." Ela fez uma pausa. "Eu dei uma passadinha por lá... mas foi apenas por um momento. Estava nas redondezas."

"Nas redondezas? Para quê?"

"Ora, estava apenas olhando. Para ver se o pão é mais barato em outras vizinhanças. Você sabe que qualquer *sou* que poupamos faz diferença."

"Mas...", Jean-Luc sentiu o incômodo crescer em seu peito, "quem estava cuidando de Mathieu?"

"A madame Grocque ficou com ele, só por pouco tempo."

"Hmm", Jean-Luc murmurou, considerando o que ouvia, certo de que a esposa não estava lhe dizendo tudo. "Não tenho certeza de que me sinto confortável com isso, deixar o menino lá embaixo, na taverna."

"Então isso não vai acontecer novamente", disse ela, concordando um pouco rápido demais. "Agora pare de se preocupar e vamos voltar ao outro assunto." Ela recomeçou a beijá-lo, deslizando as mãos pelas costas dele por baixo de seu camisão. Antes que pudesse protestar, Jean-Luc sucumbiu, seu corpo despertando para o toque há tanto tempo negado pela mulher.

"Papai?" A voz de Mathieu penetrou o quarto escuro como uma agulha furando um balão inflado. Jean-Luc sentiu o corpo de Marie se enrijecer novamente. Por um momento, ambos ficaram imóveis e silenciosos, esperando que o filho voltasse a dormir.

Mas Mathieu não facilitou, chamando mais uma vez na escuridão:

"Papai?"

"O que é, Mathieu?" Jean-Luc já podia sentir o corpo de Marie se afastando do seu, e quase gemeu de frustração.

"Papai, eu ouvi você dizer que vai ter pesadelos por causa do Cidadão Lazare. Mas você não precisa 'ficar medroso dele', papai. Ele me disse: 'Seu papai é muito corajoso'. Quando estou brincando na taverna, ele me traz biscoitos e diz que vai me levar para ver o balão voador!"

Jean-Luc olhou para a esposa e viu em sua expressão o mesmo que ele sentia; lá, no brilho frio do luar leitoso, o rosto de Marie ficou consternado pelo medo.

Parte três

20

Costa Mediterrânea, sul da França

Primavera de 1798

André quase perdeu o fôlego ao ver a caligrafia familiar. Era praticamente um milagre que essa carta o tivesse encontrado ali.

Tinha levado uma eternidade até que essas notícias chegassem de Paris. A carta de Jean-Luc tinha sido extraviada e redirecionada muitas vezes até chegar ao navio *l'Esprit de Liberté*, nas águas ao largo da costa do sul da França. No momento em que a carta chegou, estava cheia de vincos e amassada, sua textura já tendo assimilado a brisa e o sal do mar – alguém poderia até dizer que estava tão alterada em sua forma original quanto o homem que agora a segurava.

André, trajando seu uniforme de marinheiro, fez uma pausa no convés da fragata e rompeu o selo da carta, ávido pelas palavras que viriam, migalhas de alimento para sua alma solitária.

André, meu amigo,

Uma visitante apareceu à nossa porta, trazendo para Marie e para mim uma boa surpresa: Sophie. Ela está segura conosco. Mathieu está fascinado com sua nova "tia Sophie" e já não tem tempo para a mãe nem para o pai. Nós tentamos mantê-la fora da vista sempre que possível, e espero que nossos vizinhos acreditem em nós quando lhes dizemos que temos condições de pagar uma criada.

Tudo está bem conosco. Manteremos Sophie em segurança, e Mathieu decerto se encarregará de mantê-la ocupada.

Espero que esta carta o encontre bem. Ou, pelo menos, que o encontre, enfim; as minhas perguntas sobre o seu destino revelaram-se desanimadoras e infrutíferas. Por favor, escreva quando for capaz de fazê-lo.

Seu amigo,
Jean-Luc St. Clair

P.S.: Tenho certeza de que não sou a pessoa de quem você esperava ter notícias. Aproveite.

Dobrada dentro do envelope estava uma segunda carta, não assinada mas escrita em uma letra elegante e familiar.

Meu querido,

Como você já soube por nosso amigo, estou a salvo em Paris. Com meu tio fora da cidade e de volta ao fronte, espero não encontrar muitos problemas aqui.

Os St. Clairs provaram-se anfitriões generosos e amáveis. No entanto, devo avisá-lo: se você não se apressar, temo que Mathieu St. Clair esteja em sério risco de se apaixonar por mim e eu por ele. Como uma garota pode resistir àqueles grandes olhos castanhos?

Escrever por intermédio de Jean-Luc parece ser a melhor medida por agora, enquanto me esforço para manter uma presença discreta. Paris está muito mudada. O que mais me impressionou na minha volta foi que os transeuntes já não parecem olhar os outros nos olhos.

No entanto, temos alguma esperança – ouvimos, quase universalmente, que Napoleão Bonaparte é o líder que vai restaurar a paz e a ordem na França.

Meu querido, estou morrendo de ansiedade por informações sobre você e seu paradeiro. Por favor, me diga que está bem. Você está recebendo o suficiente para comer? Por favor, me diga que você não se encontrou novamente no mesmo caminho que meu tio.

Por favor, meu amor, peço-lhe que me prometa que cuidará bem de si mesmo. Mantenha-se a salvo. E saiba que eu continuo sua amorosa e devotada,

S.

André agarrou-se a essas cartas, lendo-as e relendo-as, olhando em volta para garantir que nenhum dos marinheiros testemunhasse as lágrimas que enchiam seus olhos. Tais palavras eram um bálsamo para uma alma maltratada; ele imaginou Sophie – a misteriosa e ainda assim mais bela garota que já tinha conhecido – passeando agora por Paris sob o disfarce de uma criada. Aliás, a criada mais bonita que a cidade poderia empregar. Que inveja de Jean-Luc, Marie e Mathieu por estarem tão próximos dela, por poderem vê-la com tanta frequência que nem se davam conta do quão sortudos eram.

Também pensou em como poderia recompensar Jean-Luc. Não só por sua generosidade ao abrigar Sophie, mas por toda bravura envolvida no simples ato de oferecer-lhe apoio e assistência. André prometeu a si mesmo: assim que recuperasse sua liberdade, se sobrevivesse às lutas que sem dúvida ainda viriam, encontraria um meio de agradecer a Jean-Luc por tudo o que havia feito.

Enfim, André dobrou as cartas e as colocou no bolso do peito do casaco, perto de seu coração, onde as palavras despertaram um calor reconfortante após tantos meses de absoluto desespero. Como ele desejava respondê-las!

Mas ele não tinha permissão de usar nem caneta nem papel para escrever. Pelas leis do governo e do Exército da França, André havia sido destituído de sua posição de oficial. Trabalhava a bordo do *l'Esprit de Liberté* como um reles marinheiro compulsório, dormindo em uma rede que era só mais uma na longa fila de redes penduradas nos dormitórios abarrotados dos deques inferiores. Era nessa rede que lia e relia as cartas noite após noite, as notícias de Sophie, perguntando-se quando a próxima missiva dela poderia alcançá-lo nessas vastas águas azuis em que ele cumpria sua sentença.

À medida que o estômago e as pernas se acostumavam com o incessante balanço de sua nova e ondulante casa, André adaptava-se ao seu entorno. A pele escureceu. Os lábios – primeiro ardidos e feridos pelo novo clima – se acostumaram com a permanente camada de sal que parecia se instalar neles. Os dias eram previsíveis, até mesmo um pouco monótonos. Ele estava a bordo de um dos vários navios que rondavam continuamente as águas da costa sudeste da França, cuja principal função era proteger a costa da ameaça de uma incursão naval dos espanhóis ou, pior ainda, dos ingleses. Mas houve pouca ação no esquadrão de André, e a maioria das batalhas foi contra os ratos que assombravam os porões e as gaivotas que alvejavam o convés com excrementos, rapidamente desperdiçando suas horas esfregando e varrendo.

A maioria dos companheiros marinheiros de André, homens rudes cujos variados sotaques eram tão carregados quanto as barbas eram malfeitas, desconfiavam dele e civilizadamente o ignoravam. Muitas vezes, ao entrar nos alojamentos comunais, André teve a nítida impressão de que as conversas haviam cessado abruptamente. Eles toleravam a presença dele, mas não o convidavam a compartilhar da intimidade fraterna. O arranjo se adequava bem a André; depois de tantos meses preso em uma cela úmida, não precisava de novos amigos ou confidentes.

Enquanto olhava para o vasto horizonte azul, André considerava estes dias a bordo do *l'Esprit de Liberté* como um período parecido com o que as freiras de sua vila natal lhe ensinaram chamar-se purgatório. Ele baixaria a cabeça, manteria a boca fechada e passaria o tempo ali cumprindo a pena por qualquer crime que tivesse cometido.

E, no entanto, estar no mar não era um destino tão terrível em comparação com aquele de que escapara por pouco em Paris. Era muito melhor do que cumprir uma sentença similar na horrível prisão de Le Temple. Havia alimentos – salgados e secos, com certeza, mas suficientes. O trabalho marítimo era rotineiro, mas ocupava as horas e lhe permitia um sono profundo e exausto todas as noites. Os braços e as pernas, previamente fortes pela juventude e pelos anos de guerra, tornaram-se ainda mais fortes, os músculos sendo esculpidos em contornos bem-definidos de tanto içar e escalar. O ar fresco e cálido tinha expurgado a tosse que ele havia desenvolvido no calabouço úmido de Le Temple.

E, apesar de sua indiferença, André fez um amigo.

"Você recebeu uma carta de mulher." Ashar sorriu ao se aproximar de André no convés, um sorriso de malandragem marcando a pele escura em torno dos olhos pretos e curiosos. "Nem adianta negar."

Na maioria dos dias, André não se importava com as provocações de Ashar. Na maioria dos dias, poderia até dar o braço a torcer e admitir que gostava das brincadeiras bem-humoradas. Da mesma forma que agora apreciaria a companhia despreocupada de Remy.

Ashar veio do Egito, que André conhecia só de ouvir falar, e gostava de lembrar isso aos outros, muitas vezes falando com uma linguagem vaga e lírica sobre a casa que havia deixado para trás. Raramente falava com os outros marinheiros de língua árabe, que vieram da Berbéria. Como egípcio, afirmava, poderia muito bem ser seu rei.

Ashar, não obtendo nenhuma resposta de André, continuou provocando:

"Uma mulher… E estou adivinhando que é uma mulher linda."

"O que você sabe sobre mulheres bonitas?", André brincou, e os olhos de Ashar cintilaram maliciosamente.

"Talvez seja mais correto dizer que sei sobre as pessoas." Ashar sentou-se ao lado de André, olhando para ele. "E você? De você eu sei muito."

"Ah é?" André recostou-se, desafiando o amigo. "E?"

Ashar o estudou intensamente antes de responder:

"Você, meu amigo, não é como os outros. Você é diferente, por causa do que sofreu."

André olhou para o mar ondulante diante deles, em silêncio. A visão era uma extensão infinita de um azul salgado, e seus pensamentos divagaram entre sentimentos divergentes, o amor profundo e inequívoco por Sophie e o ódio que nutria pelo tio dela. Também pensou em Remy e na última vez que o vira.

"Você sofre em silêncio, o que é admirável, mas nem por isso sofre menos. E agora, vejo que algo aconteceu com você."

André suspirou, tentando redirecionar a conversa.

"E quanto a você, Ashar? O que diabos está fazendo neste navio?"

"Tut-tut, não precisa ser grosseiro comigo, meu amigo. Sou simplesmente..."

"Não, você me entendeu mal." André se virou, tirando os olhos do horizonte para olhar para o companheiro. "Quero dizer, como, em nome de Deus, você acabou aqui? Como é que um filósofo egípcio como você está servindo na marinha francesa?"

"Bem, essa é uma boa pergunta." Foi a vez de Ashar ser pego em uma reflexão silenciosa. Ele suspirou lentamente antes de responder. "Alá, que a paz esteja convosco, tem um plano para todos nós. Pergunto-me se não me afastei de seu plano, desagradando-o. Meu coração não é perverso, meu amigo, mas fiz coisas ruins. Então, devo me submeter à vontade dele, até que meu destino seja revelado. Está escrito."

André encarou o amigo por um momento, sem saber como lidar com essa misteriosa afirmação, e decidiu que o silêncio era a melhor resposta. Refletiu sobre o próprio passado, pensando que seu coração não era perverso. O que fizera então para merecer *esse* destino?

Um golpe brusco no ombro tirou André de suas meditações sombrias, lembrando-o de voltar ao trabalho esfregando o tombadilho. A conversa deles teria que esperar.

⌘

Várias semanas depois, a tripulação do *l'Esprit de Liberté* recebeu uma semana de licença no porto de escala de Toulon.

Durante aquela semana, enquanto André percorria as ruas de paralelepípedos, desfrutando deliciosas terrinas de peixe e a hospitalidade faceira dos fregueses dos restaurantes e das tavernas, ele notou cada vez mais navios atracando no porto, toda manhã trazendo ainda mais velas.

Cada novo navio francês significava que hordas de homens eram despejadas na cidade, barulhentos e com a barba por fazer. As ruas de Toulon ficaram tão lotadas que André tinha que abrir caminho em meio a um enxame de corpos simplesmente para ir da pequena pousada onde estava até o porto, para fazer seus exercícios matinais. Havia homens em todo lugar – homens altos, bêbados e desalinhados, reprimidos após meses no mar e ansiosos para visitar algumas das famosas tavernas e bordéis do sul.

Já era o final do jantar na última noite em Toulon quando André encontrou o amigo egípcio ao erguer o olhar do ensopado com alho e se deparar com um par de olhos escuros e familiares.

"Ashar!", ele disse, saudando-o com um sorriso genuíno e puxando-o para um abraço.

Antes que André tivesse tempo de lhe oferecer um assento, o egípcio se sentou na cadeira vazia em frente a ele e ordenou uma segunda terrina de peixe. André baixou a colher, limpando a boca.

"Como tem sido sua semana?"

"Foi..." Ashar olhou em volta do terraço, um enxame de homens suados e ruidosos bebendo vinho e canecas de cerveja, rondando as poucas mulheres presentes. "Esclarecedora, eu diria."

"Você já ouviu falar sobre o que estamos fazendo aqui?"

"Você não percebeu?" O egípcio levantou as mãos como se dissesse a André para olhar ao redor. "Todos os homens saudáveis a serviço estão desembarcando em Toulon."

"Eu notei as multidões, sim, mas não tinha certeza do motivo. Você tem alguma notícia?"

"Você não ouviu?" Agora foi a vez de Ashar de ficar incrédulo.

André balançou a cabeça em negativa, limpando a garganta.

"Não."

"Ora, aquele demônio louco do Bonaparte está pronto para o jogo novamente."

Nenhuma das respostas enigmáticas do amigo estava elucidando a questão para André.

"Mas que jogo é esse?"

"Ordens de embarque." Após uma pausa, o egípcio puxou um pergaminho para fora da túnica e o colocou sobre a mesa.

André observou o papel, e depois encarou o amigo com um olhar interrogativo.

"As ambições do general Bonaparte são ainda maiores do que eu tinha suposto", disse Ashar, inclinando-se para sussurrar para André. "Eu tive encontros com um ministro do governo e com um assessor do grande homem. Eles me querem. Precisam de mim, na verdade."

"Ainda não estou..."

"Capitão Valière, esses homens que você vê não estão apenas se reunindo para ir ao sul pelas mulheres e pelo vinho. Somos todos parte da poderosa flotilha de Bonaparte."

André examinou o terraço lotado mais uma vez, observando a massa de marinheiros com camisas de listras azuis e brancas, soldados fumando cachimbos e entoando canções improvisadas enquanto bebiam.

"Flotilha para quê?"

"Transportar o exército de Bonaparte para a próxima conquista: minha terra natal, o Egito."

⌘

Curiosos espectadores da zona rural circundante irrompiam no quebra-mar e nas docas de Toulon enquanto o exército e a frota do general Bonaparte – uma fortaleza móvel de 38 mil soldados e marinheiros, 400 navios, além de cientistas, historiadores, botânicos, artistas e os escritores mais destacados da França – embarcavam nos navios. Os marinheiros corriam para cima e para baixo nos conveses enquanto as ordens eram gritadas sob o sol feroz do sul. As âncoras foram levantadas e as velas aumentaram, grávidas das brisas mediterrâneas que varreriam a frota ainda mais para o sul, em direção ao continente africano.

Se não fosse pelas informações fornecidas por Ashar, André ignoraria tanto quanto qualquer outro o propósito da missão. Desde guardas até os almirantes, todos receberam ordens expressas do general Bonaparte de proteger o segredo desta missão com a maior discrição.

André podia adivinhar o porquê. Embora Bonaparte tivesse provado ser aparentemente invencível em terra, os britânicos ainda eram insuperáveis quando se tratava de poder naval. Liderar uma frota tão grande de homens e navios franceses com segurança através de águas patrulhadas pelos britânicos exigiria velocidade e, principalmente, sigilo.

Na terceira manhã de curso ao sudeste através do Mediterrâneo azul-esverdeado, André estava sozinho, esfregando uma parte do convés a bombordo. Ouvia os sons familiares do mar – as cordas gemendo, o gentil *glug-glug* das ondas abaixo que lambiam o casco do navio. E então ouviu chamarem seu nome.

"Valière?" André virou-se e, para sua surpresa, viu o primeiro-oficial do navio caminhando em sua direção. Ele endireitou a postura, colocando o esfregão no chão.

"Sim, senhor."

"O capitão quer vê-lo no tombadilho."

André sentiu um frio no estômago – o que teria feito para atrair a ira do comandante? Desde que integrara a tripulação do navio, ainda não tinha sido açoitado, mas já tinha visto o suficiente para temer o castigo. A pior punição, no entanto, seria uma ordem para retornar a Paris.

"Ele está esperando", acrescentou o primeiro-oficial, impaciente.

"Imediatamente, senhor." André limpou a espuma das mãos e foi até a popa do navio.

O capitão Dueys inclinou sua figura atarracada contra a grade do navio, o quepe de comandante apoiado no topo de um emaranhado de cabelos brancos. Era um dia claro, e uma suave brisa soprava sobre a embarcação, trazendo consigo o distinto aroma de água salgada e o grasnar de gaivotas famintas. Ao redor deles, as águas de safira estavam lotadas de outras fragatas e bandeiras francesas. Sem se dar o trabalho de olhar, o capitão reconheceu a aproximação de André.

"Capitão Valière."

André empertigou-se um pouco mais, surpreendido com o uso de seu antigo posto.

"Capitão Dueys."

O capitão ainda se encostava na grade, mas tirou os olhos da extensão do mar ondulante e os fixou em André. Sua barba branca e seu hálito cheiravam a fumaça de tabaco.

"À vontade."

André baixou a mão.

"Você estava em Valmy."

"Sim, senhor", André confirmou, surpreso.

O capitão se virou novamente para o oceano, tirando o cachimbo do bolso com os dedos grossos para encher sua cavidade de tabaco. Ele acendeu e aspirou uma longa baforada, exalando uma névoa de fumaça perfumada antes de olhar para André.

"O general Kellermann era um bom homem. Esse negócio todo em Paris foi uma confusão, uma maldita bagunça sangrenta e um desperdício."

"Eu concordo, senhor." André sentiu os traços do rosto se enrijecerem. O capitão falou novamente, avaliando André com o olhar.

"A maioria dos homens neste navio não foi testada. Eles passaram o ano anterior esfregando merda de gaivota e lutando por rações de rum."

Não vendo abertura para uma resposta, André permaneceu quieto.

"Preciso de um homem com um pouco de cabelo no queixo, um que tenha experiência de comandar outros homens na batalha." O conciso capitão fez uma pausa ao dizer isso, tirando outra longa baforada de seu cachimbo. Quando exalou, o cheiro de fumaça soprou no rosto de André, misturando-se aos aromas de sal, madeira e um fogo da cozinha do navio.

"Valière, eu sei que você era um capitão antes de se meter", ele acenou as mãos envelhecidas, "seja lá em que encrenca você se meteu lá atrás". O capitão Dueys soltou outra baforada. "Isso não tem importância para mim. Esta marinha não se importa com as disputas de alguns advogados em Paris." Outra longa tragada no cachimbo precedeu as próximas palavras do capitão.

"Qualquer um que fosse bom o suficiente para Christophe Kellermann também o é para mim. Quando o tiroteio começar amanhã... você deve ficar por perto e receber suas ordens de mim." E então o capitão desviou os olhos do horizonte e olhou diretamente para André. "Estamos entendidos?"

Entendidos não era a primeira palavra que André poderia ter usado para descrever essa conversa, mas ele consentiu.

"Estou ao seu serviço, capitão."

O capitão concordou, tocando o queixo com a ponta do cachimbo antes de finalmente murmurar:

"Muito bom." Eles ficaram em silêncio, André aguardando as ordens para voltar às suas tarefas. Mas o capitão não tinha terminado. "Você nunca liderou homens no mar?"

"No mar, não, senhor."

"Bem, se esse pequeno general... esse Bonaparte... tiver seus meios, não haverá muita batalha em mar para se comentar." O capitão se virou para André com o cenho franzido, mas riu quando notou a evidente confusão no semblante do jovem. "Amanhã, o nosso general Bonaparte quer fazer algo que não é feito desde antes das Sagradas Cruzadas."

André engoliu em seco, encolhendo os ombros.

"Se o senhor me permitir a pergunta, o que seria?"

O capitão exalou pelas narinas, soltando duas linhas de fumaça.

"Ele que capturar Malta. O único problema é que seus atuais habitantes, os Cavaleiros de Malta, não têm a menor intenção de entregá-la."

21

Sul do Mar Mediterrâneo

Junho de 1798

"Você sabe por que eles a chamam de Malta?" O capitão Dueys ficou lado a lado com André, apreciando a luz brilhante da manhã, uma mão calejada pelo tempo apoiada na grade do navio enquanto a outra segurava o cachimbo sempre presente em seus lábios.

"Não, senhor." André balançou a cabeça, olhando para a ilha diante deles. "Qual é o significado, senhor?"

"Significa *mel*. O nome foi dado pelos gregos antigos."

André apertou os olhos, tentando identificar mais nitidamente os penhascos íngremes e escarpados que se erguiam da água de safira cintilante. Contra o céu azul sem nuvens, ele mal conseguia distinguir a silhueta das edificações.

"É um ponto estratégico, claro", disse o capitão, exalando outra baforada. "Mas não precisamos dessa maldita rocha. Podemos facilmente alcançar nosso objetivo sem ela. Eu acho que é o orgulho do homem que precisa desta ilha. Ele quer adicionar um dos pontos mais sagrados da cristandade à sua pilhagem." O capitão Dueys suspirou, soltando uma nuvem de fumo e tabaco. "Vamos descobrir juntos se Deus está interessado nessa ideia ou não. Se Deus se manifestou, aquele patife britânico do almirante Nelson decerto o vai. Pelos rumores que ouvi, os malditos britânicos já estão lá, em algum lugar, só esperando uma oportunidade para atacar."

André sentiu um arrepio percorrer sua espinha, apesar do calor da luz solar e da brisa suave. Naquele momento, um estrondoso rugido ressoou de um dos navios próximos, e André se abaixou instintivamente. Os homens a bordo de seu navio perderam o equilíbrio com a explosão repentina, e todos olharam na direção do distúrbio.

"Maldição, já começou!" O capitão Dueys se firmou nas grades, examinando a frota circundante à medida que todos os navios ao redor ajustavam suas velas e lentamente rumavam para o porto de Malta e sua capital, Valeta. O velho capitão pegou a luneta para avaliar a frota, resmungando: "Quase na hora".

Abaixou a luneta e olhou para André, os olhos alertas com a adrenalina da batalha iminente. Naquele momento, outro canhão rasgou o céu. O cerco de Malta havia começado oficialmente.

"Certo, está na hora. Valière, quando chegarmos perto o bastante da ilha, pegue um dos barcos de transporte do lado estibordo e embarque tantos homens quanto puder encaixar. Está vendo aqueles ali remando para dentro do porto? Abra o seu caminho e junte-se a eles. Veja se consegue descobrir o que diabos está acontecendo aqui."

"Sim, senhor", André concordou.

"Ah... Valière?"

"Senhor?"

"Hoje...", Dueys disse fitando-o intensamente. "Quando meus homens estiverem olhando para você... você é o capitão Valière. Está me ouvindo?"

"Sim, senhor." André se empertigou, tentando não sorrir. "Obrigado."

"Não me agradeça." Dueys acenou, dispensando-o. "Apenas faça o seu trabalho, como foi treinado para fazer."

"Sim, senhor." André levantou a mão em continência.

O capitão ofereceu uma rápida saudação em troca antes de se virar e começar a gritar ordens para o timoneiro mais próximo.

⌘

À medida que se aproximavam da ilha, as falésias cinzentas pareciam emergir para fora do mar como uma fortaleza natural, e André reuniu uma dúzia de homens em um pequeno barco a remo à frente da popa do navio de guerra.

Um canhão rugiu em algum lugar atrás deles, e o ruído foi seguido por um som de explosão quando o projétil atingiu as muralhas altas e de cor de areia que circundavam a ilha. Os homens de André recuaram. Os poucos que estavam com remos começaram a árdua tarefa de remar em direção à costa. André chamou a atenção deles para si, tentando acalmar seus nervos.

"Certo, rapazes, mais algumas remadas e chegaremos à praia. Mantenham seus mosquetes apontados para fora da água – a pólvora não ficará boa se estiver molhada."

Ao redor deles, o fogo das baterias da fortaleza estava sendo respondido pela artilharia francesa. Em todas as direções, André viu destacamentos de vários homens descendo dos navios e remando em direção à costa. O porto natural da ilha parecia raso e calmo, e abraçava a fronteira leste da costa de uma península estreita e montanhosa. Pelo que André podia ver, nenhum dos franceses estava encontrando resistência armada na costa arenosa abaixo das falésias.

A praia estava ensolarada e silenciosa; sinistramente quieta, desprovida de qualquer sinal de vida exceto pelo grupo de franceses que já havia atingido a terra e as poucas gaivotas que se agitavam ao longo da margem da praia.

"Venham, o restante de vocês." Ele acenou mandando seus homens seguirem em frente e desembarcarem dos botes, empunhando firmemente os mosquetes. Em torno de André, os demais botes também estavam aportando lenta e cautelosamente. Ninguém parecia ter certeza do que fazer a seguir. Vários soldados, desacostumados com as pequenas embarcações, vomitavam na areia.

Naquele momento, um assistente do general apareceu na praia, meio correndo, meio tropeçando à beira das falésias, gritando com uma voz aguda:

"Oficiais! Oficiais?" O homem tinha um rosto fino e esquelético, e estava passando em revista. André observou que vários oficiais avançaram, respondendo à convocação. Ele também levantou a mão; não agia como um oficial já há algum tempo, mas tinha descido nesta praia comandando os homens do capitão Dueys.

O soldado olhou um tanto desconfiado para os trajes esfarrapados de marinheiro de André, mas deu de ombros.

"Bem, diga aos seus homens que fiquem aqui na praia. Não devem deixar o porto até o general Dumas chegar. Espera aí..." Ele mediu André de cima a baixo, franzindo a testa para o casaco de marinheiro. "Você é um oficial?"

"Sim, capitão Valière", André respondeu.

"Certo, então venha comigo...", ele parou, mais uma vez olhando para a aparência maltrapilha de André, antes de adicionar um superficial, "senhor".

Uma meia dúzia de outros oficiais também foram convocados, e o assistente os guiou para longe da praia, subindo uma trilha íngreme pela qual não passava mais do que um único homem por vez. Parecia ser um caminho usado pelas cabras, aberto sinuosamente na fachada do penhasco que abraçava a costa da península. Aonde eles estavam indo, André não sabia.

O dia estava quente, e logo André estava pingando de suor. Seu desconforto só aumentava a cada passo que o levava para mais longe da praia. Onde estava a resistência maltesa? Quanto mais alto escalavam, mais distante ficava o azul brilhante do Mediterrâneo abaixo deles. Seixos arrancados por suas botas deslizavam pelas pedras, caindo centenas de pés abaixo. Quem será que os aguardava no topo desta subida íngreme?

Sobre o exército local, os Cavaleiros de Malta, André sabia apenas que eram uma ordem antiga, abençoada por Roma desde os primórdios do Cristianismo, e que defendiam a ilha da ameaça de invasões estrangeiras desde a Idade Média. O próprio São Paulo caminhara por esta terra, trazendo consigo as primeiras palavras da cristandade. Ele abençoou os malteses com um lugar especial na igreja, e acredita-se que os cavaleiros guardavam o próprio Santo Graal nesta ilha banhada pelo sol e batizada em homenagem ao mel.

Quem era esse tal Bonaparte para achar que, de alguma forma, era o herdeiro de tudo isso?, pensava André.

Algum tempo depois, o chão se nivelou, e o mar agora estava tão abaixo deles que André só via a rocha atrás de si. Ao seu redor, os colegas oficiais pararam. Ele passou a língua pelos lábios ressecados, procurando seu cantil para tomar um gole de água.

"Por aqui agora, não podemos parar!" O assistente os encorajou a seguir em frente; nenhuma pausa para água. A poucos passos do fim da trilha de cabras, o caminho se alargou e eles seguiram em silêncio. Depois de uma marcha cansativa, chegaram a uma ampla praça pavimentada com paralelepípedo e repleta de impressionantes e maciços edifícios barrocos. Os homens interromperam seus passos, impressionados com a grande escala da arquitetura. As estruturas pareciam ter sido meticulosamente posicionadas por mãos gigantes no topo do penhasco, coroando a remota paisagem marítima do Mediterrâneo.

Uma grande bandeira vermelha, inscrita com uma cruz branca, estava hasteada no topo de uma cúpula alta e brilhante. Mas onde estavam os cavaleiros? A calmaria nesta praça deixou André mais desassossegado do que teria ficado diante da visão de uma horda armada. E todos os outros homens que estavam ali pareciam tão confusos quanto ele, que não vislumbrava nenhum soldado armado na cidade da encosta de Malta. Aparentemente, não havia nem mesmo muitos civis; as janelas estavam fechadas, as portas também. Algumas donas de casa cruzaram a praça, puxando as crianças para bem junto de si enquanto fixavam os olhos sobre esse grupo de estrangeiros. Dois sacerdotes passaram por eles, sussurrando um ao outro e lançando olhares de suspeita para André e seus companheiros. E, no entanto, nenhum sinal dos renomados Cavaleiros de Malta.

O assistente que os liderava nesta estranha jornada fez uma pausa para tomar um gole de água do cantil, então André aproveitou para fazer o mesmo. Limpando o suor da testa, o oficial quebrou o silêncio.

"Agora, vejam bem, eu não faria essa pergunta a vocês na frente de todos os soldados rasos alistados, mas é uma questão de extrema importância: quem de vocês é nobre de nascimento?"

Nenhum dos oficiais respondeu. Alguns deles se mexeram; um deixou escapar uma tosse, que ecoou pelas paredes antigas e pela praça vazia. Exasperado, o ajudante suspirou.

"Eu lhes garanto, pela honra de nosso estimado general, o próprio Bonaparte, que isso não é uma armadilha. As preocupações políticas de Paris não importam aqui; esta é uma questão que diz respeito ao sucesso ou fracasso desta missão. Agora, pergunto novamente – com certeza *alguns* de vocês devem ter pertencido à antiga aristocracia –, quem entre vocês é nobre?"

Ainda assim, ninguém deu um passo à frente.

"*Mon Dieu*!" O ajudante, frustrado, juntou as mãos. "Que tal se eu começar a confissão? Eu sou nobre de nascimento. Meu antigo título era Gerald Joseph-Etienne, conde de Landeville. Agora, quem mais?"

Um dos companheiros de André levantou sutilmente a mão.

"Eu sou", disse ele, cuja pele bronzeada combinava com a cor castanha do cabelo.

"Bom! Aproxime-se, por favor." O assistente acenou, chamando o homem para o seu lado. "Quem mais?" Ele olhou para o grupo. Dois outros homens compartilharam seu segredo, dando um passo à frente. André manteve o silêncio.

"Isso é tudo? Apenas *três* de vocês?" O assistente olhou atentamente para cada um deles. Houve silêncio por vários momentos.

"Eu sou", disse André finalmente, dando um passo à frente. O assistente o mediu de cima a baixo.

"Bom", disse o homem. "Mais alguém além desses? Não? Muito bem, o restante de vocês fique aqui. Não baixem a guarda, não falem com ninguém. O general Dumas chegará da praia em breve. Vocês devem obedecer as ordens dele sem demora."

E, de repente, o assistente só demonstrou interesse pelos quatro homens que estavam ao lado dele.

"Agora então, venham comigo, *milordes*."

André obedeceu, ficando mais confuso a cada momento que passava.

⌘

O prédio que possuía uma cúpula era mais impressionante no interior do que parecia do lado de fora. Aqui, a insígnia da bandeira maltesa, a cruz cor de marfim contornada em vermelho escarlate, estava em todos os lugares. O único símbolo mais onipresente do que a insígnia era o crucifixo, que parecia adornar todas as entradas, todas as alcovas, todas as arestas douradas. O prédio era silencioso, escuro e fresco, e André piscou enquanto seus olhos castanhos se ajustavam à penumbra após tanto tempo na luz do sol do meio-dia. O lugar também estava, ele percebeu, completamente vazio.

Eles caminharam pelo que pareceu uma eternidade e, ainda assim, continuavam dentro do prédio. O barulho das botas dos soldados contra o mármore frio do piso ecoava pelas paredes cobertas de brilhantes pinturas a óleo e esculturas de madeira ornamentadas. Atravessaram cômodo após cômodo até, enfim, chegarem a um longo corredor.

O guia francês, demonstrando estar perfeitamente familiarizado com o edifício e com o caminho que percorriam, conduziu os quatro nobres confusos pelo corredor parcamente iluminado por velas bruxuleantes enfiadas em castiçais ao longo da parede à esquerda e à direita.

No final do corredor, mais uma porta fechada os esperava. Esta era tão grande quanto todas as outras, mas inteiramente diferente, pois na frente dela estavam dois homens muito altos. A princípio, André pensou que fossem estátuas, tão fixas estavam as figuras na rígida posição de sentinelas. Mas, conforme se aproximou, viu que eram, na verdade, homens vivos. Dois guardas que pareciam ter saído de outra época do mundo, cada um deles vestido com uma túnica de cetim branca com uma grande cruz escarlate adornando os peitos largos. Na cintura, tinham espadas em bainhas e usavam a cota de malha dos antigos cruzados.

O assistente fez uma pausa perante os dois enormes sentinelas, empertigando a própria postura, embora ainda estivesse várias polegadas aquém de suas imensas estruturas.

"Vossas Excelências." Ele fez uma grandiosa reverência. "Eu trago comigo quatro nobres lordes da França, aqui como honrados convidados do general Napoleão Bonaparte."

André quase caiu para trás. Napoleão Bonaparte estava do outro lado desta pesada porta de madeira? E, se estivesse, por que raios ele, André, estava sendo admitido em sua presença? Ainda no dia anterior ele nada mais era do que um reles prisioneiro esfregando dejetos de gaivota. Um capitão reintegrado apenas hoje – se é que ele havia sido mesmo reintegrado. E, agora, um nobre lorde e convidado de honra do Comandante Supremo General Bonaparte?

André tentou reprimir a expressão de absoluta perplexidade que, estava certo, tinha se fixado em seu rosto. Para completar seu espanto, os dois homens armados que guardavam a entrada concordaram, pousando suas mãos enormes, semelhantes a patas, nas maçanetas polidas e abrindo a porta em um gesto de fluidez perfeitamente coordenado.

"Aqui, pegue isso." O assistente estava perto de André e, quando cruzaram o limiar da porta, o homem colocou uma pequena bolsa de veludo em suas mãos. "Não fale até que se dirijam a você."

André olhou da bolsa para o assistente, confuso, mas antes que pudesse abrir a boca para inquirir sobre o significado do pequeno e pesado pacote, o grupo foi conduzido através da grande porta para a sala adjacente.

"Meu Deus!" Um dos homens não conseguiu conter seu assombro ao entrar no grande salão.

André olhou ao redor, dominado, deslumbrado, incrédulo. No teto havia uma série de belas pinturas coloridas que contavam a grande e sagrada história da ilha, e André sentiu uma pontada de culpa por perambular por esse lugar, um santuário célebre, na vanguarda de um exército conquistador. Seus olhos se dirigiram para o outro extremo do corredor e ele contou treze homens de pé diante deles. Doze deles vestiam-se exatamente do mesmo modo, muito semelhante aos dois gigantes que guardavam a porta para o interior desta câmara. Estavam atrás de uma imensa mesa de carvalho, os rostos marcados pela idade, ainda que livres de qualquer indício de emoção ou sugestão de expressão. Eles usavam as mesmas túnicas de cetim branco adornadas com a cruz vermelha no peito. Em volta dos pescoços levavam crucifixos de ouro que caíam logo abaixo da ponta das barbas acinzentadas. Estavam armados com espadas incrustadas de joias e usavam antigas cotas de malha, e todos eram semelhantes de alguma forma, como se fossem doze irmãos. Os Cavaleiros de Malta.

André poderia ficar admirando esses doze homens e sua aparência de outro mundo por horas, mas foi para o décimo terceiro homem que seus olhos foram involuntariamente atraídos – uma figura à parte que não parecia em nada com as outras doze.

Napoleão Bonaparte correspondia às descrições que André sempre ouvira sobre ele: estatura mediana, mas parecia menor quando estava ao lado desses homens majestosos em armadura antiga. Usava um casaco azul-escuro com detalhes em vermelho vivo e dourado no colarinho e nas laterais. Trazia uma faixa vermelha e branca na cintura, um sabre de cavalaria embainhado no cinto e calças brancas e justas. O cabelo, de um preto retinto, chegava-lhe aos ombros. Nas mãos, segurava um chapéu de dois bicos, removido em sinal de respeito, e os outros oficiais que entraram na sala seguiram o seu exemplo.

O que levou os olhos de André para Bonaparte foi uma indefinível atração magnética, inspirada, ele percebeu, pela expressão facial do general: um olhar de suprema confiança. Ele era jovem, talvez da mesma idade que André, embora endurecido para além de seus anos. Os olhos, escuros e alertas, atentos à sala, captavam a aparência dos novos participantes. Quando viu André e seus três compatriotas à porta, ele sorriu, como se fossem velhos amigos. André sentiu-se estranhamente animado pelo sorriso, como se ele conferisse uma benção incontestável. Em estatura, Napoleão até podia ser o homem mais baixo da sala, e, no entanto, André notou, cada um dos presentes, mesmo esses sombrios cavaleiros, olhavam para ele.

"Ah, aqui estão eles", Bonaparte falou com um fraco vestígio de seu sotaque da Córsega. Estendeu a mão enluvada, convocando os recém-chegados para junto de si.

"Excelências." Bonaparte voltou-se para os doze cavaleiros. "Permitam-me apresentar quatro dos meus amigos. Lordes da França. Viemos munidos de um precioso presente como símbolo da nossa apreciação. E gratidão por vocês nos permitirem ancorar em seu porto enquanto descansamos e reabastecemos nossos suprimentos. Agora, meus amigos." Bonaparte inclinou seu pequeno e estreito corpo em direção a André e seus três assustados companheiros. "Quem está com o presente?"

Nenhum deles respondeu. O assistente não tinha mencionado nada sobre presentes. Ou cavaleiros. Ou o general Bonaparte.

"Bem, e então?" Bonaparte estendeu a mão pequena e enluvada, com o sorriso de repente impaciente.

O assistente deu um passo à frente e colocou a mão no ombro de André. "Está com ele, Vossa Excelência."

Surpreso, André virou-se para o ajudante, com os olhos arregalados de perplexidade.

"A *bolsa*", o assistente sussurrou, e André se lembrou da pequena e pesada bolsa de veludo em suas mãos. E então compreendeu.

"Está comigo", André falou, segurando a bolsa.

"Traga-a aqui", disse Bonaparte, com um rápido movimento de seu pulso. André deu um passo à frente, os olhos fixos no general enquanto passava adiante a bolsa de veludo. Bonaparte a pegou. "Obrigado, milorde." Ele sorriu, encarando André por apenas um segundo em uma estável observação. Naquele momento, André foi pego de surpresa e se viu fitando aqueles olhos escuros, hipnotizado pelo pequeno homem diante de si, instintivamente ciente do poder e da força de vontade daquele olhar vibrante.

Bonaparte virou-se abruptamente e aproximou-se da linha de cavaleiros, segurando a bolsa diante de si como um objeto sagrado.

"Para os homens que exercem a tradição do próprio São Paulo." Ele abaixou a cabeça como se estivesse diante de um altar. "Por favor, aceitem este antigo e sagrado tesouro de nosso reino." O general colocou a bolsa na mão do cavaleiro mais próximo a ele, oferecendo-a com outra reverência. O homem murmurou um agradecimento quase inaudível, com a face tão inexpressiva quanto uma pedra.

Quando ele revelou o conteúdo da bolsa, um suspiro coletivo ecoou pela sala, como se todos os doze cavaleiros e cada um dos companheiros de André reagissem da mesma maneira. Era uma cruz: uma cruz maciça, mas não simplesmente de ouro, de prata ou até mesmo rubis. Era uma cruz de diamantes grandes e brilhantes, cravejada de safiras que cintilavam com o mesmo resplendor do Mar Mediterrâneo abaixo deles.

André ficou tonto, sabendo que tinha segurado um objeto tão precioso nas mãos, mesmo que apenas por um momento. Soube, instantaneamente, de onde ela vinha: da Corte de Bourbon. Era um tesouro digno do rei mais rico do mundo. E agora era o tesouro que o general Bonaparte dava de presente.

Percebendo a comoção que seu presente havia causado na sala, o general sorriu.

"Agora vocês veem, Excelências, que nós viemos em boa-fé."

Os cavaleiros assentiram, com os olhos ainda fixos na deslumbrante cruz que agora passava de mão em mão.

"Por favor, aceitem esse tesouro como um sinal de nossa humilde gratidão." Bonaparte curvou-se novamente. Seus olhos se dirigiram rapidamente para o assistente. Se André não o estivesse observando – se estivesse distraído, como estavam todos os outros homens na sala por conta da cruz cintilante –, não teria visto isso. Não teria ficado tenso. Não teria alcançado involuntariamente a pistola na sua cintura.

Mas, então, antes que ele ou qualquer outra pessoa entendesse o que estava acontecendo, as portas se abriram com um estrondo e dezenas de soldados com mosquetes e baionetas entraram. André virou-se na direção deles, com os olhos arregalados e em choque, porém não era um grupo de guerreiros malteses que invadia a câmara sagrada, enchendo-a como uma inundação. Eram soldados de fardas azuis, seus compatriotas. Os dois enormes guardas à porta, em choque, assistiam, imobilizados pelas espadas em suas gargantas, à violação de sua câmara sagrada, incapazes de deter o avanço.

Bonaparte agora não demonstrava o menor interesse pela cruz de diamantes, seus quatro visitantes nobres ou os doze Cavaleiros de Malta. À medida que homens armados cercavam os cavaleiros, os malteses tentavam alcançar suas espadas, mas rapidamente perceberam que a resistência era inútil.

"Não os machuquem!", gritou Bonaparte. Empertigando-se em meio ao regimento enquanto atravessava a sala, ele colocou o chapéu de volta na cabeça. "Meus senhores, permitam-me oferecer minhas mais humildes desculpas por essa breve exibição de hostilidade. Saibam que a República e o povo da França têm os senhores e seu reino na mais alta estima. Considerem isso como a hora de sua libertação."

Com isso, o general Bonaparte voltou-se para os soldados e oficiais franceses que agora tomavam o grande salão. Com o chapéu fixado em um ângulo garboso sobre a cabeça arrogante, ergueu o punho direito no ar e bradou:

"Em nome da liberdade, igualdade e fraternidade, reivindico este reino e todo seu tesouro como propriedade da República Francesa! O Reino de Malta agora é nosso!"

22

Paris

Primavera de 1798

Jean-Luc esticou as mãos, alongando os dedos doloridos antes de molhar a pena no tinteiro mais uma vez. O dia tedioso estava, graças aos céus, quase concluído.

"Você não tirou os olhos dessa papelada o dia todo, St. Clair." Jean-Luc reconheceu a voz familiar de Gavreau enquanto o supervisor se aproximava da mesa. "Eu poderia ter preparado um desfile de prostitutas de peitos grandes e você nem o teria visto."

Jean-Luc abaixou a pena no pedaço de pergaminho, sua letra cursiva negra cobrindo quase toda a extensão do papel com nomes e figuras.

"A prataria, as sedas e o prato de ouro do bom bispo foram devidamente catalogados para nossos registros públicos?"

"Estou quase terminando", disse Jean-Luc, esfregando uma mancha de tinta do lado de sua palma dolorida. Sua última tarefa foi onerosa: um grande e rico mosteiro ao noroeste da cidade havia sido saqueado por um bando de fazendeiros famintos. Jean-Luc passou as últimas duas semanas enterrado em listas das riquezas da propriedade. Felizmente, o bispo e os outros moradores foram poupados, mas parece que, mesmo depois que o grupo saqueador tomou sua parte da pilhagem, o Diretório era agora proprietário de alguns pratos de ouro, usados nas comunhões, e de vestes de seda.

"Eu odeio dizer-lhe isso." Gavreau inclinou-se na mesa de Jean-Luc, observando as listas de inventário que seu funcionário havia documentado meticulosamente. "Mas quando você terminar, tenho outra coisa para lhe mostrar."

"O que é?", perguntou Jean-Luc, certo de que suas feições traíam sua fadiga.

"A igreja de Saint-Jacques foi arrasada."

Sem palavras, Jean-Luc deixou a expressão transmitir sua confusão. Arrasada?

"Completamente destruída", Gavreau explicou, cruzando os braços sobre a barriga larga. "Tudo o que resta é o campanário. Parece que os saqueadores não conseguiram descobrir como derrubá-lo."

Jean Luc apoiou os cotovelos na mesa e baixou a cabeça entre as mãos. Mais uma igreja em Paris invadida e saqueada. Mais relíquias inestimáveis profanadas, mais freiras e sacerdotes capturados. Ele se perguntou, como sempre fazia, o que de bom viria disso.

"Qualquer um esperaria que, depois de tantos nobres e clérigos ricos terem seus bens confiscados, o povo miserável dessa cidade pelo menos teria o pão de cada dia. Algumas moedas a mais para comprar medicamentos simples", disse Jean-Luc calmamente, de modo que só seu amigo pudesse ouvi-lo. "E, no entanto, parece que os pobres estão em pior estado do que antes, mais miseráveis do que nunca." Seus ombros estavam tensos; todo o seu corpo estava muito pesado. "A essa altura", prosseguiu Jean-Luc, esfregando o ponto entre os dois olhos com movimentos lentos e circulares, "estou quase desejando que um desses homens no Diretório, ou mesmo um desses generais, domine tudo com mão de ferro e ponha ordem neste lugar".

"*Você?*"

"Qualquer coisa para acabar com essa anarquia." Jean-Luc suspirou. "Eu não sei até onde vamos aguentar essa situação. Estamos nos comportando como feras selvagens."

"Dizem que o companheiro Bonaparte é genial e também ambicioso. Pelo menos, ele colocou o exército em forma."

"Bem, não creio que ele voltará hoje para Paris; aliás, nem em breve." Seus pensamentos divagaram até o amigo André Valière, que estava em algum lugar no mar, em meio à enorme flotilha de Bonaparte, que zarpara dos portos do Mediterrâneo. "Nem meu bom amigo André. Boa sorte, André."

Seu chefe ouviu aquilo e ergueu uma sobrancelha, como se o funcionário estivesse perdendo a sanidade mental. Talvez estivesse mesmo, pensou Jean-Luc consigo.

"Sim, bem... Seja como for, você tem um minuto para eu lhe mostrar do que estou falando?"

"O que é, exatamente?", perguntou Jean-Luc.

"Alguns despojos de Saint-Jacques; já começaram a recolher os bens. Mandei transportá-los para o porão com o que restou do saque."

"Muito bem." Jean-Luc afastou-se da escrivaninha e colocou-se de pé, olhando como desamparo para os documentos inacabados do dia. "Vamos resolver isso logo."

⌘

O porão era frio e mal-iluminado, e os funcionários e comissários andavam de um lado para o outro depositando estátuas de mármore, saltérios de couro, hinários e vasos de altar de prata e ouro um tanto escurecidos. Gavreau deu um assovio prolongado e balançou a cabeça.

"Esses sacerdotes viveram bem. Estou surpreso que tenham mantido esse tesouro por tanto tempo."

Ele atravessou uma fileira de estátuas de mármore enquanto Jean-Luc o seguia logo atrás. As esculturas apreendidas – figuras de anjos, santos e ricos patronos da igreja – exibiam diferentes estágios de ruína, a condição de cada uma dependendo da intensidade com que fora assaltada pela multidão que a arrancara da antiga igreja de Saint-Jacques.

Jean-Luc fez uma pausa, olhando para uma interpretação em mármore do que certamente era a cena bíblica do sacrifício de Isaac. A figura de Abraão estava de pé, os músculos esculpidos finamente com grossas veias saltadas, o rosto contorcido na agonia e no reconhecimento do sacrifício iminente. Abraão estava quase inteiramente intacto, enquanto Isaac, o filho cujo sangue devia ser derramado pelo pai, tinha sido completamente vilipendiado e destruído. Tudo o que restava era o pescoço descansando no forte braço de seu pai.

"Santo Cristo...", disse Jean-Luc, pisando de lado para que um trabalhador pudesse depositar a figura rachada de Maria Madalena ao lado de Abraão e Isaac.

"Foi quem permitiu que isso acontecesse... Eu diria", completou Gavreau, tocando um fragmento de seda cor de vinho que parecia ter sido um manto de sacerdote.

"Que desígnio curioso o de Deus, conceder o livre arbítrio a criaturas tão selvagens como nós." Jean-Luc passou as mãos pelos cabelos desgrenhados, olhando para o crescente depósito de bens sagrados.

Na verdade, mesmo após anos de trabalho supervisionando e catalogando pertences confiscados, Jean-Luc nunca se sentiu inteiramente à vontade neste porão. Nunca foi capaz de olhar para os belos tesouros sem pensar nos indivíduos que tinham sido igualmente apreendidos, cujos próprios destinos foram perdidos para a nova nação. A imaginação voou livre quando viu uma simples mesa de madeira e as cadeiras vazias, que nunca mais reuniriam uma família, pais e filhos para a ceia. A comida havia sido escassa nos últimos anos, sem dúvida, e embora famílias de descendência aristocrática um dia tivessem se refestelado como glutões com jantares fartos, era nítido que nem todos os pertences nesta sala tinham vindo de casas nobres. Cada uma dessas heranças confiscadas guardava em si a história e o mistério de uma alma que um dia teve esperança, desejos, medos e amores; e a maioria delas agora havia partido deste mundo para sempre.

"Tudo isso", disse Gavreau, delimitando com as mãos até onde se amontoava a carga do dia. "O resto você já viu, eu acho."

Jean-Luc fez que sim, observando as fileiras do novo inventário.

"Você não vai conseguir catalogar tudo isso hoje. Vamos, deixe-me te pagar uma bebida." Gavreau colocou a mão no ombro do empregado. "Você parece ter visto um fantasma."

Jean-Luc balançou a cabeça, todo seu corpo tremendo neste porão escuro.

"Centenas, na verdade."

⌘

Do lado de fora do prédio, os trabalhadores ainda estavam à toda, carregando braçadas de tecido, vitrais e livros de oração. Jean-Luc fez uma pausa diante de uma estátua particularmente impressionante. Era um anjo, que facilmente tinha o dobro do tamanho de um homem alto, o rosto bravio e varrido pelo vento como se estivesse em plena torrente de uma grande tempestade celestial. Os braços do anjo eram musculosos, e as mãos – patas gigantes de urso – estavam levantadas para o alto. Uma delas estendida como numa benção, e a outra empunhando uma lança. Se era uma arma para a batalha ou uma lança de luz celestial... isso não estava claro, talvez intencionalmente.

"Miguel", disse Jean-Luc, examinando os olhos de mármore do anjo, a expressão severa, selvagem até, pronta para cumprir a graça feroz do Senhor.

"Perdão?"

"Arcanjo Miguel", explicou Jean Luc.

"Qual deles era Miguel?", perguntou Gavreau.

"Ora, você se esqueceu do catecismo?"

"Hoje em dia, quem não esqueceu?"

"Miguel foi o arcanjo que liderou o exército de Deus", disse Jean-Luc.

"Mesmo? Então a que ponto chegamos... Até o anjo da guerra sucumbiu ao povo", murmurou Gavreau. "Mas esse aqui não é de Saint-Jacques. Tudo isso", o chefe gesticulou em direção ao grupo de estátuas perto deles, "vem de uma propriedade nobre nos arredores. Montnoir. Ei, você está familiarizado com esse antigo marquês, não está?".

"Montnoir." Jean-Luc considerou o nome um momento antes de se lembrar. "A propriedade de Montnoir. A Viúva Poitier! Aquele lugar?" O advogado olhou para seu supervisor interrogativamente.

"Sim, o próprio. O terrível senhor que você tinha removido de seu castelo, ao mesmo tempo em que ajudou aquela velha viúva a recuperar seu chalé na propriedade dele. Parece que há anos ela vinha pedindo ao governo para que alguém aparecesse por lá e confiscasse as riquezas do velho nobre. Finalmente chegamos lá e", Gavreau soltou um resmungo, "parece que o velho tinha um apetite não só por mulheres, mas também pela arte sagrada. Pelo tamanho, acho que esse aqui era parte de um retábulo." Gavreau apontou para a enorme estátua de Miguel, o arcanjo. "De qualquer forma, agradeça a velha por lhe passar mais esse trabalho."

Jean-Luc concordou, mas ainda assim não conseguiu desviar a atenção da estátua: aquele olhar, aqueles olhos. O arcanjo Miguel parecia vivo – até mesmo responsivo –, julgando, ou talvez desafiando, qualquer um que ousasse encará-lo.

"É vergonhoso enfiar o anjo da guerra no porão." Gavreau estava inquieto ao lado de Jean-Luc. "A República ainda pode precisar dele." Sua impaciência chegou ao limite, e ele gesticulou para Jean-Luc. "Venha, eu preciso de uma bebida agora."

⌘

Os dias eram longos e o sol brilhava noite adentro, banhando as cortinas das janelas com suaves raios de luz enquanto eles estavam no café, compartilhando uma garrafa de vinho.

"Esse tal *Bonaparte* se autointitulará o comandante supremo de todo o exército em breve. De lá para rei, é um passo. Ou mesmo imperador. É a única maneira que vejo de trazer alguma ordem de volta a essa loucura."

Jean-Luc estava sentado de frente para o chefe, balançando firmemente a cabeça em concordância. Tudo isso, todos esses anos de caos, então não serviram para nada além de substituir um rei por um imperador? E, no entanto, pensando a respeito, não podia estar inteiramente em desacordo com Gavreau. Talvez o povo francês tivesse perdido o direito a um governo democrático, diante do modo como tinha se portado com as liberdades da nova nação.

"Ele parece bastante ocupado no Mediterrâneo no momento. Primeiro, tomando Malta, e agora, navegando para a África", Jean-Luc tomou um gole de vinho.

"Ele tomará o Egito", concordou Gavreau. "Mas quando se cansar da guerra, voltará a Paris e colocará a coroa na cabeça."

"Assim como César." Jean-Luc suspirou, olhando pela janela para o fluxo constante de transeuntes. Era incrível como, apesar de tudo o que acontecia, a vida em Paris parecia continuar. Os estudantes ainda se reuniam nas estalagens para jantar. As mães ainda perseguiam as crianças em meio aos pedestres. Os amantes ainda paravam em todas as esquinas, trocando beijos e promessas para o futuro – como se tivessem algum controle sobre seus próprios destinos. Eles eram teimosos e obstinados, os parisienses, em continuar a *viver.* Vivendo como se o futuro lhes pertencesse, mesmo que os últimos anos lhes tivesse ensinado que certamente não era assim.

Será que não percebiam que o futuro de seu país estava sendo decidido, nesse exato momento, por atores distantes e eventos invisíveis? Que, a milhares de quilômetros de distância, a frota francesa estava navegando no Mediterrâneo, de olhos postos na guerra – cujo resultado mudaria o destino não só de sua nação, mas também do mundo?

Jean-Luc se perguntou, tanto por Sophie como por si próprio, onde André estaria. Em algum lugar do Mediterrâneo, com a frota de Bonaparte. Será que integrava o destacamento que navegava para a África?

"Quando isso acontecer... quando Bonaparte voltar e restaurar certa ordem neste lugar", Gavreau esvaziou sua taça de vinho, "a primeira coisa que eu pretendo fazer é recomendar você a uma promoção para o Diretório".

Jean-Luc focou novamente em seu empregador, com os olhos arregalados pela declaração.

"Não discuta comigo sobre isso, St. Clair. Eu sei que você rejeitou no passado quando tentei recomendá-lo. Sei que a ideia de trabalhar todos os dias ao lado ou contra Guillaume Lazare o deixa tão confortável quanto a ideia de mijar sobre um poço de cobras. E não posso culpá-lo por isso. Há alguma coisa que *não está certa* com esse sujeito. Eu só... só me arrependo de ter colocado você no caminho dele."

Jean-Luc rebateu esse último comentário.

"Tudo o que você fez foi me apresentar ao seu colega Merignac. Não foi sua culpa. Foi eu quem procurou o conhecimento de Lazare e sua camaradagem", admitiu Jean-Luc.

"Sim, mas...", Gavreau hesitou. "Mas não sou inteiramente inocente, lamento informar."

"O que você quer dizer?", Jean-Luc franziu a testa, confuso.

"Merignac... ele veio até mim procurando... um acólito."

"Não entendi."

"Você conhece aquele Lazare. Sabe como ele sempre procura se rodear de seus asseclas. Seus *petits projets*, como gosta de chamá-los. Seu bando de discípulos, embora ele não seja Cristo. Inferno, talvez seja até o anticristo."

Jean-Luc sabia bem o que ele queria dizer. Imediatamente se lembrou do Clube Jacobino na Rue Saint-Honoré, na noite em que conheceu Lazare, de como ele estava cercado por um bando de admiradores; os homens não tinham palavra em sua subserviência e assistência a Lazare, o incontestável sábio e mestre.

"Bem, Merignac veio até mim, dizendo que Lazare queria um novo e brilhante talento de nosso departamento. Alguém que ele pudesse orientar. Eu recomendei você, é claro."

Jean-Luc sentiu um arrepio gélido passar por seu corpo, apesar do calor no café.

"Pensei que seria uma boa oportunidade para você. Você era meu funcionário mais talentoso e trabalhador. Ambicioso também. Lamentava que o único trabalho que eu pudesse lhe dar fosse o burocrático pesado. Mas agora... Bem, agora me arrependo de ter colocado você na frente dele."

Jean-Luc se deu conta, naquele momento, de que esteve errado esse tempo todo. Supunha que Lazare o procurara pela qualidade de seu trabalho. Que o prodigioso advogado acompanhava sua carreira de longe e respeitava seu serviço à Revolução. Durante todo esse tempo, Gavreau ficou de lado, não foi convidado a participar do círculo de Lazare. Mas, na verdade, Gavreau foi quem arrastou Jean-Luc para a órbita de Lazare, quem facilitou o relacionamento – um relacionamento do qual Jean-Luc agora desejava se livrar.

"Então, aquele jantar, quando você me apresentou a Merignac..."

"Foi uma entrevista... uma espécie de entrevista", Gavreau admitiu, desviando o olhar. "Você passou, o que quer que isso signifique. Agora, é claro, temo que Lazare estivesse menos interessado em orientá-lo e mais em moldá-lo; suspeito que você se provou um projeto frustrante para ele, você e seu maldito caráter e integridade." Gavreau se inclinou para mais perto, a voz baixa e incomumente desprovida de zombaria. "Só... só não permita que ele chegue muito perto."

"Não." Jean-Luc franziu as sobrancelhas.

"Ele anda muito intrigado com o trabalho que você faz. Sempre está perguntando sobre seus casos e seus arquivos. Apenas tenha cuidado… Eu não permitiria que ele se aproximasse muito. De você... ou de sua família. E o que quer que você faça, mantenha-o fora de seu escritório."

Jean-Luc concordou. Só queria que aquele homem saísse inteiramente da sua vida.

"Talvez eu devesse apenas…" Jean-Luc hesitou. "Talvez tudo isso tenha sido um erro", disse ele, azedo. "Deveria arrumar as malas e voltar com Marie e Mathieu para o sul, de onde nunca deveríamos ter saído. Ao inferno com todos eles – Lazare, Merignac, o maldito Diretório."

"Não, não", grunhiu Gavreau. "Nada dessa conversa derrotista. Nada de bancar o cínico agora, St. Clair. Estamos tão perto, finalmente. Ouça o que digo, o único lado positivo disso tudo: os dias dos advogados que aterrorizam Paris estão chegando ao fim." Gavreau recostou-se na cadeira. "Quando o general Bonaparte voltar, as coisas serão diferentes. Ele trará o exército, empacotará essa guilhotina e restaurará a ordem para que pessoas como Lazare não governem com base no medo. E você receberá sua promoção no novo regime. Finalmente desempenhará o papel que merece nesta maldita nação."

Jean-Luc baixou os olhos e refletiu. Ele *queria* isso? Ainda desejava um papel proeminente na formação do novo curso da nação? Não foi justamente a sua ambição que causou todos os problemas que enfrentava atualmente?

"Vamos, St. Clair. Você e Marie não vão desistir agora, vão? Pense nisso: um papel real em um novo governo. Sair daquele sótão apertado. Não venha me dizer que não tem pensado no futuro."

"Acho que", Jean-Luc fez uma pausa, esfregando as palmas das mãos, "em algum lugar ao longo do caminho, eu me permiti perder a esperança no que o futuro poderia trazer".

"Nada disso." Gavreau balançou a cabeça. "Você é meu otimista. Se *você* perder a esperança, o que será do restante de nós, que praticamente nunca a tivemos? Não, não, não. Esta guerra terminará e Paris se reerguerá. E, quando isso acontecer, você será um representante no Conselho dos Quinhentos. Você é um advogado muito bom, e também um bom homem, para ficar desperdiçando seus talentos atrás de uma mesa contando colheres de prata. Ou pior, podando limoeiros no sul."

Jean-Luc não pôde deixar de sorrir enquanto olhava para o ruborizado e sincero rosto de seu empregador. Ficou um momento em silêncio, pensando em tudo aquilo, antes de suspirar.

"Obrigado, Gavreau."

"Sou eu quem deveria agradecê-lo. Não tenho certeza do que eu teria feito se não tivesse você todos esses anos."

⌘

Em casa, a sala de estar estava quente e o ar cheirava à galinha assada. Marie levantou os olhos da mesa quando o marido entrou. Ela tinha uma pequena pilha de papéis espalhados diante de si, que rapidamente dobrou e enfiou no bolso do vestido.

"Meu amor, você está em casa!" Ela praticamente correu pela sala para cumprimentá-lo, seus olhos castanhos mais acesos do que o habitual enquanto se equilibrava na ponta dos pés para beijar o marido.

"Ainda lendo os jornais, não é?", ele perguntou, curioso sobre o que ela estava fazendo e por que tinha sido tão rápida para esconder.

"Oh, apenas um pouco de fofoca dos salões", disse ela, acenando com as mãos. "Nada importante."

"Está quieto. Onde estão Sophie e Mathieu?", perguntou Jean-Luc, olhando ao redor da sala.

"Eu os enviei em uma missão", disse Marie enquanto tirava o casaco do marido, dando-lhe outro beijo excitado. "E estou feliz por este momento de paz, confesso, porque tenho novidades."

"Oh?" Jean-Luc arqueou uma sobrancelha. "E eu também." Ele planejou contar-lhe sobre a conversa com Gavreau e a esperança, recentemente reacesa, de construir uma carreira no governo da nova nação. "Mas você parece tão satisfeita e ansiosa com as suas notícias que deve compartilhá-las primeiro." Ele passou os braços em torno de sua cintura, mas Marie o deteve e, em vez disso, pegou as mãos dele e as guiou para a barriga.

"Sente isso?" Suas belas feições se iluminaram com um amplo sorriso. Jean-Luc sentiu seu coração saltar no peito.

"Mesmo?", ele perguntou, a voz não mais que um sussurro.

"Mesmo." Marie riu. "Este pequeno apartamento está prestes a ficar um pouco mais lotado."

"Que maravilha!" Ele a pegou pela cintura, girando-a ao redor da sala.

Ela olhou no fundo dos olhos dele, com a expressão repleta de prazer. "Você está feliz?"

"Eu não poderia pensar em nada que me fizesse mais feliz." Ele se inclinou e a beijou mais uma vez. "Como podemos ter sido tão abençoados?"

"Pensar... em outro pequeno." Marie sorriu. "*Agora* você vai concordar que é bom Sophie estar aqui para me ajudar?"

"Quando Mathieu e Sophie voltarão?" Jean-Luc estava ansioso para contar ao filho que ele teria um irmão.

"Devem estar de volta a qualquer momento. Mandei-os buscar um pão para a ceia", respondeu Marie, indo verificar o frango no fogo.

Jean-Luc serviu-se de um cálice de vinho e sentou-se à mesa, sentindo um contentamento diferente de tudo o que experimentara recentemente.

"Eu também disse que tinha notícias."

"Oh, sim, eu esqueci completamente." Marie olhou para ele com expectativa. "Quais são elas?"

"Talvez não tenhamos que estar apertados neste sótão quando o pequeno vier, afinal."

"Oh?" Marie sorriu, a esperança sincera evidente em suas encantadoras feições. Jean-Luc transmitiu à esposa o conteúdo de sua discussão com seu supervisor e a esperada promoção para o Diretório, o órgão de governo da nação.

"Ótimas notícias! Mas quando podemos nos mudar? Se ao menos pudéssemos estar fora daqui antes que o novo bebê chegue." Marie juntou as mãos, radiante enquanto examinava a casa apertada.

"É realmente tão ruim assim?", Jean-Luc a provocou, olhando para a sala de teto baixo; e teve que admitir um certo apego, até mesmo um carinho, pelo lugar. Um sentimento, ele sabia, que nada tinha a ver com a pobre habitação, mas que estava inteiramente ligado a Marie e Mathieu, e à família que eles começaram a construir, juntos, nesta casa. Este lugar que testemunhou seus primeiros anos juntos, e todos os triunfos, as derrotas e as lembranças que haviam compartilhado.

À medida que os minutos passavam e a noite escurecia, Jean-Luc se sentia preenchido de calor, e aproveitou a sensação gostosa de nutrir esperanças no futuro. O luar entrou na sala enquanto ele se servia de outro cálice de vinho. E ele e Marie ainda esperavam.

"Que horas são?", perguntou depois de um tempo.

Marie fez uma pausa onde ela estava, mexendo uma tigela de batatas para evitar que ficassem grudadas enquanto resfriavam no caldo da galinha; um raro banquete, que ela claramente se dedicara a preparar em homenagem às novidades festivas. Verificou o relógio.

"Quase oito. Há quanto tempo você voltou para casa?"

"Quase uma hora", respondeu Jean-Luc.

Nesse momento, o sorriso se apagou ligeiramente dos traços de Marie, sendo substituído por uma ruga de preocupação na sua testa.

"Por que será que estão demorando tanto?"

"Eles foram ao padeiro?" Jean-Luc foi olhar pela janela. "Na Rue de Tolbiac?"

"Sim."

"Isso certamente não deveria demorar uma hora." Jean-Luc voltou-se para sua esposa.

"Não", disse Marie, balançando a cabeça.

Naquele momento, a porta da sala se abriu, e a figura trêmula de Sophie apareceu na entrada. A jovem ofegou, sem ar, seus olhos frenéticos com um brilho de terror.

"Eu o perdi!"

Jean-Luc sentiu o pânico congelar o sangue em suas veias, afastando o contentamento que sentia há apenas alguns minutos.

"Perdeu?" Marie olhou para Sophie, sua própria voz esmaecendo.

"Mathieu", Sophie ofegou. "Eu virei minhas costas por um momento e ele *sumiu.*"

"Onde?" Jean-Luc cruzou a sala em direção a Sophie.

"No padeiro. Estava tão lotado. Tirei os olhos dele por um momento para pagar o pão e, quando olhei para trás, ele tinha desaparecido. Ele fugiu!"

"Fugiu?", Marie ofegou, com o rosto cinza quando se virou para o marido. "Não, ele é um bom menino. Nunca fugiria. Isso é impossível!" Marie balançou a cabeça violentamente, correndo em direção à porta do apartamento onde sua capa pendia em um gancho diante da entrada. Sophie permaneceu imóvel, tentando descrever quando vira Mathieu pela última vez.

Jean-Luc olhou para a esposa, sentindo o pânico que ela agora compartilhava. Deveria saber: a boa sorte de ouvir, no mesmo dia, sobre um novo filho e um avanço na carreira certamente não viria sem um preço. O destino não seria tão gentil concedendo essas bênçãos sem exigir alguma penalidade. Ninguém tinha o direito de se sentir abençoado em tempos como estes.

Ele parou, cruzando a sala em dois passos.

"Marie, você fica aqui, caso ele volte para casa. Eu devo ir."

⌘

Ninguém no bairro tinha visto o menino saindo do padeiro. Nem o viram nas ruas próximas. Ofegante, Jean-Luc atravessou a ponte, cruzando as águas calmas do Sena, onde os barcos deslizavam pela superfície. Não podia explicar o porquê, mas sabia que deveria ir para a Margem Direita. Ele suspeitava, sem saber o motivo, que era para lá que seu menino teria vagado.

O ar estava quente, e os pedestres caminhavam num ritmo lânguido, rindo despreocupadamente enquanto aproveitavam a bela noite. Ao longo do cais, em direção ao sul, Jean-Luc viu um menino, a pequena cabeça coberta de cachos escuros, o casaco de verão leve e os passos curtos como os de Mathieu. A criança estava inclinada sobre a mureta, tentando obter uma visão melhor de uma barcaça que passava por baixo.

"Mathieu!" Jean-Luc quase chorou de alívio. Correu até a figura pequena, colocando a mão no ombro estreito para puxá-lo da beira da mureta. "Mathieu, você é muito desobediente por fugir! Mamãe e eu ficamos muito assustados quando..." Jean-Luc virou o menininho e ficou sem ar quando encarou um rosto, um conjunto de traços inteiramente estranhos a ele. O menino, atordoado pelo tratamento áspero nas mãos de um estranho, começou a chorar.

"Oh, eu estou... Eu sinto muito...", Jean-Luc balbuciou, tirando as mãos dele.

"O que você está fazendo, ha, segurando meu garoto assim?" Uma dona de casa irritada, robusta e de rosto vermelho, colocou-se entre o menino e Jean-Luc.

"Desculpe, madame, eu me enganei." Jean-Luc olhou para o menino, desconcertado.

"Se enganou mesmo. Agora suma daqui, antes que eu o denuncie aos *gendarmes*!"

Jean-Luc olhou uma vez mais para o menino antes de se virar e sair correndo ao longo do cais. As ruas estavam ficando vazias, e o brilho da luz das velas começava a cintilar atrás das janelas fechadas. Os pulmões de Jean-Luc ardiam com o esforço da corrida, mas ainda assim ele atravessou as ruas e os becos estreitos, gritando pelo filho.

Após um quarto de hora de corrida, ele dobrou uma esquina perto da Rue de Cléry e quase trombou com um guarda vestido de azul.

"Alto lá!" O homem estava fumando um longo cachimbo e examinou Jean-Luc com um misto de desaprovação e desconfiança, como se avaliasse se havia algo pelo que deveria prendê-lo.

Com a respiração frenética e ofegante, Jean-Luc balbuciou o motivo de sua vertiginosa perseguição.

"Por favor, bom cidadão! Meu filho... um menino pequeno." Jean-Luc indicou com a mão a altura de Mathieu. "Seis anos. Cabelo escuro como o da mãe..."

Através de uma explicação fragmentada, Jean-Luc retransmitiu a urgência de sua procura, e o oficial prometeu ficar de olho aberto caso visse a criança.

"É altamente provável, cidadão, que ele simplesmente tenha saído vagando atrás de alguma travessura e, cansado ou entediado, tenha voltado para casa. Vemos isso o tempo todo. De qualquer forma, ele não teria vindo tão longe. É muito melhor você retornar ao seu próprio bairro."

Jean-Luc ponderou o que ouvia, considerando que era mesmo possível aquilo ter acontecido. Talvez Mathieu estivesse em casa agora, seguro e feliz enquanto comia um pouco do frango assado que Marie preparou para a ceia.

"Em casa? Sim, talvez você esteja certo. Talvez ele tenha ido para casa."

Com isso, ele procurou garantir com o oficial que os *gendarmes* iriam procurar naquela noite por um garotinho de cabelos e olhos escuros. E, ao receber a garantia, saiu correndo de volta para casa.

De volta à Margem Esquerda, o bairro estava calmo e as ruas vazias, exceto por alguns estudantes e um cão ladrando. Quando chegou ao seu prédio, viu uma carruagem familiar. O medo em seu estômago aumentou, e ele diminuiu os passos, tentando normalizar a respiração; Guillaume Lazare estava fora do veículo.

"Cidadão Saint-Clair." O velho homem abriu a porta da carruagem quando Jean-Luc se aproximou. "Você parece fatigado. Por favor, sente-se."

"Agora não, Lazare." Jean-Luc mal parou, seguindo em direção à porta que o levaria ao interior do seu prédio.

"Não vou detê-lo por muito tempo. Tenho notícias a respeito de um assunto que pode ser do seu interesse." Guillaume Lazare pegou uma caixa preta de rapé no bolso de seu casaco, derramou parte do conteúdo na mão e o cheirou em um gesto rápido. Jean-Luc parou de andar, notando o peculiar silêncio na rua ao seu redor.

"Seu filho", Lazare disse, quase num sussurro, "você o encontrou?".

Jean-Luc se voltou para a carruagem, com o copo inteiro rígido. Cada centímetro dele ansiava se mover para frente e agarrar o pescoço fino e liso de Lazare nas mãos. Se ele quisesse, poderia tê-lo partido em dois.

"Onde está o meu filho?"

"Entre, sente-se." Lazare voltou para a escuridão do interior da carruagem, com sua figura escondida pela sombra enquanto deixava a porta entreaberta. Jean-Luc forçou-se a subir no interior aveludado do veículo.

"Diga onde está o meu filho."

"Preocupado?" Lazare, com seu rosto branco envolto na escuridão, estendeu a pequena caixa de tabaco.

"Não quero", Jean-Luc recusou. Lazare derramou outra pequena porção na mão, que cheirou com duas aspirações rápidas. Suspirando, inclinou a cabeça para trás, seus olhos sem emoção, fixos em Jean-Luc. Depois de uma pausa que parecia interminável, o velho falou:

"Parece que seu menino roubou pão do padeiro. E tentou fugir por isso".

"Isso é mentira." Jean-Luc inclinou-se para a frente. "Ele nunca roubou. Nunca faria tal coisa, não quando estava lá com a própria... tia... que tinha o dinheiro para pagar pelo pão."

"*Tia* dele, você disse?" Lazare titubeou, seus dentes estreitos brilhando nas sombras da carruagem enquanto ele zombava. "Veja bem, só estou informando o que ouvi."

"Onde ele está?"

"Ele foi detido."

"Detido? Mas isso é um absurdo! Ele é apenas uma criança!"

"Estou lhe dizendo o que sei, Cidadão St. Clair. Eu sou um homem da lei; a justiça é o único mestre a que sirvo. Você sabe disso."

Jean-Luc estreitou os olhos, permitindo-se admitir, pela primeira vez, que esse homem era seu inimigo. Esse homem poderoso e esperto. Entendeu, naquele momento, que Lazare não aceitaria nada mais de Jean-Luc do que súplica. Submissão. Rendição absoluta.

E isso era o que ele, um pai desesperado, faria.

"Por favor, Lazare. Eu farei o que você pedir. Apenas o devolva."

"Eu gostaria de ajudá-lo, St. Clair. Eu acredito que é um pouco... *excessivo*... deter seu filho pequeno. Afinal, ele não duraria mais do que um mês naqueles calabouços. Se não pelos outros prisioneiros, pela desnutrição. Ou pelas doenças. Você sabe como elas se espalham com esse calor."

Jean-Luc cerrou os punhos com tanta força que as unhas cavaram as palmas das mãos.

"Onde ele está, Lazare?"

"Ora, não precisa ser rude comigo."

"Diga-me onde está o meu filho!"

Lazare inclinou a cabeça para o lado, assobiando um suspiro pelos lábios pálidos.

"Você gostaria da minha ajuda?"

"Você sabe que quero o meu filho fora da prisão. Peço-lhe que me diga: o que *você* quer?"

Lazare nem sequer piscou. Depois de um longo olhar de consideração, seus lábios finalmente se espalharam num sorriso ferino.

"O que eu quero?"

Jean-Luc engoliu em seco, encarando o rosto oposto a ele.

"Que tal uma troca?" Lazare inclinou-se para a frente, a voz baixa enquanto prosseguia. "Eu o ajudo a recuperar seu filho querido e, em troca, você me ajuda a obter algo que quero há muito tempo."

"Diga-me – seja o que for, eu farei."

"É simples. E creio que você será capaz de arranjar."

"O que é? Diga-me."

"Eu quero Sophie de Vincennes."

Jean-Luc ficou mudo, o impacto dessas palavras paralisando sua capacidade de responder, até mesmo de pensar. Uma troca? Esse homem, esse homem sádico, estava realmente mantendo seu filho pequeno como refém para ter acesso a Sophie? Jean-Luc balbuciou, os pensamentos girando num turbilhão diante da necessidade desesperada de salvar o filho e encontrar um meio de proteger Sophie. Antes que ele pudesse responder, no entanto, outra voz encheu a rua, e Jean-Luc escutou a porta da carruagem sendo aberta.

"Não precisa. Eu estou aqui. Irei com você, de boa vontade."

Jean-Luc virou-se e viu Sophie de pé na rua. Ela vestia a capa de viagem, o rosto implacável.

"Eu vou com você. Mas não até que devolva Mathieu."

"Sophie." Jean-Luc saiu da carruagem e foi até ela. "Isso é loucura. Uma troca? É uma loucura absoluta. Nós vivemos em uma terra de leis. Mathieu não quebrou as leis. Devemos pensar e..."

Sophie levantou a mão enluvada, resoluta. Seus olhos comunicaram a mensagem; ambos sabiam que esta era uma terra desprovida de lei. Era uma terra onde as pessoas no poder faziam as escolhas, e as pessoas sem poder pagavam – muitas vezes com a vida.

"Eu acabei permitindo que outros sofressem... Permiti que outros se sacrificassem por mim. Não dessa vez. Não como Remy. Não como André. Não, Mathieu não sofrerá. Nem você nem Marie, não depois de toda bondade que tiveram comigo. Eu vou. Eu vou livremente."

Ela deu as costas a Jean-Luc e encarou Lazare, a postura rígida com o desafio.

"Traga de volta o menino de uma vez, e irei aonde você quiser."

23

Mar Mediterrâneo

Verão de 1798

A estadia de André em Malta foi breve. Depois de uma noite insone em um quarto escuro e apertado no sótão de uma residência particular na capital maltesa, ele e o restante da força francesa foram mandados de volta ao porto onde os navios os esperavam, prontos para levantar âncoras.

"André Valière?", perguntou um soldado com um enorme bigode, bloqueando o caminho de André no topo da passarela para o navio.

"Capitão Valière", André o corrigiu. "O que você quer?"

"Você está preso!" A um aceno de cabeça do sargento, dois soldados acudiram e renderam André por trás, segurando suas mãos com os punhos grossos e prendendo seus pulsos com grilhões.

"O que você acha que está fazendo?" André se debateu inutilmente contra a força coletiva, olhando para o sargento. "Preciso lembrar que sou um capitão do exército que serve a bordo deste navio? Eu fui reintegrado pelo capitão Dueys. Acabei de participar da captura de Malta, na presença do próprio general Bonaparte."

"Ah, sim, o jovem *nobre* que desempenhou um papel muito significativo. Você segurou uma bolsa de veludo, não foi?"

André conhecia essa voz. Virou-se e deu de cara com um rosto familiar: olhos cinzentos e cabelo preto retinto.

"É bom te ver novamente, Valière." O general Murat postou-se diante de André vestido com um limpo uniforme de general de brigada, uma faixa tricolor na cintura, um sorriso cruel nos lábios. "Pensou que poderia escapar da sentença apenas porque estava navegando no meio do Mediterrâneo? Esqueceu que nossa justiça Revolucionária se estende além das nossas fronteiras?"

"Eu sirvo neste navio para o capitão Dueys." André levantou o queixo, falando com autoridade para camuflar seu temor interno. "Estou aqui cumprindo ordens como membro do Exército do Oriente do general Bonaparte." Suas palavras caíram no vazio, e ambos os homens sabiam disso. Murat levantou a mão, como se estivesse entediado.

"O capitão Dueys foi... lembrado... da situação." O general deu um sorriso forçado. "Temo que alguns dos meus colegas tenham memória curta." Murat estava tão próximo agora que André podia sentir seu hálito. "Mas eu não esqueci. Não, nunca vou esquecer. Você é um prisioneiro exilado da República, não um herói em busca da glória que por direito pertence a outros homens."

André lutava, inutilmente se contorcendo e enfrentando os grilhões que trancavam seus pulsos. No convés, ele viu os cabelos brancos do capitão, que olhou de volta para ele, pesaroso. Dueys balançou a cabeça, como se pedisse desculpas, mas não avançou para intervir.

"Eu sou a autoridade no comando deste navio agora, Valière", Murat resmungou, em voz baixa. "Levem-no para baixo!"

E, com isso, André foi privado da bela tarde ensolarada e arrastado para baixo do deque. Uma porta foi aberta e ele foi jogado que nem um saco dentro de um cubículo. Depois de piscar os olhos desesperados na escuridão de um quarto sem janelas, André gritou, com a voz rouca:

"Deixem-me sair! Deixem-me sair, desgraçados! Abram essa maldita porta!"

Como era possível que ele pudesse ter passado por tudo o que passou, ter chegado até aquele lugar remoto, sobrevivido por tanto tempo, apenas para cair de novo nas garras desse homem detestável? A descrença e o choque se abateram mais uma vez sobre ele com uma fúria incandescente, e André esmurrou a porta fechada, fervendo de raiva enquanto gritava a plenos pulmões.

Do outro lado, ouviu risos, um cacarejar agudo de um dos soldados que estava fora da cela. Essa risada drenou a brasa final de esperança, e André fechou os olhos, mergulhando de vez na escuridão.

⌘

Não havia como medir a passagem do tempo na cela escura. Não havia um raio de sol, tampouco o contorno distante de cadeias montanhosas e ilhas.

Tudo o que André sabia, lá embaixo, era que a fenda situada na metade inferior da porta foi aberta duas vezes: uma vez, ele presumiu, foi pela manhã, outra, à noite. Embora tenha tateado na porta até achar a fenda, exigindo uma audiência com o capitão Dueys cada vez que ouvia o rangido do pedaço de madeira ao ser aberto, nunca obteve um retorno de uma voz humana. Sua única resposta foi um lance despreocupado de uma mão, jogando um pedaço de pão preto e duro e uma pequena tigela de água suja, cuja metade do conteúdo foi derramada no momento em que pousou no chão da cela.

Em direção ao topo da espessa porta de carvalho havia uma treliça, que era uma pequena escotilha. Se fosse aberta por fora, poderia deixar entrar um pequeno quadrado de luz. Contudo, embora a fenda da porta tivesse sido aberta algumas vezes, resultando em uma entrega de pão e água, a treliça superior nunca o fora.

Por isso a abertura dessa escotilha agitou André de seu perturbado e entorpecido devaneio. Ele ouviu o barulho primeiro, antes de ver a repentina fenda de luz. O brilho, embora nada mais fosse do que uma pequena porção de uma chama de vela, cegou-o com a força de cem sóis, e ele levou a mão sobre os olhos.

"Quem está aí?" A voz de André estava rouca, e sua garganta, seca. Ele piscou, de repente surpreendido pelo que parecia dias de escuridão ininterrupta.

"Capitão Valière?"

Quando os olhos de André se ajustaram lentamente à nova luz, ele viu um rosto estranho aparecer na fenda da porta. Um rosto severo, com grandes olhos negros e uma tez suave, várias matizes mais escura do que André estava acostumado a ver.

"Você é Valière?", repetiu o estranho, com um sotaque similar ao francês, mas com um tom não familiar.

"Sim?" André ainda mantinha uma mão sobre os olhos para protegê-los, sentindo uma dor de cabeça que latejava sem piedade. "Eu sou André Valière."

"Se eu destrancar esta porta e entrar, você promete que não vai tentar forçar o caminho passando por mim para fora da cela?"

André considerou a pergunta.

"Eu não acho que iria muito longe. Então, sim, prometo."

"Eu tenho sua palavra?", o homem confirmou, ignorando o sarcasmo de André.

"Tem."

O homem enfiou uma chave na fechadura e, em seguida, o trinco rangiu queixosamente. Quando a porta foi aberta para o interior da cela, a onda de uma nova luz derrotou André, e ele piscou desesperadamente.

"Por Deus, apenas algumas velas já são brilhantes demais, hein? Há quanto tempo eles o mantêm nesse estado miserável?" O sotaque do homem era estranhamente desconhecido para André, mas ele usava o casaco azul e dourado de colarinho alto com a faixa tricolor ao redor da cintura, indicando ser oficial francês.

"Mas, meu Deus, acho que o cheiro daqui lhe traz mais problemas do que a escuridão!"

André, que tinha recuado para o canto da cela tal qual um animal assustado, sentiu-se terrivelmente envergonhado; esta cela havia servido de cama, casa e banheiro para ele. Não disse nada. Continuou piscando e, aos poucos, sentiu os olhos se ajustando à claridade e percebeu que, de fato, o brilho intenso que o deixou tão atordoado era emitido apenas por algumas velas.

"Você está com medo de mim, rapaz? Não é preciso."

"Desculpe-me, estou aqui no escuro há... Bem, não sei há quanto tempo."

"Quase quatro dias. Tudo isso não passa de uma grande tolice, se quer a minha opinião." O homem falou em um tom calmo, mas seus gestos foram rápidos e determinados ao examinar a cela minúscula. "Eles o alimentaram neste maldito buraco de ratos?"

"Recebi pão e água." André tentou engolir, mas sua garganta estava seca demais.

"Bem, pelo menos, é como deveria." Ele voltou seu foco para André, seus olhos escuros refletindo a aparência miserável do prisioneiro. "Meu nome é Dumas. General Thomas-Alexandre Dumas."

André se perguntou por que o nome do homem lhe parecia familiar, e então se lembrou; foi o nome mencionado na praia em Malta.

"Eu sou André Valière", disse num fio de voz. "Ex-capitão no Exército da República."

"Eu sei quem você é." O general Dumas apoiou a mão no punho de sua espada, olhando atentamente para André. "Você testemunhou no julgamento do general Kellermann."

André concordou, abaixando os olhos para o chão da cela suja.

"Ele era um bom general, e um bom homem. Eu disse à minha esposa: o dia em que nós o matamos foi o dia em que nossa Revolução perdeu o lado dos anjos."

André mordeu o lábio inferior, tentando esconder seus verdadeiros sentimentos, com muito medo de falar algo que pudesse condená-lo ainda mais.

"Kellermann foi um dos poucos que apoiaram minha promoção a general-brigadeiro", Dumas continuou. Quanto mais este homem falava, mais distintamente André notava a cadência estrangeira e ondulante de seu sotaque. "Enquanto muitos outros, Murat especialmente, alegavam que era um absurdo alguém de pele tão escura como eu estar comandando franceses... Tudo em prol da liberdade e da igualdade, hein?" Dumas cuspiu no canto da cela. "Mas o passado é passado. E eu já provei meu valor a eles mais de uma vez."

André, sem saber o que dizer, ficou calado. Mas o general continuou: "Você parece confuso, Valière". O olhar duro do general Dumas foi o que deixou André aturdido. "Nunca viu um negro antes?"

"Não, senhor, não é isso. Eu só... Bem, nunca vi um general negro antes. Senhor."

"Bem, então isso é algo que temos em comum, capitão", disse Dumas, passeando pela pequena cela. "Sou filho de uma escrava haitiana, mas a maioria dos homens só começa a me levar a sério quando descobre que meu pai era um lorde francês." Para a surpresa de André, o homem imponente de repente abriu um sorriso amplo. "Mas isso não tem importância agora."

André ainda não sabia como agir com esse estranho visitante. Então fez a primeira pergunta que lhe veio à mente.

"Por favor, general Dumas, que horas são?"

"Meia-noite", respondeu o general, ainda olhando ao redor da cela com desgosto. "Eu vim aqui para ver como você está. Isso é um desperdício, um oficial como você trancafiado. Os britânicos estão nos perseguindo como um marinheiro persegue prostitutas. Hoje vamos enfrentar fogo a qualquer momento. Quer seja da Marinha Real ou dos mamelucos. Murat é um tolo se acha que não precisamos de todos os homens válidos, prontos para lutar."

André sentiu seu pulso acelerar, um fogo que ele sabia ser de esperança enchendo seu peito.

"Dueys concorda comigo", disse Dumas. "Isso significa que um general e um capitão do navio estão contra um general. Nós o superamos em número."

André engoliu em seco. O que ele queria dizer com isso?

"Valière, eu não tinha certeza sobre isso, mas agora está decidido. Eu estou declarando você um homem livre."

André quase ficou em estado de choque.

"Livre? Você quer dizer..." A voz de André ficou presa na garganta. Não ousava usar a palavra há tanto tempo que tinha quase esquecido do seu significado.

"Quero dizer que você está livre. Olha, eu sei o que significa ser um escravo, e essas condições rivalizam com isso. Estamos a menos de uma semana de vela do Egito. Se o mantivermos aqui mais alguns dias, você provavelmente estará morto quando chegarmos em terra. E então, o quê? Não, não, não, não faremos isso. Precisamos de todos os homens que pudermos obter."

"Mas... o general Murat..."

"Deixe que eu me entendo com Murat." Dumas acenou com uma mão grande, franzindo a testa. "Na verdade, aguardo ansioso uma chance de dizer a Nicolai Murat o que eu realmente penso."

André não conseguiu reprimir uma risada curta e gutural. Ele estava livre – livre para deixar esta cela escura que cheirava à merda e urina e que certamente traria a sua morte. Poderia ter abraçado esse homem, esse estranho e amável general Dumas.

"Obrigado, general. De coração, obrigado."

"Não me agradeça ainda. Uma vez em terra, você terá de me provar que valeu a pena salvar a sua pele."

André concordou com a cabeça, conseguindo articular um sorriso apesar de toda a sua recente miséria.

"Com prazer."

O homem parou na soleira, deixando a porta entreaberta atrás de si. Agora, na luz total pela primeira vez, André percebeu quão alto e imponente realmente era esse general meio nobre, meio haitiano.

"Você disse que seu primeiro nome é André – não é isso?"

"Sim, senhor. André Valière."

"Minha esposa está grávida." Dumas encostou-se na entrada. "Ela acha que é um menino e quer chamá-lo de Alexandre."

"Alexandre Dumas", disse André, repetindo o nome em voz alta. "É um belo nome."

"Eu gosto de André. Talvez nós o encurtemos e o chamemos de André."

⌘

A boa sorte de André continuou quando, no dia seguinte, no convés, ouviu uma voz familiar.

"Dizem que Alá é bom e, ainda assim, ele continua colocando você no meu caminho." André virou-se ao som dessa observação brincalhona e deparou-se com um sorriso largo e sincero.

"Ashar!" Os dois homens se abraçaram. "Como você está, meu amigo?" André não pôde deixar de notar a aparência diferente do homem em comparação com a última vez que o vira. Ele estava vestido com uma túnica cor de açafrão que ia até abaixo dos joelhos e usava um turbante branco na cabeça. Esse era Ashar livre da roupa de marinheiro e usando os trajes de sua terra natal, como se tivesse sido restaurado a uma vida anterior.

"Mas como eu não vi você antes?"

"Eu estava nos deques inferiores." André não conseguiu reprimir uma risada curta e amarga.

Ashar mostrou uma expressão interrogativa enquanto os dois homens caminhavam, lado a lado, em direção ao gradil do convés.

"Estava preso", acrescentou André, a título de explicação.

"Preso?"

André confirmou.

"Mas... por quê?"

André olhou por cima do ombro, esperando que um par de marinheiros passasse antes de responder:

"Parece que fiz um inimigo muito poderoso. Alguém que me perseguiu até aqui. Desde Paris."

"Quem?", Ashar perguntou, estreitando os olhos e se aproximando mais de André.

"General Murat", André respondeu num sussurro.

Ashar pestanejou, uma expressão grave tomando conta de seus belos traços.

"Como você conseguiu essa proeza?"

"O verdadeiro motivo? Não tenho certeza." André suspirou, contemplando o belo horizonte azul-celeste do Mediterrâneo. "Mas não ajudou muito o fato de ter me apaixonado pela sobrinha dele."

⌘

O verão chegou ao auge com um calor abrasador, e o sol de junho se derramou sobre os homens, tornando-lhes a pele mais escura a cada dia que passava. Durante a noite, uma lua ofuscante brilhava, transformando a superfície da água em um espelho que refletia o brilho de mil estrelas, enquanto a frota francesa, uma fortaleza viajante de centenas de navios, acelerava com as velas estufadas pelo vento salgado do Mediterrâneo em direção ao desavisado reino do Egito.

André, assim como muitos dos marinheiros e soldados a bordo, estava ansioso por informações daquela terra distante, e ninguém parecia mais capaz de fornecê-las do que o egípcio em suas fileiras.

Havia realmente ouro escondido nas tumbas antigas? Eles perguntaram a Ashar. As mulheres eram mesmo as mais bonitas do mundo? Os lendários e misteriosos guerreiros mamelucos do Egito escolheriam lutar ou fugir para o deserto quando os franceses e seu temível comandante chegassem?

Ashar gostava de responder essas perguntas e fazia o possível para alimentar a imaginação dos franceses entediados. Sim, as tumbas pertencentes aos faraós mortos estavam repletas de riquezas que deixariam até a Corte Bourbon envergonhada; e, no entanto, elas eram protegidas por maldições ancestrais e magia que nenhum francês jamais seria capaz de entender. Sim, as mulheres do Egito fariam esses invasores estrangeiros caírem de joelhos por elas.

Mas sobre os guerreiros mamelucos, Ashar demonstrou apenas um respeito mistificador, até mesmo certa relutância em falar sobre eles. Ele assegurou a André, e uma vez ou duas admitiu francamente aos generais a bordo, que eles não temeriam a reputação do general Bonaparte de modo algum. Os mamelucos foram criados com princípios ferozes de coragem e lealdade; o medo não era parte de sua tradição.

Alguns dos oficiais zombaram das advertências do egípcio, alegando que ele era um mero beduíno árabe, enamorado pelo poder de seus soberanos, e que seus medos eram exagerados. André, no entanto, não pôde deixar de se sentir desconfortável em relação a essa maneira arrogante de pensar; qual era o problema de seus compatriotas que subestimavam insensivelmente e descartavam as opiniões dos camponeses? E o que seria de uma força que desconsidera a antiga sabedoria das forças locais que tencionava conquistar?

O principal objetivo de André naqueles dias era permanecer fora do caminho de Murat. O general, embora tivesse visto André várias vezes desde sua libertação repentina, absteve-se de reconhecê-lo e fingia que ele não existia. E, contudo, o capitão, tão familiarizado como estava com o ódio do general, sabia que era só uma questão de tempo até que os olhos cinzentos de seu superior o encarassem mais uma vez; Murat não era alguém que se esquecia de uma queixa.

O general Dumas apertava a mão do jovem capitão toda vez que o encontrava no convés. André suspeitava que era esse homem, mais do que qualquer outro, que o mantinha longe dos grilhões e o impedia de apodrecer em uma cela nos deques inferiores, e sentiu-se cheio de apreciação pelo astuto general. Se ao menos pudesse ser bem-sucedido no Egito, André pensou. Se pudesse integrar a marcha de Bonaparte pelo país, sentia que poderia escapar do alcance de Murat e servir com distinção.

Tudo o que ele queria era servir, sobreviver e algum dia voltar para casa e reencontrar Sophie.

Na última noite de junho, Ashar e André sentaram-se no castelo de proa e ficaram admirando as águas banhadas pelo luar brilhante. Uma sentinela bocejava enquanto fazia sua ronda pelo convés, perto deles. Era uma noite clara, com o céu escuro cravejado de milhares de estrelas cintilantes. O navio balançava em uma cadência suave e constante, tão hipnotizante quanto o berço de um bebê. André, sentindo que as próprias pálpebras ficavam pesadas, estava prestes a dar boa-noite ao amigo, mas a voz de Ashar interrompeu o silêncio.

"Estamos perto agora."

André virou-se para o companheiro, capturando o olhar do amigo através do brilho leitoso da lua.

"O quê?"

"Estamos nos aproximando do Egito."

"Como você sabe?"

Ashar sorriu, um sorriso sábio e astucioso.

"Meu amigo, se você estivesse longe de sua terra há anos, sonhando com o retorno, desejando um regresso que você pensou que nunca lhe seria dado, e então, um dia, você estivesse perto disso... Você também saberia."

Ashar permaneceu ali ao lado de André, perdido em pensamentos, e nenhum deles falou por vários minutos.

"Meu país", Ashar finalmente quebrou o silêncio e olhou para André, "é um reino que atraiu as ambições dos homens e dos poderosos durante séculos. Não posso adivinhar o que acontecerá quando chegarmos lá. Mas, André Valière, meu amigo, peço a Deus que você não esteja predestinado a ter seu fim no meu país."

⌘

Os soldados foram despertados antes do amanhecer e chamados ao convés. Ali, vestindo o recém-fornecido uniforme de capitão, André piscou enquanto as primeiras luzes do dia raiavam no horizonte, cortando a escuridão como lâminas púrpuras, alaranjadas e cor-de-rosa. E lá, pela primeira vez em semanas, a terra os aguardava.

"Alexandria!"

"Meu Deus, nós conseguimos!"

"Alcançaremos a terra ao meio-dia, não é?"

Ao redor dele, os homens do navio murmuravam e se mexiam nervosamente, excitados, como cães de caça nas coleiras no início de uma caçada.

André encontrou Ashar um pouco mais tarde, inclinado no parapeito, com seu olhar fixo no horizonte distante.

"Aí está você", disse. "Os homens foram chamados para o café da manhã. Vamos lá embaixo comer?"

Ashar não desviou os olhos da costa próxima. Não falou, apenas balançou a cabeça negativamente.

"Sua terra natal." André colocou-se ao lado dele, admirou a paisagem e então olhou para o amigo.

"Alexandria", Ashar finalmente respondeu, com a voz carregada de uma severa reverência. "A cidade construída para o grande Alexandre. A capital magnífica o bastante para a própria Cleópatra. Chamada pelos gregos antigos de 'a melhor e a maior'."

À medida que o navio os conduzia para mais perto da costa egípcia, banhada agora no etéreo brilho alaranjado do sol nascente, André ganhou uma visão melhor da cidade. Seus olhos vagaram pela terra, a costa cortada no meio por uma estreita via fluvial que desaguava em uma baía larga e calma. Além disso, André sabia, o deserto se estendia por léguas sem fim, um vasto mar seco de areia e sol punitivo.

"E agora o general Bonaparte deseja adicionar seu nome a essa elite e história distinta..." Ashar virou-se para olhar André pela primeira vez, a voz grave, mas calma. "Ele pode tomar Alexandria. Pode até mantê-la por algum tempo. Mas Alexandria nunca será dele. O Egito nunca será dele, não importa o quão profundamente ele tenha sido seduzido por essa terra. Muitos outros, atraídos pelos mitos e pelas lendas, pensaram que poderiam possuí-la. Mesmo que, de alguma forma, ele consiga perseguir os mamelucos, o que eu duvido que ele faça, há algo nessas areias e no coração desse povo que ele não compreende. Quanto mais fundo penetrar, mais essa terra vai se fechar em torno dele. Ela o estrangulará com as mãos suaves e perfumadas antes mesmo que ele perceba que está sob seu controle. Você verá."

André olhou fixamente para o amigo por um momento, depois voltou a contemplar a cidade e suspirou.

"Eu já vi horrores suficientes para toda uma vida, dez vidas. Mas, Ashar, devo admitir, pela maneira como você está falando agora… que estou inquieto."

Ashar piscou, e seus traços duros se suavizaram em um sorriso inesperado.

"Você não precisa ter medo. Pelo menos, não no que depender de mim. Enquanto eu for um convidado do seu povo, farei tudo o que estiver no meu poder para que você permaneça vivo. Você pode ser um pagão e um infiel, mas é meu amigo."

24

Prisão de Le Temple, Paris

Verão de 1798

"Você precisa comer, mesmo que não tenha apetite", Jean-Luc se sentou ao lado de Sophie no pequeno banco enferrujado no pátio. Ele a estava visitando na mesma prisão que um dia alojara seu noivo. O ar estava estranhamente frio nesta manhã de verão, com um gosto úmido que se parecia mais com o final do inverno. Sentaram-se em um pequeno jardim reservado para as mulheres prisioneiras, o banco escondido sob os galhos de um antigo plátano. "Coma qualquer comida que eles trouxerem; você entendeu?"

"Eu dificilmente chamaria de comida o que eles nos oferecem", Sophie disse, tentando sorrir, embora seus olhos não tivessem alegria. Ela estava magra e pálida, seu corpo pequeno tremia mais do que deveria, mesmo no ar úmido da manhã. Jean-Luc tirou o casaco e o colocou sobre os ombros caídos.

"Mesmo assim, você precisa se forçar a comer. Você tem que manter a saúde. Para quando estiver livre."

Sophie soltou uma risada curta e apática. Levantando o olhar do chão empoçado, ela se voltou para ele com os olhos envolvidos em sombras.

"Você descobriu algo mais?"

Jean-Luc suspirou, desviando o olhar.

"Parece que as únicas queixas que eles têm contra você são algumas vagas acusações de conspiração, de consórcio com um 'criminoso' e de enganar os guardas e captores."

"Eles nem têm base para me prender ou me acusar! Isto só está acontecendo porque tentei evitar meu tio, pois sei do que ele é capaz."

"Tecnicamente, suas relações com André naquela época podem ser interpretadas como 'criminosas'. Mas, felizmente, de acordo com as leis recentes, a ofensa não é capital. Eu prometi a você, e asseguro: farei tudo o que estiver ao meu alcance para tirá-la daqui", Jean-Luc fez uma pausa, juntando as mãos no colo. "Você repensou o que eu havia proposto?"

Sophie olhou para o vazio quando balançou a cabeça, um gesto pouco perceptível.

"Vamos, Sophie, acho que pode ser a nossa melhor chance. Por favor, permita que eu escreva para o seu tio."

"Eu já lhe disse: suspeito de que ele esteja tão envolvido nisso quanto aquela cobra velha do Guillaume Lazare. Quem mais estaria me acusando por 'enganar guardas'? Oras, se ele próprio era quem estava me caçando pela cidade."

Jean-Luc pensou nisso, suspirando. Os últimos meses foram os momentos mais estranhos e preocupantes desde o Terror e os julgamentos do general Kellermann e André. Jean-Luc pensava incessantemente naquela noite em que Guillaume Lazare apareceu à sua porta – a mesma noite em que Mathieu havia desaparecido. O modo como o velho exigiu que Jean-Luc lhe entregasse Sophie, e como Sophie foi de bom grado, trocando a si mesma pelo menino.

E agora, semanas depois, Sophie ainda estava na prisão, suportando o sufocante e pestilento verão enquanto nem ela nem Jean-Luc conseguiam compreender como ou por que tinham sido enredados neste estranho jogo de gato e rato com Guillaume Lazare. Jean-Luc fitou as paredes cinzentas da prisão e então ergueu o rosto para o céu pálido, fechando os olhos por um momento.

"É provável, suspeito, que seu tio estivesse irritado com você por desafiá-lo, e quisesse lhe dar uma lição. Acho que você já aprendeu o suficiente..." Ele olhou novamente para Sophie.

"Tenho certeza de que ele quer me manter trancada aqui até que volte para casa de… onde quer que esteja. Onde está o exército agora? Itália?"

"Em algum lugar do Mediterrâneo, pelo que li, seguindo para o Egito. Parece que Bonaparte quer se engraçar com o Cairo."

"Cairo?", a face de Sophie ficou ainda mais abatida. "Mas isso é um mundo inteiro de distância. Ainda mais longe do que Malta. André também está lá?"

Jean-Luc alcançou a mão dela e colocou-a entre as suas. No alto, o sol foi completamente encoberto por uma nuvem, lançando uma mortalha no pátio que se somou à sensação de desesperança de Jean-Luc. Nenhum deles ouvira falar de André havia meses, mas ele forçou um tom leve quando respondeu:

"Tenho motivos para acreditar que ele está com esse exército, sim. Ou pelo menos que estava por perto quando partiram de Toulon e Marselha."

"Como você pode ter certeza de que ele está seguro?"

Jean-Luc ponderou a questão, ciente de que não havia nenhuma maneira honesta de responder à garota.

"Não tenho como ter certeza, mas nenhuma das cartas que mandei para ele foi devolvida. E sempre as enviei para o porto de chamada em Toulon, onde um ganancioso guarda da prisão de Le Temple rastreou André para mim, em troca de uma taxa."

"Você já teve alguma notícia da mãe dele?", Sophie perguntou. Jean-Luc se sentiu aflito com a pergunta – estava adiando para dar a notícia a Sophie, querendo mantê-la com os ânimos elevados. Mas talvez fosse a hora de lhe contar a verdade, talvez isso lhe devolvesse a determinação que parecia estar perdendo.

"Sim, meus contatos em Londres responderam."

"E?", os olhos de Sophie se iluminaram ligeiramente. "Quais são as notícias de Madame Valière?"

"Lamento dizer isso..." Jean-Luc engoliu em seco, limpando a garganta. "Madame Valière... não sobreviveu para gozar de um reencontro com o filho."

"Morta?" Sophie colocou a mão na bochecha pálida.

"Alguma espécie de catapora, talvez varíola."

O olhar de Sophie perdeu todo e qualquer resquício de brilho e ela começou a raspar com a unha a ferrugem no velho banco onde estavam sentados. Depois de uma longa pausa, suspirou.

"Ela escapou do Terror apenas para perecer de varíola. Você vai contar a André?"

"Vou tentar. Se conseguir descobrir para onde ele foi enviado."

Sophie concordou balançando a cabeça.

"Mais uma razão por que você deve cuidar de *si mesma*. Minha querida menina, não percebe? Ele perdeu o pai, o irmão desapareceu, provavelmente está morto, e agora também a mãe. Você é o único motivo que André tem para retornar."

Se, pensou Jean-Luc, André retornar algum dia. Sophie concordou com a cabeça, distraída.

"Acho que você tem razão."

"E você *estará* livre quando ele voltar, Sophie."

"Livre. Sim." Mas então uma sombra passou por seu rosto, trazendo consigo a indicação de uma agonia renovada.

"O que foi?", Jean-Luc se inclinou para ela.

Ela hesitou, como se não tivesse certeza de que deveria falar. E então, com quase num sussurro, Sophie o olhou nos olhos e disse:

"*Ele* veio aqui novamente. Para me visitar."

Jean-Luc olhou para longe, suprimindo a maldição que subiu até os lábios como bile.

"*Maldito*!" Voltou-se para Sophie e tentou suavizar as feições. "Você falou com ele?"

"Fiz o que você me disse: eu o recebi. Fui cordial. Mas não contei nada a ele. Nada sobre nossas visitas. Não respondi a nenhuma pergunta."

"Bom", Jean-Luc disse e engoliu com força. "E ele deu um motivo para a visita?"

"Ele sempre parece estar vindo como um amigo. Pelo menos me diz que está vindo como um amigo. Que quer me ajudar."

"E o diabo vem vestido como um anjo. Mas Guillaume Lazare não é amigo, Sophie. Não acredite nas palavras dele."

"Eu sei, eu sei", disse Sophie, com os olhos se fechando de cansaço. "Acredite em mim, eu sei."

"Eu me sentiria melhor se você não fosse obrigada a recebê-lo quando ele a visita, Sophie. Mas seja qual for o propósito dele em deter você assim… esteja seu tio por trás disso ou não… não podemos correr o risco de irritá-lo ainda mais..."

Sophie acenou com a cabeça, entendendo. E então, subitamente trêmula, fez uma pausa.

"Eu não gosto… da maneira como ele me olha."

"Como ele te olha?"

"Não sei explicar, na verdade. Ele fica me falando de sua propriedade no sul. Do desejo de regressar para lá e 'voltar a ter uma vida simples longe da política'...", Sophie zombou dessas palavras. "Ele me diz que nunca teve esposa nem filhos, mas que espera que não seja tarde demais para isso. É muito bizarro mesmo."

Jean-Luc sentiu o desconforto se agitando nas suas entranhas, como água fervente borbulhando.

"O que você quer dizer?"

"Eu já vi homens olharem para mim com amor nos olhos", disse Sophie, com a voz falhando, e Jean-Luc percebeu que ela pensava em André ao dizer essas palavras. Sophie inspirou, preparando-se para continuar. "E já vi homens me olharem com ódio. Mas nunca antes – pelo menos não antes de Guillaume Lazare – eu vi um homem me olhar com o que parece ser amor e ódio ao mesmo tempo."

⌘

Naquela tarde em particular, depois de ter percebido o agravamento do desânimo de Sophie na visita matinal, Jean-Luc ficou com ainda mais medo do que o habitual. Do lado de fora da taverna de Madame Grocque, viu a familiar carruagem aguardando na rua de paralelepípedos, abaixo da janela. Congelou em seus passos.

Talvez ele ainda não o tivesse visto, calculou Jean-Luc; talvez pudesse descer o beco ali perto. Mas só de pensar em deixar Mathieu e Marie sozinhos à vista desse homem, desistiu da ideia. Jean-Luc tentou entrar sorrateiramente em seu prédio, quando ouviu a porta da carruagem ser aberta. Olhou para trás a tempo de ver Guillaume Lazare se aproximando, com aquela idosa constituição física aparentemente incomum, até mesmo insípida.

"Saudações, Cidadão St. Clair!"

"Cidadão Lazare", disse Jean-Luc entredentes.

"Sua esposa está ficando linda e rechonchuda."

O coração de Jean-Luc martelava no peito enquanto ele permanecia ali imóvel, em frente à porta da taberna. Percebendo que tinha a atenção do jovem advogado, Lazare continuou:

"Diga-me, você prefere uma filha? Ou gostaria de outro filho?"

Agora Jean-Luc se virou, voltando-se para encarar o homem.

"O que é que você quer?"

Lazare, aparentemente satisfeito de ter conseguido interceptá-lo, sorriu. Recostou-se contra a carruagem enquanto considerava a questão. Levou um tempo antes de responder.

"Muitas coisas, eu suponho. Mas por onde devo começar?"

"Por que não começa me dizendo por que você aprisionou aquela pobre mulher?"

"A Cidadã de Vincennes? A viúva do conde? Eu dificilmente a chamaria de *pobre*."

"Por Deus, o que ela fez de errado?"

"Você sabe o que ela fez. Conspirou com um conhecido inimigo de Estado, cidadão."

"E daí? Esse homem não foi julgado e recebeu permissão de deixar este lugar e começar uma nova vida?"

Lazare suspirou. Atrás dele, Jean-Luc ouviu a porta da taverna ser aberta. Madame Grocque, fingindo desinteresse, saiu para a rua e começou a varrer a varanda.

"Eu irei atrás dela", Lazare fez uma pausa, alisando uma dobra na luva, "porque isso vai atraí-lo de volta."

"André?" Jean-Luc não conseguiu esconder a preocupação estampada em suas feições. "Mas ele já está cumprindo a sentença."

"Ele não pagou", sibilou Lazare, seus lábios pálidos marcando cada palavra. "Ele não está morto, como eu acreditei que estaria. E foi *você*, Cidadão St. Clair, quem fez isso ser dessa maneira."

"Ele está pagando todos os dias; serviu a nossa República durante anos. Por que você ainda quer perseguir André? O que ele fez para ganhar o seu ódio?"

Lazare riu, abrandando a tensão, controlando as feições, mesmo quando Jean-Luc notou a veia roxa que pulsava atrás da carne normalmente pálida do pescoço do velho.

"Ora, eu não o *odeio*. Nem conheço o homem. Mas ele *foi* o primeiro a – como posso dizer? – escapar do meu alcance. Você conseguiu poupar a vida dele."

Jean-Luc continuava sem entender.

"Então quer dizer que foi tudo um negócio? Que sua aversão por ele não é pessoal?"

"Meu caro St. Clair, *tudo* é pessoal. Você ainda não entendeu? Oras, você nunca alcançará o status que tão ambiciosamente cobiça se não aprendeu isso até agora."

"Então sua disputa deveria ser comigo." Jean-Luc enfiou as mãos nos bolsos. "Eu sou o único que o frustrou nesse caso."

"Talvez você tenha razão" Lazare encolheu os ombros. Houve uma longa pausa antes de o velho, ainda examinando as luvas imaculadas, olhar novamente para Jean-Luc. "Tudo começou porque decidi condenar o homem – Valière – como um favor a um poderoso general. Nada mais. Oh, não que eu tenha algum apreço especial por Nicolai Murat. *Au contraire*, o homem é um bruto que não consegue deixar de agir guiado por suas aversões e impulsos, mas me dediquei à causa dele porque nossos interesses têm sido sempre mútuos. O ódio que ele nutre pela nobreza impressiona até a mim." Lazare fez uma pausa, a voz caindo em volume e intensidade. "Mas agora... agora devo terminar o trabalho que Nicolai Murat começou."

Jean-Luc esfregou as duas palmas úmidas de suor, ainda inseguro sobre as motivações do velho homem, mas certo de sua loucura.

"Pelo amor de Deus, Lazare, o que você ganha com isso? O pai do pobre coitado foi decapitado por você e seus comparsas, o irmão foi perseguido, e provavelmente assassinado, pelo homem que quer matá-lo, e a noiva foi caçada sem nenhum outro motivo além de corresponder ao amor que recebeu. Quando tudo isso irá acabar? O Terror terminou. Não podemos tentar reconstruir nossas vidas e nossa cidade?"

Lazare pegou a caixa de tabaco, polvilhou uma pitada na mão enluvada e aspirou o pó. Abaixou os olhos e pisou com força no chão. Depois de uma pausa desconfortável, olhou para Jean-Luc.

"André de Valière conseguiu escapar da justiça da nossa República. A justiça que nossos mártires caídos morreram para nos trazer. O trabalho deles continuará, postumamente, através de mim, até que todos os nossos inimigos sejam caçados e destruídos. Esse é um voto que vou manter."

Agora Jean-Luc não pôde deixar de dar uma risada curta e amarga, um gesto de desgosto. De desprezo. Olhou bem no fundo dos olhos pálidos do velho enquanto respondeu, com um tom mordaz:

"Você não busca justiça, cidadão. Você não é melhor do que qualquer um desses monstros – Robespierre, Saint-Just, Hébert. Eles eram assassinos que finalmente receberam a mesma *justiça* que tão implacavelmente dispensaram. Talvez você esteja destinado a se juntar a eles."

"Você me irrita, dizendo coisas como essas", Lazare desdenhou, com a voz tão tensa como uma corda de arco.

Agora Jean-Luc fervia com um sentimento de crescente indignação. Por seu amigo André. Por Sophie, presa. Pela nação que tinha sido dominada pela loucura deste velho e de seus amigos assassinos.

"Eu não dou a mínima para a sua raiva, Lazare. Mas desconte-a em mim – não em Sophie. Você não pode prender uma mulher só porque ela ama um bom homem e olha para você como se estivesse vendo um cadáver pestilento. E como culpá-la? Você não é muito melhor que isso."

"E aqui estava eu tentando te perdoar."

"Dane-se seu perdão." Jean-Luc cuspiu no chão perto dos sapatos do velho.

Lazare suspirou, esfregando as mãos enluvadas, com a voz calma.

"Então essa é a gratidão que recebo? Por tirá-lo da sarjeta, por torná-lo maior do que você jamais seria. Trazendo-o para a companhia de homens importantes. Você desprezou minha amizade por causa de uma mulher e de seu lamentável amante?"

"Isso é loucura", Jean-Luc ofegou com uma expiração gutural. "E já chega." Deu as costas para o velho, mas Lazare não tinha terminado.

"Ainda quero a cabeça de André de Valière. E vou tê-la."

Jean-Luc hesitou em frente à porta da taverna. Virou-se, lutando contra o impulso de voar no pescoço do homem e estrangulá-lo. Mas as palavras de Lazare foram mais rápidas:

"Eu a *terei*. E então, assim que acabar com ele, começarei a apertar o laço."

Lazare fitava Jean-Luc intensamente, um olhar fixo, impermeável a qualquer emoção. Olhos que demonstravam apenas uma coisa: determinação crua e inabalável.

"Ouça bem, Cidadão St. Clair, vou lhe oferecer uma última lição, então ouça atentamente: Murat me procurou simplesmente para matar seus inimigos. Queria resolver alguma rixa antiga, uma briga que teve com o velho De Valière, punindo a geração subsequente" Lazare abanou a mão com desdém. "Mas *eu*, *eu* disse a ele que isso era fácil demais. A morte acaba com a dor, percebe? Você não pode simplesmente *matar* os inimigos; primeiro você deve fazê-los sofrer. Deve tirar deles tudo o que mais amam. Então, isto posto, eu lhe pergunto, Jean-Luc St. Clair: devo começar com Marie ou Mathieu?"

25

Alexandria, Egito

Julho de 1798

André não sabia verdadeiramente o que era sede antes da marcha pelo Egito. Alexandria caiu rapidamente, suas sentinelas não perceberam nada e estavam mal equipadas para se defender dos canhões e dos rifles franceses que bombardearam as muralhas da cidade.

O objetivo principal, no entanto, era a tomada do Cairo, que ficava quase duzentos quilômetros no interior do país, na porção sul de uma faixa inclemente de deserto árido, um território controlado pelos beduínos, habitado por tribos ferozes e temidas de guerreiros nômades que não reconheciam, tampouco temiam, esses estrangeiros que usavam uniformes estranhos. Mas o inimigo mais letal naquela marcha, André suspeitava, seria o sol implacável. O calor que fez nos primeiros dias era diferente de tudo o que André, ou qualquer um de seus camaradas, já tinha experimentado.

No dia anterior à partida de Alexandria, André encontrou Ashar na praia. O rosto do egípcio estava inexpressivo, uma máscara inescrutável enquanto olhava para o horizonte.

"Por que você está do nosso lado, lutando com os franceses contra o seu próprio povo, Ashar?"

Os olhos escuros de Ashar não demonstravam emoção alguma quando ele se virou para encarar o amigo. Depois de uma longa pausa, respondeu à pergunta de André com uma declaração evasiva:

"Seu general, Napoleão Bonaparte, pretende fazer guerra contra os mamelucos."

"Sim?"

"Os guerreiros tribais, cavaleiros, que governam o interior do meu país."

"E então eu pergunto novamente: por que você lutaria ao lado dos franceses?" Implícita na pergunta de André, residia outra pergunta, embora ele não tivesse dito em voz alta: *como podemos confiar em você?*

"Porque os mamelucos não são egípcios", respondeu Ashar, objetivamente. "Eles são otomanos, ou pelo menos vêm de algum lugar governado pelos otomanos. São invasores estrangeiros, assim como você. Mas eles governam o meu país como um lobo governaria um bando de ovelhas: tomando e devorando tudo o que desejam. Comparando o que eu vi deles e o que eu vi do seu povo, acredito que os franceses mostrariam mais piedade para com o meu povo do que os bárbaros têm mostrado."

"Você claramente nunca foi a Paris", respondeu André com um meio-sorriso, que rapidamente desapareceu quando ele se lembrou de casa e de todos aqueles que morreram ao longo dos anos anteriores."

"Capitão Valière!" Um cavaleiro se aproximou, saudando André vigorosamente. "O senhor deve comparecer imediatamente à tenda de comando do general Dumas. Suas ordens de promoção estão prontas e o general gostaria de emiti-las pessoalmente."

"Minha promoção?" André olhou para o homem desconfiado, receoso de que pudesse ser algum tipo de artimanha.

"Sim, senhor." O soldado se despediu de André, depois tornou a montar na sela. Ashar olhou para ele com seu sorriso tipicamente malicioso.

"Talvez sua sorte finalmente tenha começado a mudar."

André passou a mão pelos cabelos e soltou um suspiro longo e profundo.

"Então agora eu sou major Valière?"

"Sim, senhor", confirmou o mensageiro. "O senhor será designado para a cavalaria, sob as ordens dos generais Dumas e Murat."

⌘

Enquanto o sol se punha além das dunas na terceira tarde de julho, André partiu da cidade de Alexandria em meio a uma expedição de cerca de quinze mil soldados. Eles cavalgavam ou marchavam durante a noite, ao som dos ventos uivantes e dos clamores que ecoavam distantes, lembretes sonoros e invisíveis de que eles eram estrangeiros nesses domínios do deserto selvagem. Conforme a alvorada se tornava dia e o sol despontava no céu, o calor começava a castigá-los com sua presença indesejada e inexorável, minando toda a moral e esgotando a energia de que precisavam para cobrir quilômetros de deserto.

"Poupem a água, rapazes!", André ordenou quando pararam e levantaram acampamento para o descanso da tarde. Notou, com desânimo, que poucos prestavam atenção e menos ainda obedeciam a esse comando; em temperaturas mais elevadas do que tudo que tinham suportado até então, esse pedido ia contra todos os instintos humanos.

No terceiro dia de marcha, os primeiros animais morreram, e esse cruel presságio da letalidade do deserto deixou alguns homens muito apreensivos e questionadores. "Quanto falta para encontrarmos uma fonte de água?" tornou-se uma pergunta comum, feita a quase todo instante.

André não sabia a resposta. Não sabia nada além do que os homens sabiam, não fazia ideia do que estava por vir; só sabia que voltar atrás não era uma opção. Sua única esperança era seguir em frente – mais cedo ou mais tarde alcançariam o Nilo. Seguindo o estandarte tricolor que, semelhante a uma longínqua miragem, liderava o caminho nas filas dianteiras, André e seus homens prosseguiam, cobrindo milha após milha na areia escaldante, que havia séculos queimava sob um sol tirânico. Os homens estavam com as bochechas queimadas e cheias de bolhas, os lábios inchados devido à insolação. Mais animais sucumbiam e as carcaças eram deixadas na areia para alimentar os intrépidos falcões que voavam de longe, vindos de um oásis qualquer. E, ainda assim, nenhum sinal do Nilo, que a essa altura era a única esperança de salvação para as tropas francesas.

Tão horríveis quanto os dias, eram as noites, quando os garganteios dos guerreiros beduínos enchiam o ar com uma tétrica e estridente serenata. Eles eram companheiros constantes para a marcha francesa, acampados nas proximidades, mas sempre fora de vista. A presença audível mas invisível desse inimigo se tornava ainda mais sinistra quando algum ponto do céu negro se iluminava com o brilho distante de seus assentamentos, e o cheiro de suas fogueiras subia, espalhando-se sobre os horizontes de areia iluminados pela lua.

"Gritos de guerra", explicou Ashar, que cavalgara o tempo todo em silêncio e agora desdobrava o acolchoado para dormir ao lado de André.

"Eles querem lutar conosco?", perguntou André, hipnotizado pelo incessante brilho das fogueiras distantes.

"Talvez", foi toda a resposta enigmática que Ashar ofereceu.

André estremeceu involuntariamente na noite escura e amarga do deserto. Contudo, de todas as provações enfrentadas naquela marcha, os sonhos eram as piores, porque assaltavam sua mente e sua alma. Ele não sabia se era pela exaustão, pela sede ou pelos sons estranhos que ecoavam na infinita extensão do deserto, mas os pesadelos eram tão vívidos que ele acordava todas as manhãs sentindo que, pouco a pouco, estava perdendo a noção da realidade e o controle de sua mente, como grãos de areia que lhe escorriam pelos dedos.

Tinha pesadelos diversos, mas invariavelmente seus sonhos acabavam com imagens de Sophie. Em uma das visões mais reais que teve, ela o convidava para o seu casamento – um casamento com outro homem, envelhecido e fantasmagoricamente pálido. Mas o pior pesadelo foi o em que ela veio correndo até ele, chorando, dizendo que Remy estava morto e que ela seria decapitada no dia seguinte. André acordou de sobressalto, o pescoço grudento e o corpo suado sob o abrigo improvisado com a sela e o cobertor da sela.

No décimo dia, era visível que os homens não poderiam ir mais longe. André, exausto e derrotado, não sabia como forçá-los. Foi nessa manhã que apareceu um pequeno grupo de batedores, voltando da frente do comboio com um ânimo que nenhum deles sentia desde a saída de Alexandria.

"Agua! Água à frente! Alcançamos o Nilo!"

André observou o rastro dos cavaleiros enquanto eles passavam a galope e desapareciam ao longo do horizonte em uma nuvem de poeira. Fixou os olhos à frente e os protegeu, tentando ver algum brilho que prometesse ser a salvação. Voltando-se para o oficial subalterno mais próximo, André disse:

"Quero saber a que distância está o rio. Fique aqui, vou voltar direto. Mantenha a formação, não importa o que qualquer outra companhia faça. Pelo amor de Deus, mantenha a formação."

André esporeou o cavalo e galopou adiante, para além das miseráveis divisões de infantaria. Depois de subir uma pequena duna, apertou os olhos, esquadrinhou o horizonte e então o viu: um vasto campo pontilhado de bosques intermitentes de vegetação fértil. No extremo da extensão, uma resplandecente faixa azul-esverdeada. Era uma superfície reluzente, margeada por palmeiras sombreadas. Que visão gloriosa! Cerca de meia légua à frente, os primeiros regimentos já estavam alcançando o rio, chapinhando na água com a mesma alegria e abandono imprudente de um prisioneiro inesperadamente liberto. Não era miragem; eles tinham de fato alcançado o Nilo.

André puxou as rédeas do cavalo exausto e voltou ao seu esquadrão, ansioso para lhes dizer que estavam salvos.

⌘

"Eles vão beber até morrer." Ashar parou seu cavalo ao lado do de André.

"Creio que alguns deles ficarão gratos com isso", André riu.

"Não, é verdade", respondeu o egípcio, num tom tão sério quanto o seu semblante. "O corpo humano não foi feito para beber tanto assim depois de dez dias. Eles devem saborear a água com moderação, lentamente, ou irão se envenenar. Eu já vi isso acontecer antes."

O aviso e a certeza de Ashar se assentaram na mente de André, e ele se virou com uma nova e horrorosa onda de preocupação ao ver milhares de franceses se deleitando na água, bebendo grandes goladas ininterruptamente.

"Parem de beber! Malditos sejam!" A ordem foi emitida por alguém atrás de André. Ao se virar, viu uma figura familiar: Nicolai Murat. O corpo inteiro de André ficou rígido, mas o general passou por ele e foi diretamente até a margem. "Parem de beber, é uma ordem!"

André teve a sensação de que isso acabaria mal, então reuniu seus homens, alguns deles a apenas poucos passos do rio.

"Esquadrão, de volta à coluna!"

Os homens, atordoados e incrédulos ao receberem a ordem de não beber água quando tinham corpos tão necessitados, ainda assim obedeceram, murmurando em voz baixa, infelizes, enquanto se afastavam do rio e se reuniam em torno de André.

Mas alguns dos outros esquadrões e regimentos de infantaria não quiseram nem saber e já se amontoavam como uma multidão de rebeldes, abandonando a disciplina diante do intoxicante alívio que o rio fornecia.

"Parem de beber, é uma ordem!", Murat, em cima de seu cavalo, gritou mais alto para as centenas de tropas que se banhavam no rio. A maioria dos homens ou não ouviu o general ou optou por ignorar as ordens, tão febris eles estavam, bebendo e chapinhando na água.

"Em fila agora, rapazes. Vamos beber em um instante, mas devemos ser pacientes." André manteve os homens perto de si, com os olhos incomodamente fixos em Murat e no caos que se desdobrava no rio ali perto.

Com um movimento decisivo, Murat alcançou a pistola na cintura, levantou-a e apontou. Um estalo alto foi seguido por uma nuvem de fumaça e o familiar cheiro de pólvora queimada quando a bala atingiu um homem que estava agachado na beira do rio, bebendo sofregamente a água do Nilo. Ele nem viu o que aconteceu; seu corpo caiu respingando água para todos os lados, uma mancha vermelha tornando-se maior em suas costas. Foi tão instantânea quanto inglória a morte desse soldado à margem do rio egípcio.

Por toda parte, os outros homens pararam de beber e se viraram na direção do tiro.

"O próximo homem a beber sem a permissão do comandante vai enfrentar um pelotão de fuzilamento", gritou Murat, com o bigode tremendo enquanto falava. "Vocês são soldados do exército francês, não um bando de animais sem controle sobre os instintos. Mostrem moderação, ou serão culpados da própria morte."

Os homens começaram a se afastar do rio, reunindo-se em pequenos grupos, alguns descrentes, outros com medo, muitos com raiva. André estava tão atordoado quanto o restante deles, mas manteve seus homens por perto num grupo organizado, longe da confusão na margem do rio.

"Oficiais, controlem seus homens enquanto eles enchem suas peles e seus cantis." Murat virou o cavalo e, sem dispensar um segundo olhar para a vítima sem vida: "E alguém enterre esse maldito idiota".

Ashar continuava ao lado de André na margem do rio, a voz sábia enquanto observava as águas que fluíam diante deles.

"Já vi isso antes."

⌘

Mais tarde, uma vez que a coluna voltou a se formar, a marcha aparentemente interminável foi retomada, mas agora seguindo a forma de serpente do Nilo em um curso a sudeste. Grande parte do pânico havia se dissipado, sobretudo pelo fato de a sede ter sido saciada e porque a fonte de água permaneceria à vista no flanco oriental do exército pelo restante da marcha. A moral aumentava à medida que seguiam rumo ao Cairo.

Conforme marchavam mais para o interior e para o sul, André e seus homens tiveram os primeiros vislumbres das aldeias e dos egípcios locais. As pessoas se vestiam com simplicidade, em trajes leves de algodão e calçavam sandálias, muito mais adequadas àquele terreno do que o couro pesado das botas francesas. Olhos escuros e curiosos observavam os soldados passando. Algumas crianças pequenas aproximavam-se das colunas, dizendo palavras incompreensíveis em árabe enquanto corriam com os pés descalços para acompanhar aqueles franceses estranhamente vestidos.

Certa manhã, cruzaram com uma caravana de egípcios marchando na direção oposta à de suas linhas. Vários assentamentos começaram a aparecer ao longo das margens do Nilo. Estabelecimentos que pareciam temporários, como se as pessoas estivessem em movimento.

"Aonde eles estão indo?", André perguntou, olhando para um desses campos, onde um grupo de crianças tinha quebrado talos de papiro e usavam as varetas para duelar umas com as outras do lado de fora de um punhado de tendas.

"Estão fugindo", respondeu Ashar.

"Por quê?"

"Eles têm mais medo dos mamelucos que dos franceses."

Era fim da manhã e a coluna tinha feito uma pausa para se refrescar. André e Ashar se sentaram à beira do Nilo com seus cantis cheios, aguardando as ordens para retomar a marcha.

"Como eles são?", perguntou André. "Os mamelucos."

"Eles são como o deserto", respondeu Ashar depois de uma pausa pensativa. "Ferozes. Implacáveis. Inflexíveis."

"Mas... como eles sobrevivem aqui?"

"O deserto é a sua casa. É o que eles conhecem."

"Eles não têm casas permanentes?"

"Alguns dos chefes mamelucos têm grandes casas nas cidades, palácios adornados com mulheres mais bonitas do que você poderia imaginar." Ashar suspirou com saudade, depois olhou de volta para as infinitas dunas de areia que se estendiam diante deles. "Mas eles são guerreiros nômades. Cavaleiros. Suas mulheres e crianças os acompanham na jornada.

"Há muitos deles?" André pegou uma vareta de papiro e fez um arco com a haste.

"Além da conta", respondeu Ashar.

André assobiou. Os austríacos e os prussianos eram um inimigo formidável, sem dúvida, mas pelo menos eram familiares, suas táticas e armas eram como as dos franceses. Aqueles cavaleiros do deserto pareciam vir de um lugar e de uma época que ninguém no exército francês jamais conhecera. André olhou novamente para Ashar com aquela sensação recorrente de que, apesar de estar familiarizado com o amigo, não o conhecia verdadeiramente.

"Os mamelucos são uma classe orgulhosa", continuou Ashar. "E por que não deveriam ser? Foram trazidos para este país pelos egípcios, para serem nossos escravos. Dentro de algumas décadas, passaram de escravos a senhores do Egito. Agora eles simplesmente têm um novo inimigo para massacrar."

"Estamos chegando perto do território deles?"

"Meu amigo, olhe ao redor." Ashar abriu os braços, abarcando a totalidade do deserto. "Isso tudo é o território deles."

André balançou a cabeça, ponderando um momento antes de continuar.

"Eu servi sob o comando de muitos generais em minha carreira. Alguns eram realmente excelentes; outros não. Mas esse companheiro Bonaparte é diferente de qualquer um que já vi. Ele não teme nada e não cede a ninguém. Conduz seus exércitos com mais rapidez do que muitos homens julgam ser possível. E os homens que estavam com ele na Itália parecem nutrir algum tipo de...", André riu mesmo contra a vontade, tentando achar as palavras enquanto arrancava um punhado de grama da margem do rio, "... algum tipo de devoção inexplicável por ele, como se ele fosse um deus. Não tenho certeza de como tudo isso vai acabar, mas me pego pensando – *acreditando* – que, enquanto Napoleão Bonaparte liderar este exército, seremos vitoriosos".

Ashar sustentou o olhar do amigo antes de voltar a observar o rio flutuante. Pegou uma pedra e, em seguida, atirou-a na água.

"Está nas mãos de Deus", disse Ashar, "e do deserto".

26

Gizé, Egito

Julho de 1798

Após duas semanas de marcha, o campo pulsava com o inequívoco zumbido de excitação; naquela noite se espalhou a notícia, disseminada entre os homens em sussurros discretos, porém urgentes, de que estavam quase chegando a Gizé, a cidade das pirâmides, à beira do Nilo, do outro lado do Cairo.

Naquela noite, Ashar, e sua fonte aparentemente inesgotável de conhecimento sobre as tradições egípcias, foi a pessoa mais procurada em torno das fogueiras, onde regalou os homens com contos de vida após a morte e a crença antiga de que todas as almas atravessam um rio no final de seus dias para habitar entre os imortais.

André, como dezenas de outros, sentou-se diante do amigo para ouvi-lo. Naquela noite, Ashar descrevia aos soldados um grande monumento não muito longe das grandes pirâmides, uma estátua que tinha o corpo de um leão e a cabeça de um homem.

"Nós a chamamos de Esfinge", explicou Ashar aos rostos extasiados. "E ela guarda o Vale dos Reis de qualquer um que tente saquear a riqueza dos faraós."

"Major Valière?"

"Sim?" André se virou ao som de seu nome e viu um dos serventes da cavalaria atravessando o campo.

"Major Valière?" O auxiliar apertou os olhos, o rosto visível ao brilho das fogueiras. "O general solicitou sua presença na reunião de transmissão de informações do comandante Bonaparte, senhor."

"Que general?", André perguntou.

"O General Dumas."

⌘

André reconheceu apenas Dumas e Murat entre os oficiais reunidos na barraca de comando de Bonaparte. O grupo continha cerca de trinta pessoas entre comandantes de várias divisões e os assessores agrupados obedientemente atrás deles. O general Bonaparte estava sentado a uma mesa forrada de mapas, cartas e relatórios de tropas, usando óculos enquanto examinava um pergaminho, nem um pouco distraído pelo crescente murmúrio do grupo que se reunia.

Após um minuto ou mais, o general Bonaparte tirou os óculos e esfregou os olhos e o nariz estreito; todas as conversas paralelas cessaram. O general abriu os olhos e falou:

"Cidadão Fourier, o que foi que você me descreveu mais cedo? Algo sobre o gênio matemático que seria necessário para construir essa grande pirâmide que fica a menos de quatro léguas de distância?"

O homem abordado deu um passo à frente. André notou que ele não estava de uniforme como os soldados e os oficiais, mas à paisana. Devia ser um dos eruditos de Napoleão, André imaginou, um entre as centenas de cientistas e matemáticos selecionados pelo general para acompanhar o exército neste mês de março, a fim de explorar e registrar tudo o que os franceses encontrassem nesse célebre reino do deserto.

O Cidadão Fourier limpou a garganta antes de responder.

"Senhor, os antigos possuíam uma ampla compreensão das proporções e dos triângulos; isto é, tinham uma compreensão significativa dos princípios geométricos."

"Sim, Fourier", o general Bonaparte deu um breve sorriso,"isso agora já se tornou evidente para muitos de nós". Alguns oficiais riram do sarcasmo do comandante. "Mas, cidadão, você me contou algo sobre a aparência original dessa grande estrutura."

"Sim, senhor. Quando foi construída, ela provavelmente era revestida de calcário altamente polido, o que refletia a luz do sol e a fazia cintilar como uma joia. A pirâmide original teria agido como um espelho gigantesco, refletindo a luz tão poderosamente que seria visível até mesmo dos céus, como uma estrela brilhante na terra."

"Uma estrela brilhante na terra..." O general então se colocou de pé e começou a andar lentamente em frente à escrivaninha. "E amanhã, ela será nossa." Os olhos de Bonaparte brilharam com um ardor inconfundível enquanto encarava os homens reunidos diante de si.

"Meus companheiros soldados e compatriotas, estamos às vésperas de uma batalha que será lembrada pela posteridade entre os feitos de pessoas como Alexandre, César e Ramsés, o Grande. Cruzamos o mar do Império Romano e atravessamos as areias da África para enfrentar um inimigo célebre e ancestral. Estamos aqui não meramente para avançar na causa da França e da nossa República. Não! Estamos aqui para acentuar a glória de toda civilização."

O general fez uma pausa dramática para potencializar o impacto de suas palavras. A tenda estava em silêncio absoluto, e todos os olhos, inclusive os de André, estavam fixos no jovem comandante.

"Assim como nossos antepassados da antiguidade, viajamos para o oriente porque é para lá que todos os grandes homens vão. Grandes façanhas são realizadas por homens que têm a audácia de viajar para terras consideradas inconquistáveis por outros homens e que sobrepujam o que eles temem. Homens, muito em breve vocês e seus soldados deixarão suas marcas na História, e compete a vocês decidir como ela serão!"

Com isso, o comandante supremo olhou ao redor da tenda mais uma vez. Aparentemente satisfeito com o efeito de seu discurso, caminhou de volta para a cadeira e se sentou.

"O general Kléber me informou que nossa esquadra continua a salvo, atracada na Baía de Aboukir, sem nenhum sinal dos ingleses ou daquele crápula do almirante Nelson. Portanto a desventurada situação de nosso abastecimento deve ser sanada em breve. Além disso, nossos navios que estão subindo o Nilo com o capitão Perrée devem chegar aqui em um dia, de modo que as conversas de motim que atormentam esse exército desde que deixamos o conforto de Alexandria devem cessar agora, e vocês, como comandantes, irão garantir que elas parem de uma vez." Com isso, o general suspirou e fez um gesto com a mão em direção à assembleia. "General Dumas, você está com o aspecto de quem viu um fantasma. Será que as múmias que espreitam de suas tumbas o assustam?"

Dumas se empertigou enquanto, ao seu redor, pequenos focos de gargalhadas estouraram.

"Esses selvagens do deserto não causariam danos a um companheiro africano", disse o general Murat olhando de soslaio em direção a Dumas. Se Dumas ouviu a alfinetada de Murat, ele a ignorou, pois seu olhar continuou fixo no homem que estava à frente da tenda.

"Senhor, não são os mortos que me preocupam."

O general Dumas deu um cauteloso passo à frente.

"General, com toda a deferência ao seu comando...", ele fez uma breve pausa, escolhendo muito bem suas próximas palavras, "... temo que os homens – para não dizer os cavalos – não estão preparados para esse tipo de guerra".

Todos os presentes na tenda ficaram repentinamente silenciosos, as risadas se dispersando. André mal conseguia acreditar na ousadia do general Dumas, que baixou a voz enquanto continuava:

"O inimigo está em nosso encalço, à espreita, forte e preparado onde somos fracos e vulneráveis, e se embrenham no deserto, onde nossos homens não desejam ir. Nossas linhas de abastecimento ficam mais vulneráveis a cada dia, e nossas reservas de água são quase inexistentes. Os soldados marcharam por semanas sem pão, e aqueles que pegaram comida das aldeias árabes foram baleados. Não temos condições de seguir nessa conjuntura. Talvez, se enviássemos um emissário ao Cairo, poderíamos..."

"Agradeço-lhe por seu relatório." Bonaparte ergueu a mão enquanto fixava um olhar intenso em seu subordinado, muito mais alto em estatura. "E devo lembrá-lo novamente de que as questões de estratégia não estão entre seus deveres. Elas cabem a mim."

"Senhor", Dumas continuou, resoluto, "meus soldados e essa expedição estão sofrendo, e nossa situação só piora a cada dia. Além disso, o sofrimento é desnecessário e totalmente evitável. Solicito firmemente...".

"Basta!" O general Bonaparte bateu na mesa com o punho, o rosto estava cor de carmesim. Dumas estava ereto diante dele, inabalável. A tensão dentro da tenda agora era quase insuportável, e André se perguntou se esse confronto se tornaria violento. Depois de um momento, o comandante sinalizou a todos os oficiais reunidos.

"Obrigado, senhores, isso é tudo. Agora saiam. Você", ele apontou para Dumas, "você fica".

Os oficiais saíram rapidamente da tenda, poucos se atrevendo a falar mesmo depois que já estavam de volta à noite fresca. Enquanto André voltava para seu alojamento, ouviu gritos abafados vindo da tenda do comando. Admirou o general Dumas por falar tão francamente em nome dos homens, mas ponderou que qualquer dissidência seria fútil nesta fase. Então notou o som de passos atrás de si e se virou.

"Quem está aí?"

Uma figura se aproximou, ainda indistinguível na escuridão da noite do deserto.

"Então é você, Valière."

A voz, no entanto, foi instantaneamente reconhecida. Murat. André não vira o homem durante toda a longa marcha, não desde o tiroteio na margem do rio. Sentiu-se tentado a pegar a espada, mas reprimiu o impulso. Respirou fundo e encarou o inimigo.

"General Murat, boa noite."

Os homens olharam um para o outro enquanto as sombras das tendas e fogueiras tremeluziam ao redor deles.

"Então, agora que é o major Valière, você comparece às reuniões de informações do nosso comandante. Você sempre procura se colocar no meio disso."

"Apesar de ter sido denunciado, preso e perdido minha família, ainda estou aqui, general." André forçou um sorriso amargo com os lábios apertados.

"Devo admitir que uma parte muito pequena de mim quase o admira." Murat esfregou o punho da espada. "Você não se dobra facilmente."

André ficou em silêncio; não pretendia antagonizar seu algoz na véspera de uma grande batalha, mas foi invadido por uma onda de lembranças dolorosas enquanto estava tão perto do homem que lhe tirara tudo. Parte de seu coração esperava que a batalha iminente fosse a derradeira para um deles.

Murat se mexeu, espiando a vasta paisagem escurecida.

"Você acha que eu te odeio por causa de sua afeição por minha Sophie." Pela primeira vez desde que André podia se lembrar – talvez em todo o tempo que se conheciam – Murat lhe falou diretamente sobre a mulher com quem ambos se preocupavam, a mulher cujo amor André não negaria mais. Cruzando os braços diante do peito, o sangue fervendo à menção do nome da amada, ele respondeu:

"Na verdade, não sei por que você me odeia, general."

Quando Murat se aproximou, os olhos cinzentos cintilavam, faiscando um ódio que desarmou André.

"Não vou deixar outro Valière tomar de mim quem eu amo... Não dessa vez. Nunca mais", o general sibilou esta ameaça, mas suas palavras não ajudaram André a compreender melhor a situação.

Ele abaixou a cabeça, os pensamentos a mil. Ele *me* acusa de roubar *seus* entes queridos, pensou André, completamente confuso. De repente, pestanejando, o rosto daqueles que amava lhe vieram à mente com uma nitidez esmagadora: o pai, lendo no escritório, digno e absorto, aristocrático até o fim. A mãe, passeando com os meninos nos pomares atrás de suas propriedades, o riso se misturando ao canto dos pássaros do início da manhã. Remy, sorrindo, com um brilho malicioso nos olhos enquanto tramava alguma solução para se safar de encrencas. Jean-Luc St. Clair, o amigo, sério e firme apesar do mundo desmoronando ao seu redor. E Sophie. Sempre Sophie. André não tinha ideia de onde ela estava ou como se encontrava naquele mundo louco, mas sabia que se estivesse viva, ele precisava dar um jeito de voltar para ela. Enquanto respirasse, lutaria para regressar a Sophie, ao único lar que lhe restava.

Murat deu um passo e chegou ainda mais perto, tirando André de seu devaneio e trazendo-o de volta ao presente. Murat estava diante dele, o rosto a poucas polegadas de distância. André podia sentir o cheiro acre do uniforme desgastado do general.

"Você tem alguma ideia do que ele fez? Do que seu pai fez?"

Antes que André pudesse balbuciar uma resposta, ambos os homens foram surpreendidos pela interrupção de uma terceira voz:

"Tudo certo por aqui?"

Murat se virou para a figura que se aproximava e murmurou:

"Nada que diga respeito a você, Dumas."

"Na verdade, eu estava procurando pelo major Valière. Major, uma palavrinha, se não se importar?"

"Não agora", disse Murat desdenhosamente, colocando seu grande corpo entre os dois homens. "Eu estou falando com Valière no momento."

"Posso ver isso", disse Dumas, imperturbável. "Mas tenho ordens de nosso alto comandante que dizem respeito ao jovem oficial. Portanto receio que tenho que interromper. Major, queira me acompanhar."

Murat ficou quieto diante desse argumento e fuzilou Dumas e André com o olhar, aparentemente em dúvida de como reagir. Se Dumas realmente tivesse negócios a tratar com André que viessem diretamente de Bonaparte, não seria prudente interferir – até mesmo Murat sabia disso. E, ainda assim, ele não tinha decidido se realmente acreditava na reivindicação de Dumas. Por fim, com um grunhido baixo, Murat cedeu, deu-lhes as costas e se esgueirou para o acampamento escuro sem dizer outra palavra. Com alívio, André viu o homem se retirar, embora soubesse que qualquer negócio que tivessem ainda estava longe de terminado.

"Por aqui." Dumas conduziu André em silêncio até uma pequena tenda de lona na margem sul do acampamento. Dumas levantou a aba e entrou, acenando para André segui-lo.

No interior, o ar estava quente e parado. Dumas acendeu uma vela e gesticulou para André se sentar na cadeira de madeira ao lado do catre, onde ele próprio se acomodou.

"Junte-se a mim por um momento." O general serviu água fresca em dois copos pequenos. Então, como se estivesse lendo os pensamentos de André, falou: "Na verdade, não tenho uma mensagem do general Bonaparte para você". Dumas engoliu a água e colocou o copo vazio sobre a mesa.

"Só me pareceu que você poderia precisar de ajuda com o general Murat. Ele pode ser... difícil de lidar."

André concordou, terminando ansiosamente de sorver a água do copo e colocando-o na mesa. Ainda estava atordoado com os eventos da hora anterior, com as vagas e indecifráveis declarações de Murat.

"Nesse caso... obrigado, senhor. E obrigado pela água. Creio que é melhor eu ir e deixar você..."

"Fique, fique um momento", disse Dumas, levantando a mão. "Eu estava certo?"

"Perdão?"

"Você precisava de ajuda? Lá com o Nic... quero dizer, com o general Murat?"

André considerou a questão por um momento.

"Para ser sincero, senhor, não tenho certeza do *que* o general Murat queria comigo. Nunca entendi..."

"Não será nenhuma surpresa se eu lhe disser que você não é um dos favoritos do general Murat." André piscou, absorvendo a declaração. Dumas prosseguiu, com o rosto franco e inexpressivo: "Você já sabe disso".

"Eu... eu sei", André concordou.

Dumas encolheu os ombros, acenando a mão como se estivesse espantando uma mosca.

"Tolice, tudo isso. O Egito se preocupa muito pouco com as queixas e os rancores de algumas rixas francesas."

"Mas, senhor, a questão é exatamente essa. Não sei ao certo por que ele nutre tanto rancor por mim", confessou André. "Eu tive a má sorte de me apaixonar por sua sobrinha, sim, mas a raiva que ele tem de mim antecede meu relacionamento com Sophie, tenho certeza disso. Tenho a sensação de que o general Murat me odeia desde a primeira vez que me viu em Valmy – talvez até antes. Sei que parece estranho..."

"Não é nada estranho." Dumas balançou a cabeça, servindo-se de outro copo d'água e enchendo também o copo de André. "Na verdade, você está totalmente correto."

"Estou?"

"Sim. Nicolai Murat odiou você desde que nasceu. Talvez até antes."

André não tentou ocultar a confusão ao ouvir a confirmação do ódio franco e inequívoco de que sempre suspeitou. E dada por ninguém menos que um oficial superior.

"Mas o que eu fiz? Por que ele me odeia?"

Dumas tomou um gole longo e lento e estalou os lábios, pesando as palavras. Enfim, respondeu:

"Nicolai Murat o odeia porque você é o filho de Alexandre, o marquês de Valière."

As palavras o atingiram como um soco na barriga, tirando o ar de André. Como ele não disse nada, Dumas continuou:

"Creio que você se lembra um pouco da minha história – que eu sou filho de um nobre francês e de sua amante haitiana?"

"Sim", André disse, balançando a cabeça, recordando a noite em que havia conhecido o general Dumas em sua cela de prisão a bordo do navio no Mediterrâneo.

A mente de Dumas estava em outro lugar agora, seu olhar fixo no nada do outro lado da tenda enquanto explicava:

"O título e a riqueza de meu pai foram suficientes para garantir minha entrada na sociedade. Travei conhecimentos e fiz amizades em muitos círculos diferentes. Muitos dos nobres agora já se foram, fugiram para o exterior ou perderam a cabeça. Mas alguns permanecem. Alguns desses indivíduos conheceram seu pai na corte real, outros na academia de Brienne."

"Brienne", André repetiu o nome: sua academia de formação militar e a de seu pai antes dele.

"Brienne", Dumas concordou. "Onde todos os nossos melhores oficiais foram treinados. Eu mesmo não tive o privilégio de frequentá-la. Sou um velho cabo apesar deste uniforme e de todos os seus adornos. No entanto, conheci Nicolai Murat, bem como um graduado particularmente promissor chamado Alexandre de Valière."

André absorveu tudo isso, seus pensamentos aos poucos se desanuviando. Então eles foram para a academia juntos, seu pai e Murat. Murat ainda guardava algum ressentimento da época da academia, de tantos anos atrás? E agora estava determinado a se vingar no filho de seu rival?

"Mas não foi em Brienne que a fissura ocorreu", disse Dumas, atraindo o foco de André de volta para a conversa. "Você vem de uma antiga família nobre, André. Não precisa ser lembrado disso. Afinal, sua família governou vastas faixas de terra ao norte desde o tempo da Conquista Normanda."

André concordou. Essa conversa era perigosa – até mesmo uma ameaça à vida. E, no entanto, ele confiava que Dumas não dizia isso de maneira condenável.

"A família do meu pai também vem de uma linhagem enobrecida", continuou Dumas. "O mesmo não ocorre com a família Murat. Sua nobreza não é antiga. Não mais antiga do que uma geração."

"Não?"

Dumas negou, balançando a cabeça.

"O pai de Murat comprou o título; não o herdou. Ele não é o que, digamos, meu pai ou seu pai chamariam de um verdadeiro nobre."

"Mas ele... O general Murat *odeia* a nobreza", respondeu André, lembrando-se de todas as vezes em que seu superior vomitou o desgosto contra a aristocracia da nação e a veemência com que perseguia e punia a classe nobre.

"E agora talvez você possa entender o porquê." Dumas encolheu os ombros.

André piscou, tentando entender tudo: Murat, detentor de um título, mas não um título *verdadeiro*, guardou um amargo rancor contra uma classe que nunca o aceitou realmente.

"O pai de Murat conseguiu o dinheiro para o título por meio do comércio nas Índias Ocidentais", disse Dumas, que pelo visto ainda não tinha terminado as explicações. "Ele era proprietário de grandes extensões de terra por lá, inclusive na minha ilha natal de São Domingos, a ilha de Haiti. Cana-de-açúcar, tabaco, mas principalmente café."

"Então você o conhece há todos esses anos?"

"Eu sabia dele, de sua família, pelo menos, desde quando éramos meninos. E me lembro de quando a família Murat caiu em desgraça no Haiti. A ilha toda soube que eles foram forçados a vender as terras e fugir, com muita pressa."

"Mas... mas por quê?"

"Acontece que o velho Murat, o pai do nosso homem, uma vez que comprou o título e se estabeleceu como senhor da ilha, começou a se preocupar muito mais com o rum e as mulheres locais do que com a safra. A terra dele teve dificuldades. O negócio sofreu. Ele era um proprietário de escravos brutal, mas um gerente terrível. No fim, não restava absolutamente nada de valor na propriedade para ser transmitido ao ambicioso e jovem filho, Nicolai. O velho tinha acumulado tantas dívidas que chegou a um ponto em que teria de fugir da ilha. Poderia até ter sido atacado pelos credores, ou então pelos escravos, se não fosse por um jovem comprador que apareceu e rapidamente arrematou todas as terras, ajustando as contas de Murat e permitindo que o tolo voltasse para a França com o rabo entre as pernas."

"Hã?", André não entendia o que isso tinha a ver com ele.

"Um comprador cuja perspicácia empresarial – e caráter – eram de muito mais calibre." Os olhos escuros de Dumas capturaram a luz tremeluzente da vela. "Um jovem nobre chamado Alexandre de Valière."

"Oh", soltou André. Teria caído se não estivesse sentado na cadeira, com o coração martelando fortemente contra o peito. Sabia que o pai tivera relações comerciais no Novo Mundo e que tinha passado algum tempo lá anos atrás, antes de se casar e ter filhos.

"Seu pai", disse Dumas, "teve a audácia de salvar a família de Nicolai Murat da ruína".

"E então... por isso... o general Murat se ressentia de meu pai? E agora me despreza? Mas isso não parece justo – quando, no mínimo, ele deveria estar grato."

"Ressentia, sim. Provavelmente o invejava também." Dumas encolheu os ombros. "Certamente foi constrangedor para ele ver o pai resgatado por um colega de classe da academia. Um jovem cuja riqueza e título – e caráter – eram impecáveis, enquanto o nome de sua própria família estava tão sujo quanto o café que eles não conseguiram vender. Mas a aversão, de fato, veio alguns anos mais tarde."

"O quê? Por quê?"

Dumas se inclinou para a frente, com a voz baixa e grave. "Eu estava em Paris, era um jovem quando ouvi falar sobre isso. Ouvi sobre ela. A beldade de Blois. A belíssima filha loira do duque de Blois – cuja beleza só rivalizava com a imensidão de sua fortuna. Uma jovem chamada Christine de Polignac."

"*Maman*", André ofegou, o coração quase saindo pela boca quando ouviu o nome da mãe dito em voz alta.

"Isso mesmo. Sua mãe. Ela se apaixonou por seu pai pouco depois que ele voltou das Índias Ocidentais, com o rosto beijado pelo sol e os bolsos ainda mais inchados com a riqueza do Novo Mundo. Todo mundo que os viu ficou maravilhado com o par; eles eram admirados por toda a sociedade parisiense naquela primeira temporada em que fizeram a corte."

"Eram?" A mente de André vacilou – seu pai e sua mãe?

"O próprio rei abençoou o noivado deles", Dumas confirmou. "Seu pai decerto foi invejado por vários jovens nobres quando conquistou o coração de Christine. Mas havia um homem – um homem em particular – que pensava que já tinha conseguido isso. Achou que *ele* seria o sortudo a se casar com ela."

"O general Murat", disse André.

"Agora você entende, jovem André de Valière, a maneira como Nicolai Murat vê isso: seu pai literalmente tomou tudo o que era dele. Sua terra. Seu direito de primogenitura. Seu amor... E você – você é o resultado disso. Por você existir, os filhos de Murat e Christine de Polignac não existem. Ele nunca o perdoará por isso."

Os dois ficaram em silêncio por algum tempo. André tomou outro copo d'água; seus pensamentos continuavam tumultuados, mas agora, pelo menos, ele entendia. Finalmente, a voz de Dumas quebrou a quietude da tenda, dispersando os pensamentos perturbados de André:

"Por enquanto, não há nada que você possa fazer, exceto estar ciente dos sentimentos do homem a seu respeito. Mas cá entre nós, certifique-se de tomar muito cuidado amanhã."

André piscou, concentrando-se no presente. Era a véspera de uma grande batalha. Ele precisava ir precisava tentar descansar pelo menos algumas horas.

"Sim. Toda essa conversa...", André se levantou, "quase me fez esquecer o inimigo".

Dumas concordou e também se levantou, indo até a entrada da tenda. A vela que estava acesa se reduziu a quase nada, sua cera quase extinta, fazendo com que o brilho de sua chama dançasse no rosto escuro do general enquanto ele sussurrava:

"Amanhã será o caos. Os homens serão espalhados e dispersos, e o fogo virá de todas as direções. Bonaparte tem uma mente aguda para o combate, mas esse é diferente de qualquer coisa que já tentamos. Esse homem... Ele pode ser pequeno de estatura, mas sua ambição... sua ambição não tem limites", Dumas suspirou. "Em todo caso, erros serão cometidos. Ou, talvez, crimes serão perpetrados de modo que pareçam erros. Amanhã, se você for sábio, vai ficar de olho no inimigo à frente, sim. Mas, ainda mais importante, vai manter um olho bem aberto às suas costas."

27

Paris

Julho de 1798

Jean-Luc ouviu uma batida na porta.

"Sim?" Ao abrir, deparou-se com um dos filhos mais velhos da madame Grocque, um jovem sujo e mirrado, de cerca de 14 anos.

"Carta para o senhor", disse o jovem, levantando um papel, mas não os olhos.

"Obrigado", disse Jean-Luc, confuso; tinha acabado de chegar em casa do trabalho. Rompeu o selo de cera e abriu a missiva. Instintivamente, sentiu um arrepio frio no âmago de suas vísceras antes mesmo de reconhecer a familiar caligrafia ou o significado das palavras que agora lia.

> *St. Clair,*
>
> *Meu velho amigo, é com profundo pesar que devo realizar as ações que você me obrigou a empreender. Tudo o que sempre quis foi a sua amizade. Mas quando eu sair desta vida, meu único desejo será deixar minha marca sobre o mundo para que o meu trabalho perdure quando eu for embora. Não é este o meu dever, depois de uma longa e cansada vida de sacrifícios dedicada a essa República?*
>
> *Por esta razão, Sophie de Vincennes e seu amado marquês de Valière não podem transmitir suas linhagens nobres para o novo mundo que criamos. Assegurar-me-ei de que não possam.*
>
> *Mas meu golpe de mestre será o seguinte: todo o mundo culpará você. Descobrirão como o fraco advogado se apaixonou pela noiva de seu próprio cliente. De que outra forma alguém*

explicaria a presença dela sob seu teto durante tanto tempo? Muito suspeito. E por que você teria o trabalho de visitá-la na prisão todos os dias – encarando-a ardorosamente, com sussurros e promessas?

Talvez o povo até simpatize com você por sua fraqueza; a beleza dela é tão enlouquecedora que qualquer um entenderia por que você quis tanto conquistá-la. Talvez até mesmo o próprio André de Valière entenda. Mas, em última análise, vão desprezá-lo do mesmo modo. Com desgosto, vão descobrir como seu afeto foi rechaçado e você não teve escolha a não ser destruí-la.

Não havia assinatura. Nem endereço do remetente. Mas Jean-Luc não precisava de um.

"O que foi?" Marie já estava deitada, mas agora se virou, chamando por ele. "Jean-Luc?" Ela apoiou as mãos na grande barriga, estremecendo enquanto fazia isso.

Jean-Luc engoliu em seco, nervoso, tentando disfarçar o pânico, dobrou a carta e a colocou dentro do bolso do casaco.

"É de Lazare", disse num fiapo de voz.

"O que o bode velho queria?"

"Eu... eu não tenho certeza. Alguma coisa sobre Sophie."

"Sophie?" Marie ficou tensa. "Ela está em perigo?"

"Eu...", ele gaguejou.

"Se ela está em perigo, você precisa socorrê-la. Imediatamente."

Jean-Luc concordou, mas em seguida olhou mais atentamente para a esposa, notando o rubor de suas bochechas e o fato de que tentava esconder uma careta.

"Você está passando mal?"

"Só um pouco cansada", ela pestanejou.

"Não posso deixar você assim." Jean-Luc pegou as mãos dela, ajoelhando-se ao seu lado. "Será que já são as dores do parto?"

Marie se apoiou no ombro dele, os cachos abundantes grudando na bochecha e no pescoço suados.

"Não acho que seja. Ainda não. Deve ser apenas um sinal precoce, um alarme falso, como costumam chamar. Isso pode acontecer com o segundo filho."

"Como pode ter certeza?", Jean-Luc perguntou. "Será que não é melhor eu chamar uma parteira?"

Marie sorriu, seus olhos castanhos se estreitando daquele jeito familiar que Jean-Luc adorava. Ela parecia estar radiante.

"Estou bem. É apenas uma cólica passageira."

"Eu deveria ficar. Nem sei o que a carta de Lazare significa. Talvez seja apenas uma ameaça sem propósito. Não acho que devo te deixar, caso..."

"Você deve ir", ela o interrompeu, balançando a cabeça. "Ambos conhecemos aquele homem o bastante para saber que ele nunca age sem propósito com ameaças – ou com a maldade. Vá. Sophie precisa de alguém para protegê-la. Ela não tem ninguém, exceto nós."

Tomando a mão quente e úmida da esposa, Jean-Luc a beijou. E então, relutantemente, disse:

"Voltarei rápido, mas você tem certeza de que não devo chamar a parteira antes de sair?"

"Vá." Marie sacudiu a cabeça. "Quanto mais cedo você for, mais cedo você volta."

Jean-Luc levou as mãos da esposa aos lábios e as beijou mais uma vez.

"Eu não lhe digo o bastante, mas você é mais forte do que eu jamais serei."

"A natureza fez a mulher mais dura do que o homem por uma razão." Ela continuou sorrindo. "Agora vá. Diga a Sophie que a adoro e que não vejo a hora de tê-la de volta aqui em casa – afinal, com outro pequeno chegando logo mais, seria ótimo contar com a ajuda dela."

"Mais uma razão pela qual estou fazendo tudo o que posso para libertá-la." Jean-Luc relutantemente se levantou do lado da cama, ainda olhando para a esposa. "Tem *certeza* de que não vai precisar de uma parteira?"

Marie concordou, e Jean-Luc suspirou.

"Então vou pedir à Madame Grocque para ficar de olho em você e em Mathieu. Voltarei o mais rápido que puder – em menos de uma hora."

"Está bem. Agora vá, deixe-me descansar." Marie sorriu e depois fechou os olhos.

⌘

"Estou aqui para ver Sophie Vincennes", Jean-Luc bufou diante do confuso guarda da prisão, um jovem que nunca tinha visto antes. "Preciso ver Sophie Vincennes imediatamente."

"Calma, cidadão. Seu incômodo pessoal não substitui o protocolo." O guarda lançou a Jean-Luc um olhar de reprovação, levantou um grande pergaminho da escrivaninha e leu baixinho o nome dos prisioneiros de sua ala enquanto checava a longa lista.

"Cidadão St. Clair", Jean-Luc bufou, impaciente com as formalidades de um novo e rígido guarda. "Preciso falar com minha cliente, Sophie de Vincennes, imediatamente. Ela está sendo mantida na cela de número doze, ala leste."

"Só mais um minuto, cidadão." O guarda ainda conferia o papel, nitidamente confuso.

"Tenha a santa paciência, venho aqui todos os dias, sei onde é a cela, posso muito bem entrar sozinho." Sem esperar mais pela liberação do guarda, Jean-Luc seguiu pelo longo corredor iluminado pela luz de velas que o levaria a Sophie, mas o guarda levantou a mão e o bloqueou.

"A Cidadã Vincennes não voltou para lá", disse o homem, tirando os olhos do papel e mirando-os em Jean-Luc.

"O que quer dizer com 'não voltou para lá'? Onde mais ela estaria?"

O guarda coçou a cabeça, levando muito tempo para responder.

"Aqui diz que a Cidadã De Vincennes foi libertada esta tarde."

Jean-Luc conferiu o papel, incrédulo. Vendo aquela mesma notícia, cambaleou para trás até se apoiar na parede.

"Mas... mas ela é minha cliente. Se fosse libertada eu ficaria sabendo. Eu seria o responsável pela soltura. Onde ela está?"

"Ela foi solta." O homem deu de ombros. "Mas agora que estou pensando nisso, eu me lembro. Uma senhora loira? De aparência refinada e muito bonita? Sim, eu me lembro dela. Saiu andando sozinha. Não parecia tão contente como eu esperaria ao ter sido liberada e tudo mais."

Jean-Luc ainda olhava para o guarda, um turbilhão de pensamentos confusos girando em sua mente.

"Havia uma carruagem esperando por ela. Uma carruagem grande e coberta, um homem veio buscá-la. Um sujeito amigável, ainda que um pouco estranho. Cabelo laranja bem chamativo. Deu o nome de Marnioc. Ou Merillac. Algo assim."

Jean-Luc se encostou completamente na parede fria e úmida da prisão, engolindo em seco. Lembrou-se da estranha carta que estava guardada no bolso do casaco.

"Merignac."

"Isso mesmo!", o guarda confirmou, satisfeito por ter resolvido o dilema. Voltou-se para os papéis, ansioso para encerrar a conversa.

Jean-Luc, no entanto, não sentiu alívio nenhum. Só o que sentia era o aperto paralisante do medo; ele estava muito atrasado. Lazare estava com Sophie.

28

Gizé, Egito

Julho de 1798

A marcha começou bem antes da alvorada, e os soldados partiram do acampamento em Warraq al-Hadar na friagem da madrugada. André tremia em seu casaco azul enquanto o exército seguia para o sul ao longo do rio. Os soldados, cansados e com frio, resmungaram quando viram suas fogueiras de acampamento ficando para trás. Considerando o frio que fazia agora, o sol brilharia ainda mais impiedoso quando despontasse no horizonte do deserto.

Marcharam por horas, parando apenas uma vez, quando ainda estava escuro, para um rápido desjejum. Conforme amanhecia, André distinguiu o Nilo à esquerda e viu que estavam em um trecho onde o rio era bem mais largo e caudaloso.

Os cavalos começaram a relinchar, e até mesmo o cavalo manso e castrado de André começou a cabecear, debatendo-se contra os arreios. André tinha conseguido espantar a fadiga, os olhos e sentidos em alerta, ciente de que o amanhecer decerto traria uma série de perigos. Naquele momento o exército francês se afastava da bifurcação do rio, e os primeiros raios de sol raiavam ao leste, cortando a escuridão e derramando as primeiras lanças de luz sobre a paisagem ancestral.

André se remexeu na sela, examinando o rosto daqueles ao seu redor. Alguns metros atrás cavalgava Ashar, conversando com um dos soldados da infantaria que vinha ao seu lado. Ele viu André e acenou com a mão direita. André gesticulou para que o amigo se juntasse a ele na cabeça da coluna.

“Você sempre parece surgir quando algo importante está prestes a acontecer, meu amigo. Então me diga, o que devemos esperar hoje?”

O egípcio olhou para cima, a face avermelhada à luz alaranjada do sol nascente.

"Gizé é uma terra sagrada como qualquer outra, major. Pela graça de Deus, seu general conseguiu nos guiar até tão longe." Ashar respirou profundamente e fechou os olhos. "Mas, agora, devemos simplesmente esperar pelo destino que Deus reservou para nós, qualquer que seja."

"Eles são realmente tão impressionantes, esses mausoléus?", André perguntou, cético. Todos os homens estavam excitados com a expectativa de contemplar as grandes pirâmides, mas Paris tinha o Panteão – seu próprio e gigantesco mausoléu – e catedrais deslumbrantes que havia séculos causavam inveja em toda a Cristandade; certamente essas tumbas não superariam a capital francesa. Ashar considerou a pergunta antes de responder:

"Todo faraó que viveu e morreu nesta terra desejou que Gizé fosse o seu lugar de descanso eterno. Eu posso lhe falar sobre seu esplendor, mas você verá com seus próprios olhos em breve. E então poderá responder à própria pergunta."

Naquele momento, o cavalo de André começou a resmungar e pisotear o chão. Ele lhe acariciou o pescoço para acalmar o animal nervoso, mas quando olhou mais atentamente, viu o que o assustou. Adiante, banhada pelos raios suaves do sol da madrugada, levantava-se da terra uma enorme e sinistra nuvem.

"Tempestade de areia", disse André.

"Mamelucos", corrigiu Ashar, com a voz firme.

André segurou as rédeas com firmeza; o cavalo se debatia nervosamente debaixo dele.

"Fique calmo", disse, tranquilizando o animal. Estreitou os olhos, tentando vislumbrar melhor o exército estrangeiro. "Meu Deus, quantos vêm lá?"

Os homens ao seu redor estavam quietos. A maioria não tinha pregado os olhos a noite toda. Haviam marchado várias milhas na escuridão gelada do amanhecer com os estômagos vazios, exceto por alguns pedaços de fruta que só serviram para angustiar ainda mais a fome que lhes consumia. E agora, ao longe, parecia que todo o deserto estava subindo lentamente para engoli-los.

André aguçou o olhar, focando nas figuras abaixo da enorme nuvem de poeira que subia aos céus. Parecia uma nação inteira a cavalo. O egípcio confirmou sua impressão enquanto também observava a cena diante deles.

"Cada guerreiro mameluco tem um servo para carregar as armas durante a marcha; um grupo de tocadores de pandeiro para ditar o ritmo dos passos dos cavalos; e leva consigo suas crianças e mulheres. A guerra, para eles, não é um evento separado da vida. Guerra é vida."

André examinou as forças francesas em volta de si. Naquele momento, os batedores passaram por ele e seguiram além das unidades dianteiras. De todos os lados de seu esquadrão, a infantaria avançava ao som das notas estridentes dos pífaros e do ritmo profundo dos tambores. As bandeiras tricolores balançavam na brisa da manhã, e os homens, que mal conseguiam ficar de pé poucos minutos antes, agora marchavam de cabeças erguidas, alimentados pelo medo e pela adrenalina.

Perto dali, o general Bonaparte, montado em um vistoso cavalo branco, com a típica expressão arrogante e o corpo em alerta, estava cercado por uma dúzia de assistentes, atendentes e oficiais-gerais enquanto examinava um mapa. Uma enorme bandeira tricolor completava o quadro, tremulando acima dele. O general Dumas também estava lá, assim como Murat e vários outros oficiais.

Os franceses, vindos do norte, tinham o rio no seu flanco esquerdo, e o deserto à direita. Em frente a André, a infantaria estava se formando e cerrando as fileiras. Os comandantes das cinco divisões, após receberem as ordens do general Bonaparte, estavam modificando a formação de seus soldados e os reagrupando no que André viu serem enormes quadrantes. O quadrante divisional era uma das novas características do gênio de Napoleão, uma parede impenetrável de soldados com rifles e baionetas. Ela manteve seis fileiras de profundidade na frente e na retaguarda, e três fileiras de profundidade dos lados. Em teoria, ainda que não comprovado nenhum ataque de cavalaria poderia vencer tal formação porque um cavalo não empalaria a si mesmo numa parede de aço.

Os homens formavam o perímetro externo de cada quadrado, ao passo que, no meio, os soldados jogavam bagagem, suprimentos, sacos e munições para as armas. Nos cantos de cada um dos quatro flancos foram posicionados os canhões. Cada quadrante era uma pequena fortaleza, com canhões e baionetas apontados para qualquer direção da qual um inimigo poderia atacar.

O general Bonaparte cavalgou até a frente do exército. André se esticou na sela para conseguir vê-lo.

"Homens! Hoje nosso inimigo finalmente encontrará os soldados da França!" Napoleão segurava as rédeas em uma mão; na outra segurava o chapéu de dois bicos no alto. "Lembrem-se: do alto das pirâmides, quarenta séculos de história olham para vocês. Pela República! Pela França!"

André olhou para além da figura do supremo comandante, em direção ao paredão dos mamelucos que se formava diante de uma cadeia de montanhas bem no meio do deserto, e então percebeu: não eram montanhas atrás dos mamelucos. Eram edifícios. Edifícios pontudos, semelhantes a montanhas, que se elevavam aos céus em uma proporção que desafiava a razão e a crença – que desafiava tudo o que André algum dia acreditou ser alcançável pela humanidade.

"As grandes pirâmides", ele ofegou.

Fortalezas cor de terra que abrigavam os restos dos antigos faraós do Egito, líderes que dormiam em seus túmulos maciços desde tempos imemoriais. E agora, neste dia, essas estruturas insondáveis testemunhariam impassíveis, nessa paisagem árida, mais homens se juntando aos faraós em um descanso eterno.

29

Gizé, Egito

Julho de 1798

O sol brilhava forte, iluminando o exército que enfrentariam: uma série de milhares de mamelucos. Os lutadores montavam delgados cavalos árabes, um paredão compacto e inteiriço que se estendia ao longo do horizonte meridional. No flanco esquerdo do exército francês, estava o rio; à direita, o calor escaldante do deserto. Além deles, misturando-se ao horizonte distante, jazia a Grande Pirâmide de Quéops e suas irmãs. Para André, elas pareciam deslocadas, muito sagradas para aquele encarniçado, e em breve sangrento, campo de batalha.

A linha mameluca reluzia a distância; ao contrário dos franceses, vestidos de azul-escuro, vermelho e branco, os cavaleiros mamelucos eram uma rapsódia de cores. Usavam armaduras no tórax, cravejadas de safiras, rubis, esmeraldas e outras pedras preciosas. Penas de garças reais ornamentavam os elaborados turbantes que lhes cobriam as cabeças. Capacetes dourados refletiam os raios de sol, cintilando ainda mais que as águas do Nilo. Os guerreiros brandiam lanças, sabres, arpões, adagas – cada um deles incrustado de pedras preciosas e joias elaboradas.

“Valière!”

André se virou para a voz familiar do general Dumas.

“Sim, senhor?”

“Seu esquadrão ficará no quadrado de Desaix, no flanco ocidental.

“Sim, senhor.” André se dirigiu aos homens e ordenou que assumissem suas posições no maciço quadrado.

“Ótimo, agora venha comigo”, Dumas rugiu, e saiu sem nem olhar se André o seguia. Cavalgaram mais para o oeste, André sem saber aonde iam.

Dumas se juntou a um grupo de cerca de cinquenta cavaleiros e atiradores. Quando André piscou para se habituar à claridade das couraças brilhantes, viu de canto de olho que Murat também estava lá. Ele trazia no rosto a severa expressão habitual, estudando a cena que se desenrolava diante deles.

"General Murat." André o saudou.

O general tocou a frente de seu chapéu em reconhecimento à saudação.

André se virou para a esperada horda de mamelucos que os aguardava. Acima do som dos clarins e dos gritos de oficiais franceses, erguia-se outro som mais assustador: a vibração dos guerreiros mamelucos se preparando para a batalha.

O líder deles emergiu das fileiras de cavaleiros e se apresentou para que ambos os exércitos o vissem. Ao assumir a dianteira dos seus guerreiros, fez uma pausa, desembainhando a cimitarra. Quando encarou o exército, girando a espada acima da cabeça, os lutadores começaram a bradar gritos de guerra frenéticos, cornetas explodiram em todas as linhas de mamelucos, somando-se ao furor. André se perguntou se haveria algum soldado entre os franceses impassível diante desse espetáculo.

Talvez um entre eles estivesse inteiramente inalterado, inteiramente focado no movimento francês enquanto o inimigo se organizava na ânsia da batalha: Napoleão Bonaparte olhou fixamente para o mar de cavaleiros à sua frente. Ordenou que os franceses colocassem trezentos passos de distância entre os quadrados, um intervalo grande o suficiente para mitigar as preocupações de troca de fogo amigável, mas estreita o bastante para criar o fogo mortal que viria de todas as direções e se derramaria nas linhas mamelucas quando tentassem cercar os franceses. O general Bonaparte levantou a espada e deu o sinal.

Os maciços quadrados franceses começaram a marchar. Enquanto os tocadores de tambor e de pífaro mantinham o ritmo, os soldados se moviam em perfeita harmonia, os grandes quadrados avançando em um movimento constante. A poeira se agitava aos pés dos soldados conforme se moviam em direção ao inimigo; André ficou maravilhado com a disciplina necessária para conduzir uma manobra tão complexa, suspeitando de que até alguns dos mamelucos deviam estar estupefatos diante desta bizarra configuração que marchava sobre eles.

Para não ser superado, o líder mameluco levantou a cimitarra e, em um movimento fluido, apontou-a para a frente. Com isso, um maremoto de cavaleiros mamelucos disparou pelos montes de areia, galopando em direção aos quadrados franceses. André foi tomado por um momentâneo sentimento de desamparo; parecia impossível controlar essa carga de cavalaria, aqueles altivos cavalos árabes que transportavam milhares de guerreiros diretamente para cima da linha francesa, com armaduras e espadas refletindo os cáusticos raios de sol.

À medida que a onda de mamelucos engolia o fosso entre os dois exércitos, os quadrados franceses permaneciam fixos, uma parede de carne e aço. Sólida. Os soldados, individualmente, tremiam de medo, mas a formação se mantinha firme. E então, quando os cavalos árabes trovejavam a menos de cinquenta passos dos quadrados franceses, a ordem foi gritada e uma explosão ensurdecedora estourou da frente de cada quadrado. Os mosquetes retiniram em uníssono e os canhões posicionados no canto dos quadrados lançaram uma saraivada devastadora de projéteis que metralharam a horda de homens e animais. Os cavalos relinchavam e tombavam, muitos cavaleiros eram pisoteados pelas fileiras que vinham atrás deles. Os animais que não tinham sido atingidos começaram a arremeter e se desviar das baionetas francesas tão densamente empunhadas em conjunto. Os cavaleiros de sorte que ainda não tinham sido feridos entremearam os cavalos entre os quadrados e foram pegos em destruidores fogos cruzados que os rasgaram de ambos os lados. Agora estavam encurralados, enquanto os soldados franceses afunilavam todos esses cavaleiros em direção aos bancos de junco do rio.

André assistiu ao desenrolar de dentro de seu quadrado, atônito com a carnificina do primeiro assalto. No flanco esquerdo francês, conforme os soldados se aproximavam do rio, iam desmontando a formação em quadrado. Os batalhões se dispersavam por um instante e então se reagrupavam em três linhas convencionais de infantaria. Lá, sob o comando do general Bon, a divisão se preparou para um contra-ataque. Como um pastor de ovelhas, a divisão de Bon cercou os desorientados e desorganizados guerreiros mamelucos, empurrando-os com os cavalos em direção ao rio. Esse era o gênio tático de Napoleão Bonaparte em ação: ele aproveitava não só milhares de homens e toneladas de aço, mas até mesmo a própria natureza para alcançar seus propósitos. Com rifles e baionetas ameaçando-os de todos os lados, a divisão oferecia aos mamelucos uma escolha sombria: serem perfurados pelo aço francês ou se lançarem na correnteza das águas do Nilo.

Uma grande parte da cavalaria mameluca escolheu o Nilo, esporeando os cavalos ariscos para dentro do rio. Aqueles que decidiram permanecer e lutar foram metodicamente derrubados por golpes de baionetas.

Ao longo da margem do rio havia um pequeno aglomerado de construções de argila – uma vila de pescadores abandonada, a julgar pela aparência. A ofensiva francesa ocupou esse afloramento de construções, protegendo-se atrás dessas estruturas para atirar contra os mamelucos que lutavam nas proximidades do rio. Os cavalos se debatiam como serpentes do mar enquanto eram tragados pelo Nilo, cujas águas escuras não poupavam nem o glorioso brilho das pedras preciosas. Centenas foram puxados para o fundo pela correnteza. Até o momento, André tinha a impressão de que nem um único homem francês tinha perecido, enquanto os mamelucos literalmente estavam sendo arrastados pela corrente.

"Muito bem, homens!" O som da voz do general Dumas desviou a atenção de André da distante carnificina e a trouxe de volta para seu entorno imediato. "Chega de observação. É a nossa vez", bradou o general com um brilho selvagem no olhar enquanto falava.

"Se permitirmos que o grupo da retaguarda se retire", Dumas apontou sua espada para o sul, perto da base das pirâmides montanhosas, "eles se reagruparão e nos atacarão mais tarde".

De fato, uma nuvem de poeira se levantava ao longe, agitada pela banda da cavalaria mameluca que sobrevivera aos quadrados e tinha se dividido para fugir rumo à relativa segurança do deserto do sul.

"Cavalaria, avançar!", Dumas gritou, esporeando seu cavalo. André, Murat e os demais o seguiram. A cavalaria ocultada pelos quadrados agora começava a surgir e a cavalgar para junto da investida de Dumas. O cavaleiro descreveu um largo arco ao redor da periferia da linha francesa, aproximando-se das pirâmides pelo oeste.

De perto, as antigas estruturas eram ainda mais surpreendentes – humanamente impossíveis em largura e altura. André não conseguiu deixar de observá-las com admiração enquanto se aproximavam da base da pirâmide mais próxima. Contudo, seu foco mudou rapidamente da pirâmide para o deserto, onde um regimento de inimigos a cavalo que havia ficado atrás das pirâmides agora atacava, pegando os franceses completamente de surpresa. A essa curta distância, a ferocidade de seus gritos de batalha era ainda mais assustadora. Os mamelucos agora tinham a vantagem numérica, sem rio para cercá-los contra os rifles e as baionetas francesas.

"Sigam-me!" O general Dumas levantou a espada e virou o cavalo para ir de encontro ao inevitável inimigo. A linha de frente do esquadrão francês se chocou com a cavalaria mameluca. No corpo a corpo, areia e poeira se agitaram em todas as direções. André limpou os olhos ardentes para conseguir enxergar o inimigo diante de si.

Os dois primeiros cavalos inimigos passaram por ele antes que tivesse tempo de levantar o sabre. Um terceiro diminuiu o ritmo enquanto se lançava em direção a André. Ele deteve a cimitarra mameluca, conseguindo impedir o golpe por pouco, recuando enquanto seu cavalo evitava outro cavaleiro que passava.

O guerreiro atacou novamente, dessa vez golpeando a cimitarra por cima, e André levantou seu sabre para se defender do talho do inimigo. Seu cavalo, no entanto, recuou, desequilibrando André temporariamente. Ele olhou para baixo, surpreso pelo movimento súbito, e viu que uma pistola mameluca havia atingido seu cavalo no peito. André xingou enquanto sentia o cavalo tropeçar, lutando desesperadamente para ficar de pé. Aproveitando essa distração, o mameluco partiu para cima e por pouco não lhe acertou o ombro direito. O cavalo grunhia de dor, agonizante, batendo na terra com as pernas que André sabia que em breve sucumbiriam. Ele guiou o animal em círculos, tentando conduzi-lo para fora do combate. Se caísse ali, seria uma presa fácil para as lâminas afiadas e os cascos esmagadores que batiam ao redor.

Com um esforço doloroso, o cavalo obedeceu, coxeando por alguns metros até liberar o cavaleiro do choque de carne e aço. Um pouco mais distante do confronto, André se considerou seguro o suficiente para uma pausa rápida; desmontou e avaliou o animal. A criatura estava relinchando de aflição, perdendo sangue em um ritmo insustentável, portanto André sacou a pistola e foi misericordioso com o pobre animal. Agora estava a pé em um combate de montaria, longe de linhas amistosas. Pelo menos ainda tinha a pistola e o sabre. Apoiou-se sobre um joelho, ofegante, e rapidamente carregou outra bala no cano da pistola.

Checou rapidamente os arredores. Sua melhor chance, decidiu, seria correr para a parte mais elevada do terreno, talvez ao lado de uma das pirâmides, e aguardar até que alguma montaria ficasse disponível. Era só uma questão de tempo até que um dos cavalos nas proximidades perdesse o seu cavaleiro em meio ao caos. Mas antes mesmo de ter dado uma dúzia de passos, viu outro cavaleiro mameluco se aproximando. O homem fixou nele os olhos negros e sua boca se abriu ecoando um grito de guerra.

André rolou para a esquerda, esquivando-se no último segundo do caminho do cavalo. Colocou-se de pé, mas percebeu que tinha deixado cair a pistola enquanto se desviava. Cavou a areia ao seu redor, na esperança de encontrá-la em algum lugar por perto, mas não havia tempo, pois o guerreiro já tinha virado o ágil animal e estava atacando novamente. Dessa vez André não foi rápido o suficiente, e a lâmina do sabre do guerreiro o atingiu na perna direita, rasgando a camada de tecido da calça e perfurando camadas de sua carne. André se curvou, apertando o ferimento na coxa. Certamente já não seria capaz de duelar contra um homem montado a cavalo. Instintivamente procurou a pistola no cinto. Vazio. Sentiu um frio na barriga – morreria nessas areias.

"Valière!"

André ergueu os olhos e viu o general Murat se aproximar apontando a própria pistola. O general mirou no inimigo e disparou. O cavaleiro mameluco permaneceu ereto por um instante, então um espasmo repentino abalou seu corpo. Ele caiu de lado, deslizando lentamente do cavalo exausto. André fechou os olhos, aliviado, esquecendo-se momentaneamente da dor excruciante na coxa. O mameluco estava morto e André estava ferido, mas salvo – pelo general Murat, por mais incrível que parecesse.

"Valière, você está ferido." Murat pulou do cavalo e o ajudou a se levantar. "Consegue montar no cavalo?"

André examinou a perna ensanguentada; ficar de pé era uma agonia súbita, e ele percebeu que seria impossível saltar para um estribo para poder montar.

"Tudo bem." Murat puxou as rédeas em uma mão, passou o outro braço pelos ombros de André e o guiou em direção a uma faixa estreita ao lado da enorme pirâmide diante deles.

"Espere." André se virou. Viu seu sabre a menos de dez metros, foi mancando até ele e o recuperou, deslizando-o para dentro da bainha. Cada passo era lancinante, e André lutou contra o desejo de gritar de dor, mas se permitiu ser carregado pelo general até um espaço sombreado mais longe do tumulto. Notou que estavam perto de algum tipo de entrada selada para a pirâmide. A luz solar estava bloqueada e o ar estava úmido. Séculos de sombra tornavam as pedras frescas.

"Beba." Murat estava ofegante, mas parecia inteiramente ileso da batalha. Estendeu sua botija de couro com água, que André aceitou, só então notando quão ressecados estavam seus lábios e sua garganta.

"Obrigado, senhor." André bebeu a água com avidez, permitindo-se um momento de distração pelo líquido refrescante a ponto de, por um instante, esquecer a hemorragia na coxa direita.

Depois de ter bebido uma quantidade satisfatória, abaixou a botija de pele. Ao fazer isso, viu uma pistola apontada diretamente para seu rosto. Atrás dela, os olhos cinzentos de Nicolai Murat, tal qual um mar revolto, o fulminavam com o brilho de ódio que André tinha visto muitas vezes antes. Só que dessa vez eles estavam sozinhos – apenas os dois, à sombra do portal da pirâmide, fora da vista ou do alcance do restante de seus compatriotas. Então, André se deu conta, Murat o salvara simplesmente para que pudesse ser o único a acabar com ele.

"Eu aguardei anos por esse momento", disse Murat, com a voz baixa repleta de satisfação e um sorriso desagradável sob o bigode. "Faça as pazes com seu Deus, se você tiver um."

André agiu por instinto: atirou a botija de água em Murat. Sua mira foi certeira e, felizmente, acertou o general no rosto enquanto André aproveitava para arrancar a pistola das mãos de Murat. A arma caiu no chão e disparou, atingindo a parede de pedra impenetrável do edifício. Desconsiderando a dor que sentia, André se jogou sobre o general, batendo nele e empurrando-o para trás até que ambos caíram no chão em um emaranhado de membros e suor.

Murat era forte – mais forte do que André esperava – e certamente forte o bastante para que ele, com a perna incapacitada, tivesse de fazer um esforço redobrado para conter o oponente.

"Eu vou te matar, Valière", murmurou Murat, com o rosto a poucos centímetros do de André, e os lábios se contorcendo em um rosnado ameaçador sob o grosso bigode.

André gritou com uma dor lancinante quando Murat tateou a ferida em sua perna e, com os dedos cheios de areia, esfregou e apertou a cobertura de carne e sangue.

Naquele momento, três mamelucos apareceram no campo de visão deles, sem dúvida atraídos pelo som dos gritos de André. Os dois congelaram quando viram as sombras dos corpos altos projetadas pelas silhuetas escuras contra a luz do dia. Os cavaleiros viram os dois franceses se engalfinhando no chão de pedra e murmuram algumas palavras um para o outro em seu dialeto estrangeiro. Eles desmontaram.

André e Murat se separaram, cada um agora pensando em sua própria defesa contra aqueles três guerreiros. Um dos mamelucos disse algo em sua língua nativa, e os outros dois riram, um triste e arrepiante som.

Um deles, um gigante de turbante vermelho e rubis adornando os lóbulos de suas orelhas, acuou André, que puxou a espada da bainha e desviou o golpe. À direita, viu que os outros dois se ocuparam de Murat, provavelmente acreditando que o francês com a ferida sangrenta na coxa seria a presa mais fácil.

André gritou, desferindo uma estocada desesperada com sua espada. O golpe foi facilmente evitado com um movimento rápido do mameluco. Agora mais perto, André reparou nas características do homem: um rosto sem idade, uma face dura, olhos negros e uma longa barba que balançava enquanto ele lutava.

André travou sua espada com a do mameluco e levou a mão esquerda rapidamente à cintura. Gemendo com o esforço de manter a espada do mameluco para trás com apenas uma mão, alcançou a adaga na bainha. Com um rápido movimento, enfiou-a na barriga do inimigo. O homem soltou a espada, que se estatelou com um barulho alto no chão de pedra, e se afastou de André com os olhos arregalados de descrença. E então caiu, o corpo aterrissando perto da espada.

André viu que Murat tinha sido encurralado contra a parede, mas ainda brigava ferozmente com os dois mamelucos. Lembrou-se da pistola caída do general; olhou em volta até encontrá-la e pulou para pegá-la.

Um dos mamelucos que tinha empurrado Murat contra a parede estava tentando esfaqueá-lo no pescoço. Havia sangue no braço do general; ele tinha sido ferido na luta. André carregou a arma rapidamente, apontou e disparou. Um dos inimigos endureceu antes de cair em cima de Murat. Tanto ele quanto o lutador sobrevivente se viraram para ver de onde a bala viera. O terceiro mameluco, atordoado pelo tiro, saiu correndo, deixando para trás os corpos de seus dois amigos mortos.

André observou o homem sair, torcendo para que fosse o último mameluco que veria. Agora, estava frente a frente com Murat, sozinhos na entrada da pirâmide. Eu salvei a vida desse miserável, André pensou consigo mesmo, seu ódio se misturando ao sal e à poeira que lhe secavam a boca. O ombro de Murat estava sangrando e seu rosto estava confuso enquanto ele, ofegante, assimilava o que tinha acontecido, parecendo mais um animal enlouquecido do que um general de brigada.

André manteve a espada empunhada ao notar que Murat permanecia armado. O general agora olhou dos dois cadáveres para André. Ainda estava ali. O ódio ardente. André recuou vários passos, afastando-se da entrada da pirâmide.

"Murat." Ele deu mais um passo para trás. Logo sairia da cobertura de pedra e estaria de volta à areia. Quem saberia se outros inimigos esperavam lá no deserto, ou se o restante das forças francesas havia se retirado? Mas ele não podia permanecer ali, sozinho com Murat.

"Quando isso vai acabar?", André ofegou.

Murat avançou, perseguindo-o devagar, com os olhos ainda cheios de violência.

"Vai acabar, André de Valière, quando eu te matar. Como matei seu irmão antes de você. Ele tirou três dos meus homens, mas eu o destruí no final. Eu vi a vida se apagando em seus olhos – como verei agora com você."

André soltou um grito de agonia, de dor emocional e física, e partiu para cima de Murat, embora seu corpo estivesse esgotado de toda força.

Murat resmungou, aparando o golpe de André, e seus rostos se aproximaram enquanto as espadas se prenderam em um beco sem saída.

"Você será meu último", murmurou Murat.

"Por quê?", André perguntou, com a respiração irregular, recuando, a espada ainda erguida de forma protetora. "Quantos você já matou? Meu irmão, meu pai. Seu amigo Kellermann. Os inúmeros outros condenados à morte. Por que você faz isso?"

Murat riu agora, uma risada sem graça, que não era de alegria.

"'Por que *eu*?' Vocês são todos iguais, um bando de nobres mimados. 'Quem poderia *me* odiar?' Kellermann falava a mesma coisa. Vocês acham que podem comprar qualquer um com seu dinheiro, que podem seduzir a todos com seus sorrisos. Você banca o herói humilde, mas fica permitindo que as pessoas te adorem."

"Por favor", André tropeçou. Não havia como apelar ao bom senso com aquele homem. Começou a se esgueirar pela entrada e seus olhos foram inundados pela luz forte do sol do deserto. O calor o envolveu e o deixou ainda mais tonto, mas ele se forçou a se concentrar no homem que estava de pé à sua frente. "Já não houve mortes suficientes?" Sua voz estava rouca, a perna latejava e ele se sentia cada vez mais atordoado pela dor e pela perda de sangue.

"Em breve será suficiente. Mas antes de te matar, André de Valière, há mais uma coisa que você precisa saber." Murat e André estavam contornando a base da pirâmide. Com uma rápida olhada, André viu que ainda estavam sozinhos. "Algo sobre... *Sophie*."

André sentiu o corpo inteiro enrijecer diante do sorriso maníaco nos lábios de Murat.

"Você nunca mais verá Sophie novamente. Nunca a terá!" Murat riu, um cacarejo alucinado. "Eu encontrei uma punição ainda pior – para ambos – do que ser decapitado pela guilhotina."

André baixou a espada, sentindo o corpo enfraquecer. Estava tão cansado, sobre ele pesava uma fadiga que ia além das pernas e pulsava dentro das profundezas da alma. Mas então pensou nela. *Sophie*. Ela o amava. Ela esperava por ele. Levantou a espada mais uma vez.

"Veja, minha doce e pequena So-So nunca mais será sua", continuou Murat, numa careta sádica que deformava seu rosto coberto de suor enquanto pisavam simultaneamente ao longo da base da pirâmide. "Eu dei minha bênção para que ela seja casada com meu velho amigo."

"Quem?", André perguntou; sua voz falhava e sua garganta sufocava pela secura.

"Guillaume Lazare."

André se lembrou do homem: o advogado que havia tentado condená-lo à morte. O mesmo homem que condenara Kellermann e seu pai.

André parou de recuar. Agora, quando ergueu a espada, avançou. Gritou de dor enquanto atacava e Murat se esquivava facilmente. Percebendo a fraqueza nas pernas de André, Murat se virou e recuou alguns passos. Os blocos que constituíam a pirâmide eram amplos, como degraus, e Murat escalou alguns deles para ficar mais alto e fora do alcance de André.

Mas André não desistiria, enlouquecido pela vontade de se livrar desse homem e continuar a viver, ou então morrer tentando. Deu um passo à frente, ignorando a dor quando levantou a espada e tentou golpear as pernas do general. Murat, no alto, conteve o golpe e respondeu com uma estocada de cima para baixo. André continuou olhando para cima em direção ao inimigo, mas o sol do meio-dia que brilhava diretamente atrás de Murat era cegante. André perdeu vários golpes e sabia que não poderia manter essa posição por muito tempo.

Murat levantou a espada, o braço perfeitamente enquadrado pela luz intensa do sol, e André piscou. Foi então que uma rajada de vento soprou, chicoteando uma nuvem de areia ao redor deles. Murat, em cima do bloco, estava mais exposto que André, e se virou momentaneamente para proteger o rosto. André aproveitou a oportunidade e desferiu a espada, atingiu as pernas do homem, rasgando couro, botas e calça até atingir a carne e o osso. Murat gritou de dor, encolhendo-se para a frente. André levantou a espada e o golpeou uma segunda vez, dessa vez rasgando as rótulas do homem.

Murat, agora se contorcendo, cambaleou para trás, mas as botas escorregaram na pedra cheia de areia. Seus joelhos falharam e ele caiu de quatro, gritando com uma dor tortuosa enquanto as pernas feridas se dobravam ao peso de seu corpo contra a areia e a pedra.

Inacreditavelmente, no entanto, Murat conseguiu ficar de pé mais uma vez. Desarmado, com o ombro e os joelhos sangrando, usou a última arma que lhe restava: seu corpo. Chegou à borda e se jogou para baixo, saltando sobre André, com a face empenhada na destruição, determinado a acabar com ele mesmo que tudo o que lhe restassem fossem as mãos vazias. Quando Murat voou para cima dele, André ergueu a espada, atravessando o estômago de seu atacante com a lâmina de aço. Murat caiu sobre Valière, atirando os dois para trás. A areia amorteceu a queda; o corpo de André e a espada levantada interromperam a queda de Murat.

Atordoado, empurrou o corpo do general para o lado. Colocou-se de joelhos e puxou a espada do abdômen de Murat. Limpou o sangue da lâmina em suas calças e olhou para o general; o bigode do homem se mexia enquanto seu corpo se contorcia de dor. Parecia que ele estava tentando falar.

Depois de alguns gorgolejos torturados, os ruídos pararam de sair da garganta de Nicolai Murat. Seus olhos, tão frios e determinados em vida, agora encaravam André sem indício do ódio nutrido durante tanto tempo; seu tom cinza, da cor do mar, parecia inteiramente fora de lugar neste deserto seco.

André desfaleceu, sem fôlego, ao lado de Murat. Seu corpo inteiro doía de exaustão e a perna latejava terrivelmente enquanto tentava ficar de pé. Sem conseguir se levantar, alcançou a botija de água, mas ela tinha sido derramada na luta. Seus olhos lacrimejam e sua visão começou a ficar borrada. Seu corpo estava opressivamente pesado, e André sentiu um desejo irresistível de fechar os olhos e descansar. Olhou para o sol e pensou em sua casa. Quando estava prestes a perder a consciência, ouviu o ruído distante de cascos; como se estivesse sonhando. Podia ouvir vozes ininteligíveis, mas elas falavam o seu idioma.

Quando André piscou, viu um rosto familiar olhando para ele.

"Eu sempre acabo aparecendo quando algo importante está prestes a acontecer – não foi isso que você disse?" Ashar acenou para dois soldados e juntos eles carregaram André para o cavalo de seu amigo e o levaram de volta para as linhas francesas, salpicando água sobre ele para mantê-lo consciente.

Enquanto balançava na sela, com o corpo todo dolorido e a mente tão surrada quanto o campo de batalha arenoso, André só conseguia pensar nas palavras finais de Murat: Sophie. E então ele gritou, e seus companheiros presumiram que era por causa das feridas. Na verdade, era uma dor muito pior do que qualquer dor física; seria tarde demais para salvar não a si mesmo, mas Sophie?

30

Prisão de Le Temple, Paris

Julho de 1798

"Responda me!" Jean-Luc andava de um lado para o outro no estreito corredor da prisão, frenético. "Você viu por onde foi a carruagem que levava Sophie de Vincennes?"

O guarda encarava Jean-Luc, mudo e com uma expressão de desagrado. Tomado pela frustração, o advogado o agarrou pelo colarinho. O homem, atordoado e surpreso com essa reação bruta, fechou os olhos de medo.

"Eu não sei", respondeu enfim, com um gemido. "Tive a impressão de que seguiram para o sul, na direção do Hôtel de Ville. Mas não estava prestando atenção."

Jean-Luc soltou o colarinho do homem e saiu da prisão. Lá fora, a noite estava quente. Sentiu uma gota pingando na testa e olhou para cima, na hora em que começou a chover. Seguia a passos largos em direção à Rue Réaumur quando uma mulher usando um vestido maltrapilho que mal lhe cobria os ombros se aproximou pelo beco lateral.

"Tudo o que peço são uns trocadinhos para comer um pouco, monsieur. Eu vou fazer valer o seu tempo, garanto."

Jean-Luc se desvencilhou das mãos da mulher e subiu a rua estreita em direção ao rio. Acelerou o passo, franzindo o cenho, enquanto o chuvisco se tornava mais forte.

A carta – a carta perversa e provocadora – deixava implícito que tudo o que Lazare estava planejando fazer com Sophie seria orquestrado de modo a parecer que era culpa de Jean-Luc. Será que a levaria para fora da cidade? E a forçaria a se casar com ele? Será que iria tão longe a ponto de machucá-la? Jean-Luc não tinha as respostas, nem sabia quanto tempo restava. Talvez só tivesse tempo de ir atrás deles em um, talvez dois lugares. Depois disso, poderia ser tarde demais.

No entanto, como poderia saber com certeza aonde Lazare iria? Quem sabe o antigo Clube Jacobino, aquele prédio da Rue Saint-Honoré onde o encontrara pela primeira vez? Ou La Place de la Révolution? Ou talvez algum lugar nos limites da cidade? Mas havia outro lugar – um lugar que de repente lhe pareceu o mais provável. Jean-Luc se lembrou do aviso de Gavreau: *o que quer que você faça, mantenha-o fora de seu escritório.* Apostando tudo nesse palpite, Jean-Luc mudou de ideia e correu rumo ao prédio administrativo onde ficava o seu escritório, perto do Palácio da Justiça.

A raposa velha sabia onde Jean-Luc trabalhava. Também sabia que, tarde da noite, o prédio estaria vazio, sem auxiliares de escritório nem administradores. Ele teria toda a privacidade necessária para atormentar a pobre mulher, e em um local onde poderia incriminar Jean-Luc. Ele correu a toda velocidade até chegar ao prédio, e subiu as escadas da frente em um pulo.

"Diabos!" A porta da frente estava trancada. Por mais que tentasse, não conseguiria entrar. Bateu feito um louco, mas é claro que ninguém o atendeu; caso contrário, Lazare não teria escolhido aquele lugar.

Então uma ideia lhe ocorreu. Disparou rumo à estreita viela na lateral do prédio, pois ali havia uma entrada secundária, contudo viu algo que o deixou subitamente paralisado: o arcanjo Miguel, a mesma estátua imensa que tanto o impressionara naquela tarde com Gavreau, agigantou-se nas sombras. Muito pesada para ser movida sem vários cavalos fortes e muito alta para passar pelas portas e ser levada para dentro do prédio, o anjo guerreiro fora deixado nessa viela. Seu olhar feroz ardia despercebido ali, oculto nas sombras projetadas pelas paredes dos prédios ao redor. Jean-Luc permaneceu imóvel por alguns segundos, hipnotizado pela figura imponente – os braços levantados, um deles oferecendo uma benção, o outro, a condenação eterna. Miguel segurava uma lança de luz pronta para trespassar algum inimigo celestial.

Jean-Luc se forçou a tirar os olhos do feroz anjo da justiça e foi até a porta lateral do prédio. Essa entrada também estava trancada, mas ele quebrou o vidro da porta e abriu a tranca pelo lado de dentro. Respirou fundo e adentrou a escuridão do interior.

Estava no porão – no depósito gelado onde o tesouro saqueado das vítimas da Revolução ficava armazenado e esquecido. Piscou, tentando se habituar à visão reduzida na escuridão. Piscou novamente, até começar a divisar um grande espaço aberto, abarrotado de muitos objetos. Cada polegada do salão estava entulhada com os despojos da nobreza e da Igreja católicas, todo esplendor decorativo dos objetos agora obsoleto e parecendo ridículo naquele esconderijo cheio de poeira. Jean-Luc teve a impressão de ouvir um gemido vindo de algum canto invisível no enorme armazém, como se uma das estátuas tivesse gritado. Ouviu novamente, outro grito abafado. Seu coração acelerou.

Fileiras de mercadorias apreendidas – estátuas de mármore, móveis cobertos por lençóis, espelhos rachados, itens menores de natureza pessoal, como pentes de marfim e sapatos de cetim – obstruíam sua visão e atrasavam seu movimento enquanto cuidadosamente se aproximava de onde vinha o choro.

"Sophie?", ele chamou, estremecendo quando sua voz ecoou alto pelas paredes frias do armazém escuro e úmido. Outro gemido soou como resposta. "Sophie!", Jean-Luc chamou novamente, o coração martelando no peito. "Sophie, é Jean-Luc! Onde está você?"

Um grito abafado, seguido pelo som de porcelana se quebrando. Jean-Luc correu entre a fileira de estátuas, olhando da esquerda para a direita, mas as lamúrias pareciam estar cada vez mais longe.

"Sophie!", ele começou a correr. Ao final de uma fileira de quinquilharias, fez uma pausa, decidindo para que lado virar naquele labirinto de esplendores desperdiçados. Virou para a esquerda e quase tropeçou em um apoio de pés forrado de veludo vermelho, antes de correr até o fim de outra fileira. Maldição, por que tinha que estar tão escuro aqui?

Um grito estridente, como o de um animal apanhado em uma armadilha, soou à sua direita, e Jean-Luc subiu em uma pilha de tapetes para conseguir pular para o outro lado e ir em direção ao som.

"Sophie, estou aqui!" Ele contornou um candelabro alto e a viu no final de uma longa fila de estátuas.

Sophie estava no chão, descabelada e com o vestido rasgado. Amarrada e amordaçada, os olhos azuis estavam dilatados de terror. Uma linha rubra percorria a bochecha esquerda, combinada com outra ferida no ombro oposto. E o que era aquilo sobre a pele branca do antebraço nu, seria uma marca de mordida? Pensou Jean-Luc. Apertando a mandíbula, um grunhindo escapando de seus lábios, ele correu até ela, sem saber de onde seu algoz espreitava.

E, então, um objeto veio em sua direção, quase atingindo sua têmpora enquanto Jean-Luc abaixava a cabeça instintivamente. Quando se virou, viu Lazare, o cabelo amarelo desgrenhado e os olhos claros iluminados por um brilho selvagem. Na mão esquerda, segurava um atiçador de lareira que mais parecia uma lança e o ergueu para desferir outro golpe. Ele errou Jean-Luc novamente, mas acertou um busto de algum nobre gorducho, despedaçando-o violentamente. Fragmentos de gesso da estátua choveram sobre Jean-Luc e Lazare, levantando uma nuvem de pó branco. Lazare atacou de novo e, dessa vez, a ponta do atiçador atingiu a coxa de Jean-Luc.

Ele rugiu de dor ao ter a pele rasgada e caiu, apertando ansioso a ferida que sangrava. Lazare, aproveitando-se do choque momentâneo de seu oponente, soltou o atiçador e correu para a frente. Sacou uma faca que guardava no casaco e, brandindo a arma, aproximou-se de Sophie.

"Levante-se! Levante-se agora, sua vagabunda, ou vou cortar sua garganta!"

Sophie lutou, hesitando por um momento enquanto tropeçava nas dobras do vestido rasgado, mas acabou obedecendo. Lazare pressionou a faca contra a barriga dela, forte o bastante para feri-la ao menor movimento em falso, e grunhiu:

"Comigo. Agora!"

O velho arrastou Sophie com uma rapidez que surpreendeu Jean-Luc. Ele esticou o pescoço para ver para que lado estavam indo, mas os dois se embrenharam no meio do mobiliário confiscado e desapareceram de sua vista. Jean-Luc ainda estava curvado, pressionando a palma da mão na carne destroçada da perna. Tentando se recompor apesar da agonia, alcançou o que parecia ser o casaco de uma criança pequena, rasgou uma tira de tecido e amarrou na parte de cima da coxa. Ele não tinha nenhum treinamento em medicina, mas sabia o suficiente para tentar retardar a hemorragia da perna.

Olhou em volta, procurando ouvir qualquer sinal de Sophie, mas eles tinham ido embora. Nem sequer conseguiu ouvir os seus passos. Jean-Luc agarrou o atiçador que Lazare deixara jogado e se levantou, mancando na direção em que os vira seguir. Cada passo era uma nova agonia – como um novo corte na perna –, mas ele se forçou a ir em frente.

Voltou a ouvir Sophie. Com a voz aguda pela dor ou pelo terror, ou ambos, ela gritava, mas o som estava ficando cada vez mais distante. Jean-Luc se forçou a acelerar o ritmo enquanto subia as escadas do porão. Tropeçou ao chegar ao corredor do prédio, onde as janelas fechadas deixavam passar somente uma luz pálida e difusa do lado de fora. Ali, no outro lado do corredor do segundo andar, estavam as duas figuras que Jean-Luc procurava. Olhando para trás e vendo seu perseguidor, Lazare xingou e acelerou o passo, praticamente arrastando Sophie em direção a um corredor de escritórios vazios.

Jean-Luc grunhia em resposta à queimação na perna e à raiva que sentia daquele homem e se forçou a correr. Lazare tentou acelerar o ritmo, mas Sophie estava caindo a todo momento, tropeçando no vestido rasgado enquanto ele praticamente a arrastava pelos braços amarrados. Sophie o retardava, deliberadamente, mas Lazare se recusava a soltá-la. Ele levantou o punhal, segurando-o diante de seu rosto como uma intimidadora ameaça. Jean-Luc, cada vez mais perto, diminuiu a diferença entre eles, estendeu o atiçador e enganchou a extremidade curva nas pernas do velho. Lazare tropeçou e caiu, soltando tanto a faca quanto Sophie, e seu rosto se chocou contra o chão de mármore. Seu corpo jazia de bruços, inerte.

"Sophie." Jean-Luc se ajoelhou ao lado dela, tirando a mordaça de sua boca.

"Ele está... ele está?" Sophie, de olhos arregalados, observava o corpo imóvel de seu captor.

"Não está morto. Apenas inconsciente." Jean-Luc ficou de pé sobre o homem. Segurando o atiçador no alto, trêmulo de dor pela ferida e de raiva por aquele torturador sádico, soltou um gemido profundo. Era sua chance. Poderia matar Lazare agora e acabar com tudo. Quando Sophie olhou para ele, Jean-Luc levantou o atiçador, preparando-se para abaixá-lo num golpe fatal. Mas naquele momento de hesitação, visualizou o rosto de Marie... depois o de Mathieu. De André. De Kellermann. Até mesmo a imagem do filho ainda por nascer, envolto nos braços da esposa. Anjos de bom coração nessa nação maluca. Pelo que ele estava lutando, se não pela justiça acima da ilegalidade? A razão acima da raiva? Então baixou o atiçador.

"Venha, temos que correr." Jean-Luc agarrou firmemente a mão de Sophie e ajudou-a a se levantar.

"Você está muito ferida?" Enquanto perguntava, já via que a pele dela estava machucada, arranhada e sangrando em vários pontos.

"Eu posso correr", ela disse, resoluta. "Para onde?"

"Até o chefe da Guarda Nacional. Vamos fazer este louco provar do próprio veneno, enfrentar um julgamento e ser morto na Place de la Révolution, como tantos outros que ele enviou para lá. Venha!" Eles dispararam pelo corredor, Jean-Luc guiando Sophie em direção à entrada principal, porém, quando puxou a porta, a mesma pela qual ele tinha tentado entrar, ela não se moveu. Então se lembrou: estava trancada. E ele não tinha ideia de onde a chave ficava guardada. Atrás deles, Guillaume Lazare começava a se mexer, tal qual uma cobra se desenrolando do seu sono. Não podiam sair, tampouco ficar onde estavam.

"Venha comigo", sussurrou Jean-Luc, ainda agarrando o braço de Sophie. Ele teve uma ideia e a guiou de volta pelo corredor, em direção à escada central. Não sabia se Lazare os vira passar correndo, mas o ouviu se movimentando, seus sapatos batendo no chão de mármore do corredor. Jean-Luc acelerou o passo.

"Não podemos voltar pelo porão?"

"Não", Jean-Luc balançou a cabeça. "Teríamos que passar por Lazare para chegar até lá. Melhor se ele não souber onde estamos."

"Então, para onde vamos?", Sophie perguntou, ofegante, enquanto subiam as escadas.

"Para o meu escritório."

"Onde?"

"Lá em cima; ele não nos encontrará a tempo. Vou pedir ajuda pela janela ou, melhor ainda, podemos sair pelo alto."

Os olhos de Sophie denunciavam seu medo, mas ela não diminuiu o ritmo enquanto subiam as escadas. Quando chegaram ao escritório, ouviram a voz de Lazare e ficaram paralisados por um instante.

"Você sempre se achou tão esperto!" O velho, gritando com a voz estridente, porém estável, subia as escadas atrás deles. "Mas você deixou uma trilha. Ainda não aprendeu – sempre cubra seus rastros?"

Jean-Luc olhou para trás e, de fato, tanto o sangue dele quanto o de Sophie tinha gotejado enquanto corriam, trazendo o carrasco diretamente até eles.

"Droga!", Jean-Luc chiou em voz baixa. "Entre, depressa." Ele puxou Sophie para dentro do escritório, arrastou uma escrivaninha contra a porta e então avaliou a situação.

"Por favor?" Sophie mostrou-lhe as mãos, os pulsos machucados pelo aperto das amarras. Jean-Luc usou a ponta afiada do atiçador para cortar a corda e libertá-la. "Obrigada", ela disse, massageando os pulsos.

Ao ouvir os passos do velho se aproximando da entrada, Jean-Luc olhou para a janela.

"Venha, por aqui." Eles correram até as janelas, cujos painéis de vidro eram tão altos quanto as portas que se estendiam até o teto. Devido ao calor do verão, o madeiramento da janela estava dilatado e empenado, dificultando as tentativas de Jean-Luc para abri-la. Com a ajuda de

Sophie, eles finalmente conseguiram abrir, assim que Lazare começou a esmurrar a porta, pois sua entrada foi momentaneamente bloqueada pela mesa.

"Oh, não, não é nada cortês de sua parte me trancar do lado de fora. Não vai me convidar para entrar?" A voz do homem evidenciava a determinação louca que o movia apesar dos ferimentos e da velhice. Ele forçou novamente a porta, e a escrivaninha começou a deslizar.

"Fique longe", gritou com a voz rouca, mas viu a mesa se movendo e percebeu que em breve Lazare entraria. A visão de Jean-Luc começou a ficar borrada, o sangue continuava escorrendo da ferida na sua coxa, mas se forçou a permanecer em pé.

"É muito alto para pular", concluiu Sophie, olhando pela janela que dava no pequeno beco ao lado do prédio. O mesmo percurso que Jean-Luc percorrera para entrar

"Sim", ele concordou. "Olá! Alguém?", ele gritou para a rua escura, para o beco abandonado, mas seu grito foi respondido apenas pelo latido de um cachorro. A porta do escritório se abriu e Lazare entrou com um sorriso diabólico nos lábios e empunhando uma faca.

Sophie, num ato desesperado de bravura, arremeteu contra o velho. Antes que Jean-Luc pudesse reagir, Lazare se esquivou do ataque e a rendeu puxando-a para dentro de seus braços. Virando-a de frente para si, desferiu-lhe um forte soco no rosto com o cabo da adaga. Ela caiu no chão, com o corpo totalmente prostrado. Então ele mirou o olhar em Jean-Luc, que levantou o atiçador para atacar, mas Lazare ainda empunhava a faca. Ao ver Sophie caída no chão, Jean-Luc foi acometido pela raiva.

"Se você encostar um dedo nela novamente, eu juro que te mato."

"Sabe, cidadão, houve um tempo em que eu gostava de você", a voz de Lazare era um silvo tranquilo enquanto ele seguia lentamente em direção a Jean-Luc. "Eu lhe ofereci um lugar no palco do mundo e, em vez de cooperação, você escolheu me frustrar a cada passo. Mas sua breve e lamentável história acaba aqui. Quando eu terminar, você não terá nem mesmo uma família para chorar sua morte."

Segurando a faca no alto, o velho partiu para cima de Jean-Luc, que por sua vez bloqueou a investida balançando o atiçador violentamente e batendo nas mãos do velho. Para sua consternação, viu que Lazare ainda segurava a faca e que, reaprumando-se, deu uma estocada quase certeira em seu abdômen. Tamanha ferocidade pegou Jean-Luc de guarda baixa; tudo o que ele pôde fazer para evitar a facada foi dar um passo para trás, mas agora tinha quase ficado contra a parede. Estava encurralado. E tanto ele quanto Lazare sabiam disso, a julgar pelo brilho nos olhos do velho. Tudo o que havia atrás de si era a janela aberta. Poderia saltar para a rua, mas isso também significaria a morte certa.

Lazare assaltou novamente, dessa vez tentando cortar a garganta de Jean-Luc com a lâmina. Ele se esquivou para o lado, mas sua coxa doía tanto, mas tanto, que já não conseguia nem mais se equilibrar e acabou batendo na mesa. Gemeu em agonia e levou as mãos ao corte que sangrava enquanto sua visão ficava nublada e seu olhar desfocado. Acabou perdendo o atiçador quando a faca de Lazare passou de raspão ao lado de sua cintura, rasgando o colete e a carne logo abaixo das costelas. Era uma ferida superficial, não fatal, mas serviu para atordoar Jean-Luc ainda mais. Agora desarmado, ele encarou horrorizado aquela besta desvairada com a faca diante de si.

A coxa de Jean-Luc queimava por causa do ferimento e agora a lateral de sua cintura estava sangrando. Não tinha mais arma e nem para onde correr. Sua visão estava embaçada, seus joelhos falharam e ele caiu no chão. Ergueu a mão desesperadamente para o velho, mas não tinha mais forças; piscou, lutando para ficar consciente. Lazare se aproximou devagar, cauteloso, como faria um caçador ao cercar um animal ferido – mas ainda vivo – preso em uma armadilha. O velho arqueou as costas, preparando-se para o golpe final. Diante da janela aberta, sua figura era uma fantasmagórica silhueta negra contra o céu.

E então, antes que qualquer um dos dois percebesse, Sophie se levantou e correu enfurecida para cima do homem, com os braços em posição de ataque. Com um impulso que reuniu todas as suas forças, ela gritou e empurrou seu algoz para longe de Jean-Luc. Ele foi totalmente pego de surpresa e, no choque, deixou cair a faca, ainda sem entender o que tinha acontecido. Ela se jogou em cima dele, lutando para manter os braços ao seu redor e contê-lo, e os dois ficaram enganchados em um confronto de forças.

O rosto de Sophie estava contorcido e corado, os olhos inflamados no frenesi da luta pela sobrevivência; Lazare era mais forte, mas ainda estava surpreso e desorientado diante da ferocidade inesperada.

"Sua vadia imunda!", Lazare vociferou e levantou a mão para golpeá-la no rosto. Mais baixa que ele, Sophie olhou para cima bem no fundo dos olhos do homem. Usando o que lhe restava de capacidade para lutar, ela investiu com seu corpo contra o dele mais uma vez, e o fez com tanta força que ele cambaleou para trás, em direção à janela aberta, escorregou na poça de sangue que havia escorrido da ferida aberta de Jean-Luc e perdeu o equilíbrio. Sophie, em um segundo, aproveitou-se do desequilíbrio de Lazare e deu-lhe outro empurrão. No momento em que ela avançou, Jean-Luc se mexeu e através da visão borrada viu que Lazare cambaleava com o corpo abalado pelo impacto. Com os olhos arregalados de espanto, balançando os braços no ar, ele tentava desesperadamente se reequilibrar, mas era tarde. Caiu da janela, alçando um voo mortal.

Num esforço sobre-humano, Jean-Luc foi até a janela ver o carrasco caindo. Mas a queda livre de Lazare até a rua foi repentinamente interrompida: antes que seu corpo se esmagasse contra os paralelepípedos, a lança do arcanjo Miguel trespassou as costas do advogado, que encerrou sua carreira empalado na lâmina da vingança e da justiça divina. Ela rasgou e atravessou a carne até sair pela barriga, enquanto o velho se contorcia de dor, perdendo o sangue e a vida, tingindo o imaculado branco da estátua de um vermelho vivo e brilhante.

⌘

Os poucos pedestres na rua da vizinhança de Jean Luc olhavam para ele e para Sophie com uma mistura de medo e interesse macabro; por que eles estariam cobertos de sangue, com as roupas esfarrapadas e os rostos impassíveis? Jean-Luc não reparou nas expressões chocadas nem nas demonstrações mudas de alarme. Não tinha tempo a perder respondendo perguntas. Fazia horas que tinha deixado Marie e precisava voltar para ela.

Subiu rapidamente as escadas até o sótão, amparado por Sophie.

"Marie?" Ele irrompeu em seu apartamento e deu de cara com a figura robusta da Madame Grocque. A mulher estava sentada ao lado da cama, segurando um pequeno montinho de roupa de cama, onde se via um pequenino rosto rosado e enrugado. O bebê tinha nascido e agora começava a choramingar.

"Oh, Deus, tenha piedade! O bebê já está aqui? É saudável? Mas é tão pequeno. Chegou tão cedo", Jean-Luc engasgou, examinando a cena. Marie estava na cama, adormecida. O bebê, muitíssimo pequeno, estava confortavelmente enrolado nos braços da taverneira enquanto Mathieu estava sentado no cantinho. O menino chorava, indubitavelmente abalado pelo que testemunhara durante o parto, imaginou Jean-Luc. Sophie correu para o menino e o abraçou.

"Oh, obrigado, Madame Grocque. Muito obrigado." Jean-Luc atravessou a sala, contemplando o corpinho frágil aninhado no abraço da mulher. Mas a madame Grocque nada disse, apenas ficou olhando para Jean-Luc em um silêncio aparvalhado. O que significava tal expressão no rosto dela?, Jean-Luc se perguntou.

"Oh, Monsieur St. Clair, sinto muito. Eu tentei, eu juro. Mas tudo aconteceu tão rápido. Nem tive tempo de ir buscar a parteira."

Naquele momento, a criança começou a chorar, um lamento surpreendentemente forte considerando seus pulmões recém-nascidos.

"Bem, o bebê parece perfeitamente saudável, mesmo nascendo um pouco antes da hora", disse Jean-Luc, aproximando-se da cama. "Talvez esteja um pouco faminto."

Ele olhou para o rosto da criança e não havia dúvidas de que tinha uma filha. O rosto do bebê era rosado, tal qual um botão de flor, com um tufo de cabelo castanho igual ao da mãe.

"Tão linda quanto a mãe", Jean-Luc disse, embevecido pela primeira visão de sua filha. "E acho que ela deveria ser chamada como a mãe. Olá, Mariette. Pequena Marie. O que você acha?"

A velha, ainda segurando o bebê, sacudiu a cabeça e fez algo que Jean-Luc nunca a tinha visto fazer antes: começou a chorar.

"Ora, Madame Grocque, qual é o problema? Eu sei que isso deve ter sido assustador, mas você cuidou de tudo maravilhosamente bem. Decerto não há necessidade de qualquer lágrima, a menos que sejam lágrimas de alegria."

"Você não entendeu, monsieur."

"O que eu não entendi, Madame Grocque?" Jean-Luc olhou da mulher para o bebê, depois para a esposa, que estava dormindo na cama. E foi nesse momento que notou a palidez nem um pouco natural nas bochechas de Marie. A cor de ameixa de seus lábios – lábios que sempre brilhavam vermelhos e quentes. Seus olhos castanhos estavam fechados e permaneceram fechados, mesmo com o som do choro do bebê, dos gemidos do filho no canto e das palavras que o marido pronunciava.

Jean-Luc então notou a pilha de papéis ao lado dela e se inclinou para ver o que eram. Panfletos políticos. Todos assinados pelo mesmo escritor misterioso, Perséfone. Debaixo deles estavam alguns originais, todos escritos na familiar caligrafia de Marie. E então, por cima, um bilhete. Também na caligrafia de Marie. Com as mãos tremendo, Jean-Luc leu as palavras:

> *Meu querido Jean-Luc,*
>
> *Você sabe que sempre fui sua maior admiradora. Continue com o nosso trabalho nobre, pois ainda há muito mais a ser feito. Estarei a seu lado, sempre, nas duas crianças que você vai criar, duas crianças que não poderiam ter um pai mais amoroso e devotado. Faça o melhor por eles, faça o melhor*

pela nossa nação livre, e assim você fará o melhor por mim. Eu sei que você fará.

Daquela que te amará eternamente,
Marie St. Clair

P.S.: Você sempre foi digno de mim – no entanto, talvez um pouco menos astuto.

"Marie?" Jean-Luc tirou os olhos do bilhete e os fixou na figura imóvel da esposa, sentindo os pulmões entrando em colapso, o peito espremido por um laço invisível e cruel. "Marie? Não! Isso não pode estar acontecendo! Acorde!" Ele se inclinou sobre ela, as lágrimas escorrendo no seu rosto enquanto a esposa, sua amada, não respondia ao grito de seu nome.

"*Maman*!", Mathieu também se juntou ao pai, mas as pálpebras de sua mãe permaneceram fechadas, impermeáveis às súplicas do filho, do marido, da nova filha. Isso era algo que Marie jamais teria feito. Marie nunca tinha ignorado os apelos do filho. Nunca teria ficado surda à dor do marido. Aos lamentos lamuriosos da filha recém-nascida. Só havia uma explicação: Marie já não estava lá.

E quando Jean-Luc pegou a mão da esposa nas dele, soube que era verdade, porque sua carne macia estava fria.

31

Arredores do Cairo, Egito

22 de julho de 1798

André acordou com um odor forte nas narinas e a cabeça latejando. Inspirou fundo e reconheceu o cheiro fraco, mas familiar, de enxofre. Mais forte ainda era o cheiro de carne queimando. Seu pescoço doeu quando ergueu a cabeça e viu que não estava mais no deserto, mas no meio de uma tenda lotada com dezenas de outras pessoas, macas alinhadas ocupando a maior parte do espaço e um par de médicos tratando dos homens que gemiam.

Um dos médicos do campo notou André se sentando e foi até a maca. Ele usava um par de óculos finos empoleirados na ponta do nariz queimado de sol, inclinou-se e pressionou a mão sobre a testa de André.

"Sua febre passou. Você está mais corado. Creio que o pior já passou. Você é mais afortunado do que a maioria."

"Tem... água?", André pediu.

O homem atravessou a tenda e voltou com duas peles.

"O general Bonaparte ordenou que não regulássemos as últimas rações de vinho. Aqui, tome a água primeiro." André bebeu a água com avidez, deixando-a escorrer pelo seu peito nu. "Devagar, senhor. Você perdeu muito sangue e ficará fraco por algum tempo."

Ofegante, André estendeu a mão para a pele de vinho. A bebida desceu queimando ligeiramente sua garganta. Ele fechou os olhos enquanto apreciava o sabor.

"Obrigado."

"Guarde sua gratidão para seu amigo egípcio." O médico deu um sorriso ligeiro para André. "Você teria sangrado até a morte na areia se ele não o tivesse resgatado."

André recordou a batalha, lembrando-se apenas de breves momentos confusos. Lembrou-se dos quadrantes franceses que abriram fogo mortal contra os cavaleiros inimigos. Lembrou-se das enormes pirâmides quando a cavalaria perseguiu os mamelucos em fuga. Um portal frio e sombreado. Uma luta por uma arma. *Murat*. O maluco tentou matá-lo. Mas aqui estava ele, apesar de tudo, vivo e inteiro, ou quase. Ele tinha matado Murat?

"Sabia que fugir do dever é um crime punível com a morte, major Valière?"

André se virou para a voz familiar e viu a figura alta e sombreada do general Dumas de pé junto à aba aberta da tenda, com o rosto severo, o uniforme desgastado e as botas cobertas de lama e lodo seco. André ficou meio pasmo por um instante, inseguro do que o superior quisera dizer com aquela observação. O general cruzou a tenda em poucas passadas, foi até ele e de repente abriu um sorriso que relaxou os traços de seu rosto bonito.

"Você sabe que existe mais trabalho a ser feito, não sabe, soldado?" André tentou se sentar, mas Dumas pousou a mão em seu ombro, fazendo um gesto para que permanecesse onde estava.

"Pelo andar da carruagem, presumo que ganhamos a batalha, não é, senhor?"

"Nós não derrotamos nosso inimigo, Valière", respondeu o general Dumas. "Nós o aniquilamos. Eles fugiram para o deserto com os sobreviventes, abandonaram o Cairo. Nosso comandante acredita que vinte mil deles morreram na batalha. Cá entre nós, acho que é um exagero. Mesmo assim, ele já escreveu seu relatório para enviar a Paris, apregoando o glorioso milagre da Batalha das Pirâmides." Ao dizer isso, Dumas parecia cansado e sombrio, não orgulhoso como um general que desempenhou um papel central numa surpreendente vitória.

"Você não parece convencido do nosso sucesso, general."

Dumas se manteve em silêncio e pensativo por alguns segundos. Passou a mão pelos cabelos escuros e suspirou.

"Ganhamos a batalha, disso eu não tenho dúvida, mas o que vem a seguir me preocupa. Essas tribos do deserto jamais se curvarão às nossas regras. E é só uma questão de semanas, até mesmo dias, até que o almirante Nelson e a Marinha Real Britânica nos alcancem." Dumas olhou para André e deu um sorriso sincero. "Mas você não tem que se preocupar com isso agora. Acabou de sobreviver a um ferimento chato e merece descansar."

André concordou e seus pensamentos voltaram a Murat.

"Nós tivemos muitas baixas? Alguém importante...?"

"Menos de cem mortos. Cerca de duzentos feridos. Suponho que deveríamos estar gratos." Dumas avaliou o semblante de André antes de acrescentar: "O general Murat foi morto. Atravessado por uma lâmina na barriga. Parece que ele se enredou em algumas escaramuças paralelas, longe do combate principal".

André olhou para o general, com o coração disparando bruscamente no peito enquanto espantosos *flashes* de memória explodiam em sua mente. Um momento que pareceu uma eternidade se arrastou entre eles. Dumas sabia? Será que ouvia o clamor do coração de André? Dumas balançou a cabeça lentamente, apertando as mãos enquanto soltava um suspiro.

"Pois é, a história dele acabou. Murat será chorado em Paris como todos os outros que caíram bravamente a serviço de seu país."

André respirou fundo, de olhos fechados, sentindo que um peso enorme havia sido retirado de seus ombros. A nuvem opressiva de medo, ódio e morte que o atormentou desde que entrara naquela barraca nos bosques de Valmy anos antes finalmente tinha se dissipado. Ele soltou o corpo, caindo deitado sobre a maca com um descuidado impacto. Dumas permaneceu ao seu lado mais um pouco.

"Eu acredito que existem certas almas que perderam a esperança neste mundo e estão determinadas a arrastar consigo o máximo de pessoas que puderem. Admiro você, major, por lutar pela própria vida."

Os pensamentos de André voltaram para Paris.

"Eu jurei sobreviver por aqueles que perdi e por aqueles que não aceito perder."

"E assim você tem feito. E continuará a fazê-lo."

O general Dumas fitou André com um olhar de admiração, antes de fazer uma saudação com a cabeça e recolocar o chapéu de duas pontas. Ele se levantou e aprumou a postura. André se sentou na maca e saudou-o com uma continência.

⌘

Mais tarde, André acordou de um sono profundo, sentando-se apressado na maca ao despertar assustado por uma agitação dentro da tenda.

Olhou em volta e viu um agrupamento de soldados em pé no canto oposto. No centro, um pouco mais distante, estava um homem. André quase perdeu a respiração quando captou um vislumbre da faixa vermelha na cintura, a roseta tricolor.

"General Bonaparte, senhor." Ele bateu continência, tentando não ficar boquiaberto que nem um paspalho.

"Major Valière, não é?" O general Bonaparte se aproximou da maca, em passos curtos e dinâmicos das pernas curtas. "Descansar, oficial. Você ainda precisa se recuperar mais um pouco." O alto comandante estava agora ao lado da cama, fitando André com aqueles olhos intensos e escuros antes de perguntar: "Algo que possamos fazer por você, major?".

André, com a boca dolorosamente seca e o cérebro embotado, deu a resposta mais simples e honesta que lhe veio à mente:

"Senhor, eu só quero ir para casa."

"Ah, no devido tempo, major." A voz de Bonaparte ganhou um tom pesado, imperioso, enquanto ele olhava para o canto mais distante da tenda. "Ainda há mais inimigos para combater, mais batalhas a ganhar. Daqui a cem anos, os cidadãos da República ainda falarão da Batalha das Pirâmides. Este Exército do Oriente será lembrado como o valoroso sucessor dos soldados de Alexandre e dos legionários de Roma."

André olhava para o comandante, tentando distinguir se ele estava, de fato, falando sério. Parecia estar. André deu um breve aceno em deferência, sentindo-se subitamente dolorido e fatigado.

"Mas descanse agora, major. Você merece. E lhe asseguro, nossos cirurgiões são os melhores." Bonaparte sorriu, balançando a cabeça e, de repente, pôs a mão no ombro de André e deu um leve aperto. Ao fazê-lo, inclinou-se para a frente e disse com suavidade: "Coragem, major. O lar sempre estará lá, mas a glória – a glória é fugaz e deve ser conquistada enquanto está diante de você".

André pensou em Sophie e sentiu um aperto de saudade que superou a dor de todas as suas feridas.

"Tivemos uma grande vitória", continuou Bonaparte. "Nenhum homem, vivo ou morto, pode tirar essa honra de você."

Um assistente trouxe um sabre curvado e um pingente de prata em formato de águia pendente em uma fita azul. O general pegou o pingente e o colocou ao redor do pescoço de André. A espada ele colocou na maca, aos pés de André. Antes que pudesse entender o que estava acontecendo, um rolo foi desdobrado e uma declaração foi lida em voz alta para a tenda por um dos ajudantes de Napoleão:

"Pelo heroísmo intrépido em face aos inimigos da França, o *Sabre d'honneur* é concedido ao major André Valière neste dia, passado em Termidor do Ano Seis da República Francesa."

Com isso, Napoleão Bonaparte cumprimentou André mais uma vez: "Parabéns, major".

"Obrigado, senhor", André balbuciou, manuseando a medalha que pendia pesadamente em volta do seu pescoço. *A glória é fugaz e deve ser conquistada enquanto está diante de você.* Engraçado, pensou André, ele diria o mesmo sobre amor. Sobre a própria vida. E agora, de repente, tudo o que ele mais queria era voltar para a França e, finalmente, começar a viver aquela vida.

32

Paris

Outono de 1798

Não se ouviu falar de André Valière por mais de um ano. Naquela época, Jean-Luc salvou Sophie de seu encarceramento e tormento nas mãos de Lazare. O velho morreu na ação, mas o alívio que Jean-Luc deveria ter sentido ao se livrar dos tormentos desse cidadão odioso foi totalmente obliterado pelo choque da morte de Marie. Ela enfrentara todas as lutas ao lado de Jean-Luc, tanto os sucessos quanto os fracassos, e sua jornada fora ainda mais difícil dada a exclusão dela de seu mundo de trabalho. Coubera a Marie criar os filhos, administrar a casa e compartilhar a tensão do trabalho de Jean-Luc, enquanto realizava seu próprio trabalho em prol da Revolução, em silêncio e em segredo. Ela, uma verdadeira patriota, tanto quanto qualquer outro revolucionário, jamais gozou de autoridade legal ou pública para compartilhar seus dons em nome da nação. Aliás, não gozou de nenhum direito como cidadã. Mesmo no auge do luto, Jean-Luc refletiu sobre isso por muitos dias após a morte da esposa. Sobre como se esperava que uma mulher obedecesse às leis e prosperasse na sociedade sem que, na prática, tivesse voz alguma na própria criação e promulgação dessas mesmas leis ou na vida daquela sociedade. Não era essa uma injustiça, pensou Jean-Luc, também digna de uma revolução? Mas ele já estava farto dessa palavra por ora, e seus pensamentos se voltaram para a família que lhe restava. Ele iria embora de Paris.

Sophie decidiu permanecer, esperar. Despediu-se de Jean-Luc e dos filhos com a promessa de que lhes enviaria notícias – assim que tivesse alguma, se algum dia tivesse alguma – de seu noivo.

Uma vez carregada a carruagem – as crianças, a bagagem, o caixão da esposa –, a família partiu silenciosamente da cidade. Perto da barreira,

Jean-Luc olhou para trás, para a silhueta da capital. Paris, o lugar para o qual viera havia tantos anos, um advogado jovem e idealista que acreditava em seus compatriotas e na sua nação, nos princípios de liberdade, igualdade e fraternidade. Tudo isso foi antes; antes de a guilhotina ter sido instalada na Place de la Révolution, antes de o rei ter perdido a cabeça e antes de um movimento nascido do Iluminismo ter enveredado por um caminho escuro e sombrio.

Ali, com a cidade às suas costas, Jean-Luc viu a bandeira tricolor francesa pendurada na muralha, as três faixas coloridas ondulando ao sabor da brisa forte. Vermelho, branco e azul. A flâmula balançava para a frente e para trás – agitada, oscilante, à medida que a luz caía sobre ela com os primeiros raios dourados do crepúsculo. Tênue, e ainda assim perene. Um símbolo frágil e fino de esperança, tão ilusória quanto os ideais pelos quais fora hasteada. De seu ponto de observação privilegiado, Jean-Luc fez uma pausa, fascinado. Contemplou mais uma vez a cidade que chamara de lar por muitos anos, o horizonte cedendo às primeiras sombras do véu da noite, enquanto parte do céu ainda reluzia ao sol poente, gloriosa, uma miragem resplandecente de tanta beleza que provocou em Jean-Luc uma última pontada de dor que lhe calou fundo no peito.

⌘

Jean-Luc estava sozinho quando Marie foi enterrada, seu corpo delicadamente depositado na cova de terra macia. Ele deixara Paris e a trouxera de volta para casa, como havia prometido; de volta para o seu amado sul, onde o ar cheirava a mar, as árvores cítricas e ao suave perfume de lavanda. O padre leu uma passagem do Livro da Sabedoria, e Jean-Luc tentou se lembrar da esposa como ela era em vida – calorosa, olhos escuros e brilhantes, radiante de energia e vigor –, e não como a encontrara no leito de morte, fria e desfalecida em meio a lençóis manchados no dia em que havia dado à luz a filha.

Depois do enterro, Jean-Luc voltou para a casa de seu sogro e envolveu os filhos em um abraço demorado. Algo dentro dele lhe dizia que era melhor ficar ali, onde os filhos poderiam se banhar no mar e na luz cálida do sol do Mediterrâneo, e aprender mais sobre a mãe deles do que jamais aprenderiam em Paris.

Ainda acreditava que a liberdade, a igualdade e a fraternidade poderiam guiar o povo dessa nova nação?, Jean-Luc se perguntou. Seria com orgulho ou com vergonha que diria aos filhos que servira à Revolução? Não sabia; hoje não podia responder nada disso. Tudo o que sabia era que honraria Marie: cuidaria dos filhos, iria amá-los e os manteria a salvo. Iria ensiná-los a serem honestos, gentis e corajosos, como a mãe deles tinha sido. Jean-Luc honraria a mulher, a esposa e a mãe que ela havia sido, honraria a cidadã e a pensadora que ela tinha sido. Criaria seus filhos na crença de que, enquanto existissem homens e mulheres dispostos a defender a justiça e a verdade, ainda haveria motivo para ter esperança em sua nação e, de fato, no mundo.

E, com isso, Jean-Luc St. Clair estaria realizando um serviço mais sagrado do que qualquer outra causa em que já havia se engajado.

Epílogo

Catedral de Notre-Dame, Paris

2 de dezembro de 1804

O clima glacial de inverno – a neve caindo, o vento cortante que soprava do Sena – em nada desencorajava os parisienses. Eles se reuniram às centenas de milhares, talvez até um milhão, em frente à magnífica catedral, recém-restaurada após a depredação e a pilhagem da Revolução, as torres góticas se elevando em todo seu esplendor salpicadas pela neve. Notre-Dame ressurgia orgulhosa, triunfante, um símbolo inconteste para todos os que a observavam de que o próprio Deus abençoara a França e o imperador que a Nação escolheu para si.

Jean-Luc olhou ao redor, segurando fortemente a mão do filho e trazendo a filha no colo. Ficou maravilhado com o espetáculo como um todo – o tamanho da multidão, o volume dos gritos, a disposição em enfrentar o frio e o escuro, juntando-se antes das primeiras luzes da aurora. Ele piscou, assaltado pelas lembranças de tantas outras multidões antes desta; hoje, porém, seus rostos não eram diabólicos e vingativos, com sede de sangue. Hoje, eles eram retratos da esperança e da euforia enquanto se alinhavam ao longo de toda a rota do desfile que viria das Tulherias e atravessaria o rio e a ilha até o grande portal gótico da catedral, agitando bandeiras tricolores, gritando "*Vive Napoleon*!" e entoando La Marseillaise. Hoje, o povo estava concedendo uma coroa em vez de agarrar uma; consagrando um imperador em vez de decapitar um rei. Como sempre, eles eram vorazes, bravejando, exigindo um espetáculo.

O próprio Napoleão tinha supervisionado todos os detalhes de sua coroação. O povo queria um desfile, um espetáculo majestoso, e não havia ninguém mais disposto a dar-lhes um do que o homem que acreditava ser destinado por Deus a levar adiante as virtudes da República, agora um Império, ao melhor estilo de Júlio César e Alexandre, o Grande . Homens ilustres que, assim como Napoleão, transformaram a si mesmos em deuses vivos. Cada detalhe – das águias decorativas alinhadas na rota do desfile até o balão de ar quente que alçaria voo da praça ao fim da missa de coroação – fora meticulosamente preparado para reforçar e legitimar sua reivindicação ao trono imperial.

Jean-Luc leu no jornal *Le Moniteur* que Napoleão encomendara uma coroa forjada especialmente para a ocasião, para substituir o diadema medieval destruído em uma das muitas orgias de devastação da Revolução. Ao usar uma insígnia modelada de acordo com a centenária coroa do próprio Carlos Magno, Napoleão silenciaria aqueles críticos destemidos que ousavam ressaltar que o general, um corso, não tinha de fato o sangue nobre francês – ou mesmo sangue francês, na verdade.

Durante toda a manhã, chegavam carruagens suntuosas – prefeitos de cidades francesas influentes, oficiais do exército, almirantes navais, membros da Assembleia, juízes distintos, homens da Legião de Honra, ministros do governo. O povo da França, após horas de espera tremendo de frio na rota do desfile, recebeu cada dignitário que passava com gritos cada vez mais fervorosos.

Jean-Luc notou a aproximação de um cavaleiro trazendo um crucifixo magnificamente cravado de joias, e supôs que a procissão papal estava chegando. Com efeito, Napoleão convidara o papa Pio, e Pio chegou, trazendo seus mais poderosos cardeais e bispos de Roma a Paris. Todos, até mesmo o próprio Deus, agora pareciam obedecer a Napoleão. Depois de anos saqueando igrejas antigas, apreendendo relíquias sagradas e profanando a imagem de Jesus, os franceses estavam dispostos a retornar a Deus, retornar à igreja, porque Napoleão disse que assim eles o fariam.

Claro que o Papa não coroaria Napoleão; Napoleão não respondia a Roma nem a ninguém. Ele próprio se coroaria, e a Josephine também. Os jornais estavam em polvorosa alardeando todos os escândalos de bastidores – como a mãe de Napoleão se recusara a comparecer devido ao desafeto que nutria pela nora, como Napoleão mostrou aos irmãos quem é que mandava ao ameaçar as três irmãs com o exílio até que elas finalmente concordaram em participar da cerimônia e seguir Josephine como suas humildes pajens.

À medida que as carruagens inundavam a praça, os ministros do governo e os dignitários reais eram introduzidos na grande catedral, onde as tapeçarias douradas adornavam as paredes, cintilando à luz de milhares de velas. Não um, mas dois coros completos, acompanhados por duas orquestras também completas, cantaram as palavras sagradas da música composta especialmente para este dia, e a explosão das trombetas, o clamor do címbalo e dos tímpanos agora ribombavam por toda a praça lotada onde Jean-Luc estava.

A música gloriosa do interior da catedral só foi abafada quando a comitiva imperial de Napoleão finalmente apareceu. Precedida pela dos irmãos, das irmãs e pela dos generais e conselheiros mais próximos, a opulenta carruagem do imperador fez uma entrada triunfal puxada por oito cavalos brancos e ostentando um grande brasão com a letra "N". Napoleão saiu com Josephine, ambos vestidos em seda branca com detalhes em fios de ouro, capas incrivelmente longas de arminho e luxuoso veludo vermelho. Em sua capa imperial, um grande "N" estava bordado em uma elaborada moldura dourada. Todo esse ouro, veludo e arminho custaram pelo menos cinquenta mil francos, os documentos registravam esse valor, que não incluía as joias de Josephine; mas as pessoas famintas da França não pareciam se importar com o tanto que essa celebração lhes custara, porque Napoleão melhoraria a vida de todos os cidadãos franceses. Ninguém tocou no assunto de que mais de trezentos mil compatriotas foram mortos para estabelecer a República – uma República que, hoje, tornava-se novamente um império.

Em pé ao lado de Jean-Luc St. Clair, assistindo a tudo silenciosamente, estava seu velho amigo André Valière. O ex-soldado estava acompanhado da esposa, Sophie, e dos dois filhos pequenos, Remy e Christophe.

"Está satisfeito por ter viajado por causa disso?", Jean-Luc perguntou a André, tentando se fazer ouvir acima do caos da aglomeração. Embora André tivesse se aposentado do exército e se mudado para o norte, começando uma nova vida com a família nas terras que um dia pertenceram a seus antepassados, ele, como tantos outros franceses, havia viajado para a capital com a família a fim de presenciar esse momento histórico.

André refletiu sobre a questão, os pensamentos voltando a uma poeirenta barraca no deserto. Dor na perna, uma maca desconfortável, um sabre colocado a seus pés.

"Ele está usando um pouco mais de joias hoje do que da última vez que eu o vi, mas não estou surpreso que tenha chegado a isso", respondeu. Após um momento, acrescentou: "Estava nos olhos dele; sempre brilhou em seus olhos. Ele sempre pareceu alguém que podia enxergar além do aqui e do agora. Como se não pudesse apenas ver o futuro, mas moldá-lo".

"E nesse futuro, sem dúvida, as imagens de sua própria glória se estendem diante dele", disse Jean-Luc, trocando um sorriso irônico com o amigo. Ambos ouviram os rumores: o desejo de Napoleão de estender sua glória além da França. Planos de conquistar a Inglaterra, a Áustria e até mesmo as vastas terras além. O que significava mais guerra para o povo francês.

Jean-Luc já estava farto de tudo isso. Também viera do sul até Paris apenas para testemunhar o evento histórico e reunir-se brevemente com seus velhos amigos. Em Marselha, estava lidando com disputas civis de cidadãos comuns. Era um trabalho pequeno, descomplicado e humilde. Do jeito que ele gostava.

Uma batida em seu ombro tirou sua atenção do desfile de Napoleão. Virou-se e deu de cara com um homem vestido com um casaco preto, rosto severo, olhando para ele com expectativa. Após uma rápida conferida no homem, Jean-Luc percebeu que era um funcionário do governo, a julgar pelo laço formal de sua gravata e em uma pequena mas distinta insígnia da Abelha Napoleônica presa ao casaco, no lado esquerdo do peito.

"Jean-Luc St. Clair, não é?"

"Sim", ele respondeu, surpreso ao ser identificado por esse estranho numa multidão de milhares de pessoas.

"Para você. De Sua Majestade Imperial."

O homem colocou um pergaminho selado com o símbolo da águia na mão enluvada de Jean-Luc. O brasão imperial de Napoleão. Jean-Luc pestanejou, momentaneamente surdo aos rugidos da multidões, enquanto do outro lado da praça Napoleão saudava os milhares de admiradores. Tudo que viu foi o papel, as palavras simples que pareciam grandes em suas mãos trêmulas:

> *A pedido formal de Sua Majestade Imperial, o Imperador*
> *Napoleão I dos franceses:*
> *Seus talentos são solicitados a serviço da França.*

Jean-Luc baixou o papel, atordoado. A serviço da França. Não foi assim que tudo começou?

Ele realmente responderia a esse chamado pela segunda vez, permitindo-se ser tragado novamente para o turbilhão da Revolução?

"O que é isso, papai?", perguntou Mariette, observando-o curiosamente com seus grandes olhos – escuros, espertos, tão parecidos com os da mãe que Jean-Luc até sentia o coração derreter no peito.

"Uma carta, minha querida."

Ela inclinou a cabecinha para o lado.

"De um amigo?"

"Eu ainda não sei. Veremos."

Onde a luz cai: nota dos autores

O processo de escrever este romance e dar vida a esta história foi uma longa e envolvente jornada, um incrível desafio e uma grande alegria. Em muitos aspectos, foi a realização de um sonho ver esta história sair do reino das ideias e da fantasia e se concretizar em um livro real e tangível. Como coautores, ambos nos arriscamos em um território inexplorado ao escrever o livro juntos. Era algo que nenhum de nós dois havia tentado, mas concordamos que foi uma parceria genuína e gratificante. Acreditamos que esta história se tornou melhor por causa disso.

A história, como a essa altura o leitor certamente está ciente, se passa em plena Revolução Francesa. Começar a estudar as condições e os eventos que levaram à Revolução Francesa, ao Terror e ao período de suas consequências é, por si só, uma tarefa monumental a que muitos dedicam sua carreira. Nossa intenção ao escrever este livro não foi entregar uma narrativa histórica definitiva e exaustiva de um dos eventos formativos da história ocidental moderna; o que queríamos fazer era contar uma história convincente que conseguisse capturar, ao menos em parte, os sentimentos e o espírito desse importante e tumultuado período.

Nosso quarteto de protagonistas – André Valière, Jean-Luc St. Clair, Sophie de Vincennes e Marie St. Clair – são todos personagens de ficção, embora suas histórias e lutas certamente tenham sido inspiradas em eventos reais. Ninguém terá dificuldade em encontrar jovens nobres, cujos privilégios foram cassados, lutando nas fileiras do exército Revolucionário, jovens advogados idealistas servindo no novo governo, viúvas aristocráticas batalhando para escapar da guilhotina, ou escritoras femininas com forte consciência política no elenco de indivíduos de carne e osso cujas vidas preenchem as páginas da História. Mas esses quatro personagens especificamente nunca andaram pelas ruas de Paris.

Os antagonistas primários da nossa história, Nicolai Murat e Guillaume Lazare, também são ficcionais. No entanto, assim como nossos protagonistas, os vilões desta narrativa são inspirados em pessoas reais que deixaram sua marca particular de vingança revolucionária para os cidadãos da França do século XVIII. Na verdade, Nicolai Murat é diretamente inspirado em um homem real, o general Adam Philippe, conde de Custine. O conde de Custine da vida real era um oficial do exército francês, nobre de nascimento, que já tinha servido na Revolução Americana; seus soldados o chamavam carinhosamente de General Bigode. Na Revolução, ele participou da Batalha de Valmy e, mais tarde, de fato acusou seu antigo camarada, o general François Christophe de Kellermann, de "negligenciar apoio às suas operações", após o que Kellermann foi convocado a Paris para se defender diante da Convenção Nacional.

Guillaume Lazare também é um personagem fictício muito baseado em figuras históricas reais. Sua defesa fervorosa "do povo" e seu endossamento do terrorismo patrocinado pelo Estado para atender a seus interesses próprios são baseados na figura de Maximilien Robespierre. Sua prontidão e vontade de invocar o derramamento em massa do sangue das classes nobres e dos clérigos baseia-se nos discursos e panfletos de Jean-Paul Marat. Por fim, os arraigados sentimentos de raiva e injustiça, mesmo a fúria, são baseados em Jacques Hébert e sua "enfurecida" ala do governo Revolucionário. Existem outras figuras notórias da Revolução, que ativamente levariam a cabo execuções em massa em toda a França em nome do governo, mas não podemos listá-los todos aqui. O Comitê que encontramos em nossa história, presidido por Lazare, é baseado no Comitê de Segurança Pública de Robespierre.

Christophe Kellermann, um dos primeiros heróis desta história, é uma figura real. François Christophe de Kellermann foi um general alsaciano de Estrasburgo, amplamente celebrado em toda a França (por algum tempo) como o primeiro herói da Batalha de Valmy. Conforme mencionado acima, ele foi denunciado por seu antigo parceiro Custine e foi preso por treze meses em Paris durante a Revolução, em parte por sua relutância em cometer execuções em massa na cidade rebelde de Lyon. No entanto, acreditamos que, com significativa, porém necessária, licença dramática, vemos nosso ficcional Kellermann ser executado em um dos pontos decisivos da nossa história. Apesar de o Kellermann real nunca ter sido decapitado, muitos generais franceses foram convocados a Paris e condenados à morte por duvidosas, se não controversas, circunstâncias. Muitos líderes políticos e civis se colocariam do lado errado da justiça durante a Revolução.

Sobre o tema da justiça revolucionária, vários pontos devem ser advertidos. O primeiro e mais importante, o uso da guilhotina na Place de la Révolution (agora Place de la Concorde de Paris, renomeada por Napoleão), foi certamente uma característica importante do Reinado do Terror da Revolução. Dependendo da fonte, estima-se que até vinte mil pessoas foram executadas pela guilhotina (cerca de dois mil e quinhentos desses indivíduos em Paris), e cerca de trinta mil teriam sido executadas por outros meios em toda a França. O Terror foi uma política de Estado, organizada e promulgada pelos Comitês de Segurança Pública e Segurança Geral. Esses funcionários supervisionavam todos os aspectos do governo, desde a política econômica e formulação de leis e tribunais especiais até a política militar e a tributação.

A Revolução começou para valer no verão de 1789, quando o "Terceiro Estado", ou a classe de indivíduos comuns e burgueses da Convenção dos Estados Gerais (de longe a maior parte da população), decidiu se opor ao Primeiro e ao Segundo Estados: o clero e a nobreza, respectivamente, muito mais poderosos e isentos de impostos. Morrendo de fome e quebrados por impostos arrasadores, os representantes da classe comum usavam a reunião da Convenção Geral dos Estados em Versalhes para exigir maior representação e mais direitos legais. O rei Luís XVI se mostrou intransigente diante dessas demandas, relutante em se comprometer e, assim, correr o risco de diminuir sua autoridade de "direito divino".

Em resposta a esses eventos em Versalhes, nos arredores de Paris, a população indignada da capital insurgiu contra o governo monárquico e derrubou a formidável e famigerada prisão da Bastilha em 14 de julho (episódio agora comemorado como o Dia da Bastilha). Ao longo dos três anos seguintes, um sentimento crescente de fervor patriótico e revolucionário se inflamou em todo o país, e os impopulares rei e rainha – junto de seus aliados aristocráticos – ficaram cada vez mais isolados e ameaçados por pessoas ambiciosas como Maximilien Robespierre, Georges Danton, Jean-Paul Marat e Camille Desmoulins. Espalhando seus panfletos pelas cidades e fazendo discursos para multidões entusiasmadas, esses populares revolucionários exigiram mais concessões do rei e mais poder para o povo, especialmente aquela parcela do povo que partilhava das mesmas afinidades políticas.

Em junho de 1791, em meio à crescente hostilidade em relação à própria ideia de uma monarquia todo-poderosa, o rei Luís XVI e sua família tentaram fugir do país. Essa ação, conhecida como a fracassada Fuga de Varennes, selou o destino do rei. Aos olhos das pessoas, Luís e sua rainha de origem austríaca tinham abandonado seu país e estavam claramente aliados com ditadores estrangeiros com o intento de esmagar as novas liberdades conquistadas pelo povo. Portanto, já não tinham mais autoridade para governar. Luís seria executado um ano e meio depois, e o Reinado do Terror começaria realmente no inverno de 1793.

Nossa história começa no inverno de 1792. Naquela época, o rei e a rainha já tinham tentado fugir, e o país entrava no terceiro ano de sua Revolução. No entanto, o Reino do Terror, como ficou historicamente conhecido, ainda não tinha começado. De fato, a guilhotina só foi mudada de forma permanente para a Place de la Révolution em maio de 1793, então tomamos a liberdade de ter carroças transportando prisioneiros condenados já no início da nossa história.

O Terror foi interrompido na Reação Termidoriana de julho de 1794, quando Maximilien Robespierre e 21 de seus políticos aliados foram executados. (É referido como Reação Termidoriana porque o mês em que ela ocorreu foi o de Termidor, pelo calendário republicano.) No entanto, a violência intermitente e a guerra continuariam a afetar a França nos muitos anos que se seguiram.

Em seguida viria o Período do Diretório. Esse governo substituiu o governo Revolucionário, e se constituiu em uma câmara alta e uma câmara baixa e um corpo executivo de cinco membros. É para a câmara baixa, o Conselho dos Quinhentos, que Gavreau pretende nomear Jean-Luc. Foi também esse corpo eleito que Napoleão Bonaparte derrubaria em 1799, autointitulando-se primeiro cônsul.

Antes de ser primeiro cônsul da França, no entanto, Napoleão Buonaparte era um jovem oficial corso no exército francês, cujas perspectivas de carreira pareciam ser tudo, menos extraordinárias. Com a onda de violência que assolou Paris em 1792, que um jovem e horrorizado Buonaparte testemunhou em primeira mão, o futuro claramente traria mudanças para tudo e para todos na França. Em 1794, fora de Toulon, a cidade portuária do sul, Napoleão – então conhecido simplesmente como capitão Buonaparte – pela primeira vez tornaria famoso seu nome incomum. Usando as conexões pessoais que havia estabelecido com o irmão mais novo de Maximilien Robespierre, foi convidado a ajudar no cerco de Toulon, que tinha sido bloqueada e ocupada pela marinha britânica e espanhola com ajuda de cidadãos franceses simpatizantes dos monarquistas. Assumindo o comando das forças francesas na região, o jovem Buonaparte requisitou fornecimentos e reforços das áreas rurais circundantes e desmantelou o bloqueio britânico da cidade, até conseguir libertá-la em nome da República Francesa. Este evento catapultou um pobre, obscuro e jovem capitão para a fama nacional, e à patente de general. E esse foi o famoso "menino general" a quem Remy se refere quando pergunta a André se conseguiriam vê-lo – um jovem ambicioso de 24 anos de idade da Córsega que se elevaria a alturas impressionantes e mudaria o curso da História do mundo.

Em 1795, depois de um período de inquietação e desespero, o general Bonaparte, após ter galicizado a grafia de seu nome, novamente se envolveu em eventos que lhe proporcionariam ainda mais fama – e infâmia. O episódio no capítulo 17, em que Jean-Luc foge horrorizado de uma cena de rua macabra e encontra uma multidão que clama pelo general Bonaparte em Paris é baseado em um evento real conhecido como 13 Vendémiaire (usando o Calendário Republicano para outubro). O general Bonaparte assumiu o comando de uma situação em que simpatizantes monarquistas tentavam atacar os edifícios governamentais e derrubar o governo. Com efeito implacável e devastador, Napoleão virou os canhões para os insurgentes e matou centenas, salvando o governo e sendo aclamado em toda a França. O leitor meticuloso observará que esse evento ocorre um ano antes em nosso romance do que nos registros históricos. Pedimos perdão se esse fato causou confusão; ele foi, determinamos, um uso necessário da licença poética que nos é permitida como escritores de ficção, para que esta significativa cena funcionasse dentro de nosso enredo de ficção e com nossos muitos personagens e eventos.

Depois de um ano de vitórias impressionantes e improváveis com o seu "Exército da Itália" contra o império austríaco e seus aliados, Napoleão Bonaparte oficialmente ascendeu às altas posições que cobiçou toda a sua vida. A política extorsionista que aplicou às cidades italianas conquistadas trouxe um fluxo constante de ouro, prata, e todo tipo de tesouro aos cofres franceses. A desesperadora situação financeira em que a França se encontrava desde os anos que antecederam a Revolução agora havia acabado. O general popular citou seu herói Alexandre, o Grande, quando afirmou que "a sorte favorece o ousado", e ele agora estava em posição para agir com coragem e traçar o curso de seu próprio destino grandioso. Depois do fracasso de seu plano de navegar pelo Canal da Mancha e invadir o maior inimigo da França, Napoleão mirou em um novo prêmio, um que desafiaria a supremacia naval da Grã-Bretanha e ameaçaria suas colônias mais distantes como a Índia. Napoleão conquistaria o Egito.

Com André Valière no exílio, pegamos sua história ao largo da costa do sul da França, onde ele serve como ajudante de convés no *L'Esprit de*

Liberté. Logo depois, descobriremos que ele terá de se juntar à expedição do general Bonaparte para o antigo Reino do Nilo. A campanha egípcia se desenrolou praticamente como acontece no romance, com uma marcha de duas semanas através de areias escaldantes durante as quais centenas, se não milhares, de soldados franceses pereceram. Boa parte da culpa deve ser atribuída a um jovem general Bonaparte, que muitos acreditam ter subestimado o tributo logístico e humano que uma marcha de trezentas milhas pelo deserto do norte da África cobraria de seu exército. A batalha das pirâmides foi uma ótima vitória para os franceses sobre um número muito superior de guerreiros mamelucos. No entanto, na História, o exército francês ficou encalhado e sem navios depois de uma batalha perdida contra a marinha britânica sob o comando do almirante Horatio Nelson. A maioria dos soldados sobreviventes não chegou em casa até serem capturados pelos britânicos e enviados de volta para a França em 1801.

Um detalhe sobre o uso de nomes franceses e uma decisão concomitante que tivemos de tomar em relação ao estilo: em francês, palavras genéricas denotando praças, ruas, nomes e similares são escritas em minúsculas, sejam usadas sozinhas ou com um nome específico como parte de um endereço. Por exemplo, normalmente se leria "praça da Revolução", mas, em vez disso, escolhemos nos referir à Place de la Révolution, já que esse é provavelmente o estilo mais familiar para os leitores de inglês, e, sentimos, seria menos provável que causasse confusão. Com o pesado fardo que já colocamos no leitor para discutir essa complexa história e, ocasionalmente, deslizar conosco em frases e nomes franceses, pensamos que essa pequena decisão estilística para tornar a leitura um pouco menos complicada seria apreciada.*

Esta é uma narrativa que tem um apelo muito significativo para nós, não só como amantes da História mas também por causa das profundas raízes de nossa família na França. Allison morou em Paris e Owen morou em Londres (onde fez a curta viagem de trem pelo Eurotúnel até Paris). Temos muitos parentes que ainda vivem em Paris e em toda a França, então consideramos essa história como uma parte da nossa herança e árvore familiar.

Como a Revolução Americana, a Revolução Francesa foi um conflito que, em certos momentos, despertou alguns dos mais altos ideais da hu-

* Nota dos autores na edição original em inglês. Na edição brasileira optamos por parâmetros de estilo que também, sentimos, seriam mais apreciadas por nossos leitores. (N.E.)

manidade. Muitos dos mais célebres aspectos da cultura francesa atual – o hino nacional da França (La Marseillaise), a bandeira tricolor e o lema "Liberdade, Igualdade e Fraternidade" – se originaram todos nesse período seminal e conturbado. Todavia, também vemos que os acontecimentos na França caíram em uma espiral de caos, medo e absoluta carnificina.

Em nossa história, tentamos transmitir ambos os extremos, os melhores corações da natureza humana e os horríveis excessos de violência e extremismo. A luz e a escuridão, a esperança e o desespero. E esperamos que este romance de ficção histórica possa ser educativo e esclarecedor para os leitores, ao mesmo tempo em que fornece uma história envolvente e uma experiência que valha a pena. Afinal, é através da História que podemos entender melhor não só o passado mas também o nosso presente e futuro.

Agradecimentos

Somos extremamente gratos a muitos familiares, amigos e colegas que nos ajudaram a criar este romance. Agradecimentos especiais à nossa agente literária Lacy Lynch e à equipe da Dupree Miller & Associates; nossa editora Kara Cesare, bem como a Susan Kamill, Avideh Bashirrad, Leigh Marchant, Loren Noveck, Sally Marvin, Maria Braeckel, Andrea DeWerd, Emma Caruso, Michelle Jasmine, Samantha Leach, Allyson Pearl, Gina Centrello e toda a equipe da The Dial Press e da Random House; Lindsay Mullen, Katie Nuckolls, Jordan Dugan, Alyssa Conrardy, e todo o grupo da Prosper Strategies.

Aos inúmeros historiadores, curadores, tradutores e biógrafos que nos ajudaram a dar sentido e a ver onde a luz caía (trocadilho intencional) sobre um dos períodos mais dramáticos, voláteis e complicados da história moderna da Europa Ocidental: são suas nossas admiração e gratidão perpétuas.

Temos vários amigos generosos e solidários, bem como membros adoráveis na família que nos encorajaram a cada momento. Para aqueles que se interessaram e apoiaram este projeto, especialmente aqueles que o fizeram desde o início: vocês sabem quem são, e estamos eternamente gratos. Também parece apropriado, na conclusão de um livro que fala sobre a ideia e a natureza da luz, dizer: Lilly, você brilha mais do que tudo para seus pais.

Embora o que vem a seguir não inclua uma bibliografia exaustiva ou adequada, desejamos fornecer ao leitor curioso uma lista de livros e obras que se revelaram particularmente inspiradoras e úteis para nós durante nossa pesquisa da História e cultura francesas:

Danton: o processo da Revolução, por Andrzej Wajda (filme)

French Revolutionary Infantry: 1789–1802, da série *Osprey Men at Arms*

História da Revolução Francesa, de Thomas Carlyle

La Révolution Française: Les Années Lumière (série de filmes)

La Révolution Française: Les Années Terribles (série de filmes)

Napoleon Bonaparte: A Life, de Alan Schom

Napoleon: A Life, de Andrew Roberts

Napoleon's Egyptian Campaigns: 1798–1801, da série *Osprey Men at Arms*

Os miseráveis, de Victor Hugo

O conde negro: glória, revolução, traição e o verdadeiro conde de Monte Cristo, de Tom Reiss

The French Revolution and Napoleon, de Leo Gershoy

The Origins of the French Revolution, de William Doyle

Um conto de duas cidades, de Charles Dickens

Leia também

Sissi – A imperatriz solitária
Allison Pataki
Tradução: Antonio Carlos Vilela

A "Rainha Encantada", a mulher mais linda do mundo: a figura da Imperatriz Elisabeth da Áustria-Hungria, carinhosamente chamada de Sissi, sempre desperta fascínio e comoção por onde passa, mas sob tanto deslumbramento vive uma mulher muito mais complexa, que se sente sufocada pelo casamento turbulento e pelos rigorosos protocolos que ditam a vida na corte.

Casada com o Imperador Franz Joseph, amada e odiada por seu povo, Elisabeth é uma das mulheres mais poderosas e influentes do mundo na Viena de meados do século XIX, onde os luxuosos salões do Palácio de Hofburg fervilham não só com valsas imperiais, champanhe e assuntos de Estado, mas também com tentações, rixas e desavenças acirradas.

Espírito livre e sensível, Sissi só encontra paz quando vai para longe das intrigas palacianas e, assim, nasce uma chama que a consumirá por toda a vida: a paixão pelas viagens, que a leva para lugares remotos, onde pode cavalgar livremente e interagir com plebeus.

Mas a vida de um monarca não pertence a ele mesmo, e sempre que o dever se impõe à liberdade de escolha, Sissi é obrigada a voltar à reclusão de seu círculo social, rodeada de fofocas, inveja e tristeza. Grande parte da excelente imagem mundial da Áustria-Hungria depende do carisma de Sissi, e ela precisa fazer a sua parte para salvar o Império. Mas, no final, ela poderá salvar-se?

Este livro foi composto com tipografia Electra e impresso
em papel Off-White 70 g/m² na Assahi.